中华传世藏书

【图文珍藏版】

# 谚语歇后语大全

赵然⊙主编

大全

第五册

线装书局

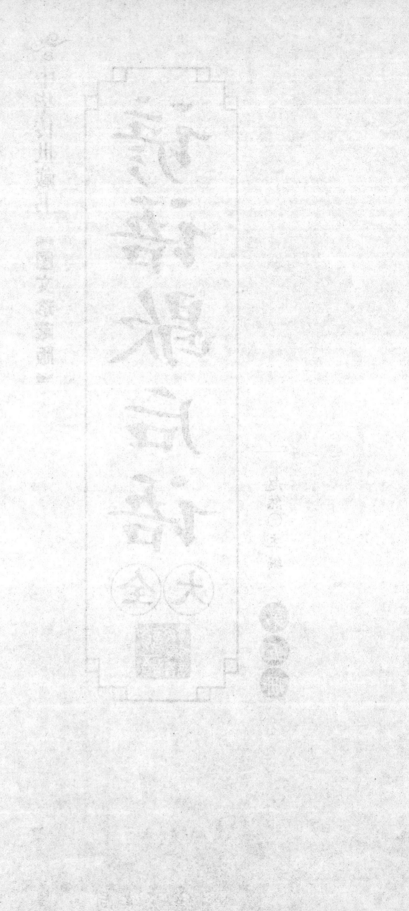

# D

da

搭房子封屋顶——铺天盖地

搭锯见末,水到渠成——立竿见影

搭客骡子——上不得车、上不了阵势

搭棚子卖绣花针——买卖不大,架子不小

搭起牌楼卖酸枣——买卖不大,架子不小

搭起戏台卖螃蟹——货色不多,架势不小

搭人梯过城墙——踩着别人的肩膀往上爬

搭梯子上天——走投无路

搭梯子摘月亮——不知高低

搭戏台卖豆腐——架子不小、好大的架子

褡裢(中间开口的长方形口袋)背水——从前心凉到后心、凉透心、冷透心

妲己的子孙赴宴——露了尾巴、现了原形

打靶不中——偏了心

打靶眯眼睛——睁只眼,闭只眼

打靶中靶心——不偏不向、正好、恰到好处

打败的鹌鹑斗败的鸡——上不了阵势

打败的士兵——垂头丧气

打半边鼓——旁敲侧击

打扮起来演戏——粉墨登场

打饱嗝带放屁——两头背时、两头没好气、气不打一处来

打抱不平的说理——仗义执言

打笔墨官司——是文人的事

打边锣——帮腔

打饼子熬糖——各干一行

打不完的官司,扯不完的皮——一言难尽

打不完的官司——扯不完的皮

打不着狐狸——反惹一身臊

打不着狐狸弄身臊——自背臭名

打不着黄鼬——惹股子臊

打不着野狼打家狗——拿自己人出气

打草人拜石像——欺软怕硬

打草引蛇——自讨苦吃

打柴的下山——担心（薪）

打柴人回山庄——两头担心（薪）

打赤脚赶场——脚踏实地

打出的子弹射出的箭——永不回头

打出来的口供——不实、信不得、假的

打出枪膛的子弹——有去无回

打春的萝卜，立秋的瓜——变味了

打醋的进当铺——走错了门、找错了门

打灯笼赶嫁妆——两头忙

打灯笼上门台——越来越高明

打灯笼照火把——又亮又光

打灯笼走亲戚——明去明来

打灯笼走铁路——见鬼（轨）

打灯笼做事——照办

打地道战——背后袭击

打地雷战——四面开花

打电报发广告——简明扼要

打电报买快车票——急上加急

打电话遇忙音——不通

打电话做手势——看不见

打吊环荡秋千——一定要两手抓

打掉门牙肚里咽——忍气吞声、含苦在心

打豆人困觉——做事不当事

打断的胳膊——往外拐、朝里拐、往里拐

打发闺女娶媳妇——两头忙

打发秃老婆上轿——没事儿了

打翻了测字摊——不识相

打翻了的醋瓶子——倒个精光、酸得很、酸气十足

打翻了的蜜罐子——甜滋滋的

打翻了的田鸡笼——一团糟

打翻了五味瓶——不知啥滋味、酸甜苦辣咸，样样都有

打个巴掌再给个甜枣——堵嘴

打个喷嚏洗洗脸——讲究过分啦

打个喷嚏吓死虎——赶上了

打更的孤雁——没对儿

打更人睡觉——做事不当事

打狗不赢咬鸡——欺小怯大

打狗看主人——势利眼

打谷场上的麻雀——胆子早练大了

打鼓不打面——旁敲侧击

打鼓的踩响鞭炮——想(响)到一个点上

打卦先生掂根棍——是个忙(盲)人

打官司的上堂——各执一词

打夯喊号子——合理(力)

打好的渔网——心眼儿多

打呼噜听见放炮——吓人一跳

打花脸照镜子——自己吓唬自己

打坏了的玻璃瓶——废物

打火不吸烟——闷(焖)起来了

打火机点烟——必然(燃)

打火机点烟袋锅——土洋结合

打击乐伴奏——旁敲侧击

打架揪胡子——谦虚(牵须)

打架拿块红薯——不是家伙

打架时借拳头——哪里腾得出手

打架脱衣服——赤膊上阵

打歼灭战——一扫而光

打酒只问提壶人——没错、错不了

打开棺材喊捉贼——冤枉死人

打开棺材治好病——起死回生

打开笼子放了雀——各奔前程

打开蜜罐又撒糖——甜上加甜、甜透了

打开天窗——说亮话

打开闸门的水——滚滚向前

打瞌睡的捡了个枕头——称心如意、正合适

打烂的暖水瓶——丧胆

打烂罐子做瓦片——划不来、不合算

打烂锅头——没得主(煮)

打烂门牙咽肚里——干吃哑巴亏、吃了哑巴亏

打烂油瓶——你没到(倒)就光了

打雷不下雨——虚张声势

打镰刀卡在喉咙里——吞下吞不下,吐又吐不出来

打了败仗的士兵——溃不成军

打了的鱼缸——四分五裂

打了盘子对碗沿——不对碴

打了乒乓玩排球——推来推去、互相推托

打了瓶子洒了油——两头不落一头

打了兔子喂狗——便宜让他得了

打了兔子喂鹰——好处给了恶人

打了一场疲劳战——个个没精打采

打猎的不说渔网,卖驴的不说牛羊——三句话不离本行

打猎放羊——各干一行

打猎捡柴火——捎带活

打猎人瞄准——睁只眼,闭只眼

打猎忘了带猎枪——丢三落四

打锣卖糖——各干一行

打锣找孩子——丢人打家伙

打马骡子惊——惩一儆百

打麦场上撒网——空扑一场

打猫吓唬狗——虚张声势

打鸟没打中——非(飞)也

打鸟眯眼睛——尽往上看

打鸟瞄得准——一目了然

打鸟姿态——睁只眼,闭只眼

打牛皮灯笼过煤堆——黑对黑、黑上加黑

打牌的不识字——看人

打破的镜子——不能重圆

打破脸不怕扇子扇——拼上来了

打破了的水缸——难弄(拢)

打破脑袋不喊痛——气概非凡、充硬汉

打破脑袋叫扇子扇——豁出去了、无济于事、不济事

打破脑壳充硬汉——活受罪

打破砂锅问(璺)到底——追根求源、追根到底

打破纸灯笼——个个眼里有火

打破嘴巴骂大街——血口喷人

打枪不瞄准——无的放矢

打枪眯眼睛——睁一只眼,闭一只眼

打拳头给个甜豆包——堵人家的嘴

打人的疯子——惹不得

打人嘴巴还吐唾沫——欺人太甚、欺人之谈(痰)

打入虎头牢房——死定了

打入十八层地狱——难见天日、不见天日

打伞披雨衣——多此一举

打伞晒毛巾——一举两得

打闪电战——速战速决

打扇抽烟——煽风点火

打上黑脸照镜——自己吓唬自己

打上句号——完了

打蛇不死打蚯蚓——欺小怯大

打蛇不死——后患无穷

打蛇不死——留下祸根、留下后患

打蛇打到七寸上——恰到好处、击中要害、抓住了关键

打蛇打在七寸上——恰中要害

打蛇随棍上——因势乘便、因势利导、顺势而为

打绳的摆手——到(倒)劲

打手击掌——一言为定

打手赛拳——各有一套

打鼠不成反摔碎罐罐一因小失大

打水不关水龙头——放任自流、任其自流

打水上山——逐步提高

打水摇辘轳(安在井上绞起汲水斗的器具)——抓住把柄不放

打水鱼跳——逼的

打死扣的绳结——越拉越紧

打死老鼠喂猫——一恼一个,好一个

打酥油的棒棒——直来直去、直进直出、直出直入

打碎的盘子敲烂的碗——对不起

打碎牙齿咽肚里——干吃哑巴亏

打太极拳——陕不得

打疼了的疯狗——反咬一口

打铁不看火色——傻干

打铁不用锤——硬充能耐

打铁的拆炉子——散伙(火)

打铁的分伙——另起炉灶

打铁的烧糠——火力不足

打铁掉地下——白搭一火

打铁匠打磨——依原路

打铁匠绣花——干的不是本行

打铁卖糖——各干一行

打铁烧红钳子——不识火色、看不出火候来、不会香火色

打铁烧鸡毛——留不住火

打兔子的牵条狗——准备几招呢

打兔子碰见了黄羊——捞了个大外快

打完豺狗抓兔子——谁也跑不了

打围碰到金钱豹——笑逐颜开、喜笑颜开

打蚊子喂象——不顶用、不顶事

打下锅沿补锅底——不划算

打下去的桩头——定了

打响雷不下雨——虚惊场、一场虚惊

打消耗战——得不偿失

打一巴掌揉三揉——假仁假义、虚情假意

打油的漏斗——没底儿

打油钱不买醋——专款专用

打游击战——神出鬼没

打鱼不说枪，打猎不说网——三句话不离本行

打鱼得钱吸大烟——水里来火里去

打鱼的回家——不在乎(湖)

打鱼的烂网——千孔百疮

打鱼人碰烂船——倾家荡产

打鱼人上了街——有余(鱼)

打运动战——说走就走

打遭遇战——先发制人

打枣捎带粘知了——一举两得

打掌的敲耳朵——离题(蹄)太远

打仗做买卖——战争贩子

打胀的皮球——一肚子气

打针拔火罐——当面见效

打针吃黄连——痛苦

打针眼里看人——小瞧人

打肿脸充胖子——死要面子活受罪、外壮内虚、外强里虚、冒充富态

打准腹部——正中下怀

打着灯笼拉呱儿(闲谈)——明说、明说明讲

打着灯笼没处找——难得、得之不易

打着灯笼偷驴——明人不做暗事

打着公鸡下蛋——强人所难

打着呼噜聊天——净说梦话

打着手电筒走夜路——前途光明

打着兔子跑了马——得不偿失

打着野猪去献佛——何乐而不为

打字机上的键盘——横竖不成话

打足了气的皮球——蹦老高、一肚子气、早晚要炸

打足气的轮胎——不怕压力

大白公鸡下花花蛋——离奇、太离奇

大白天出星星——没谱、没见过

大白天打更——乱了时辰

大白天打劫——明目张胆

大白天的猫头鹰——睁眼瞎

大白天里抢劫——明火执仗

大白天遇见阎王爷——活见鬼

大白天掌灯——多此一举、浪费

大笔素描——粗线条

大便带出个擀面杖——恶(屙)棍

大伯背兄弟媳妇过河——费力不讨好、吃力不讨好、费劲不落好

大伯哥见弟妹——没话说

大草原上吹喇叭——想(响)得宽

大铲刨黄连——挖苦

大长鼻子产子——相(象)生

大车不拉——推行

大车后面拴小牛——歹毒(带犊)

大车后头套马——弄颠倒了、颠倒着做

大车拉煎饼——贪(摊)得多

大车拉王八——爱上哪儿上哪儿

大虫(老虎)吃耗子——囫囵(完整、整个儿)吞

大虫吃小虫——一物降一物

大虫打哈哈——笑面虎

大虫的脑袋——虎头虎脑

大虫借猪——有借无还

大虫口里夺脆骨,骊龙颔下取明珠——好大的胆子、送死、自己找死

大虫头,长虫尾——虎头蛇尾

大船出海——外行(航)

大船开到小河沟——搁浅

大船漏水——有进无出、有去无回

大船载太阳——勉强度(渡)日

大槌敲鼓——声声入耳

大锤把儿——专使后劲儿

大锤砸乌龟——硬碰硬

大慈悲看观音经——求人不如求己

大葱的皮——一层管一层

大葱掐了头——装蒜

大葱装蒜——不露头

大刀砍虱子——不上算、不合算

大刀上洒香水——能文(闻)能武

大刀斩小鸡——小题大做

大道边的驴——谁爱骑谁骑、你不骑我骑

大道边上贴布告——路人皆知

大道上洒香油,小道上捡芝麻——大处不算小处算

大堤上磕头——为何(河)

大地回春——百花齐放

大吊车吊灯草——轻巧、轻拿、不值一提

大吊车吊蚂蚁——轻而易举

大吊车吊小平板——稳拿

大豆榨油——上挤下压

大肚罗汉吹喇叭——一团和气

大肚罗汉戏观音——睁只眼,闭只眼

大肚罗汉写文章——肚里有货

大耳牛——不听使

大风吹倒帅字旗——出师不利

大风吹倒梧桐树——有的说短,有的说长、自有旁人说短长

大风吹倒玉瓶梅——落花流水

大风吹翻麦草垛——乱糟糟

大风地里吃炒面——有口难开

大风地里吹牛角——两头受气

大风地里点油灯——吹了、一吹就了、难看

大风天的蜡烛——吹了、一吹就了

大风天过独木桥——难通过、通不过

大风掀走窝棚顶——一下子全亮了底

大佛殿的罗汉——一肚子泥

大佛寺的大佛——半身全装

大夫摆手——没治了

大夫号脉——对症下药

大夫开棺材铺——死活都要钱

大伏天戴棉帽——乱套

大擀杖插到鸡窝里——捣蛋

大缸里放针——粗中有细

大缸里摸鱼——没跑、跑不了

大哥不说二哥——彼此彼此、彼此一样、大家差不多

大个子盖小人被——顾头不顾脚

大个子站在矮檐下——抬不起头来

大公鸡吃米——不计其数

大公鸡打架——全仗着嘴

大公鸡闹嗓子——别提(啼)了

大公鸡上房顶——高明(鸣)

大公鸡住鸟笼——不宽松

大姑娘拜天地——头一回、头一遭

大姑娘抱孩子——人家的、帮忙的

大姑娘出嫁——头一遭、又喜又怕

大姑娘穿花鞋——走着瞧

大姑娘当媒婆——缺少经验

大姑娘荡秋千——欢跃欲飞

大姑娘的长辫子——往后甩、甩在脑后了

大姑娘的脸蛋——摸不得

大姑娘的鞋——净花样

大姑娘的心事——摸不透

大姑娘缝娃娃衣——总有用着的时候

大姑娘赶嫁妆——算日子

大姑娘看嫁妆——有主了

大姑娘拿钥匙——当家做主

大姑娘盼闺女——想得太早

大姑娘骑驴过街——到处招摇

大姑娘瞧新房——有日子的人啦

大姑娘上轿——磨磨蹭蹭、脸上哭,心里笑

大姑娘头一次见夫婿——羞羞答答

大姑娘退订婚礼——不谈了

大姑娘相亲——忸忸怩怩

大姑娘想郎——敢想不敢说

大姑娘想婆家——难开口、口难开、不好开口

大姑娘绣花——细功夫、九曲十八弯

大姑娘绣嫁衣——穿针引线、细功夫

大姑娘养孩子——费力不讨好、吃力不讨好

大姑娘掌钥匙——有职无权、当家不做主

大姑娘坐花轿——迟早一回、迟早有一次

大姑娘作嫁衣——闲时预备忙时用

大牯牛的口水——太长

大牯牛落井里——有劲使不上、有力无处使

大观园里的闺秀——四体不勤,五谷不分

大观园里哭贾母——各有各的伤心处

大管子套小管子——不对口径

大锅里熬鱼——水里来,汤里去

大海大洋里的小舟——不着边际

大海的潮水——时起时落、时好时坏

大海翻了豆腐船——水里来,水里去

大海捞针——没那么容易

大海里捕鱼,深山里打猎——各吃一方

大海里荡舟——划不来

大海里的灯塔——光芒四射、指明航程

大海里的浮萍——没着落

大海里的黄花鱼——掀不起大浪、翻不了大浪

大海里的礁石——时隐时现

大海里的浪涛——波澜壮阔、一波未平,一波又起

大海里的沙粒——数不清

大海里的水——到哪里哪里嫌(咸)、永不自满、要多少有多少

大海里的水雷——一触即发

大海里的小船——风雨飘摇

大海里的一滴水——有你不多没你不少、渺小得很

大海里的鱼——经过风浪

大海里丢针——没处寻、难寻

大海里放鸭子——难收回、收不回来

大海里放鱼——各奔四方

大海里捞针——难下手、无法下手、摸不着底

大海里吐唾沫——不显眼

大海里下竿子——不知深浅

大海里行船,草原上放牧——漫无边际

大海里行船——乘风破浪

大海里腌咸菜——白费工夫、白费劲、枉费工

大海里一片叶——漂浮不定

大海里捉鳖——不好捉摸、难捉摸

大海上起风暴——波澜壮阔

大海退了潮——水落石出

大汉子拉癫狗——人不松狗松

大旱天的甘霖——点点喜心头

大河边上的望江亭——近水楼台

大河的水——畅通无阻

大河决了堤——放任自流、任其自流

大河里漂油花——一星半点

大河里洗煤炭——闲得没事干

大河里洗手——干干净净

大河里一泡尿——显不着

大河流水——管得宽、没完没了

大河漂油花——星半点

大河涨水——泥沙俱下

大黑天没灯——难行

大黑天照镜子——没影的事

大红缎子上绣花——亮刷刷的

大胡子吃糖稀(含水分较多的麦芽糖)——撕扯不清

大胡子喝面汤——越吃越糊涂

大胡子买刀片——需(须)要

大胡子——难题(剃)

大花公鸡上舞台——谁跟你比漂亮

大花篮提水——有劲使不上

大花脸扮小生——改行

大花脸出场——先声夺人

大花脸的胡子——假的

大花脸的眼睛——活彩

大花脸发脾气——暴跳如雷

大花脸化妆——面目全非

大花脸画眉毛——超额

大花脸舞刀——耍威风

大花脸卸妆——恢复本来面目

大槐树底下等情人——急不可待

大槐树下挂灯笼——四方有名(明)

大火报警——一鸣惊人

大火烧到额头上——迫在眉睫

大火烧蚁窝——一举全歼

大伙都唱一个调——异口同声

大鸡不吃碎米——看不上眼

大家闺秀不出门——没见过大场面

大家看电影——有目共睹

大家提意见——一言难尽

大江边的小雀——见过些风浪

大江大海一浪花——渺小

大江东去——永无休止

大江里撑船——探不到底

大江里的水泡——渺小

大江里漂浮萍——随波逐流

大江里抓鱼——人人有份

大将军骑马——威风凛凛

大脚穿小鞋——两头扯不来、钱（前）紧、迈步难、挤不进去

大脚女人——迈不出小步来

大街得讯小巷传——道听途说

大街上弹琴——听不听随你

大街上的告示——有目共睹

大街上的红绿灯——有目共睹

大街上的霓虹灯——光彩夺目、引人注目

大街上的行人——有来有往

大街上掂杂碎——提心吊胆

大街上搞募捐——多多益善、越多越好

大街上卖笛子——自吹

大街上撒传单——自给

大镜子当供盘——明摆着

大卡车开进小巷子——难转弯、转不过弯来

大口啃住包子馅儿——抓重点

大口碗配个小盖子——合不拢、合不到一块儿

大懒差小懒——都是懒汉、懒对懒、白瞪眼

大榔头砸豆腐——笃定

大浪打翻满船鱼——水里来，水里去

大老粗戴眼镜——硬装文化人

大老粗看佛经——茫然不懂

大老虎骑小老虎——马马虎虎

大老爷的惊堂木——官气（器）

大老爷开恩——放了

大老爷升堂——吆五喝六

大老爷下轿——不（步）行

大狸猫伸懒腰——唬（虎）起来了

大理石压咸菜缸——大材小用

大理石做门匾——牌子硬

大鲤鱼掉了鳞——一天比一天难过

大力士摆手——重要

大力士背碾盘——好大的力气、劲大、劲不小

大力士进了铁匠铺——样样拿得起

大力士扔鸡毛——有劲使不上

大力士耍扁担——轻而易举

大力士绣花——不是干这活的料、力不从心、干不了细活

大梁柁做文明棍儿——大材小用

大辽河的王八——净食吃

大龙不吃小干鱼——看不上眼

大篓洒香油,满地拾芝麻——得不偿失

大路边的牡丹——众人共赏

大路边上裁衣服——有的说短,有的说长、自有旁人说短长

大路边上的碓窝——人人用

大路旁的小草——有你不多,无你不少

大路上长青草——死里求生

大路上的螃蟹——横行霸道

大路上的石头——明摆着

大路上的小石头——踢过来踩过去

大路上的砖头——绊脚石、踢来踢去

大路上堆竹竿——蹩脚

大路上卖竹竿——这个说长那个说短

大路上栽葱——白费工夫、白费劲、枉费工

大轮船出海——通行无阻、畅通无阻

大轮船靠小港——挨不上

大轮船下锚——稳稳当当

大萝卜进菜窖——没影儿（缨）了

大麻风破皮——没法治、没治了

大麻风向着癞子哭——彼此彼此、彼此一样

大麻籽喂鸡——不是好粮食

大麻子喂麻雀——喂一个,跑一个

大马拉小车——有劲使不上、有力无处使

大马虾炒鸡爪——抽筋带哈腰

大麦掉在乱麻上——茫(芒)无头绪

大麦糊煮玉米糊——糊糊涂涂、糊里糊涂

大麦芽做饴糖——好料子

大蟒吃猪娃——生吞活剥

大门板做棺材——屈才(材)、屈了材料、用才(材)不当

大门口的春联——年年有、一对红

大门口的石狮子——成双成对

大门口挂灯笼——光耀门庭、一对儿、美名(明)在外

大门楼里敲锣鼓——里外有名(鸣)声

大门上插秧——有门道(稻)

大门上的门神——是外人

大门上挂画——美名在外

大门上挂扫把——臊(扫)脸

大门上贴画儿——美名在外

大门外的砖头——踢出来的

大门外挂彩灯——美名(明)在外

大米饭里掺芋头——混着吃

大眠起来的春蚕——满肚子私(丝)

大拇指跟大腿比——小样

大拇指卷煎饼吃——自吃自、自咬自

大拇指搔痒痒——随上随下

大拇指掏耳朵——难极了、难进、有劲使不上

大拇指头比大腿——差一大截子

大脑袋唱潘仁美——替人项臭名

大年初一拜年——你好我也好、彼此彼此、彼此一样

大年初一吃饺子——随大流、年年都一样、人有我有、头一遭

大年初一吃面条——移风易俗

大年初一吃窝头——不香

大年初一串门——见人就作揖

大年初一打灯笼——年年如此

大年初一打拼伙——穷鬼们聚到一块了

大年初一打平伙——聚到一块了、穷凑合

大年初一的袍子——借不得

大年初一翻皇历——头一回、头一遭

大年初一见了面——尽说好话

大年初一借袍子——不是时候、不识时务

大年初一看日历——日子长着呢

大年初一没月亮——年年都一样

大年初一生娃娃——双喜临门

大年初一贴"福"字——吉庆有余

大年初一遇亲友——尽说吉利话

大年初一早上见面——你好我也好

大年初一坐月子——赶在节上

大年三十的案板——家家忙

大年三十的烟火——万紫千红

大年三十看皇历——没有日子了

大年三十没月亮——年年都一样

大年三十盼月亮——痴心妄想、妄想

大年三十晚上熬稀粥——年关难过

大年三十晚上卖门神——晚了、太迟了

大年三十喂过年猪——来不及了

大年五更出月亮——离奇、头一回

大年午夜的鞭炮——无花乱坠

大年夜出太阳——离奇、太离奇

大年夜的爆竹声——此起彼落

大年夜的蒸笼——热门货

大年夜里熬糨糊——贴对子

大年夜卖年画——不懂买卖经

大胖子穿小褂——不合身

大胖子爬竿——未必能上

大胖子骑瘦驴——不相称

大胖子跳井——深不下去、不深入

大胖子跳橡皮筋——软功夫

大胖子推磨——杜撰（肚转）

大胖子下山——连滚带爬

大胖子学游泳——浮力大

大胖子走窄门——自己跟自己过不去、难进

大胖子坐小板凳——局促不安

大炮打麻雀——小题大做、不惜代价

年画

大炮打群狼——一哄(轰)而散
大炮打蚊子——大才(材)小用
大炮的性子——爱轰
大炮轰瓷窑——土崩瓦解
大炮上刺刀——远近全能对付、蛮干
大炮筒里装手榴弹——不对口径
大炮筒子——不转向、不会拐弯
大鹏飞入网——只怕张不住
大鹏展翅——前程万里
大笆箩扣王八——跑不了
大巧背小巧——巧上加巧
大晴天遭冰雹——晕头转向
大庆王进喜——铁人
大热天穿皮袄——不是时候
大热天掉到了冰窖里——透心凉
大热天掉进井里——从头凉到脚
大热天捧个烂西瓜——想扔舍不得
大热天送火炉——不是时候
大热天下暴雨——猛一阵、长不了
大人不计小人过——宽宏大量
大人穿着小孩鞋——硬撑
大人的演出——不是儿戏
大人耍灯草——不称心
大扫帚抵门——软顶硬抗
大鲨鱼不吃小虾——看不上眼
大衫布做坎肩——亏了材料
大勺碰小勺——想(响)到一块了
大少爷种田——大手大脚
大舌头讲演——含糊其词、含含糊糊
大蛇过街——莽(蟒)行
大神不落土地庙——接不到
大声使铜银(指把铜质货币当银质货币使用)——公开作假
大圣吹毫毛——变得真快
大师傅熬稀粥——不在话下
大师傅拆灶——散伙(火)
大师傅打蛋——各个击破
大师傅的肚子——油水多

大师傅卷行李——散吹(炊)

大师傅下伙房——来了行家

大师傅蒸馍——不到火候不开锅

大石板上青苔毛——长不了

大石板压蛤蟆——鼓不起劲来

大石沉海——一落千丈

大石头压死蟹——以势压人

大世界(旧上海著名的游乐场)里照哈哈镜——面目全非

大树底下的小草——见不得阳光、见不得太阳

大树底下聊天——净说风凉话

大树底下晒太阳——阴阳不分

大树掉片树叶——无关大体

大树林里一片叶——有你不多,无你不少

大树上吊个口袋——装疯(风)

大树下歇凉——爽快

大树做椽子——揭(截)短

大水冲崩关帝(土地)庙——慌了神

大水冲了河坝——没题(堤)

大水冲了龙王庙——一家人不认识一家人

大水冲了菩萨——留(流)神、绝妙(庙)

大水缸里捞芝麻——难上加难、难找

大松树栽在花盆里——屈才(材)、屈了材料

大松树作柴烧——大材小用

大蒜剥皮——层层深入

大蒜调冻豆腐——难办(拌)

大蒜发芽——多心

大蒜结子——抱成团

大蒜苗当枕头——昏(荤)头昏(荤)脑

大太阳底下喝老酒——里外发烧

大铁锤敲铜锣——响当当、当当响

大厅里放盆火——满堂红

大厅中央挂字画——堂堂正正

大头猫作揖——腐败(虎拜)

大头蛆拱磨盘——白费工夫、白费劲、枉费工

大头娃娃跳舞——改头换面

大头鱼(鳕鱼)背鞍子——跑江湖

大头针包饺子——露馅儿、扎心

大腿上把脉——不对路数、瞎摸、胡来、不是地方

大腿上长疗疮——走到哪坏到哪

大腿上挂篷帆——一路顺风

大腿上挂铜铃——走一步响一步

大腿上画老虎——吓不了哪一个、吓唬老百姓

大腿上贴对联——算哪一门

大腿上贴门神——人走神搬家、走了神

大腿上贴商标——走到哪儿宣传到哪儿

大碗盖小碗——管得拢

大碗装糍粑——稳稳当当、稳当当的

大网捕小鱼——劳而无功、有劳无功

大网行里抛拖锚——自讨麻烦、自找麻烦

大苇坑的蛤蟆——干鼓肚

大雾里看天——迷迷糊糊

大雾笼罩山腰——不识真面目

大雾天放鸭子——有去无回

大雾天看山峰——渺茫

大犀鸟离森林——活得不耐烦

大槺花喂牛——不经大嚼

大虾炒鸡爪儿——蜷腿带拱腰

大虾掉进油锅里——闹了个大红脸

大下巴吃西瓜——滴水不漏、点滴不漏

大厦将倾——独木难支

大象踩皮球——经不起

大象吃豆芽——不够塞牙缝、不够嚼

大象吃黄连——苦相(象)

大象吃蚊子——无从下口、难下口、无法下口

大象逮老鼠——有劲使不上、有力无处使

大象的鼻子——能屈(曲)能伸

大象的屁股——推不动

大象的牙,骆驼的峰——生就的骨头长就的肉

大象喝水——有肚量

大象呼吸——双管齐下

大象换老鼠——不上算、不划算

大象进猪场——超群出众

大象口里拔牙齿——不是好惹的、不好办、好大的胆子

大象敲门——来头不小

大象身上的跳蚤——微不足道、微乎其微

大象抓凤凰——眼高手低

大象走路——稳稳当当、稳重

大小号齐奏——双管齐下

大小姐织布——手忙脚乱

大小子撵鸭子——呱呱叫

大猩猩穿马夹——装人

大熊猫吃秤砣——铁了心

大学生宿舍——公寓

大学生做加减法——太简单了

大雪落在海里头——看得见，摸不着

大雪天找蹄印——离奇、太离奇、难极了

大烟鬼拉车——有气无力、少气无力

大眼瞪小眼——面面相觑

大眼筛子里捉黄鳝——跑的跑，溜的溜

大眼筛子盛米——一个不留

大眼网捕鱼——白费工夫、溜了小的

大眼贼(黄鼠狼)掉到昆明湖——不着边际

大眼贼儿哭兔子——本是一路货

大眼贼碰上仓老鼠——大眼瞪小眼

大雁吃莲秆——直脖子

大雁东南飞——趾高气扬

大雁飞过拔根毛——总要捞一把

大雁飞行——成群结队

大雁跟着飞机跑——落后了

大雁和鹭鸶对歌——南腔北调

大爷和太爷——只差一点、差一点

大衣柜没把手——抠门儿

大姨妈打鞋底——常(长)扯

大阴天吃凉粉——不看天气

大鱼吃小鱼，小鱼吃虾米，虾米吃青泥——一物降一物、强者为王

大鱼吃小鱼，小鱼吃虾米(小虾)——大的欺负小的、弱肉强食、以大欺小

大鱼嘴边的虾子——跑不了

大雨天打麦子——难收场

大雨天上房——找漏洞

大禹治水——不顾家

大轴和马达——只有一个心眼儿

大轴里套小轴——话(画)里有话(画)

大字丢了横——冒充人、装人样

大字写成太——多了一点

大自然的风——来去匆匆

大嘴乌鸦吃食——一副贪相

dai

呆女嫁痴汉——谁也不嫌谁

呆子把脉——摸不着

呆子帮厨——越帮越忙

呆子不识走马灯——来的来,去的去

呆子吃盖杯(有盖的杯子)——四下无门、四路无门

呆子观灯——一片明

呆子哼曲子——没谱

呆子进迷宫——摸不清东西南北

呆子看戏——光图热闹

呆子看烟火——傻了眼

呆子求财——多多益善、越多越好

呆子求情——有理说不清、讲不清道理

呆子娶个秃老婆——两将就、两凑合

呆子学铁匠——不识火色、看不出火候来、不会看火色

呆子做账房先生——糊糊涂涂、糊里糊涂

代别人写情书——不是心里话、不是真心

带刺的藤子——碰不得、摸不得

带刺的铁丝——难缠

带刺的玫瑰花——好看是好看,却有点扎手

带壳的核桃锅里煮——不进油盐、油盐不进

带了秤杆忘了砣——丢三落四

带泥的萝卜——有点土气

带你上天你还有气——不识抬举

带皮的板栗——浑身是刺

带素珠的老虎——假念弥陀

带拖斗的卡车——拖拖拉拉

带崽的母老虎——分外凶

带着秤杆买小菜——斤斤计较

带着花岗岩脑袋见上帝——死不改悔

带着救生圈出海——有备无患

带着老婆出差——公私兼顾

带着碗赶现成饭——白吃
带着烟不抽——装着玩
带着自行车乘汽车——多余
待人不分厚薄——一视同仁
袋鼠的本事——会跳
逮个兔子不剥头——给留着脸哩
逮个兔子死了鹰——得不偿失
逮鸡舍得一把米——以小诱大
逮兔子不用猫——有权(犬)
逮兔子打狐狸——一举两得
逮鱼的不带网——全凭手摸
戴草帽亲嘴——差一截子、差一大截、对不上口
戴草帽亲嘴——勿碰头
戴草帽扎猛子——下不去、沉不下去
戴穿了的帽子——出头了
戴大红花回朝——大功告成
戴大帽子穿小鞋——头重脚轻
戴斗笠打伞——双保险、多此一举
戴斗笠坐席子——独霸一方
戴碓窝(石臼)玩狮子——劳而无功、有劳无功
戴耳环画眉毛——耳目一新
戴钢盔爬树——硬着头皮上
戴瓜皮帽穿西服——土洋结合
戴红缨帽上树——红到顶了
戴假发画花脸——面目全非
戴口罩——嘴上一套
戴礼帽的偷书——明白人办糊涂事
戴了笆斗进庙门——想充大头鬼
戴墨镜上煤堆——一团漆黑
戴木头眼镜看书——视而不见
戴起麻布帽子跳加官(旧时戏曲开场或演出中,遇显贵到场时加演的舞蹈节目)——
苦中作乐、苦中取乐
戴起眼镜迎客——看你来不来
戴上笼头的小毛驴——听人使唤
戴上面具的猴子——没脸见人
戴上捂眼的驴——转开了磨
戴特大帽子穿胶鞋——头重脚轻

戴乌纱帽弹棉花——有功(弓)之臣

戴孝帽进灵棚——随大流

戴孝帽看戏——乐而忘忧

戴眼镜拨算盘——找仗(账)打

戴眼镜买车轴——各投各眼、各对各眼

戴有色眼镜看人——有失本色

戴着斗笠亲嘴——差着一帽子

戴着碓窝(石臼)拜年——费力不讨好、吃力不讨好

戴着鬼脸上街——不当人

戴着脚镣爬山——寸步难行

戴着帽子鞠躬——岂有此理(礼)

戴着帽子找帽子——糊涂到顶了

戴着面具——脸皮厚

戴着面具上街——没脸见人

戴着面具跳舞——谁还认识谁

戴着面罩做人——其貌不扬

戴着墨镜倒骑驴——尽走黑道

戴着木头眼镜——看不透

戴着破表讲话——说不准

戴着手套握手——不够礼貌

戴着乌纱弹棉花——有功(弓)之臣

戴着乌纱帽不上朝——养尊处优

戴着孝帽去道喜——自讨没趣、自找没趣

戴着眼镜买车轴——各对其眼

戴着眼镜找眼镜——昏头昏脑、昏了头

戴着雨帽进庙门——冒充大头鬼

戴着纸斗篷亲嘴——不相称

黛玉焚稿——忍痛割爱

dan

单车对炮双士——分不出高低

单车对士象——和为贵

单车杀不了马双象——不信试试看

单车追汽车——望尘莫及

单根青丝拴磨盘——千钧一发

单箭射双雕——一举两得

单口相声——一个人说了算、都听你的

单枪匹马上阵——孤胆英雄

单人表演——唱独角戏

单扇门没有闩——硬顶

单身汉分到房——自成一家

单身汉过日子——独揽一切

单身汉跑江湖——无牵挂、无牵无挂

单身汉碰到和尚——尽光棍、全是光棍

单身汉娶媳妇——自作主张、自拿主意

单身汉宿舍——没老没少的

单身汉填表——无事（氏）

单身汉要抱孙子——想得太远了

单手举磨盘——独力难撑

单眼儿看老婆——一目了然、一眼看中

单眼看布告——睁只眼，闭只眼

单眼看花——一目了然、白费工夫、白费劲、枉费工

担百斤行百里——任重道远

担山填海——力不能及、白费工夫、心有余而力不足

担水的扁担进门——直来直去、直进直出、直出直入

担水往河里卖——劳而无功、有劳无功

担心手臂比腿粗——多余

担雪填深井——误人不浅、白费功夫、枉费工

担着石磨赶庙会——负担太重

担子两头挂红灯——挑明

胆小鬼打仗——临阵脱逃

胆小鬼当兵——上不了阵

胆小鬼的眼睛——见什么都怕

胆小鬼偷东西——忐忑不安、惴惴不安

胆小鬼走夜路——提心吊胆、腿软心虚

胆小鬼坐飞机——抖起来了

胆汁拌黄连——苦上加苦

胆汁滴在眉毛上——眼前苦、苦在眼前

掸子没毛——光棍一条

弹弓打飞机——差得远、差远了、挨不上

弹弓射鸟——由下向上

弹花匠的女儿——会谈（弹）不会访（纺）

弹花匠进官——有功（弓）之臣

弹棉花的戴乌纱帽——硬装有功（弓）之臣

弹琵琶的人——爱抖擞

弹弦儿吧嗒嘴——说啥不够调儿

弹药库爆炸——火气太大

弹药库房——不能发火

弹药库里玩火——万万不可

弹子掉在铜锣里——响当当、当当响

淡水蟹——吃不得咸水

淡水鱼放在咸水里——不知死活、死活不知

蛋打鸡飞——两头空、两落空

蛋壳垫桌脚——支撑不住

蛋壳黄都没干——卖啥老哩

蛋壳里做道场——摆不开架势

dang

当兵的背算盘——找仗（账）打

当兵的垒灶——安营扎寨

当差放私骆驼——假公营私

当风扬灰——一吹就散

当官不坐高板凳——平起平坐

当官的拍桌子——惊堂

当官丢了印——昏头昏脑、昏了头

当和尚不敲钟——白吃饭

当红娘还包生崽——负责到底

当会计的——会打算盘

当家神（灶神）卖土地——一贫如洗

当了皇帝想成仙——不知满足、贪得无厌

当了将军——就得传令

当了衣服打牙祭（偶尔吃顿丰盛的饭）——顾嘴不顾身

当了衣裳买粉搽——穷讲究、穷打扮

当面剥葱——一层一层地摆摆

当面锣，对面鼓——明打明敲

当面是人，背后是鬼——伪君子

当面诵善佛，背后念死咒——阳奉阴违

当娘的打扮小闺女——入细入微

当铺的买卖——沾手三分肥

当铺柜台——高得很

当上潜水员——下海了

当头炮——将军

当夜捉贼当夜送衙——马上行事、事不过夜

当一天和尚撞一天钟——得过且过

当贼的说梦话——想偷

当着矬子说短话——成心叫人难堪

当着阎王告判官——没有好下场

挡风板当锅盖——受了冷气受热气

挡风玻璃做锅盖——明受气

荡货船——两头翘

dao

刀把老鼠——最刁

刀底下的豆腐——任人宰割、随人宰割

刀剁自己的脚趾头——自觉(脚)自愿

刀割韭菜——一茬一茬的来

刀搁脖子——离死不远、危在旦夕

刀架心头上——忍了

刀尖上安翅膀——飞快

刀尖上打拳——站不住脚

刀尖上赌气——活不久、活不长

刀尖上过日子——危在旦夕

刀尖上立正——站不住脚

刀尖上抹手——好险、冒险、危险

刀尖上耍杂技——硬逞能、瞎逞能

刀尖上跳舞——凶多吉少

刀尖上走路——玄乎

刀砍大海水——难舍难分

刀口下的绵羊——任人宰割、随人宰割

刀口遇滚水烫——疼痛难忍

刀里夹箭——给你个冷不防

刀马旦不会耍刀枪——徒有虚名

刀马旦出身——会打

刀劈毛竹——迎刃而解、干脆利索、一分为二

刀切大葱——两头空

刀切酥油——两面光

刀子切元宵——不圆满、不愿(圆)

刀刃上抹鼻涕——难下手、无法下手

刀刃上骑车——不要命的主儿

刀剜黄连木——刻苦

刀子插进胸口——伤透心肝、伤心

刀子插在鞘里——锋芒不露、不露锋

刀子对斧子——硬过硬、是个对手

刀子哄小孩——不是玩意儿

刀子上打滚——身子硬

刀子耍在铁匠铺——不是地方

刀子扎进肚里——心疼

刀子嘴,豆腐心——嘴硬心软、口恶心善

导弹打飞机——同归于尽、跟踪追击

导火线上拴炸药——一触即发

导演舞竹子——有节拍

导游者领路——引人入胜

倒骑毛驴——往后瞧、向后看倒

背手放风筝——扯远了

倒背手看鸡窝——不简单(拣蛋)

倒长的山藤——根子在上头、根子在上边

倒吃甘蔗——节节甜、一节比一节甜、甜头在后

倒吃糖葫芦——大头在后面、大的在后头

**倒骑毛驴**

倒吊的腊鸭——一嘴油

倒翻芝麻担——难以收场

倒挂的狐狸——尾巴翘不起来、翘不起来

倒糠拍笙——一点不留

倒了庙宇压碎神像——失灵

倒了碾盘砸了磨——实(石)打实(石)

倒了五味瓶子——苦辣酸甜咸都有

倒了油瓶子不扶——袖手旁观、懒到家了

倒瓢的冬瓜——一肚子坏水

倒闲话,落不是——吃了嘴的亏、全坏在嘴上

倒泻一笼蟹——各人手硬各人扒

倒爷发家——不义之财

倒在地上的水银——无孔不入

倒在地下的水——舀不起来

倒坐炕沿扇扇子——耍风流

捅了马蜂窝——不能善罢甘休

捣蒜剥葱——各管一工

捣蒜槌子打鼓——懂(咚)

捣蒜槌子——独根儿

到处埋雷——危机四伏

到处下蛆的苍蝇——无缝不钻

到饭馆里买葱——未必给你

到河边才脱鞋——事到临头

到火神庙求雨——找错了门

到了黄山想泰山——这山望着那山高

到了火车站——鬼(轨)多

到了奈河桥又回来——死不成

到了山顶想上天——贪得无厌

到了悬崖不勒马——死路一条

到派出所领东西——物归原主

到手的肥肉换骨头——心有不甘

到站的火车——叫得响,走得慢

盗马贼挂佛珠——假正经、假装正经

盗马贼披袈裟——嫁祸于人

盗墓贼作案——捣鬼

道场里面打跟头——凑热闹、凑凑热闹

道人的头发——挽起

道士吹螺号——吓鬼

道士打醮(旧时道士设坛念经做法事)——鬼使神差

道士的辫子——挽得紧

道士掉了令牌——无法、没法、没办法

道士念经——照本宣科

道士跳法场——装神弄鬼、鬼使神差

道士舞大钳——少见(剑)

道士遭雷打——作法自毙

道士捉妖——有福(符)

稻草弹被絮——不是正胚子

稻草点灯——十有九空

稻草肚子棉花心——虚透了

稻草堆里埋石头——软中有硬

稻草堆里找跳蚤——痴心妄想、妄想

稻草盖珍珠——内中有宝、外贱内贵

稻草秆打人——软弱无力

稻草灰——随人捏

稻草人绑布条——吓唬小麻雀

稻草人跌跤——腰杆子不硬

稻草人放火——害人先害己

稻草人干活——不分昼夜

稻草人过河——不成(沉)

稻草人救火——引火烧身、自取灭亡、自顾不暇、同归于尽

稻草人救人——自身难保

稻草人烤火——不要命了

稻草绳子拔河——经不住拉

稻场撒网——空捕一场

稻秆敲锣——不响

稻秆做枕头——草包一个

稻田夹菜地——黄一块青一块

稻田里拔稗草——拖泥带水

稻田里插秧——以退为进、后来居上

稻田里的稗子——你算哪棵苗

稻田里盖猪圈——肥水不落外人田

稻田里拉犁耙——拖泥带水

稻田里捉龟——十拿九稳

稻子去了皮——白人(仁)儿

de

得病不吃药——熬、看你怎么好

得到屋子想上炕——贪得无厌、贪心不足

得过且过——不求上进

得阑尾动手术——除恶务尽

得了狂犬病的恶狗——正在风(疯)头上

得了脑膜炎——坏透顶了

得了失眠症——没精打采的

得了五谷想六谷,有了肉吃嫌豆腐——欲无止境

得陇望蜀——贪得无厌、贪心不足

得势的猫儿——雄似虎、欢似虎

得鱼丢钩——忘恩负义

德州扒鸡——窝着脖子别着腿

deng

灯草变黑——死了心(芯)

灯草撑屋梁——做不了主(柱)

灯草搓绳绑野马——白费工夫、白费劲、枉费工

灯草搭浮桥——走不得

灯草打鼓——想(响)不起来、不想(响)

灯草打老牛——不痛不痒、不觉痛痒

灯草打锣——不想(响)

灯草打圈圈——扯不得、莫扯

灯草打人——软弱无力、不痛不痒

灯草打围墙——一点没事

灯草当秤砣——没有分量

灯草当拐棍——使不上劲

灯草抵门——靠不住、不可靠

灯草点灯不用油——心(芯)好

灯草点火——有一分热,发一分光

灯草吊颈——假做作、死不了

灯草吊乌龟——提不起

灯草掉在水里头——不成(沉)

灯草儿扎风筝——飘浮得很

灯草赶苍蝇——软收拾

灯草拐棍——飘飘然、难撑、不可靠、主(拄)不得

灯草拐杖——做不得主(柱)

灯草灰过大秤——没分量

灯草灰——轻狂

灯草灰咽肚里——说话没分量

灯草捆草蛇——别提他(它)

灯草栏杆——靠不住

灯草剖肚——开心

灯草铺桥——过不去、走不得

灯草烧灰——飘飘然

灯草芯吊脖子——吓唬人

灯草织布——枉费心机

灯草做火把——一亮而尽

灯草做琴弦——不值一谈(弹)

灯蛾扑火——甘心找死、惹火烧身、自焚

灯笼点蜡烛——心里亮、肚里明

灯笼赶集——白瞪眼

灯笼做枕头——承受不起、难撑、承不起这个差事

灯谜晚会——耐人寻味

灯下点烛——白费蜡

灯芯草挑刺——太软

灯影子上饭馆——人多不吃食

灯盏里放毛线——变了心(芯)

灯盏里没灯草——无心(芯)

灯盏里洗澡——不晓得大小

灯盏上烧柴——放不下心(薪)

灯盏添油——不变心(芯)

灯盏无油——干熬、光费心(芯)、火烧芯(心)(比喻非常着急,心焦如焚)

登上架子——总认为自己高

登上山顶望平地——回头见高低

登上泰山想升天——好高骛远

登太行望运河——远水不解近渴

蹬着刀尖进虎口——步步危险

蹬着梯子上天——没门儿

等公鸡下蛋——没得指望

等号后边画个圈——等于零

凳子比桌子还高——没大没小

凳子上插尖刀——谁敢坐、坐不得

凳子上抹石灰——白挨

瞪着眼吹死猪——长吁短叹

瞪着眼睛咬着牙——怀恨在心

di

的确凉衬衫——看透了

的确凉做抹布——浪费材料

低个子看戏——随上人家说

低栏杆——靠不着

低头放焰火——刺眼

低头狗——暗下口

低头拉车——看不远

低着头走路——想事儿

羝羊触藩——进退两难

滴水穿石——非一日之功

滴水崖上滴水——滴完没了

笛子吹火——到处泄气

笛子独奏——自吹

笛子没眼——吹不响

笛子配铜锣——响(想)不到一块

抵门杠做牙签——大材小用

地板擦子刷地——拖泥带水

地板上的骨头——没人肯(啃)

地板上放书——没架子

地板上铺地毯——不能拖

地道里布罗网——来一个,捉一个

地道里点灯——实在不高明

地道里开车——暗中来往

地道里卖黄金——不见得高贵

地道里卖门神——看出来的好话(画)儿

地道里下台阶——步步深入

地道里找对象——要求不高

地道里找人——暗中查访

地道里找绳子——暗中摸索

地道里照相——脸上不光彩

地道里装机关——看谁敢来

地洞里藏老鼠——见不得阳光、见不得太阳

地府里打官司——死对头

地府里打冤家——鬼打鬼

地府里屙屎——懒鬼

地瓜不叫地瓜——白数(薯)

地瓜地里种豆角——纠缠不清

地瓜冒热气——熟透了

地黄瓜丢架子——嫁(架)不得

地脚螺丝——动不得

地窖里打灯笼——来明的

地窖里活命——难见天日、不见天日

地窖里聊天——说黑话

地老鼠交给猫看——十有九空

地老鼠跑江湖——走路不少,见天不多

地里的萝卜——上清(青)下不清(青)

地里的蚯蚓——土生土长、能屈(曲)能伸、成不了龙、有股钻劲

地里的薤白——装蒜

地里的庄稼苗——顺风倒

地里的庄稼——土生土长

地面上的水——哪里低往哪里流

地皮上割草——不去根

地平线——天壤之别

地球绕着太阳转——周而复始

地上的蚂蚁——数不清

地上的爬虫——没骨头

地上的野草——除不尽

地上的影子——看得见摸不清、你走他也走

地上的砖头——踢一踢，动一动

地上拣起来的饼——不干不净

地上跳到炕上——不足为奇

地上栽电杆——正直

地烧三尺——寸草不留

地摊上卖暖壶——水平(瓶)有限

地毯上寻针——吹毛求疵(刺)

地头蛇，母老虎——不是好惹的

地头蛇请客——福祸莫测

地图上画个圈——谁知道有多大

地图上量距离——咫尺万里

地下摆摊——没有架子、不摆架子

地下流出来的水——来路不明

地主的狗腿子——仗势欺人

地主老爷的碗——难端

弟兄们分家——单干、另起炉灶

弟兄俩骂娘——自骂自

第六个手指——多余

dian

掂篙撑船——赶不上、撑不上

掂着点心上树——言之(沿枝)有理(礼)

掂着算盘上门——找人算账

掂着猪下水过独木桥——提心吊胆

点火的爆竹——肚子气

点火就想开锅——性太急

点火上轿——照价(嫁)

点火烧眉毛——自找罪受、自找难受

点了黄豆不出苗——孬种、不是好种

点名不到——没出席

点起火把作战——来明的
点燃的蜡烛——长命(明)不了
点手叫罗成——一招就来
点着火把聊天——明说、明说明讲
点着火的双响——气得蹦八丈高
踮着脚尖立正——不久长、难长久
电灯泡上蹭痒痒——摩登(磨灯)
电灯泡上点火——其实不然(燃)
电灯泡上点香烟——不然(燃)
电灯照墙角——名(明)角
电灯照雪——明明白白、明白
电饭锅煮饭——不要火
电风扇的脑袋——专吹凉风
电杆料子做了火柴梗——大材小用
电焊的火花——看不得
电焊焊钢板——牢靠
电壶里装水——外凉里热
电话拜年——两头方便
电话断了线——说不通
电话局的话务员——耳听八方
电话里谈恋爱——两不见面
电锯开木头——当机立断
电扇吹渔网——漏风
电扇上伸双手——吹捧
电视广告上的美人——昙花一现
电视机里放录音机——多想(响)了一层
电视上的画面——说变就变
电梯抛锚——上下为难、上不上,下不下
电线杆穿大褂——细高挑儿
电线杆当筷子——无从下口、难下口、无法下口
电线杆当套马杆——用才(材)不当
电线杆钓鱼——大材小用
电线杆顶上雕花——手艺高
电线杆挂灯笼——高明、有名(明)的光棍
电线杆刻手戳——没用到正经地方
电线杆上安喇叭——想(响)得高
电线杆上绑鸡毛——胆(掸)子不小、好大的胆(掸)子

电线杆上插土豆——大小是个头
电线杆上吊暖壶——高水平(瓶)、水平(瓶)高
电线杆上挂邮筒——高兴(信)
电线杆上挂钟——想(响)得高
电线杆上拉胡琴——大老粗
电线杆上敲瓷瓶——站得高,想(响)得远
电线杆上晒衣服——架子不小、好大的架子
电线杆上耍把势——艺高人胆大、本领高、险得很
电线杆子穿胡同——直来直去、直进直出
电线杆子当筷子使——拿不动
电线杆子剔牙——大老粗、敢想敢干
电线杆子做牙签——进不了口
电线上的风筝——缠上了
电影里的打斗——真真假假
电影里的夫妻——假的
电影里放电视——戏中有戏
电影里谈恋爱——假情假意、假仁假义
电子脑袋——神机妙算
电钻钻孔——不通也要通、硬要打通
电钻钻墙——不怕你硬
电钻钻膝盖——打通关节
店铺里的蚊子——吃客
店铺前吊门板——好大的牌子
垫着被盖卷儿睡觉——高枕无忧
垫子上翻跟头——摔着也不要紧
靛蓝染白布——一物降一物

diao

刁鹰飞入鸡儿场——没有好心肠
叼羊游戏中的小羊羔——任人撕扯
叼着喇叭敲鼓——自吹自擂
貂蝉嫁吕布——英雄难过美人关
貂蝉唱歌——有声有色
貂皮下面安狗尾——不相称
碉堡里伸机枪——伺机伤人
雕虫小技——不足为道
雕花的扁担——中看不中用
雕花店里失火——刻不容缓

雕花匠不给神像磕头——知道老底

雕花匠的行头——动手就错(锉)

雕花匠做梦——想错(锉)了

雕花师傅戴眼镜——精雕细刻

雕塑匠手里的泥巴——得心应手、随人捏、随心所欲

吊车干活——拿得起放得下

吊车坏了——无法提高、不提了

吊车提物——举重若轻

吊骆驼上楼——费力不讨好

吊起的冬瓜——头重脚轻

吊起锅儿当钟打——穷得叮当响

吊起来打秋千——要的就是这个劲

吊扇下面拉家常——讲风凉话

吊桶打水——先下后上

吊桶落在井里——不上不下、上不上，下不下

吊桶脱箍——没法提、提不得

吊桶在你井里——由你做主

吊在房梁上的葱头——皮焦根枯心不死、叶烂皮干心不死

吊在房檐上的大葱——叶黄皮干心不死

吊着头发打秋千——不要命、玩命干

钓过的黄鳝——难上钩

钓上来的鱼——自己上钩

钓鱼的鱼漂——现(显)在上面

钓鱼竿上挂肝肺——悬着心

钓鱼钩变成针——以曲求伸

调虎离山——乘机行事

掉到井里打扑腾——死不死,活不活

掉到水里的肥皂——滑得很

掉光头发甩木梳——可以理解

掉进冰窟窿里——从头凉到脚

掉进冰水里——寒心

掉进草窝的绣花针——没处寻、难寻

掉进糨糊盆里的苍蝇——拔不出腿来

掉进开水锅里的虾——浑身不自在、急红了眼

掉进麦芒堆里——浑身不自在

掉进染缸里——一世洗不清

掉进水里的鞭炮——给谁都不要

掉进水里的手鼓——打不响

掉进陷阱里的狗熊——熊到底了

掉进陷阱里的野猪——张牙舞爪、死路一条

掉了耳朵的瓦罐——没法提、提不起来

掉了箍的水桶——散了板

掉了几根毫毛——无伤大体

掉了帽子喊鞋——头上一句,脚下一句

掉毛的磁鳞——不如生

掉门牙肚里咽——有苦难诉、有苦说不出

掉片树叶怕碰头——胆小怕事

掉头的蛇——毒心未死

掉头蜻蜓——四下里直打转

掉下井的秤砣——扶(浮)不上来

掉下树叶怕打了脑壳——胆小鬼

掉在井里打扑腾——死不死活不活

掉在枯井里的牛犊——有劲使不上、有力无处使

掉在油缸里的老鼠——滑头、滑头滑脑

die

跌倒还要抓把沙——不落空

跌倒拾个钱——走运、运气好

跌到车道沟里喊救命——吓得不知深浅

跌到井里的牛——有劲使不上

跌翻鸟窝砸碎蛋——倾家荡产

跌跟头捡金条——运气好

跌进糨糊盆的娃娃——糊涂人

跌落米坛的耗子——好景不长

碟子里的豆芽菜——开不了花,结不了果

碟子里的开水——三分钟的热劲

碟子里的清水——一眼看透、一眼看穿

碟子里生豆芽——扎不下根、难生根

碟子里盛水——太浅

碟子里栽牡丹——根底浅

碟子里扎猛子——不知深浅

ding

丁丁猫咬尾巴——自害自

钉钉子锤了手——敲不到点子上

钉锅匠摇手——不含糊(焊壶)

钉锅碗打坏金刚钻——赔本生意

钉木鞋使锥——多余

钉耙戴斗笠——尖上拔尖

钉是钉，卯是卯——不含糊

钉头碰着铁头——硬对硬

钉头碰着钻头——奸(尖)对奸(尖)、狠对狠

钉掌的敲耳朵——离题(蹄)太远、不贴题(蹄)

钉子钉黄连——硬往苦里钻

钉子烂了顶——抠不出来

钉子锈在木头里——铁定了

顶大风过独木桥——担风险

顶刀子求雨——豁出命来

顶碓窝(石臼)跳加官(旧时戏曲开场或演出中，遇显贵到场时加演的舞蹈节目)——自讨苦吃、自找苦吃

顶风撑船——上劲、划不来

顶风顶浪上水船——力争上游、硬撑、死撑

顶风扬帆——不辨风向

顶架的牛——好斗

顶梁柱当柴烧——屈才(材)、屈了材料

顶磨盘踩高跷——难上加难、难上难

顶石头上山——多此一举

顶头上长眼睛——目中无人

顶针儿眼儿多——个个不通

顶着被子玩火——惹火烧身、引火烧身

顶着筐箩望天——视而不见

顶着娃娃骑驴——多此一举

鼎锅头做帽子——难顶难撑

鼎锅煮豆——难翻身、翻不了身

定航的班机——继往开来

定向爆破——一边倒

diu

丢掉了邮包——失信于人

丢掉灶爷拜山神——舍近求远

丢金碗拣木勺——得不偿失

丢金子下海——可惜、真可惜

丢了秤砣捡灯草——避重就轻

丢了东西打瞎子算卦——闹了个白瞪眼

丢了斗笠——冒(帽)失

丢了黄牛撵兔子——不知哪大哪小、因小失大

丢了砍柴刀打樵夫——忘本

丢了铁棒担灯草——专拣轻事做、拈轻怕重

丢了西瓜捡芝麻——大处不算小处算、得不偿失、不知哪大哪小

丢了媳妇又赔房——人财两空

丢了羊群拣羊毛——大处不算小处算

丢了一枚绣花针——小事一宗

丢了一只羊,捡到一头牛——吃小亏占大便宜

丢了印的知县——糊涂官

丢了钥匙——入不了门

丢下犁耙拿扫帚——里里外外一把手

dong

东北的二人转——一唱一和

东边日出西边雨——道是无情(晴)却有情(晴)

东边下雨西边晴——各有天地

东扯葫芦西扯瓢——胡拉乱扯

东床择婿——指腹为婚

东耳朵进,西耳朵出——耳旁风

东方打雷西方雨——声东击西

东方亮下大雪——明明白白、明白

东方欲晓——渐渐明白

东放一枪,西打一棒——声东击西

东沟摸鱼,西沟放生——白忙活、白忙一场

东郭先生救狼——好心不得好报、姑息养奸、善恶不分、自己害自己

东家的饭碗——难端

东家瓜,西家枣——没话找话

东家起火,西家冒烟——波未平,一波又起

东街发货西街卖——不图赚钱只图快

东拉葫芦西扯瓢——碰到什么抓什么、胡拉乱扯

东篱补西壁——顾此失彼

东山跑过驴,西山打过虎——见过点阵势

东山坡上落凤凰——罕见

东施效颦——丑上加丑

东手接西手去——不聚财

东头拜堂,西头出丧——唱对台戏、演对台戏

东吴的大将——干拧(甘宁)

东吴杀关羽——嫁祸于人

东吴招亲——上当一回、弄假成真

东西耳朵南北听——横竖听不进

东西路南北拐——走邪(斜)道

东园桃树西园柳——好不到一块

东岳庙的小鬼——光瞪眼,不开腔

东岳庙走到城隍庙——处处有鬼、横竖都撞鬼

冬瓜熬清汤——乏味

冬瓜大的茄子——不论(嫩)

冬瓜结到茄子地——走错了人家

冬瓜皮做帽子——滑头、滑头滑脑

冬瓜敲木钟——没多大响声

冬瓜上霜——两头光

冬瓜藤缠到茄子地——拉拉扯扯

冬瓜藤牵到豆棚上——纠缠不清、胡搅蛮缠

冬瓜秧爬到茄子地——东攀西扯

冬瓜秧爬上葡萄架——难解难分、难分难解

冬眠的动物——有气无力、少气无力

冬水田里种麦子——怪哉(栽)

冬天不戴帽子——动动(冻冻)脑筋

冬天吃冰块——太寒心了

冬天吃梅子——寒酸

冬天吃沙子——寒碜

冬天穿汗衫——冷暖自己知

冬天穿棉袄,夏天吃西瓜——什么时候说什么话

冬天打雷——没有的事、没听过

冬天的大葱——叶枯心不死

冬天的火炉夏天的扇——人人喜欢、个个喜爱、用得上

冬天的枯树枝——冷冰冰,硬邦邦

冬天的腊鸭——硬撑、死撑

冬天的狼——爪子细着哩

冬天的芦苇——不死心、心不死、秆黄叶落心不死

冬天的炉子——闲不着

冬天的落叶树——一片萧条

冬天的蚂蚁——不露头

冬天的蟒蛇——有气无力

冬天的梅花——独开天下

冬天的暖水瓶——外冷内热

冬天的螃蟹——横行不了几时

冬天的泡桐树——光棍一条

冬天的气温——升不上去

冬天的青蛙——躲起来啦

冬天的扇子,夏天的火炉——没人要、没人爱

冬天的蚊子——销声匿迹

冬天的旋风——成不了气候

冬天的知了——一声不响

冬天的竹笋——出不了头

冬天贩冰棒——不懂买卖经、不识时务

冬天喝凉水——寒心

冬天进了豆腐房——好大的气

冬天里的蛇——有气无力、不露面

冬天买扇子——备用

冬天卖凉粉——不识时务

冬天卖扇子——没人过问

冬天躺在雪地里——难活命、性命难保

冬天摇蒲扇——不知冷暖

冬天坐长椅——坐冷板凳

冬天做凉粉——不看天时、不识时务

冬月里的甘蔗——甜在心上、甜透了心

冬月卖扇子——过时货

冬至已过——来日方长

董永上天——无立锥之地

董卓进京——不怀好意、来者不善

董卓戏貂蝉——死在花下

懂三又懂五——就是不懂事(四)

动物园的长颈鹿——身高气傲

动物园的猴子——没一个老实

动物园的老虎——吃现成的

动物园里的饲养员——习惯与兽类打交道了

动物园里的老虎——吃不了人

动物园里的野兽——打不得

动物园里看老虎——不能靠近他(它)

动物园里找猪圈——自找难看

冻疮发痒——抓不得

冻地皮上甩豆腐——稀巴烂

冻豆腐不放盐——冷淡

冻豆腐——难办(拌)、没法儿办(拌)

冻河上赶鸭子——大家耍滑

冻僵的蟒蛇——动弹不得、可怜不得

冻萝卜遇上铁叉——硬对硬

冻柿子——寒心、软中硬

冻鱼放生——不知死活、死活不知

洞房花烛夜——生平第一遭

洞房花烛——一条心

洞房里过十五——花好月圆

洞房里换孝衫——又喜又悲、悲喜交加

洞房里说悄悄话——甜言蜜语

洞里拔蛇——越拔越进

洞里的赤练蛇——毒得很

洞里的老鼠——晚上害人

洞里的蛇——不知长短

洞里的乌龟——不怕凉

洞里观火——清清楚楚、一清二楚

洞门边捉黄鳝——出来就抓

洞庭湖的麻雀——见过几回风浪、见过大风浪

洞庭湖的野鸭子——经过风浪来的

洞庭湖里吹喇叭——想(响)得宽

洞庭湖里的野鸭——无人管

洞庭湖里捞针——想得到,办不到、白日做梦

洞庭湖里漂根草——渺小

洞庭湖里涨春水——一浪高一浪

洞庭湖上踩钢丝——凶多吉少

洞箫当笛子——横吹

dou

兜里的钱,锅里的肉——跑不了

兜里的铜板——一摸就着

斗败的公鸡——垂头丧气、有气无力、少气无力

斗败的老牛——不服气

斗大的馒头——无处下口、难下口、无法下口

斗大的铜铃——摇不响

斗大的线团子——难缠

斗大的字不识半口袋——睁眼瞎

斗大的字一个不识——大老粗

斗鸡场上的公鸡——脸红脖子粗

斗鸡上阵——横眉竖眼、劲头十足

斗笠出烟——冒(帽)火

斗笠穿孔——出头之日到了

斗笠掉进河里——冒(帽)失(湿)

斗笠做锅盖——张冠李戴

斗篷烂边——顶好

斗兽场上的牛——凶得很

斗输的公鸡——耷拉着脑袋

斗赢的公鸡——神气十足、自鸣得意

陡坡上推车子——同心协力

豆饼充饥——白欢喜、空欢喜、空喜一场

豆饼干部——上挤下压

豆饼做豆腐——有点粗

豆豉口袋——臭货、肮脏货、臭东西

豆豉煮醪糟——不是滋味

豆囤里拿豆——一抓一大把

豆腐白菜——各有所爱

豆腐板上下象棋——无路可走

豆腐拌腐乳——越弄越糊涂、越搞越糊涂

豆腐拌芹菜——清清白白、一清(青)二白

豆腐场里的石磨——道道多

豆腐打地基——根基太软、底子软

豆腐打鞋掌——不是这块料

豆腐挡刀——自不量力、不自量、招架不住

豆腐店开在河边上——水里来,水里去

豆腐店里的把式——靠压

豆腐店里的东西——不堪一击

豆腐店里的老母猪——一肚子豆渣

豆腐垫床脚——白挨

豆腐垫鞋底——一踏就碎

豆腐掉地上——一塌糊涂

豆腐掉进灰堆里——吹也吹不得,打也打不得

豆腐堆里一块铁——算他(它)最硬、柔中有刚、软中有硬

豆腐炖骨头——有软有硬

豆腐耳朵——爱听谗言

豆腐坊的石磨——道道多、团团转

豆腐坊掉磨子——没法推、推不得、没得推啦

豆腐房的掌柜——一股渣气

豆腐放在肉锅里——沾些油水

豆腐干煎腊肉——有言（盐）在先

豆腐架子——碰不得、不牢靠

豆腐垒基脚——底子软

豆腐里掺米汤——糊糊涂涂、糊里糊涂

豆腐里捡骨头——无中寻有、故意挑剔

豆腐脑儿挑子——两头热

豆腐脑洒地上——难收拾、不可收拾

豆腐盘成肉价钱——不合算

豆腐乳做菜——不用言（盐）

豆腐烧猪蹄——软硬不均

豆腐身子——经不起摔打

豆腐饨骨头——不软不硬

豆腐丸子包鱼刺——柔中有刚、软中有硬

豆腐行卖磨——没法推、推不得

豆腐椅子——靠不住、不可靠

豆腐渣包包子——捏不到一块儿、捏不拢、难捏合、表里不一、用错了馅

豆腐渣补锅——不牢靠

豆腐渣炒藕片——迷（弥）了眼

豆腐渣炒樱桃——有红有白

豆腐渣当糨糊——不沾（粘）

豆腐渣垫鞋——不顶用、不顶事

豆腐渣糊墙——巴结不上、两不沾（粘）

豆腐渣烙饼——和不到一块、和不起来

豆腐渣捏的——不经打

豆腐渣上秤盘——不是好货、不是好东西

豆腐渣贴对联——白费工夫、巴结不上、两不沾（粘）

豆腐渣下水——轻松、散了、一身松

豆腐渣蒸馒头——散了

豆腐嘴刀子心——口软心硬、嘴软心狠

豆腐做匕首——软刀子

豆腐做门墩——难负重任

豆腐做墙脚——根基不稳、基础不牢

豆荚抽筋——两头受气、两头受制

豆浆里的油条——软了

豆芽拌粉条——内外勾结、里勾外连

豆芽包饺子——内中有弯

豆芽不叫豆芽——窝脖货

豆芽炒鸡毛——乱七八糟

豆芽炒韭菜——各有所爱、各人所爱

豆芽炒虾米——两不值(直)、低头的低头，弯腰的弯腰

豆芽的一生——总是受压

豆芽儿拦粉条——里勾外连

豆芽韭菜堆一堆——分不清，理不明

豆芽子上天——带尾巴的能豆儿

豆芽做拐杖——嫩得很、太嫩、靠不住、不可靠

豆油滴在水缸里——和不到一块、和不起来

豆渣糊窗户——两不沾(粘)

豆渣撒在灰堆上——难收拾、不可收拾

逗猫惹狗——无事生非

逗猫上柱——诱惑

逗哑巴挨口水——自讨没趣、自找没趣

窦娥喊冤——怨天怨地

窦尔敦盗御马——嫁祸于人、艺高胆大

du

毒日头下的雪人——快垮了

毒太阳底下的露水——就要干了

毒蜘蛛织网——碰不得

读书人当兵——能文能武、文武双全

犊子戴面具——人面兽心

犊子口里含嚼子——牛头不对马嘴

犊子踢牛婆——恩将仇报、以怨报德

独膀子打拳——露一手

独臂将军聚会——各有一手

独臂照镜子——里里外外一把手

独臂做饺子——一手包办

独根灯草点灯——只有一个心眼儿

独根蜡烛——无二心

独根头发系磨盘——千钧一发

独寡妇死了独养儿——无指望

独桨撑船——过不得大海

独脚凳——站不住

独脚蟹——爬不快

独轮车散了架——没法推了、推不得

独木桥落霜——难过

独木桥上踩车——别拐弯

独木桥上唱猴戏——不要命、玩命干

独木桥上唱曲子——心宽路窄、心宽路不宽

独木桥上钉木板——故意让人过不去

独木桥上扛木头——难回头

独木桥上跑马——好险、冒险、危险

独木桥上睡觉——翻不了身

独木桥上遇仇人——冤家路窄、分外眼红

独木桥上走骆驼——担风险的事

独生女掉泪——娇气

独头蒜——没伴(瓣)

独眼看告示——一目了然、睁只眼,闭只眼

独眼看书——侧目而视

独眼看戏——一目了然

独眼龙赶考——一言(眼)难尽(进)

独眼龙瞄准——少道麻烦

独眼龙骑单边马——只看一面

独眼龙相亲——一眼看中

独眼骡子换瞎马——越来越糟

独眼游紫金山——一见钟情

独自关门做皇帝——自尊自大

堵笼子抓鸡——稳拿

堵塞的下水道——不通

堵塞的烟囱——憋气又窝火

堵住笼子捉鸡——一个也跑不了

堵窝掏麻雀——手到擒拿、一个也跑不了

堵着房门救火——毁灭自己

赌场的老板——坐收渔利

赌场里的赌棍——孤注一掷

赌场停电——趁机捞一把

赌场掷骰子——吆五喝六

赌气饭——不是好吃的

赌台上的钱——黑吃黑

赌徒借钱——输净了

赌徒手中的钱——留不住、难久留

赌桌上看戏——没数

杜十娘的百宝箱——全部家当都在里头

杜十娘的箱中物——件件是宝

杜十娘怒沉百宝箱——人财两空

杜十娘扔下河的东西——谁也捞不到

肚货肠子一丈五——没变心

肚饥送来白面馍——正合适

肚里安电灯——心里亮

肚里藏镰刀——割心肠

肚里藏生铁——心情沉重

肚里插刀——内伤

肚里长瘤子——心腹之患

肚里长牙齿——心肠狠

肚里吃了秤砣——铁心眼

肚里吃了鞋帮——心里有底

肚里吹喇叭——心里想(响)

肚里的孩子自己生——谁也代替不了

肚里灌糨糊——糊糊涂涂、糊里糊涂

肚里喝了二斤老陈醋——酸气冲天

肚里开飞机——内行(航)

肚里容不得一根毛——小心眼儿、心眼儿狭小、心胸太小

肚里吞金——心里沉重、心理负担太重、有内才(财)

肚里装公章——心心相印

肚里装着冰坨子——说话冷冰冰、硬邦邦，

肚里钻进二十五只小耗子——百爪挠心

肚皮里吃了萤火虫——全明了

肚皮里的蛔虫——只等着吃

肚皮里横门闩——难开窍、不开窍

肚皮上割肉打牙祭——干不得

肚皮上磨刀——好险、玩邪的、危险

肚皮上贴膏药——心腹之患

肚皮贴在脊梁上——饿极了

肚脐打哈欠——妖(腰)气

肚脐上挂钥匙——开味(胃)

肚脐眼插钥匙——开心

肚脐眼长笋子——胸有成竹

肚脐眼儿安雷管——心惊肉跳

肚脐眼儿巴(贴)膏药——贴心、没病找病

肚脐眼儿长茄子——多心

肚脐眼儿打电话——心腹之言

肚脐眼儿点灯——心照不宣

肚脐眼儿发脾气——鸣冤叫屈

肚脐眼儿放屁——妖(腰)气、不可能的事

肚脐眼儿里藏书——满腹经纶(文)

肚脐眼儿里插冰棒——寒心

肚脐眼儿里打鼓——心里想(响)

肚脐眼儿里点眼药——心里有病

肚脐眼儿里灌铅——心里沉重

肚脐眼儿里灌汤药——心服口不服

肚脐眼儿里说话——谣(腰)言

肚脐眼儿里通电——心明眼亮

肚脐眼儿耍中幡——心劲儿

肚脐眼儿贴福字——大酒坛子

肚脐眼里安地雷——心惊肉跳

肚脐眼里藏书——满腹经纶

肚疼点眼药——不管事

肚痛点眼睛——胡摆治、无济于事、不济事

肚痛急灶神——空怪

肚痛埋怨帽子单——错怪

肚子饿赶上吃晌午——正合心意

肚子饿了喝西北风——过一天算一天

肚子饿了填黄连——自讨苦吃、自找苦吃

肚子里板油太多了——蒙了心窍

肚子里长草——闹饥荒

肚子里撑船——气量大

肚子里撑铁杵——直肠子、直肠直肚

肚子里揣漏勺——心眼儿太多

肚子里打灯笼——自己心里明白

肚子里磨刀——内秀(锈)、秀(锈)气在内

肚子里敲小鼓——心里扑腾

肚子里塞石头——心里沉重、心理负担太重

肚子里吞擀面杖——直肠子、直肠直肚

肚子里行船——大人大度(肚)、海量、度(肚)量大

肚子里有半斤,嘴上倒五两——有一句说一句、有啥说啥

肚子里照火笼——自家心里明白

肚子里装满了海水——不是滋味

肚子上绑暖壶——水平比较高

肚子痛怪灶神——错怪、无用、无用处、没得用

肚子痛上眼药——点不到痛处

渡船过河——划得来

渡江烧船——断了后路、不留后路、断人后路

渡口的路——此道不通

渡口上打转身——想不过

镀铬眼睛——目中有人

镀金的佛像——华而不实

duan

端别人的碗——服别人的管

端公(巫师)吹牛角,道士吹海螺——各师各教

端公打令牌——吓鬼

端公打坐——装神弄鬼

端公的表情——装模作样、装样子

端公跳坛——阴阳怪气

端公遭雷打——作法自毙

端金碗讨饭——装穷

端起刀头(祭神鬼用的熟肉)上庵堂——自讨没趣、自找没趣

端水缸救火——费力无用、费力不小,收获不大

端午节拜年——不是时候

端午节包粽子——有棱有角

端午节才贴对联——跟不上形势

端午节吃饺子——与众不同

端午节的蛤蟆——躲得过初一,躲不过十五

端午节后布谷叫——迟了、晚了

端午节划龙舟——载歌载舞、同心协力

端午节赛龙舟——争先恐后

端午节赛马——走着瞧

端着鸡蛋过木桥——提心吊胆

端着鸡蛋过山涧——操心过度(渡)

端着糨糊上天——胡(糊)云

端着金碗讨饭——装穷叫苦

端着水瓢吃西瓜——滴水不漏

端着银碗讨饭——费力不讨好、吃力不讨好、费劲不落好

短板搭桥——不顶事、不管用、难到岸

短的当棒槌,长的做房梁——各有一技之长

短棍儿打蛇——近不了身、难近身

短裤着短袜——高攀不上、差一截子、够不着

断臂的猴子——高攀不起

断柄锄头安了把——有把柄可抓

断柄锄头——没有把握

断根的香椿——难发芽

断了把的茶壶——就剩一张嘴

断了半边腿的蝎子——团团转

断了背的椅子——不可靠、靠不住

断了翅膀的苍蝇——嗡嗡不了几天

断了翅膀的凤凰——神气不了

断了翅膀的鸟——飞不高

断了翅膀的野鸡——飞不了

断了发条的钟——不走了

断了根的荷叶——水上漂

断了脊梁骨的癞皮狗——没有骨气

断了脚的螃蟹——不能横行了

断了脚锁的鸽子——远走高飞

断了筋的腕子——手软

断了履带的拖拉机——停滞(止)不前

断了捻子炮仗——不想(响)

断了头的苍蝇——六神无主

断了腿的蛤蟆——跳不了多高、蹦跶不了几天

断了腿的老虎——欲凶无力

断了腿的蚂蚱——跑不了

断了腿的螃蟹——横行不了几时啦

断了弦的二胡——不想(响)

断了线的风筝——远走高飞、身不由己、上不着天,下不着地、一去不复返

断了线的梭子——白钻空子

断了线的纸鸢——东游西荡

断了线的珠子——七零八落、没法提、提不起来、别提了

断了轴的手推车——不走了

断气前号叫——垂死挣扎

断藤的西瓜——满地乱滚

断头台上吹口哨——给阎王爷报信

断头台上做美容——死要面子

断线的喇叭——不声不响、无声无息

断秧的苦瓜—耷拉着脑袋

缎子包鸡笼——外光里面空

缎子被面麻布里——表里不一

缎子做浴巾——又光又滑

锻工的榔头——趁热打铁

dui

堆白菜,码大葱——一码是一码

对岸上的公公——与己无关、与我无关

对歌——一唱一和

对镜子做戏——死不听

对着棺材撒尿——欺侮死人

对着棺材撒谎——哄鬼、骗鬼、哄死人

对着棺材许愿——哄死人

对着罐子吹喇叭——有原因(圆音)

对着锅底亲嘴——触一鼻子灰、碰一鼻子灰

对着镜子扮鬼脸——自己丑化自己

对着镜子吹喇叭——自鸣得意

对着镜子打躬——自己恭维自己、自尊自敬

对着镜子发脾气——自己跟自己过不去

对着镜子挥拳头——自己吓唬自己

对着镜子讲假话——自己骗自己

对着镜子看——里里外外都是自己

对着镜子伸小指——自己瞧不起自己

对着镜子竖拇指——自己夸自己、自以为了不起

对着镜子说话——自言自语

对着镜子说漂亮——自夸、自我欣赏

对着镜子行大礼——自己恭维自己、自尊自敬

对着镜子演奏——自吹自擂

对着镜子作戏——咋好看咋比划

对着镜子做鬼脸——自己吓唬自己

对着聋子打鼓——充耳不闻

对着聋子讲故事——白费口舌

对着聋子骂人——白费工夫、白费劲、枉费工

对着牛嘴打喷嚏——吹牛

对着墙壁流眼泪——独自悲伤

对着墙壁踢足球——有去必有回

对着墙壁走路——没门儿、无门

对着墙走路——行不通

对着舞台搞对象——一厢情愿

对着烟囱喊叫——说直话

对着砚台梳头——没影儿的事儿

对着影子打招呼——看错了人、认错了人

对着月亮攀谈——讲天话、空话连篇

对着月亮说话——说空话

对着张飞骂刘备——寻着惹气、找气惹

对着赵云摔阿斗——收买人心

碓杆(在石臼里捣米用的棒)脑袋——老实(石)疙瘩

碓臼里打跟斗——翻不了身

碓窝当帽戴——难顶难撑、顶不起来

碓窝里舂米——实(石)打实(石)

碓窝里舂夜叉——捣鬼

碓窝里打跟头——难翻身、翻不了身

碓窝里放鸡蛋——求稳

碓窝里栽葱——根子硬

碓窝吞下肚——实(石)心眼

dun

礅子(厚而粗大的一整块石头)碰碌碡(石磙)——实(石)打实(石)

蹲在厕所里写八股文——臭秀才

蹲在茅坑里问香臭——明知故问

蹲在皮球里过日子——受尽窝囊气

囤子顶上插旗杆——尖上拔尖

炖熟的猪头——难看

炖猪头蒸馒头——不到火候不开锅

钝刀切肉——不快

钝刀子割草——拉倒

钝刀子割肉——半晌割不出血来、不爽快

钝刀子砍豆腐——拣软的欺

钝刀子砍狗尾巴——不出血

钝刀子磨光——化不利为有利

钝刀子切豆腐——凑合使用

钝刀子切藕——藕断丝连、私（丝）不断

钝刀子杀鸡——靠手劲、不利索

钝刀子斩乱麻——三长两短

钝镰刀割麦——拉倒

顿顿吃笋子——胸有成竹

duo

多臂观音——到处伸手

多吃了安眠药——昏头昏脑、老是精神不振

多吃了豆腐——心肠太软

多吃了烤红薯——尽放屁

多吃了蕹菜——操空心

多吃了咸盐——净管闲（咸）事

多年的陈账——翻不得

多年的寡妇——老手（守）

多年的旧被絮——老套子

多年的老马桶——口滑肚臭

多年的泡桐树——空心货

多年的朋友——老交情

多年的师傅——老把式

多天的开水——没有热气

多雾的天空——朦朦胧胧

多细胞生物——难免要分化

多项式计算——不那么简单

多嘴的猫儿——抓不住老鼠

多嘴的婆婆——一片热心肠、热心肠

垛泥匠不拜佛——老底儿在他心里、心里有底

垛塑匠不敬泥菩萨——谁不知道谁

躲鬼跑进城隍庙——出生入死

躲过棒槌挨榔头——躲了一灾又一灾、祸不单行

躲过了老虎，又撞上了野牛——一个比一个凶

躲雨躲到城隍庙——尽见鬼

躲在暖房的小偷——不寒而栗

躲在屋里洗脏衣裳——家丑不可外扬

剁不烂的牛肉调馅——难办（拌）

剁了脚的螃蟹——横行不了几天

# E

e

峨眉内功少林拳——练出来的

峨眉山上的佛光——看得见，摸不着、可望而不可即

峨眉山上的猴子——看精的、机灵得很

峨眉山上的泉水——细水长流

峨眉山上看佛光——难得一回

额角放镜子——眼看

额角上长眼睛——眼界高

额角上栽月季——看花了眼、花了眼

额头连下巴——没脸

额头上插牡丹——忍痛图好看

额头上倒冰水——从头凉到脚

额头上放鞭炮——想（响）头不低

额头上放块冰——头脑冷静

额头上放炮——眼前就是祸、祸在眼前

额头上挂算盘——算的眼前利益

额头上挂钥匙——开眼界

额头上画王字——充老虎吓人、成不了虎

额头上抹肥皂——滑头、滑头滑脑

额头上生疖子——触霉（眉）头、坏到顶了

额头上贴膏药——脸上尴尬

额头上写字——明摆着

额头上着火——急在眼前

额头生疮——遮盖不住、难遮盖、瞒不住

恶鬼见钟馗——不得不老实

恶鬼怕钟馗——邪不压正

恶鬼碰上张天师——小鬼难逃

恶虎斗狼群——寡不敌众

恶虎吞狼——弱肉强食

恶老雕吃死耗子——对口味

恶老雕戴皮帽——假充鹰

恶老婆告状——有理说不清、讲不清道理

恶婆娘骂街——四邻不安

恶婆娘撒泼——耍无赖

恶婆婆的媳妇——难当

恶人的棍子——随身带

恶人登门——送福

恶人告状——冤枉好人、不存好心、居心不良

恶人先告状——反咬一口

恶人遇恶人——坏到一块了

饿瘪的臭虫——见缝就钻

饿肚的鸭子——穷呱呱

饿肚汉打冤家——借机(饥)闹事

饿肚汉开夜车——穷忙

饿肚汉啃鸡爪——解不了馋

饿肚汉跳加官——穷开心

饿狗掉厕所——正好

饿狗隔河看骨头——垂涎三尺

饿狗见了吃饭的——摇头摆尾、摇尾乞怜

饿狗见了肉骨头——张嘴就吃

饿狗啃骨头——恨不得嚼出油来

饿狗舔盘子——一干二净

饿狗争食——自相残杀

饿鬼与苦鬼——都是一号

饿汉抱着胖刺猬——抱着嫌扎手，丢又舍不得

饿汉嗑瓜子——不过瘾、饱不了人、吃不饱肚子

饿汉啃鸡头——卡壳了

饿汉梦中吃馅饼——痴心妄想、妄想

饿汉抢猪头——争嘴

饿汉下馆子——大吃大喝

饿汉遇糯粑——正好

饿汉子抱着只肥刺猬——扎手舍不得扔

饿虎吃羊——干净利落

饿虎吃樱桃——馋红了眼

饿虎进宅——不怀好意、四邻不安

饿虎舔米汤——不过瘾

饿虎吞羊——干净利落

饿老鹰抓驴——饥不择食

饿猫不吃死耗子——冒充斯文、假斯文

饿猫衔鱼——嘴紧

饿牛见草地——陡增欢喜

饿死鬼要账——活该

饿吞鸡头——卡住了

饿鹞鹰——胡摸

饿鹰不吃小鸡——冒充斯文、假斯文

饿猪占木槽——死不放

饿着肚子出差——空跑一趟

饿着肚子造反——借机(饥)闹事

饿着肚子做梦——空想

鳄鱼上岸——来者不善

鳄鱼的眼泪——假的、可怜不得、掩盖不了凶相

鳄鱼吊孝——假慈悲,真凶狠

鳄鱼挂念珠——冒充善人

鳄鱼护窝——不会走多远

鳄鱼

en

摁着牛头喝水——耍蛮劲

er

儿女敬老人——入情人入理

儿女是娘心上一块肉——难舍难分

儿子比老子强——一代胜一代

儿子不养娘——白疼了一场

儿子成亲父做寿——好事成双

儿子打老子——岂有此理、情理难容、无法无天

儿子给阿爹抹胭脂——要老子的好看

儿子结婚闺女出嫁——双喜临门

儿子看婆媳吵架——两头为难、两难

儿子娶妻女嫁人——大事完毕

儿子死了娘——说来话长

二八月的天气——冷热无常、忽冷忽热

二八月的衣服——形形色色

二八月的庄稼——青黄不接

二八月干活——不冷不热

二八自行车——架子不小、好大的架子

二把刀(指某项工作知识不足、技术不高)的大夫——杀人不见血

二百钱开个豆腐店——本钱不大,架子不小

二百五拉二胡——不入调
二百五上天——痴心妄想、妄想
二不愣(二愣子)当家——出不了好主意
二尺布做裤衩——两头顾不上
二尺长的吹火筒——只有一个心眼儿
二尺长的笛子——神吹
二齿钉耙锄地——有两下子
二齿钩子挠痒——是把硬手
二大妈的针线篮儿——杂七杂八
二大娘抱秃娃娃——旁人不夸自己夸
二大娘抱着个丑娃娃——人家不爱自己爱
二大娘缠裹脚——严严实实、严实得很
二大娘的鞋套子——没法提、提不起来、
二大娘的针线筐——乱七八糟
二大娘腌咸菜——有言(盐)在先
二大娘肿脸——更难看
二大爷赶会——想到哪就到哪
二大爷赶集——来去自由
二分钱办丧事——糊弄鬼
二分钱办喜事——糊弄客
二分钱的醋——又酸又贱
二分钱的买卖——小本生意、本小利微
二分钱开当铺——周转不开
二分钱开个店——穷张罗
二分钱买包花生米——吃不了兜着走
二分钱买碗面条——小吃小喝
二杆子当家——出不了好主意
二杆子做活路——傻干
二杆子做账房先生——用人不当
二更梆子敲两下——正是时候、没错
二姑娘裁尿布——闲时预备忙时用
二姑娘戴顶针——做活
二姑娘的包袱——窝窝囊囊
二姑娘的棉裤——平铺直叙(絮)
二姑娘的针线包——花色多
二姑娘架老鹰——招架不住
二姑娘上轿——忸忸怩怩、扭扭捏捏

二姑娘绣荷包——细功夫

二锅头的瓶子——嘴紧

二胡拉出笛子调——弦外之音、弦外有音

二虎把门——难进难出

二虎相斗——拉不开

二虎相争——必有一伤

二黄转中板——变调了

二加三减五——等于零

二斤半的舌头——吐字不清

二斤肉换个虾米——不值（直）

二郎神出战——净是天兵天将

二郎神吹笛子——神吹

二郎神的本领——多一只眼

二郎神的兵器——两面三刀

二郎神的法术——变化多端

二郎神的慧眼——有远见

二郎神的天犬——恶狗一条

二郎神的外甥——不爱旧（舅）

二郎神的印堂——独具慧眼

二郎神斗孙悟空——以变应变、你变我也变

二郎神缝皮袄——神聊（缭）

二郎爷的狗——不认识好坏人、不咬穷人

二郎爷举斧子——神批（劈）

二愣子报丧——慌里慌张

二愣子缠线团——越缠越乱

二愣子炒菜——不是滋味

二愣子当演员——胡闹台

二愣子拉胡琴——自顾自（吱咕吱）

二愣子骑老虎背——早晚有他的好看

二愣子上擂台——寻着挨揍

二愣子抓吃烂芝麻——满肚子坏点子

二愣子做活——猛一阵

二两棉花打架——谈（弹）不拢

二两棉花十张弓——谈（弹）不得、无法谈（弹）

二两棉花套个眼镜——看不透

二两棉花做枕头——稀松

二两铁打把刀——不够分量

二两铁打大刀——不够料

二两羊毛絮床褥子——难摊

二两银子铸个土地爷——钱能通神

二流子串巷撞了墙——倒霉透了、真倒霉

二流子打鼓——吊儿郎当

二流子当学徒——混日子

二流子骂街——胡言乱语、胡说八道

二流子烧香——不足信、鬼都不信

二三四五六七八九——缺衣(一)少食(十)

二十八岁大姑娘——享(想)福(夫)

二十八天的月亮——连点影都没有

二十斤的干饭没吃饱——饭桶

二十九过年——小劲(进)

二十七文钱分三份——久闻(九文)

二十钱一双乌拉——贱皮子

二十四磅榔头敲钢板——响当当、当当响

《二十四史》面前搁——不知从何说起

二十岁长胡子——少年老成

二十岁当博士——初露头角

二十五个老鼠下肚——百爪挠心

二十五斤四百两(旧制一斤十六两)——没错、错不了

二十五岁守寡——打不定主意、拿不准主意

二十五只老鼠下肚——百爪挠心

二十五只老鼠咬死人——百爪挠心

二十一天孵不出鸡——坏蛋

二十只耗子拉犁——乱了套、乱套了

二四六八十——净是双、无独有偶

二踢脚上天——空想(响)

二踢脚的爆竹——一声更比一声响

二踢脚——两想(响)

二万五千里长征——任重道远

二下五去三——一个不留

二下五去一——打错了算盘

二小子穿大褂——规规矩矩

二小子拜年——光磕头不说话

二小子不拉纤——顺水推舟

二小子丢钱包——傻了眼

二小子宰猪——不叫你哼哼
二小做梦娶媳妇——白高兴一场
二心的夫妻——早晚散伙、同床异梦
二一添作五——一人一半
二月的菜薹——另有心、起了心
二月的韭菜——头一茬
二月的闷雷——想（响）得早
二月的青蛙——呱呱叫
二月二穿单衣——为时过早
二月放纸鹞——风行一时
二月间的桃子——不熟
二月去了八月来——不冷不热、热不着，冷不着

# F

fa

发菜炒豆芽——纠缠不清
发出去的文件——改不了啦
发出去的信——收不回了
发大水出丧——天灾人祸齐来
发电机着火——烧包
发动群众提倡议——集思广益
发高烧不出汗——胡说
发高烧的病人——神志不清
发洪水放木排——赶潮流、随波逐流
发酵池里的高粱——醋性大作
发酵的面粉——气鼓鼓
发酵粉子——能吹虚
发救兵还择吉日——晚了、不知急缓
发困给个枕头——正得劲儿
发了疯的猴子——上蹿下跳
发了霉的炒黄豆——不香
发了霉的葡萄——肚子坏水
发了聘书人不来——顾（雇）不过来
发霉的花生——不是好人（仁）、一钱不值
发霉的冷饭——不值得吵（炒）
发霉的瓜子——人（仁）变坏了

中华传世藏书

谚语歇后语大全

按拼音分类的歇后语

发面的酵子——是个引子
发面馒头送闺女——实心实意
发疟疾吃奎宁——对症下药
发丧娶媳妇——又喜又悲、悲喜交加
发射出去的火箭——扶摇直上
发射卫星上天——一鸣惊人
乏驴子上磨——无精打采、没精打采
伐木工人拉锯——你来我往、有来有往
伐木拉大锯——你有来，我有去
法场上的刽子手——杀人不眨眼
法儿他妈哭法儿——没法儿了
法官审冤家——公报私仇
法官坐班房——明知故犯、知法犯法
《法门寺》里的贾桂——站惯了的、一副奴才相

瓜子

fan

帆布眼镜——真难看
帆船上的桅杆——直通通的、直杠杠的
帆船遇到风——顺气
帆船追快艇——差距越来越大，老落后
番瓜(南瓜)秧牵上葡萄树——胡缠、胡搅蛮缠
番鬼佬叫狗——越叫越远
番鬼佬耍西洋镜——名堂不少
幡旗灯笼——照远不照近
翻白眼儿看青天——一无所有
翻穿皮袄——出洋(羊)相、装羊(样)
翻船抓到救生圈——绝处逢生
翻斗车卸货——倒个精光
翻过来的面袋子——空了、空的
翻过来的石榴皮——点子多
翻了篓的螃蟹——到处横行
翻了身的王八——四脚朝天
翻起麻枯打油——没事找事
翻砂工干活——装模作样、装样子
翻手为云，覆手为雨——出尔反尔
翻着旧皇历找好日子——倒退
凡士林涂嘴巴——油腔滑调
樊梨花救援北平关——不记前怨、不念旧恶

樊梨花下西凉——马到成功

番薯脑壳檀木心——不灵通

反贴门神——不对脸、左右为难

返航之路——回归线

返青的秋苗——节节高、节节上升

犯了克山病,又得虎林热(虎疫,旧称霍乱)——没法治、没治了

犯人打(制)枷——自作自受

饭店老总上灶——自我炒做(作)

饭店里端菜——和盘托出

饭店里卖服装——有吃有穿

饭店卖葱——多此一举

饭店墙上挂蒜瓣——零揪

饭馆里端菜——和盘托出

饭罐子打断耳——不能提了

饭锅上的茄子——软货

饭盒里盛稀饭——装糊涂

饭后的粑粑——可有可无

饭来张口,衣来伸手——坐享其成

饭箩里冒烟——淘气

饭勺敲铁锅——响当当、当当响

饭勺子上的苍蝇——混饭吃

饭熟揭锅盖——气冲冲

饭堂里的苍蝇——人人讨厌

饭甑里蒸黄连——苦闷(焖)

饭桌上的抹布——尝尽了酸甜苦辣

饭桌上的盘子——没把柄

范进中举——喜疯了、喜出望外

贩古董的——识货

fang

方不方,圆不圆——没有规矩

方铲挖耳朵——不入门

方底圆盖——合不拢、合不到一块

方柄(榫子)圆凿——格格不入

方向盘失灵——把握不住方向

方字比万字——只差一点、多了一点儿

房顶的窟窿——漏洞

房顶的兽狗——光喝西北风

房顶开门——六亲不认

房顶落雪——不声不响、无声无息

房顶上扒窟窿——不是门

房顶上长苗苗——野种

房顶上的草——刮来的种

房顶上的冬瓜——两边滚

房顶上的窟窿——不是门儿

房顶上的猫——活受（兽）

房顶上的瓦——半遮半掩

房顶上放风筝——起手高一层

房顶上盖房——楼外楼

房顶上晒衣服——高高挂起

房顶上栽花——难交（浇）

房顶上种麦子——刺激（脊）

房脊上晒豌豆——两边滚

房脊上捉鸡——不好捉摸、难捉摸

房间里闹鬼——怪物（屋）

房角贴对联——邪（斜）门

房梁当椽子——大材小用

房梁上长草——根底浅

房梁上逮鸟——不好捉摸、难捉摸

房梁上的家雀——专找缝子钻

房梁改板凳——大材小用

房梁上挂鸡子儿——悬蛋

房梁上挂辣椒——一串一串的

房梁刻图章——大材小用

房梁上挂水壶——高水平（瓶）、水平（瓶）高

房梁做锄把——大材小用

房门前挖陷阱——自己坑害自己

房上的草——刮来的种儿

房上喜鹊叫喳喳——好事临头

房头立雀——明摆着

房檐滴水——点点不差、放任自流

房檐底下种菜——无缘（园）

房檐上逮鸡——不好捉摸

房檐上的流水——上头的事

房檐上吊着的鱼——干起来啦

房檐上玩把戏——不要命、玩命干

房檐下避雨——躲过一时算一时

房檐下的冰溜子——根子在上头、根在上边

房檐下的麻雀——生为吃食

房檐下的石头——轮(淋)不着

房檐下吊腊肉——挂起来、挂着

房子的地基石——难翻身、翻不了身

房子烧了又挨大雨——内外交困

房子着了抢东西——趁火打劫

仿造的商标——冒牌货

纺车耳朵——随人转

纺花车搬当院——各显各的本事

纺花锭插到荞麦囤——尖对棱

纺纱厂的烂线团——头绪太乱、千头万绪

纺织厂的下脚料——千丝万缕

放暗箭打冷枪——背后伤人

放鳖进塘喝水——一去永不来、一去不复返

放出笼子的鸟——远走高飞、收不回来

放出去的风筝——越飞越远

放大镜下的细菌——显而易见

放到案板上的肉——提起一条,放下一堆

放大镜下看报纸——显而易见

放风筝的撒线——脱手容易收回难

放风筝断了线——没指望了

放过的爆竹——声势已尽

放虎归山——自讨麻烦、留下祸根

放火烧山林——不顾根本

放了气的皮球——硬不起来

放了兔子使狗赶——居心何在

放了鱼饵的钩——上不得

放路纸钱——瘾(引)死人

放马后炮——不顶用、不顶事

放毛虫上身——找痒来抓

放牧的换草场——挪挪窝

放鸟儿出笼——各奔前程

放牛的吃螃蟹——不待言(带盐)

放牛娃背个粪筐——一拿二

放牛娃儿送亲——假装野舅子

放牛娃去放马——乱了套、乱套了

放炮吓鬼——虚张声势

放炮仗崩瞎眼——自作自受

放蚊入账——自讨麻烦、自找麻烦

放下叉把拿扫帚——两手不闲

放下担子聊天——歇后语

放下笛子拿铙(打击乐器)——又吹又拍、吹吹拍拍

放下笛子拿二胡——能吹会拉、会吹会扯

放下斧头聊天——光说不做

放下棍子打花子——忘本

放下筛子拿起箩筐——缺点多、尽缺点

放下屠刀,立地成佛——弃恶从善、改恶从善

放咸鱼落塘——死活不管

放蝎子——毒心

放鸭伢睡早床——不简(捡)单(蛋)

放鸭子上山——错了地方、搞错了路线

放羊的打柴——捎带着干、一举两得

放羊的捡柴火——一举两得、捎带活

放羊的去拴马——乱套了

放羊的拾柴禾——一举两得

放羊上山冈——步步高升、步步登高

放羊娃打酸枣——捎带活

放羊娃盖楼房——发了洋(羊)财

放羊娃喊救命——狼来了

放羊娃拾粪——两不耽误、两得其便

放鱼归海——不知死活、死活不知

放在筐里的葱——难扎根

放着热酒不喝喝卤水——不要命、玩命

fei

飞奔的火车——一日千里

飞车走壁——尽兜圈子

飞蛾撵蜘蛛——自投罗网

飞蛾扑灯——自取灭亡、惹火烧身、引火烧身

飞过的麻雀也要扯根毛——爱占小便宜

飞过鸟看出雌雄——眼力不错

飞机打哆嗦——抖上天了

飞机打飞机——空对空

飞机打坦克——居高临下、一个天上，一个地下

飞机的屁股——尾巴翘上了天

飞机翻跟头——倒栽葱

飞机放屁——一溜烟

飞机过河——一晃而去

飞机后面挂口袋——装疯（风）

飞机离跑道——没辙、远走高飞

飞机里伸出个巴掌来——高手

飞机上摆手——高招

飞机上避雨——不用伞

飞机上唱大戏——高调

飞机上吃烧鸡——这把骨头不知往哪儿扔

飞机上出点子——主意高

飞机上出故障——上下危险

飞机上吹喇叭——高明（鸣）、空想（响）

飞机上打凉扇——高风亮节

飞机上打拳——高手

飞机上打仗——放空炮

飞机上的婚礼——空喜

飞机上的客人——高贵

飞机上吊螃蟹——悬空八只脚、没处落脚

飞机上吊邮筒——高兴（信）

飞机上钓鱼——相差万里、相差很远

飞机上对歌——唱高调

飞机上发议论——高见

飞机上放风筝——出手高

飞机上放炮仗——天花乱坠

飞机上挂电灯——高明

飞机上挂剪刀——高才（裁）

飞机上观天——目空一切

飞机上过秤——高标准

飞机上会朋友——高见

飞机上军号响——声震远方

飞机上开会——高谈阔论

飞机上盘点——算得高

飞机上沏茶——高水平（瓶）、水平（瓶）高

飞机上扔铃铛——落到哪里都响当当

飞机上扔钱——空头（投）支（纸）票

飞机上扔石头——一落千丈

飞机上撒网——空张罗、无限（线）上网

飞机上晒衣服——高高挂起

飞机上抬头望——天外有天

飞机上跳伞——腾云驾雾、丢人了、一落千丈

飞机上投弹——早有目标

飞机上张网——捕风捉影

飞机上装话筒——空喊

飞机上做买卖——要价高

飞机上做梦——天知道、天晓得

飞机通行——空来往

飞机拖大炮——跑不快，飞不起

飞机着火——倒栽葱

飞机钻云彩——腾云驾雾

飞进林里的鸟——抓不住

飞了鸭子打了蛋——两落空、两头空

飞毛腿讲话——快人快语

飞鸟看出雌雄来——眼神好

飞行员罢工——无机可乘

飞行员的降落伞——随机应变

飞行员跳伞——一落千丈

飞燕穿云——轻松

肥地长好谷——理应如此

肥狗咬主人——忘恩负义

肥鸡炖汤——油水多

肥脚螃蟹——大家（夹）

肥肉里挑骨头——没剔的

肥皂刻手戳——不是这块料

肥皂泡——吹不得、不攻自破

肥皂泡当镜子——成了泡影

肥皂泡遇大风——不吹自破

肥皂洗手——一干二净

肥猪跑进屠户家——送上门的肉、找死、挨宰

肥猪身上抹油——多此一举

废品回收——物尽其用

沸水锅里煮螃蟹——看你横行到几时

fen

坟地里冒青烟——阴阳怪气

坟头上耍大刀——吓鬼

粉白墙上挂草荐——不像话(画)、不成话(画)

粉白墙上贴告示——一清二楚、清清楚楚

粉板上写字——不久长、难长久

粉墙上挂灯笼——明明白白

粉球滚芝麻——多少沾点儿

粉刷的乌鸦——早晚要露馅、白不长久

粉丝汤里下面条——纠缠不清

粉条泡在滚水里——直不起腰来

feng

丰都城(迷信传说指阴间)里唱大戏——鬼听

丰都城里说大书——鬼话连篇

丰收年景的粮囤子——冒尖

风不摇树不动——事出有因

风车板做蒸笼——受了冷气受热气

风车耳朵摇车心——转得快

风车过马路——没辙儿

风车脑袋——随风转、哪里风头大就顺着哪股风转

风吹玉米穗——天花乱坠

风吹草动——摇摆不定

风吹草人——难免动摇

风吹尘土——不费力、不费劲

风吹灯草——心不定

风吹灯笼——左右摇摆、摇摆不定

风吹鸡毛——忽上忽下

风吹葵花——不转向

风吹垃圾——积少成多

风吹蜡烛——说灭就灭

风吹梨树——疙里疙瘩

风吹芦苇——左右摇摆、摇摆不定

风吹落叶——一扫光

风吹马尾——千丝万缕

风吹麦苗——一边倒

风吹蒲公英——轻飘飘、飘飘然

风吹墙头草——两边倒、摇摆不定

风吹头发——齐发动

风吹云朵——飘浮不定

风吹钟声花里过——又响又香

风吹竹林——一边倒

风地里的草人——装模作样

风地里的一盏灯——不知啥时候灭

风干的馄饨皮——捏不拢、难捏合

风刮尘土——不费吹灰之力

风刮帽子扣麻雀——意外收获

风化石磨刀——快不了

风口上的灯——难点

风口上点油灯——吹了

风浪里的小舟——左右摇摆、摇摆不定

风里点灯——难长久

风炉子不进气——缺个心眼儿

风马牛——互不相干、不相及

风门上的皮条——来回拽拉

风雨中的泰山——不动摇

风前残烛——不久长、难长久

风前的蜡烛——危在旦夕、着不长

风扫杨花——下落不明、不知下落

风湿膏止痛——治标不治本

风湿药无效——打不通关节

风水先生唱大曲——阴阳怪调

风匣板做锅盖——受了冷气受热气

风箱的嘴巴——光会吹

风箱换上鼓风机——一个比一个
会吹

泰山

风箱里的老鼠——两头受气

风雪山神庙——老天有眼

风扬石磙——胡说一气、真能吹

风疹病人抓痒——越抓越痒

风筝断了线——摇摇欲坠、下落不明

风筝落在刺笆(荆棘)林——乱缠、缠住了

风中的羊毛——飘忽不定

风中鹅毛——无影无踪

风钻进鼓里——吹牛皮

封了窑口的砖——闷死了

封了嘴的八哥儿——一声不吭

封面上的美人——不可取(娶)

疯狗吃太阳——不晓得天高地厚

疯狗的脾气——一见人就咬、乱咬人

疯狗的尾巴——翘不起来

疯狗跳墙头——急红了眼、逼出来的

蜂洞糕发到磨盘大——虚透了

蜂蜜待客——给他(你)点甜头

蜂蜜当唇膏——一张甜嘴

蜂蜜和油——亲密无间

蜂糖蒸核桃仁——又甜又香

蜂窝煤上倒泥浆——个个死心眼儿

逢年过节的砧板——忙不过来、忙不开

逢年过生日——双喜临门

缝纫店里做衣服——量体裁衣

缝衣的钢针——只认衣衫不认人

缝衣针当锥子使——难通过、通不过

缝衣针对钻头——针锋相对

缝衣针碰着绣花针——一个比一个尖、尖对尖

凤凰拔了毛——比鸡还不如、不如鸡好看

凤凰跌到鸡窝里——落魄了

凤凰关鸡笼——毛羽尽抓

凤凰落到鸡窝里——糟蹋了、落魄了、有辱贵体

凤凰麻雀换巢——贵贱颠倒

凤凰山上没凤凰——徒有虚名

凤凰身上插鸡毛——大可不必、多此一举

凤凰树开花——红红火火

凤凰头上戴牡丹——好上加好、美上加美

凤凰下(生)鸡——一辈不如一辈、一代不如一代

凤凰站在凉亭上——卖弄风流

凤凰钻刺蓬——自讨苦吃、自找苦吃

凤仙花结籽——碰不得

凤阳女子牵猢狲——随手扯去

凤有凤巢,鸟有鸟窝——互不相干、各不相干

fo

佛多香少——供不应求

佛教的章法——清规戒律

佛面刮金子——刻薄、无中生有

佛爷的眼珠儿——动不得

佛爷的桌子——碰不得

fu

夫妻吵架家不和——不知谁是谁非、难断是非

夫妻反目——事出有因、说来话长

夫妻开店——齐心合力

夫妻俩唱小调儿——一唱一和

夫妻俩吵嘴——常有的事、不记仇

夫妻俩打铁——对手

夫妻俩种甘蔗——甜蜜的事业

夫妻推磨——尽绕圈子、绕圈子

伏天的蝈蝈——叫得欢

伏天的太阳——毒极了、最毒

伏天下暴雨——阵势大

扶得东来西又倒——顾此失彼

扶起稻草人——没干(杆)

扶起篱笆倒了墙——顾东不顾西、顾此失彼

扶起篱笆就是墙——不牢靠

扶着栏杆上楼梯——稳步上升

扶着桥栏杆过河——生怕掉进去

扶着醉汉过破桥——上晃下摇

服务员拿钥匙——有职无权、当家不做主

苻坚望见八公山——草木皆兵

俘虏兵——没腔(枪)

浮土窝里的蒺藜——不露头的孬种

浮在水面上的草——无依无靠

府官进县衙——直来直去、大摇大摆

斧大好砍树,针小能穿布——各有各的用处

斧砍三江水——不断流

斧头当菜刀——不灵便

斧头的凿凿入木——一物降一物

斧头剁手指——痛快

斧头劈水——白费力气

釜底抽薪——奄奄一息(熄)

釜中游鱼——不知死活、死活不知

父子观虎斗——大惊小怪

复印的材料——一模一样

富贵人家的小姐——弱不禁风

富人家的狗——只认衣衫不认人

腹背受敌——进退两难

腹中容不得一根毛——度(肚)量小

腹中行船——度(肚)量大

# G

## ga

旮旯里藏毒蛇——不露头

嘎小子买烧鸡——闹了个大窝脖

嘎鱼的脑袋——刺儿头

## gai

丐帮的打狗棍——非同一般

盖房请来箍桶匠——找错了人

盖房子不用柱脚——强(墙)顶

盖匠上房子——铺天盖地

盖了九床被子做美梦——想不透

盖了三年的破被——老套子

盖严了的蒸笼——大气不出、有气难出

## gan

干草把上吊草帽——尽吓唬小麻雀

干草点灯——十有九空

干草堆里寻绣花针——白费工夫、白费劲、枉费工

干柴遇烈火——点火就着、一点就着

干池塘里的青蛙——盼下雨

干打雷不下雨——虚张声势、咋(炸)呼

干地拾鱼——白拣

干饭揭早了锅——夹生了

干粉子做汤圆——搓不圆

干蛤蜊,死牛筋——煮不烂,嚼不动

干旱的庄稼——熟得早

干河沟里逮鱼虾——没来路

中华传世藏书

谚语歇后语大全

按拼音分类的歇后语

干河沟里的鱼——跑不了

干河里撒渔网——空扑一场、瞎张罗

干河滩里栽牡丹——好景不长

干活打瞌睡——迷迷糊糊

干萝卜丝熬汤——清淡无味、乏味、淡而无味

干面条做账勾——经不起折

干泥巴做元宵——搓不圆、没法做

干皮大葱——不死心、心不死

干手沾芝麻——粘不上、不上手

干糯米做粑粑——搓不圆、没法做

干水塘里的泥鳅——滑不到哪里去

干丝瓜开膛——满肚子私（丝）

干潭子摸鱼——难得、得之不易

干塘里的鲤鱼——没几天蹦头、蹦跶不了几天

干塘抓野鱼——人人有份、一点不剩

干土移花木——活不久、好景不长

干鱼肚里寻胆——少见、少有

干榆木疙瘩——劈不开

干竹子榨油——没有搞头

甘露寺里的刘备——安然无恙

甘露寺招亲——弄假成真

甘罗拜相——小人得志

甘蔗地里长草——荒唐（糖）

甘蔗地里栽葱——比人家矮一截

甘蔗命——吃一节算一节

甘蔗拔节——一节也不通

甘蔗出土——节节甜

甘蔗当吹火筒——一窍不通、出不了这口气

甘蔗倒吃——节节甜、越吃越甜

甘蔗地里栽黄连——又苦又甜

甘蔗林里种香瓜——从头甜到脚

甘蔗皮编席子——甜蜜（篾）

甘蔗梢上挂苦胆——一头苦来一头甜

甘蔗蘸蜜糖——甜上加甜、甜透了

甘蔗支危房——不顶用、不顶事

秆虫作揖——结（秸）拜

赶场带相亲——一举两得、两不误

赶场的买竹子——说长道短

赶场走进死胡同——行不通、走不通

赶场做买卖——随行就市

赶车不拿鞭子——拍马屁、穷咋呼

赶车的过泥墉塘——轱辘进去了

赶狗入死巷——反咬一口

赶鸡落池塘——追着下水

赶鸡下河——硬往死里逼

赶集不带钱——看的是热闹

赶集不拿口袋——存心不良(量)

赶集掉了爹——丢大人了

赶集卖竹笋——有的说短,有的说长、自有旁人说短长

赶集走进死胡同——此路不通

赶集走亲戚——顺路的事

赶脚的不问道——路子对头

赶脚的开车——不懂那一套

赶脚的骑骡子——图个眼前舒服

赶脚驴的拾个料布袋——福从天降

赶考的落榜——功(攻)夫(书)不到

赶考中状元——机会难得、难得的机会

赶龙王下海——巴不得

赶马车的打响鞭——虚张声势

赶马车的开汽车——不在行

赶马车人的草料袋——草包

赶马车上坡——又打又拉

赶绵羊上树——难上加难、难上难

赶牛进鸡舍——门路不对

赶兔子过岭——快上加快

赶乌龟上山——慢慢来

赶鸭子上架——故意刁难、强人所难、硬逼

赶鸭子上树——故意为难

赶早市买活鱼——新鲜

赶着绵羊上树——难往上巴(扒)结

赶着牛车出国——相差十万八千里

赶着王母娘娘叫大姑——妄想、想高攀、想沾点仙气

赶着鸭子拉大磨——痴心妄想、妄想

敢在太岁头上动土——胆子不小

橄榄核垫台脚——横也不好,竖也不好、越垫越不平

橄榄核卡喉咙——不上不下

橄榄头上插针——尖上拔尖

擀面杖,驴肘棍——没头没尾

擀面杖插到鸡窝里——捣蛋

擀面杖吹火——一窍不通

擀面杖打飞机——高不可攀

擀面杖当吹火筒——不通

擀面杖当笛子吹——没眼儿

擀面杖当旗杆——太矮

擀面杖当箫吹——实心眼、一点心眼也没有、缺心眼儿

擀面杖分长短——大小各有用场

擀面杖灌米汤——滴水不进

擀面杖捞饺子——搅浑一锅汤

擀面杖抹油——光棍一条

擀面杖敲鼓——抡的哪一槌

擀面杖升云天——诽谤(飞棒)

擀面杖钻石头——纹丝不动

擀面杖做筷,盆当杯——大吃大喝

gang

刚备鞍的马驹——挨鞭子的日子到了

刚捕上来的鱼虾——蹦蹦跳

刚长翅膀的鸟儿——不知天高地厚

刚长出的黄瓜——苦极了

刚扯帆就遇顶头风——出师不利

刚出火坑,又落陷阱——躲了一灾又一灾、祸不单行

刚出壳的鸡娃——羽翼不全

刚出笼的馒头——带着气来的、热气腾腾

刚出笼的馒头烤着吃——欠火

刚出笼的糖包子——热乎乎,甜蜜蜜

刚出炉的纯钢——宁折不弯、心地纯正

刚出山的老虎——有点猛劲

刚出山的猛虎——威风不小

刚出山的太阳——红光满面

刚出生的婴儿——没见过世面

刚出水的莲藕——鲜嫩

刚出水的虾子——活蹦乱跳

刚出土的黄连——苦苗苗

刚出土的幼芽——嫩得很、太嫩

刚出窝的雏鸡——飞不高

刚出窝的燕子——叽叽喳喳

刚从水沟里钻出的泥鳅——黑不溜秋

刚断了篙子又得了桨——正合适

刚飞的鸟儿——不知高低

刚过门的媳妇见公婆——唯唯诺诺

刚过门的媳妇——心里扑腾、见不得人

刚结婚的黄花女——羞羞答答

刚进庙的和尚念佛经——现学现唱

刚开瓶的啤酒——圆圆满满、有股子冲劲

刚开坛的老白干——有股子冲劲

刚来报到就要跳槽——这山望着那山高

刚离虎口又入狼窝——躲了一灾又一灾

刚理发的碰上络腮胡——难题（剃）

刚落地的娃娃——从头到脚都是新

刚落地的雨水——浑浊不清

刚买来的马——难合群、不合群

刚冒尖的竹笋——又鲜又嫩

刚上套的牲口——不识号

刚上蒸笼的馒头——面生

刚下轿的媳妇——满面春风、春风满面

刚下轿的新媳妇——不好看也爱看

刚摘的黄瓜——时鲜

岗上二亩水浇地——旱涝保收

缸边上走马——担险

缸钵里的泥鳅——团团转

缸里的金鱼——没见过风浪

缸里点灯——照里不照外、里头亮

缸里端起葫芦瓢——泼冷水

缸里盛酒——不在乎（壶）

缸里掷色子——没跑、跑不了

缸坛店里卖钵头——一套一套的

缸里捉王八——没跑、跑不了

缸中倒豆——不藏不掖

钢板上打铆钉——毫不动摇、一是一,二是二

钢板上钉钉——硬碰硬

钢板上钉铆钉——丁(钉)是丁(钉),卯(铆)是卯(铆)

钢板一块——坚硬

钢厂的产品——全是硬货

钢刀对生铁——硬碰硬

钢刀落肚——割心肠

钢刀斩乌龟壳——硬砍

钢钉淬火——钻劲大、有股钻劲

钢筋加混凝土——结实得很

钢筋水泥盖鸡窝——劳永逸

钢铃打锣——另有音

钢钎打炮眼——直来直去

钢钎打石头——硬碰硬、硬钻

钢钎凿到石头——一锤一个眼

钢枪换炮——越来越好

钢琴家义演——白眼(演)

钢刷刷锅——硬碰硬

钢水倒进模子里——定了型、定型了

钢丝穿豆腐——没法提、提不得、别提了

钢丝绳穿针——难通过、通不过

钢丝锁豆腐——挂不住

钢条做钉子——宁折不弯

钢头戴铁帽——双保险

钢针大头针——各有用处

钢针屁股上的眼——只认衣衫不认人

钢珠落进玉盘里——当当响、响当当

gao

高大的乔木——腰杆硬

高大的竹子——节外生枝

高飞的鸟儿遇老鹰——凶多吉少

高个子跌跤——差(叉)得远

高个子进窑洞——不得不低头

高个子装矮个子——低声下气

高个子走到屋檐下——不得不低头

高级合金刀——无坚不摧

高级合金钢——过得硬、够硬

高级毛料做抹布——糟蹋材料

高价买来低价卖——尽做亏本事

高举拳头轻轻放——手下留情

高考的标准——择优录取

高空中演杂技——众人仰望

高粱秆儿拴骡子——拉倒

高粱秆架房檐——不顶事儿

高粱秆上点火——顺杆儿往上爬

高粱秆抬轿子——担当不起

高粱秆做鞭杆——经不起摔打

高粱秆做磨棍——有劲使不上

高粱秆做梯子——上不去

高粱地里打阳伞——难顶难撑

高粱地里放鸟枪——打发兔子起了身

高粱地里撵鸭子——不见机（鸡）

高粱地里套绿豆——高低不平、有高有低

高粱地里栽葱——矮了半截子、矮了一大截

高粱地里找棒子——瞎掰

高粱地里种玉米——秋后见高低

高粱秆上挂个破气球——垂头丧气

高粱秆打狼——两担怕、两面怕

高粱秆当顶门杠——经不起推敲

高粱秆当柱子——撑（称）不起、难撑

高粱秆上结茄子——天下奇闻、弥天大谎

高粱秆挑水——担当不起

高粱秆推磨子——玩不转

高粱秆子剥皮——光棍一条

高粱秆子做檩条——不是这块料

高粱秆做眼镜——空架子

高粱开花——到顶了

高粱米塌饭锅——闷（焖）起来了

高粱撒在麦子地——杂种、秋后见高低

高楼里的电梯——能上能下

高楼平地起——日新月异

高炉红光、中云霄——热火朝天

高俅当太尉——一步登天

高山顶上搭台子——高高在上

高山顶上放风筝——起点高

高山放鞭炮——四方闻名(鸣)

高山放大炮——惊天动地、名(鸣)声高

高山滚石头——永不回头、大翻身、有去无回

高山毛栗子——浑身是刺

高山上的草——根子深

高山上的瀑布——冲击力大、一落千丈

高山上的青松——根子硬、经得起狂风暴雨、四季常青、久经风雨

高山上的雪莲——一尘不染、不可多得

高山上点灯——远见

高山上挂红灯——有名(明)望

高山摔茶壶——光剩嘴

高山头种辣椒——红到顶了

高山响鼓——事出有因

高山有好水,平地有好花——各有所长

高射炮打坦克——水平太低

高射炮的瞄准器——尽往上瞧、向上看

高射炮手——见机行事

高速公路——通行无阻、畅通无阻

高台上表演——众人仰望

高台上点灯——照远不照近

高兴得四脚趴地——得意忘形

高压电线——摸不得

高崖上搭长梯——太悬乎

高烟囱冒烟——热火朝天

高音喇叭掉井里——哇啦不上来了

高音喇叭上山头——名(鸣)声远扬、远近闻名(鸣)

高字边上加一手——你想搞啥

膏药贴在背上——揭不得

稿纸上写字——框框多、尽是框框

稿子写到边——不够格

ge

戈壁滩上的黄沙——无穷无尽

戈壁滩上的泉水——格外珍贵

戈壁滩上的石头——明摆着

戈壁滩上放牧——要水没水,要草没草

戈壁滩上盖大厦——底子差、基础差、底子不行

戈壁滩上开车——没辙

戈壁滩上缺干粮——喝西北风

戈壁滩上找泉水——困难、难极了

圪针上擦鼻涕——下不了手

圪针(某些植物枝梗上的刺儿)笼里逮蚂蚱——难下手、无法下手

疙瘩饼子送闺女——实心实意

疙瘩汤里煮皮球——糊涂蛋

疙瘩嘴报信——结结巴巴

哥俩并坐——亲密无间

哥俩分家——各人顾各人、自食其力

哥俩上京城——同奔前程

哥俩上天平——比重

哥上关东,弟下西洋——各奔东西

胳膊当枕头——自己靠自己、自靠自

胳膊扭大腿——拧不过

胳膊弯里打凉扇——两袖清风

胳膊往外拐——吃里爬(扒)外、替别人出力

胳膊窝夹蜡扦——假装吹鼓手

胳膊窝里夹皮球——气胀人

胳膊窝下过日子——憋气、憋得难受

胳膊折了往袖里藏——家丑不可外扬、自掩苦处

胳膊肘长杈——横生枝节

胳膊肘朝里拐——好处自己揣、只顾自己

胳膊肘——朝里弯、往里拐

胳膊肘里钉铁掌——离题(蹄)太远、不贴题(蹄)

胳膊肘里灌醋——酸溜溜的

胳膊肘上戴镯子——大大地露他一手

胳肢窝里夹耗子——冒充打猎人

胳肢窝下过日子——太窄

鸽子带风铃——虚张声势

鸽子光拣高门楼飞——忘本

鸽子尾巴带竹哨——想(响)得高

割草打兔子——顺手捎带的事

割草的捡到大南瓜——捞外快

割草拾柴火——顺便

割柴的拿斧头——不要脸(镰)

割倒了的茅草——一大片

割鸡用牛刀——大材小用

割韭菜,剥黄麻——一码是一码

割韭菜不用镰刀——胡扯

割了脖子鸡还想飞——垂死挣扎

割了猫尾巴拌猫食——自己吃自己

割了脑袋还走十里路——人死心没死

割了芝麻打跟头——碰到茬子上了

割麦不用镰刀——连根拔

割麦刮大风——一团糟

割肉养虎——枉害自身

割碎鱼胆——暗暗叫苦

割下鼻子换面吃——不要脸

搁浅的船——进退两难

歌手害嗓子——音不正、没正音

隔岸观火——幸灾乐祸、袖手旁观

隔辈的仇家结姻缘——不记前怨

隔壁包的饺子——谁知是什么馅儿

隔壁炒辣椒——有点呛

隔壁美妇人——爱不得

隔布袋猜瓜——难知好坏

隔布袋买猫——摸不准、识不透

隔布袋买猪——蒙着交易

隔长江抛媚眼——无人理会

隔道不下雨,隔村不死人——各有各的情况

隔肚皮估子女——难猜

隔沟弹棉花——不沾弦

隔沟看见鸭吃谷——干瞪眼、白瞪眼

隔河赶牛——鞭长莫及

隔河送秋波——没人领情

隔河想握手——差得太远

隔河眼瞅鸡啄米——干着急

隔河走路——清清楚楚

隔河作揖——承情不过

隔黄河赶车——鞭长莫及

隔黄河送秋波——没人领情、不领情

隔口袋买猫儿——打估

隔口袋买猪——两不知

隔了夜的火笼——外面温温热热,里头全是火

隔门缝吹喇叭——名（鸣）声在外

隔门缝儿看吕洞宾——小看大仙了、看扁了活神仙

隔门缝瞧人——看扁了人、把人看扁了

隔门缝瞧诸葛亮——瞧扁了英雄

隔年的春联——没用处、无用、没得用

隔年的挂历——尽废话（画）、废话（画）

隔年的皇历——过时货、没看头

隔年的黄豆——不进油盐、油盐不进

隔年的酒——有喝头

隔年的腊肉——干巴巴、有言（盐）在先

隔年的馒头——早发的

隔年的小树长成材——添枝加叶

隔皮靴抓痒——白费工夫、白费劲、枉费工

隔墙点灯——谁也不沾谁的光、沾不着光

隔墙丢簸箕——不知仰着还是扣着

隔墙丢西瓜——给别人解渴

隔墙果子分外甜——人家的好

隔墙看花——伸不得手

隔墙拉车——行不通、走不通

隔墙撂帽子——不对头

隔墙扔扁担——横竖由他（它）去

隔墙扔簸箕——反复不定

隔墙扔秫秸——乱七八糟

隔墙问路——两不见面

隔墙相媳妇——不知好歹、好歹不分

隔墙摘果——手伸得长

隔日的传票——盯（钉）上了

隔山吹喇叭——对不上号

隔山打斑鸠——白费工夫、乱放一通、抢也白费

隔山打鸟——见者有份

隔山打隧道——里应外合

隔山的石头砸脑袋——飞来的横祸

隔山放羊——一辈子不见畜生面

隔山攻道——各有其法

隔山估大猪——何凭何据、无根无据

隔山喊话——遥相呼应

隔山看见蚊虫飞——好眼力、眼力好

隔山买老羊——说不上是红是黑

隔山摘李子——相差太远

隔宿猪头——冷脸

隔外套搔痒——不过瘾

隔靴搔痒——抓不到实处、不解决问题、麻木不仁

隔夜的菠菜——不水灵

隔夜的剩饭——捏不拢、要不得、不新鲜

隔夜的鱼眼——红得发紫

隔着玻璃窗亲嘴——里应外合

隔着玻璃看王八——清清楚楚、一清二楚

隔着玻璃看戏——一眼看穿

隔着玻璃亲嘴——挨不上、意思意思、虚情假意

隔着窗户咬耳朵——偏听偏信

隔着锅台上炕——非迈一大步不可

隔着河摆手——承情不过

隔着井跳河——舍近求远

隔着马夹的外套——不贴心

隔着门缝看戏——见的没有听的多

隔着门缝瞧王八——原(圆)形毕露

隔着筛箩看景致——模模糊糊、模糊不清

隔着筛子看人——把人看零碎了

隔着山头赶羊——鞭长莫及

隔着山头亲嘴——差得远、差远了

隔着围墙摘花——手伸得太长

各米下各锅——哪个怕哪个

各人自扫门前雪,休管他人瓦上霜——各人顾各人

虼蚤的脾气——一碰就跳

gei

给白人戴黑帽子——诬赖好人

给财神爷磕响头——磕肿前额也没用

给刺儿头理发——难题(剃)

给大老爷舔痔疮——过分巴结

给个棒槌当针使——傻干

给狗起了个狮子名——有名无实

给好眼睛点药水——没病找病

给叫花子逗乐——拿穷人开心

给老虎医病——提心吊胆

给老虎引路——帮凶

给了九寸想一尺——得寸进尺

给聋子吹笛——白费工夫、不入耳

给聋子讲故事——白费力气

给聋子讲经——浪费口水

给漏底灯盏加油——永不满足

给你麦芒——岂能当真(针)

给三岁孩子娶媳妇——还差半辈子的事

给神主剃头——羞(修)先人

给石狮子灌米汤——滴水不进

给下山虎开路——头号帮凶

给鸭子填红苕——硬是气死人

给哑子说话——白张嘴、枉张口、枉张嘴

给哑子哑婆说亲——两头不讨好

给灶王爷烧香——多说吉利话

gen

跟狗交朋友——离了吃喝不行

跟和尚借梳子——强人所难、找错了人

跟狐狸结亲——自取其祸、惹祸上身

跟鹰飞天,跟虎进山——跟着啥人学啥人

跟诸葛亮学的本事——能掐会算

跟着大鱼上串——挂住了花鲷

跟着脚窝找毛病——俯首皆是

跟着老爷喝酒——沾光

跟着骡子数蹄印——步步不缺

跟着英雄学好样——跟着啥人学啥人

geng

更夫打瞌睡——白吃干饭

耕地里背口袋——有种

耕地里甩鞭子——吹(催)牛

耕牛吃羊草——怎能吃得饱

耕牛吃庄稼——不分彼此

耕田的老牛——被人牵着鼻子走

gong

工地上打夯——靠猛劲

工人做工农民种地——历来如此

弓起腰杆子淋大雨——背时(湿)

公安人员蹲监狱——以身试法

公共汽车过站头——一靠就走

公路道班——各管一段

公路上的警告牌——引为鉴戒

公牛打架——有闯(撞)劲

公婆打官司——各说各有理

公说公有理,婆说婆有理——不知谁是谁非、难断是非

公孙并坐——大小不分

公堂里造反——无法无天

公羊下羔——没指望

公要抄手婆要面——左右为难、众口难调

公园里的长颈鹿——就你脖子长

公园里的猴子——众人共赏

公园里的游客——三五成群

公园里开碰碰车——难免相撞

公园里看灯展——走着瞧

公主娘娘嫁花子——奈何不得、无可奈何

公子娶小姐——两相配

宫廷的宝贝——与我何益、与我何干

共吃水果拣大个——爱占便宜

共工(古代神话人物)造反——天昏地暗

**gou**

沟边大树——见湿(识)多

**gu**

姑姑门下做媳妇——亲上加亲

姑娘爱花,小子爱炮——各有所好、各人所好

姑娘的辫子——自便(编)

姑娘的夏装——多彩多姿

姑娘的心,天上的云——不好捉摸、难捉摸

姑娘的绣球——不能随便抛出去

姑娘收拾的行李——有条不紊、井井有条

姑娘嫌嫂丑——枉作恶人仇

姑娘绣荷包——专心致志

姑娘绣花——耐心、细针密线

姑娘做婆婆——转弯不及

姑嫂开磨坊——你推我也推

姑子嫌嫂——枉费功劳

孤独的羔羊——无娘的崽

孤军误入口袋阵——好进不好出

孤老的钱财——看不破

孤舟出海——敢冒风险

孤子遇亲人——喜出望外

箍桶匠的本领——成人方圆

箍桶匠修撮箕——分外事

箍桶请石匠——找错了人

古柏树上的藤萝——乱纠缠

古典演奏——老调重弹

古董当破烂卖——不识货

古董店开张——毫无新意

古董店里逮老鼠——无法下手

古董店里的耗子——打不得、碰不得

古董店里的老板——眼里识货

古董店里的珍宝——越老越好

古董贩子——眼里识货

古董摊上的东西——尽卖高价

古井里的蛤蟆——难见天日、没见过世面

古庙的旗杆——独一无二、老光棍

古庙里的大钟——名(鸣)声远扬、远近闻名(鸣)

古庙里的佛项珠——黯然失色

古庙里的石像——老实(石)人

古曲演奏——老调重弹

古人的字画——身价百倍

古书堆里的蛀虫——吃老本、咬文嚼字

古玩店失火——非同小可

古戏装——华而不实

古篆碑额——难理会

古装穿皮鞋——不协调

古装戏的服装——尽是老一套

谷地里的高粱——冒尖儿

谷糠搓绳——搭不上手、难合股

谷糠榨油——难上加难

谷糠蒸窝头——捏不拢、难捏合

谷子稗子堆一垛——好坏不分、不分好坏

谷子地里长高粱——冒尖、出人头地

谷子地里长玉茭(玉米)——突出

谷子里的石头——甩了

牯牛(公牛)掉在水井里——难转弯、转不过弯来

牯牛拼命——钩心斗角

牯牛身上拔根毛——微不足道、不在乎

牯牛陷在泥潭里——进退两难

骨缝里的肉——两受夹、两头受挤

骨头打狗——白送

骨头丢给狗——给他(它)点小恩小惠

骨头埂在喉咙里——吞不下,吐不出、不吐不快

骨头里熬油——难得、没多大指望

骨头炼油——难熬

骨头烧豆腐——软硬不均

鼓槌打石榴——敲到点子上了

鼓槌敲到棉花胎上——没有回声

鼓捣财神爷的口袋——想发意外之财

鼓肚蛤蟆钻喇叭——忍气吞声

鼓乐分家——捧不着号

鼓乐齐鸣——吹吹打打、又吹又打

鼓楼上吹唢呐——高调

鼓楼上的灯笼——高明

鼓楼上卖狗肉——架子不小、好大的架子

鼓囊囊的皮球——有气儿

鼓上安电扇——吹牛皮

鼓上蒙皮——两头照顾

鼓手出身——会敲

鼓着肚子充胖子——外强中干

鼓着肚子说话——气粗

故宫里插杨柳——树(竖)不起来

故宫里的国宝——样样好

顾了烧火,忘了翻锅——顾此失彼、手忙脚乱

顾了洗锅,忘了烧火——忙得团团转、晕头转向

顾着媳妇得罪娘——不知怎么办好

雇贼看门——自讨苦吃、自找苦吃

gua

瓜地里的草人——装模作样、装样子

瓜地里提鞋带——自讨麻烦、惹人怀疑

瓜地里挑瓜——越看眼越花

瓜瓢里点灯——漂(瓢)亮

瓜熟蒂落——时机成熟

瓜藤绕到豆棚上——纠缠不清

瓜田不纳履,李下不正冠——避人嫌疑、避嫌

瓜田里拌跤——遭殃(秧)啦

瓜子待客——有仁有义

瓜子敬客——一点心

瓜子皮喂牲口——不是好料

瓜子请客——是点心意、破费不大

瓜子去了皮——心上人(仁)

瓜子虽小——是仁心

刮大风穿绸衫——抖得很、抖起来了

刮大风吹牛角——两头受气

刮大风打伞——支撑不开

刮大风戴草帽——谁招呼谁

刮大风看看老鸹窝——用不着你担惊

刮大风撒蒺藜——连讽(风)带刺

刮风不下雨——干吹

刮风扫地,下雨泼街——假积极、多余

刮风天挂旗子——随风摆、随风飘

寡妇不改嫁——空手(守)

寡妇打孩子——舍不得

寡妇改嫁——挪挪窝、另有新欢

寡妇嫁光棍——两相情愿

寡妇进当铺——要人没人,要钱没钱

寡妇梦见男人——一场空

寡妇上坟——哭天抹泪

寡妇烧灵牌——一了百净

寡妇无儿——老来苦

寡妇选郎——随心所欲

寡妇养儿——苦熬

寡妇坐花轿——不是第一回

挂历上的花瓶——中看不中用

挂历上的鸟雀——不会唱

挂历上的人——有口难言

挂起犁杖当钟敲——穷得丁当响

挂羊头卖狗肉——有名无实、弄虚作假扯的虚幌子

挂在壁上的团鱼——四脚无靠

挂在磨盘上的扫帚——团团转

挂着腊肉吃斋——难熬

挂着蚊帐点蚊香——多余

## guai

拐女嫁瘸郎——谁也不嫌谁

拐杖吹火——一窍不通

拐子唱歌瞎子听,聋子演戏哑巴看——取长补短

拐子拜年——就地一歪

拐子当差役——用人不当

拐子登场——立场不稳

拐子进医院——自(治)觉(脚)

拐子上楼梯——乱碰头

拐子追驴——步步赶不上、望尘莫及

拐子捉贼——越追越远

拐子走路——左右摇摆、步步歪

## guan

关大王卖豆腐——人硬货不硬

关帝庙的门槛——千人踏,万人跨

关帝庙夫人——慌了神

关帝庙里挂观音像——名不符实、找错了门

关帝庙里找美髯公——保你不扑空

关东大侠——气概非凡

关节炎遇上连阴雨——老毛病又犯了、旧病复发

关进笼里的狗熊——团团转

关进笼子里的猴子——抓耳挠腮

关进笼子里的鸟——翅膀不硬

关了水龙头,忘了关电灯——顾此失彼

关了闸的喇叭——一声不响

关门不上门闩——顶上了

关门踩高跷——总觉得自己高

关门唱山歌——自我欣赏

关门打财神——害了自己、穷极了

关门打狗——打个痛快、走投无路

关门打锣——名(鸣)声在外

关门打拳——里手

关门打瞎子——没跑、跑不了

关门逮鸡——不过多扑棱一会儿

关门过日子——自家知底细

关门挤了鼻子——碰了个巧茬

关门挤着眼睫毛——巧了

关门骂皇帝——家里横、不起作用

关门卖疥药——痒者自来

关门摸瞎子——没跑、跑不了

关门起年号——称王称霸

关门掩着个耗子——急(挤)死了

关门演皇帝——自家看自家戏

关门养虎——后患无穷

关门做皇帝——自尊自大

关起笼子捉老鼠——没跑、跑不了

关上门捉麻雀——看你往哪儿逃

观景上泰山——回头见高低

观世音菩萨——有求必应

观音大士下凡——救苦救难

观音的肚腹——慈善心肠

观音的佛座——莲花

观音的朋友——个个是神仙

观音庙里没观音——走了神

观音庙烧香去——求人不如求神

观音庙许愿——真心实意

观音菩萨不爱财——浑身都是劲(金)

观音菩萨看人——慈眉善目

观音菩萨面前说假话——阳奉阴违

观音菩萨坐莲台——高高在上

观音堂里填窟窿——不妙(补庙)

观音斋罗汉,罗汉斋观音——互相帮助

观众评论演员——眼高手低

官兵并坐——不分上下、上下不分

官兵不分,高低不论——平起平坐

官仓里的大老鼠——肥吃肥喝

官工活——慢慢磨

官老爷当兵器——穷叨(刀)叨(刀)

官老爷的衙门——难进

官老爷讲话——慢条斯理

官老爷上朝——按部就班

官老爷升堂——威风凛凛、前呼后拥

官老爷下轿——不(步)行

冠军和亚军——数一数二

冠亚军领奖——只差一阶

棺材出了(指出殡后)才讨挽歌钱——晚了、迟了

管家婆的鸡蛋——心中有数、肚里有数

管家婆领赏——高升

管乐队演奏——各吹各的号

管水员开闸门——放任自流、任其自流

管丈母娘叫大嫂——没话瞎搭话

管中窥豹——略见一斑

罐里捉鳖——十拿九稳

罐里捉王八——没跑、跑不了、手到擒来

罐内几多米——自家知底细

罐头食品——吃得开

罐子掉了底儿——不用提了

罐子里舂海椒——一锤子买卖、一锤子交易

罐子里的豆芽儿——休想伸腰

罐子里的硫酸——摸不得

罐子里燃木炭——有火发不出、有火没处发

罐子里烧炭——有火没处发

罐子里掏虾米——抓瞎(虾)

罐子里养王八——出息不大、成心憋(鳖)人

罐子里栽花——活不久、活不长

罐子里煮牛头——不深入、深入不下去

罐子里装王八——窝脖货、横行不开了

guang

光膀子出征——赤膊上阵

光膀子烤火——冷热结合

光膀子玩刀山——早晚有他的好看

光吃饺子不拜年——装傻

光打雷不下雨——虚张声势、只说不干

光刮风不下雨——干吹

光头上的虱子——明摆着

光头上放豆子——溜啦

光头脱帽子——头名(明)

光棍搬家——省事

光棍抱孩子——不是自己的

光棍穿刺蓬——无牵无挂

光棍打光棍——一顿还一顿

光棍丢在刺蓬里——无挂无碍

光棍儿对光棍儿——二杆子

光棍儿分田——单干

光棍儿过日子——孤单得很

光棍儿梦见娶老婆——想得倒美、净想好事

光棍儿种地——自食其力

光棍汉娶个花媳妇——心满意足

光讲骆驼,不讲蚂蚁——光拣大的说

光脚的找赤脚的借鞋——谁也帮不上谁的忙

光脚丫穿拖鞋——没法提、别提了

光脚丫进冰窟窿——凉到底了

光脚丫子走刺蓬——小心在意

光脚丫子走刀刃——惹祸上身

光脚丫走进蒺藜窝——进退两难

光叫的猫——捉不住老鼠

光筷子吃豌豆——滑头对滑头

光身捆皮带——穷讲究、穷打扮

光身子放竹排——无挂(褂)无虑(履)

光身子裹脚——干脆利索、干净利索

光身子骑老虎——胆大不害臊

光身子玩滚轮——转圈丢人

光身子钻刺蓬——又刺又痛、自找苦吃

光手逮刺猬——难下手、无法下手

光说不练——嘴上的戏、嘴上功夫

光头出家——两全其美

光头打伞——无发(法)无天

光头顶橄榄——不牢靠

光头和尚——不怕抓辫子

光头见和尚——彼此彼此

光头跑进和尚庙——充数儿

光头上的疮疤——明摆着的

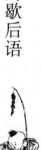

光头上面长虱子——无地容身、无处藏身

光头上拍巴掌——正大(打)光明

光头上的虱子——明摆着的

光有鼓槌子——打不响

光着膀子打架——赤膊上阵

光着脚丫踩玻璃碴——走险

光着脚丫子走刀刃——惹祸上身、没事找事

广播喇叭断了线——想(响)不起来了

广播员听广播——自说自听

广东到广西——两省

广东人唱京戏——南腔北调

广东人打的麻绳——难(南)说

广东人说北京话——南腔北调

广西省会的亲戚——贵(桂)客

gui

龟背上刮毡毛——痴心妄想、妄想

龟盖量米——不是声(升)

龟子请客——杂会(烩)

闺女出嫁不想娘——白疼一场

闺女穿娘鞋——老样子、钱(前)紧

闺女回娘家——熟路、道熟

闺女上婆家——腼腼腆腆、又想又怕

闺女遇见妈——说不完的话、话语多

闺女做媒——不好开口

闺女做祖母——转弯真快

鬼打架——不可能的事、没人见过、没有的事

鬼葛针碰见琉璃鞋——你尖我滑

鬼遇张天师——无法可使、有法难使

刽子手挂念珠——自充善人

刽子手咧嘴——笑里藏刀

贵妃唱歌——有声有色

贵妃醉酒——仪态万千

贵州的骡子学马叫——不像、南腔北调

桂林三花酒——好冲

跪在老虎面前喊恩人——善恶不分

gun

滚石下山——一砸到底

滚水灌老鼠——一个也跑不掉

滚水锅里捞出的棉花——熟套子

滚水锅里捞活鱼——荒唐

滚水锅里洗澡——难进

滚水锅里煮棉花——熟套子

滚水开锅——热气腾腾

滚水里捞盐——白费工夫

滚水淋臭虫——又快又净

滚水淋石头——不变色

滚水泡茶——又浓又香

滚水泼耗子——在劫难逃、有皮无毛、一窝端

滚水煮饺子——你不靠我,我不靠我

滚汤锅里的螺蛳——水深火热

滚油锅里加把盐——吵(炒)翻了天

滚油锅里捡金子——难下手、无法下手

滚油锅里添冷水——炸了、炸起来了

滚油锅里炸油条——翻来覆去

滚珠子脑壳——脑袋灵活得很

棍棒打死狗——不动窝儿

棍子蘸石灰——白打

guo

锅边上的小米——熬出来的

锅边上的油渣——练(炼)出来的

锅底的米饭——有骄(焦)气

锅底上戳窟窿——捅娄(漏)子

锅底笑话缸底黑——光看别人黑,不见自己黑

锅盖穿洞——出了气

锅盖上的米花子——熬出来的、受尽了熬煎

锅盖做风箱——受了热气受冷气

锅里不倒水——干烧

锅里不讨碗里讨——找错了对象

锅里炒石头——油盐不进

锅里的火药——容不得半点火星

锅里的鸡——难飞

锅里的螃蟹——横行不了几时

锅里的茄子——一个个都蔫了

锅里的瘦油条——受煎熬

锅里的鱼——别想跳了

锅里剖西瓜——滴水不漏、点滴不漏

锅里扔石头——砸啦

锅炉房里的灯笼——气昏了

锅炉里的水——沸腾起来

锅炉上的压力表——明摆着

锅炉上烧足气的压力表——直线上升

锅煤灰涂脸——抹黑

锅台上的蚂蚁——团团转

锅台上种地——没几分、不发芽

锅嫌水壶黑——不知自丑

锅灶上天——气炸了、气崩了

锅子里炒石头——不进油盐

锅子里抓鱼——一条也溜不了

锅子里捉乌龟——伸手就得

过道里捎(扛)椽子——直来直去

过道里耍杠子——舞不起来

过冬的大葱——皮焦根枯心不死、叶烂皮干心不死

过冬的田螺遇春水——扬眉吐气

过端午的龙头——光耍嘴

过河踩钢丝——太悬乎

过河拆桥——忘恩负义、不留后路

过河扯胡子——谦虚(牵须)过度(渡)

过河抽板——没良心

过河打摆渡的——好心没有好报

过河打船工——恩将仇报、以怨报德

过河的牛尾巴——拉不回来、拽不动

过河的卒子——横冲直撞、横行无阻、没退路

过河丢拐棍——忘本

过河没船——无法度(渡)

过河碰上摆渡人——巧得很、得之不易、凑巧了

过河洗脚——一举两得

过河拽胡子——谦虚(牵须)

过河卒子做生意——一卖(迈)到底

过江遇渡船——凑巧了、赶得巧、正好

过街的老鼠——人人喊打

过了春的大白菜——不吃香了

螃蟹

过了冬至种小麦——赶不上节气

过了黄梅天买蓑衣——晚了、不识时务

过了劲的发面——软瘫了、软成一堆

过了惊蛰的蛇——又爬出洞了

过了年的桃符——没用处、没得用

过了筛子的黄豆——没大没小

过了霜降割豆子——误了三秋

过了银桥过金桥——越走越亮堂、越走越明

过了元旦看挂历——日子长着呢

过了这个村,没有这个店——机不可失

过滤了的空气——新鲜

过路客喂马——做事不当事

过路人打狗——边打边走

过年吃团圆饭——济济一堂

过年借礼帽——不识时务

过年敲锅盖——穷得叮当响

过年娶媳妇儿——双喜临门

过时的历书——没用处、不中用

过五关斩六将——气概非凡

过午的牵牛花——全败了

过云行雨——难长久、一阵子

# H

## ha

哈尔滨的冰雕——冷冰冰,硬邦邦

哈哈镜放在大街上——有意惹人见笑

哈哈镜看东西——全都走了样

哈哈镜照脸——变了形

哈哈镜照人——当面出丑、变样了、看不出真相

哈密瓜泡冰糖——甜上加甜、甜透了

## hai

孩儿的脊梁——小人之辈(背)

孩儿脸——说变就变、变化无常

孩子讲悄悄话——由他说去

孩子离了娘——无依无靠

孩子撒娇——喊多哭少

海豹子上山——办不到、没法办

海边的大雁——见过风浪

海边的鹭鸶——身高尾巴黑

海边捞虾——看潮流

海滨的潮汐——一浪高一浪、后浪推前浪

海参长刺——不扎人

海底长海带——根子深

海底打捞绣花针——难办

海底打拳——功夫深、有劲使不上

海底的坑洼——摸不透

海底的鱼——不好打

海底动物——不见天日

海底捞月,天上摘星——想得到,办不到、望空扑影、白费劲

海底捞针——往哪儿找去

海底谋杀——害人不浅

海底栽葱——根底深、根子深

海儿接弟弟——胡(湖)来

海风阵阵——一波未平,一波又起

海关大钟——到时候就报

海河豚穿线——软硬使不出劲来

海椒命,姜桂性——越老越辣

海军的衬衫——道道多

海里的礁石——时隐时现

海里的浪花——不用吹、不是吹的

海里的木头——东漂西荡

海里的王八——大得出奇

海里放鸭子——不简单(捡蛋)

海蛎上岸——甭想张嘴

海龙王搬家——厉(离)害(海)

海龙王吃螃蟹——敲骨吸髓

海龙王打哈欠——好大的口气

海龙王的喽啰——虾兵蟹将

海龙王发火——六亲不认

海龙王发脾气——掀风鼓浪、兴风作浪

海龙王找女婿——汤里来,水里去

海螺壳里睡觉——不肯露头

海绵里的水——挤出来的、不挤不出

海面上刮风——波澜起伏

海面上起风——不平静

海瑞上书——为民请命

海上的灯塔——指引航向

海上的孤舟——无依无靠

海上翻波浪——此起彼落、此起彼伏

海上泛舟——漫无边际

海上观测——往远处看

海上行船——见风使舵

海石秃上的螃蟹——明爬(摆)着

海市蜃楼,天涯彩虹——虚的虚,空的空

海水里长大的官——管得宽

海水煮黄连——苦上加苦

海滩上的沙子——有的是、多的是

海滩上开店——外行

海滩上寻贝壳——有的是、白捡

海外侨胞抱火筒——两头受气

海象打架——光使嘴

海蜇皮送酒——干脆、干干脆脆

海蜇皮做帽子——装滑头

海子里的虾米——翻不起不浪

害喘病爬高山——喘不上气、上气不接下气

han

憨鸡仔啄白米——一颗颗进肚

含冰糖说好话——甜言蜜语

含糖睡觉——梦里甜

含着骨头露着肉——吞吞吐吐

寒潮消息——冷言冷语

寒冬的电扇——令人生畏

寒冬喝冰水——点滴记(激)在心、透心凉、点点入心

寒冬腊月摆龙门阵——冷言冷语

寒冬腊月打雷——成不了气候、不成气候

寒冬腊月戴手套——保守(手)

寒冬腊月的马蜂窝——空空洞洞、空洞

寒冬腊月喝冰水——肚里有火,心都凉了

寒冬腊月捞红鱼——不是时辰

寒冬腊月送扇子——不分时候

寒号虫儿——好吃懒做

寒号鸟过日子——过一天算一天、得过且过

寒山寺里的大钟——搬不动

寒暑表里的水银柱——能上能下

寒暑表——忽冷忽热、有升有降、知冷知热

寒天吃冰棍——心里有火

寒天换毛的鹧鸪——没几天蹦头、蹦跶不了几天

韩湘子出家——一去永不来、一去不复返

韩湘子吹笛——不同凡响

韩湘子的花篮——要啥有啥

韩湘子拉着铁拐李——一个吹，一个捧、你吹我捧

韩信背水之战——以弱胜强

韩信打仗——用兵如神

韩信打赵国——背水一战

韩信点兵——多多益善、越多越好

韩信伐楚——明修栈道，暗渡陈仓

汉笼头的马——揪扯不住

汉人官——没领(翎)儿

旱魃(传说能引起旱灾的怪物)拜夜叉——尽见鬼

旱地拔葱——费劲

旱地的葱过道的风，蝎子尾巴财主的心——又毒又辣又刺人

旱地的蛤蟆——干鼓肚没办法

旱地的螺蛳——有口难开

旱地的泥鳅——钻得深

旱地的蚯蚓——钻不透

旱地的倭瓜——越老越红

旱地的乌龟——无处藏身

旱地的鱼虾——活不长、活不下去

旱地里插秧——不顾死活

旱地里的蛤蜊——不张嘴儿、不好开口

旱地里的蛤蟆——干鼓肚、横行不了几天

旱苗得甘霖——及时雨、正逢时

旱坡上划船——行不通、走不通

旱天的井——水平太低

旱天的庄稼苗——死不死，活不活、要死不活、不死不活

旱天刮西北风——干吹

旱鸭想吃水螺——尽想好事、想得倒美

旱鸭子不下水——练腿劲

旱鸭子过河——不知深浅

旱鸭子上架——办不到

旱鸭子追猫——紧赶

旱烟袋打狗——坏了杆了

旱烟袋当枪使——派错了用场

旱烟袋——一头热、一头冷来一头热

焊枪的喷嘴——一点就着、点火就着

焊条碰钢板——冒火

焊洋铁壶的出身——没有那把刷子

hang

航船上的马桶——明摆着

航船遇沙滩——搁浅

hao

豪猪拱洞——吃里爬外

好袄做成破马褂——穷折腾

好柴烧烂灶——塞错了门道

好吃不好穿——顾嘴不顾身

好斗的公鸡——好了不起、肥不了

好斗的山羊——顶顶撞撞、又顶又撞

好斗的小公鸡——神气十足

好儿无好媳——难得两全、美中不足

好官断案——不讲理

好汉挨木棒——痛死不开腔

好汉不吃眼前亏——识时务

好汉扛大个儿——正在劲头上

好汉上梁山——逼出来的

好虎斗群狼——寡不敌众

好花离了土——活不成

好花离了枝——蔫了

好叫的麻雀——没有二两肉

好马挨鞭打——忍辱负重

好马不吃回头草——倔强

好人堆里挑坏人——不多

好人喊冤——不平则鸣

好人坐班房——不白之冤

好心当成驴肝肺——不识好歹
好心遭雷打——冤枉、太冤枉
好心走一遭,回头被狗咬——恩将仇报、以怨报德
好字头上加了不——孬种
号手出身——会吹
号筒里塞棉花——吹不响
号嘴上贴胶布——没法吹了
耗干了油的灯盏——奄奄一息(熄)

he

喝江水,说海话——没边没沿、无边无沿
喝酒不吃菜——各人心里爱
喝酒不拿盅子——胡(壶)来
喝酒穿皮袄——里外发烧
喝酒晒太阳——周身火热
喝开水吃菜——各有所爱、各人所爱
喝开水拿筷子——多此一举、故作姿态、没有用
喝开水吞炒面——不含糊
喝老陈醋长大的——光说酸话
喝冷酒,拿赃钱——迟早是病
喝凉水吃生姜——乏味、不是滋味
喝凉水肚子痛——自找罪受、自找难受
喝凉水塞牙缝——真倒霉、倒霉透了
喝凉水剔牙缝——没事找事、穷要面子
喝了白露水的知了——叫不了几天
喝了红薯烧酒——讲旧(酒)话
喝了两斤老陈醋——心酸得很
喝了迷魂汤——昏了头、神魂颠倒、全忘记了
喝了泉水就摔瓢——忘本
喝了烧酒烤火——浑身发热
喝了太平洋的水——宽大无边
喝了五味汤——啥滋味都有
喝了御酒——有功之臣
喝米汤划拳——光图热闹
喝水塞牙缝,放屁扭了腰——该倒霉
喝水用筷子——捞不着、故作姿态
喝松花江水长大的——管得宽
喝糖水加酱油——乱掺和、瞎掺和

喝完浆水上吊——糊涂死了

喝完烧酒挨嘴巴——里外发烧

喝西北风长的——没点热乎气

喝西北风打饱嗝——硬挺

喝西北风堵嗓子——倒霉透了、真倒霉

喝血的蚊子——全凭嘴伤人

喝盐水聊天——净讲闲(咸)话

喝足酒跳太湖——罪(醉)该万死

禾草里头藏龙身——农家出英才

禾苗怕蝼蛄——一物降一物

合唱团里的哑巴——凑数

合金钢钻头——专拣硬的克

合起来讲五句——三言两语

合闸的马达心子——团团转

何家的香火——何门何姓何祖宗

何家姑娘嫁郑家——正(郑)合(何)适(氏)

何仙姑回娘家——云里来雾里去、来去无踪

何仙姑要下凡——六神不安、六神无主

和尚搬家——省事(寺)

和尚不吃豆腐——怪哉(斋)

和尚不吃斋——口是心非

和尚的家当——一舍之物

和尚的袈裟——东拼西凑、七拼八凑

和尚的帽子——平铺沓

和尚的木鱼——合不拢嘴、不打不响、挨敲打的货

和尚的脑壳——没法(发)

和尚的念珠——串通好的

和尚的梳子——多余、废物、无用之物

和尚丢了腊肉——心急不好说

和尚丢了住家——没得话(化)了

和尚化缘——到处求人

和尚进庙——无法(发)入门、以先为大

和尚看花轿——白欢喜、空喜一场

和尚落深潭——无法可施

和尚庙里的老鼠——听的经卷多

和尚念经——老一套、自念自听

和尚起立——突(秃)起

和尚撞钟——应尽之责、天天如此

和尚作案赖道士——嫁祸于人

和尚坐大殿——四(寺)门不出

和尚坐轿——空喜一场

和孙猴子比翻跟斗——差着十万八千里

和稀泥,抹光墙——和事佬

和影子交朋友——孤单得很

河岸上看赛龙船——有劲使不上

河边垂钓——等鱼上钩

河边垂杨柳——这人折了那人攀

河边放崖炮——无地容身、无处藏身

河边上撑篙——一竿子插到底

河边上逮螃蟹——有一个捉一个

河边拾蛤蜊——尽捞

河边洗黄连——何(河)苦

河伯娶妻——坑害民女

河里长菜——不焦(浇)

河里打墙——把鳖的路挡了

河里的鹅卵石——光溜溜、越滚越滑

河里的凉水——不值钱

河里的木偶——随大流

河里的泥鳅种,山上的狐狸王——老奸巨猾

河里的沙子——捏不拢、难捏合

河里的水身旁的风——抓不住

河里的虾米(小虾)——估不清

河里的鸳鸯——一对儿

河里赶大车——没辙

河里划龙船——同心协力

河里捞不到鱼——抓瞎(虾)

河里捞月亮——白搭工

河里摸石头——尽捞

河里摸鱼——大小难分、又圆又滑

河里木头——随大流、又一牌(排)

河里王八爬上岸——亮亮相

河里洗萝卜——一个个来

河里洗煤砖——闲着无事干

河里洗铁盒——面面俱到

河马打呵欠——好大的口气

河面上的油花——水上漂

河南到河北——两省

河水不犯井水——互不相干、各不相干

河滩的沙子——有的是、多的是

河滩的石头滚上坡——无奇不有、天下奇闻

河滩里盖房子——不牢靠

河滩上撑船——一竿子到底

河滩上的鹅卵石——有的是、圆滑

河滩上的沙子——不入眼、有粗有细、数也数不清

河滩上的石头——没角没棱

河滩上捡石头——有的是

河豚浮在水面上——气鼓气胀、气鼓鼓

河心的船——明摆着

河心里搁跳板——两头没着落、两头脱空

河沿上脱坯——趁水和泥

河中的浮萍——扎不下根

河中的礁石——顶风顶浪

核桃里的肉——不敲不出来

核桃栗子一齐收——不加区别

核桃皮翻肚——点子不少

核桃树旁种棉花——软硬兼施

荷包里冒烟——妖艳(腰烟)

荷包里摸花生——挨个儿抓

荷包里装钉子——锋芒毕露、都想出头

荷花不结籽——没脸(莲)

荷花池里的并蒂莲——不分上下

荷花池里养鱼——一举两得

荷花出水——一尘不染

荷花灯里点蜡烛——心里明、肚里明

荷花上的水珠——滚来滚去、不长久、沾不着边

荷花塘里失火——偶然(藕燃)

荷叶包钉子——个个想出来

荷叶包菱角——锋芒毕露

荷叶包鳝鱼——溜啦、溜之大吉

荷叶包蟹——包不住、露爪了

荷叶包粽子——宽大有余

荷叶上的露珠——清清白白、滚来滚去、不长久

荷叶上的水珠——滚来滚去

荷叶上放秤砣——承受不了

荷叶做雨伞——遮盖不住、难遮盖

鹤的尾巴——不长

鹤立鸡群——才貌出众、高出一等

hei

黑板上写字——抹掉了重来、一抹就掉、擦了再来

黑布蒙窗户——不透光

黑灯笼里点蜡烛——有火发不出、有火没处发

黑灯瞎火跳舞——暗中作乐

黑地里穿针——难过

黑地里打躬——各尽其心、没人领情

黑地里张弓——暗藏杀机

黑洞里裹脚——瞎缠

黑蜂子扑火——有去无回

黑狗跳墙——无法而已

黑狗偷油打白狗——错了、搞错了

黑狗熊耍扁担——胡抡一气

黑甲鱼剖腹——心不死

黑老鸹嫁凤凰——不配、配不上

黑老鸹衔窝——沾得怪紧

黑老鸹在水里漂白——痴心妄想、妄想

黑老鸹啄柿子——挑软的欺

黑老鸦下了个白鸡蛋——就当自己长得白

黑脸演花旦——变了角色

黑毛乌鸦——不足为奇

黑母鸡跑到树林里——像个鸟样

黑泥鳅钻金鱼缸——光显自己漂亮、献丑、自己献丑

黑漆灯笼——心里亮、肚里明、糊涂不明

黑天过河——不知深浅

黑天摸黄鳝——不知长短、难下手

黑天捉老鼠——找不着窟窿

黑天捉牛——摸不着角

黑天做投机生意——看不见的勾当

黑屋里打算盘——暗算、暗中盘算

黑屋里找东西——没处寻、难寻

黑屋里做活——瞎干

黑瞎子按键盘——乱弹琴

黑瞎子掰苞谷——掰一个,丢一个、白忙活

黑瞎子拜年——不敢受这个礼

黑瞎子办案——熊差

黑瞎子抱报纸——假充识字的

黑瞎子剥皮——说不清是人是兽

黑瞎子吃蜂蜜——没鼻子没脸、大把抹

黑瞎子吃人参——不知贵贱

黑瞎子吃石榴——满肚子熊点子

黑瞎子打花脸——熊样

黑瞎子打立正——一手遮天

黑瞎子打人——架不住那一巴掌

黑瞎子逮虱子——笨手笨脚

黑瞎子戴手表——假装体面

黑瞎子戴坦克帽——硬充装甲兵

黑瞎子戴项链——再美也是熊

黑瞎子冬眠——净做美梦

黑瞎子敲门——熊到家了

黑瞎子过马路有目共睹——公证

黑瞎子举千斤顶——身大力不亏

黑瞎子拉磨——转着圈熊

黑瞎子蒙红头巾——冒充新娘子

黑瞎子扭身——大反扑

黑瞎子爬竹竿——直往下滑

黑瞎子拍巴掌——队(对)长(掌)

黑瞎子捧刺猬——碰到棘手事

黑瞎子披大氅——不像人样

黑瞎子扑蝴蝶——手拙心不灵

黑瞎子上秤台——没人敢要

黑瞎子上房脊——熊到顶了

黑瞎子上轿——谁抬你呀

黑瞎子耍大棒——人熊家伙笨

黑瞎子耍马叉——还想露一手

黑瞎子提包袱——走哪家的亲戚

黑瞎子舔马蜂窝——要怕挨蜇就别想吃甜头

黑瞎子跳山涧——凶多吉少

黑瞎子头上长犄角——还是那个熊样子

黑瞎子玩股票——熊市

黑瞎子玩手机——整不通

黑瞎子下山——熊到家了

黑瞎子绣花——束手束脚

黑瞎子学唱戏——硬装包青天

黑瞎子照镜子——看你那个熊样

黑瞎子遮太阳——手再大也捂不过天来

黑瞎子装弥勒佛——面善心不善

黑瞎子钻灶筒——难过

黑瞎子坐轿——没人抬举

黑瞎子坐轿——想美事

黑瞎子坐月子——吓(下)熊了

黑心的拉拉蛄——从根上咬

黑心的萝卜——坏透了

黑猩猩干活——毛手毛脚

黑熊吃梨——不在(摘)乎(核)儿

黑熊打正立——一手遮天

黑熊捉鱼——摸一条是一条

黑旋风李逵——有勇无谋

黑夜的萤火虫儿——亮晶晶

黑夜里开火车——前途光明

黑夜里抢大斧——瞎砍一通

黑夜里耍大刀——胡砍

黑夜里追人——无影无踪

黑夜里走路——没影子

黑夜摸黄鳝——没得救

黑夜天摘黄瓜——不分老嫩

黑夜走山路——没影子

黑纸糊灯笼——不明不白

黑纸写白字——黑白分明

hen

狠心后娘打孩子——暗里下手

恨虱子烧棉袄——得不偿失、不值得

heng

哼哈二将斗法——喷云吐雾

哼哈二将——样子凶

横匾压塌龙王庙——好大的牌子

横杠竹子——进不得城

横过马路——左顾右盼

横过铁路——越轨行为

横扛竹竿进宅——不入门

横垄地里撵瘸子——一步跟不上，步步跟不上

横垄台拉石磙——步步有坎、一步一个坎

横着扁担走路——霸道

横着竹竿进城——行不通、走不通

横着竹竿进门——转不过弯来

hong

哄娘嫁女——骗出门

哄瞎子过河——千万莫为

哄着孩子买月亮——全是假的

烘炉烤大饼——翻来覆去老一套

红白喜事一起办——哭笑不得

红绸子包山楂——里外红

红花女做媒——自身难保

红花胸前戴——脸上光彩

红蓝铅笔——两头挨削

红烙铁——沾不得

红楼梦里的贾府——大有大的难处

红萝卜雕花——中看不中吃、好看不好吃

红萝卜雕神像——饮食菩萨

红萝卜掉油篓——又奸(尖)又猾(滑)

红萝卜放辣椒——没把你放在眼里

红萝卜——红皮白心儿

红萝卜刻娃娃——红人

红毛兔子——老山货

红木当柴烧——不识货

红木做匾——是块好料

红娘挨打——成全好事、为别人担不是

红娘拿到崔莺莺的信——心领神会

红娘牵线——成人之美

红娘行好反遭打——错在糊涂的老夫人

红皮萝卜紫皮蒜——最辣

红苹果落地——熟透了

红苕熬成糖——甜上加甜、甜透了

红苕充天麻——弄虚作假、以假乱真

红薯窖里打拳——施展不开

红薯烤成炭——过火

红薯落灶——自该煨

红梭穿绿线——泾渭分明

红糖抖蜜——甜上加甜

红头火柴——一擦就着

红头绳穿铜钱——心连心

红眼老鼠出油盆——吃里扒(爬)外

红药水抹疖子——治表不治里

红枣炖冰糖——甜上加甜、甜透了

红纸包烂肉——越盖越臭

红纸裱灯笼——装面子

红着眼睛咬着牙——怀恨在心

洪炉的料,食堂的钟——不挨打就挨敲、该打

洪水淹粮仓——泡汤了

洪水淹了龙王庙——自家人不识自家人

洪泽湖的鱼鹰——老等

鸿门宴上的刘邦——危机四伏

鸿门宴上——杀机四伏

鸿雁传书——空来往

hou

侯门的小姐,王府的少爷——四体不勤,五谷不分

喉咙长刺口生疮——说不出好话来

喉咙卡骨头——吞不下,吐不出、说话带刺

喉咙口使勺子——淘气

喉咙里插雷管——一谈(弹)就崩

喉咙里长疮——闷声不响、闷声闷气

喉咙里长疙瘩——赌(堵)气

喉咙里发痒——伸不得手

喉咙里放鱼钩——提心吊(钓)胆

喉咙里灌铅——张口结舌

喉咙里塞胡椒——够呛

喉咙里伸出手来——真馋、嘴太馋

喉咙里吞了萤火虫——嘴里不响,肚里明白

喉头上长疔疮——痛不可言

后半夜走路——步步光明

后半夜做美梦——好景不长

后背对着脊梁——一个向东，一个朝西

后脖子抽了筋——抬不起头来、耷拉着脑袋

后播的荞子先结果——后来居上

后颈窝的头发——摸得着看不见

后脑壳上长疮——自己看不见

后脑壳上的头发——一辈子难见面

后脑勺戴眼镜——朝后看

后脑勺挂镜子——照见别人，照不见自己、照人不照己

后脑勺挂笊篱——置之脑后

后脑勺留胡子——随便（辫）

后脑勺拍巴掌——背后整人

后脑勺上长疮——自己看不见，以为别人也看不见

后娘打孩子——暗里使劲、巴掌赶两鞋底、早晚是一顿

后台的锣鼓——见不得大场面

后台的演员——上不了场

后台上叫好——自捧自

厚皮黄牛——宜打不宜牵

厚纸糊窗——不透风

候车室里的挂钟——群众观点

hu

呼延庆打擂——奉命来的

囫囵啃石榴——先苦后甜

囫囵吞扁食——不知啥滋味

囫囵吞刺猬——扎心

囫囵吞人参——不知其味

囫囵吞笋——胸有成竹

囫囵吞枣——难消化、食而不知其味、独吞

囫囵吞芝麻——满肚子点子、一肚子点子

囫囵吞笋——成竹在胸

胡蜂撞进了蜜蜂窝——不得安生

胡姑姑假姨姨——乱认亲

胡椒拌黄瓜——又辣又脆

胡椒浸在醋里——辛酸得很

胡萝卜摆供——趁早收家伙

胡萝卜搬家——挪挪窝

胡萝卜拌白菜心——新鲜一阵

胡萝卜打鼓——越敲越短

胡萝卜打锣——去一半

胡萝卜打马——越来越少

胡萝卜疙瘩——上不了台盘、上不了席

胡萝卜叫鹰——越叫越远

胡萝卜就烧酒——图个干脆

胡萝卜敲鼓——越敲越短

胡萝卜拴牯牛——无济于事、不济事

胡萝卜拴驴——跟着跑了

胡敲梆子乱击磬——欢喜若狂、高兴一时是一时、得意忘形

胡琴里藏知了——弦外有音

胡琴与琵琶合奏——谈（弹）到一块去了

胡桃果肉——要敲出来吃

胡同儿捉驴——两头堵

胡同里扛竹竿——直来直去

胡同里跑马——难回头

胡同里演戏——口上热闹

胡须上的饭——饱不了人

胡子长疮——毛病

胡子上挂霜——一吹就没了

胡子上抹狗屎——口难开、不好开口

胡子上拴秤砣——拉下脸

胡子上天——虚（须）飘飘

胡子套索索——谦虚（牵须）

胡子粘在眉毛上——瞎扯

壶里没水——白捎（烧）了

壶里伸进烧火棍——胡（壶）搅

壶里煮蚌——不好开口

壶里煮粥——不好搅

湖边的垂柳——随风摆

湖底的鱼——打不起来

湖面上的九曲桥——弯弯多

湖南人唱京戏——南腔北调

湖心落石——圈套圈

猢狲画像——副猴相

猢狲骑山羊——抖威风

猢狲入布袋——进了圈套

猢狲扫地——光顾眼前、只顾眼前

猢狲推泰山——自不量力、不自量

猢狲种树——摇摇晃晃

葫芦不破瓢——十足的傻瓜

葫芦掉井里——上不着天,下不着地、不成(沉)

葫芦蜂的窝——心眼多

葫芦架子一齐倒——分不清,理不明

葫芦结黄瓜——变种

葫芦锯了把儿——没嘴儿

葫芦壳挂颈上——自找麻烦

葫芦壳挂在房梁上——上不着天,下不着地

葫芦里看天——不知所以

葫芦里卖药——不知底细

葫芦里盛水——滴水不漏

葫芦里装糯米饭——装进容易倒出难

葫芦里装水——为的是嘴

葫芦里捉蛐蛐——没跑、跑不了

葫芦落塘——摇摇摆摆、吞吞吐吐

葫芦蔓缠上南瓜藤——难解难分

葫芦瓢捞饺子——滴水不漏、连汤带水

葫芦藤上结南瓜——不可能的事、无奇不有

葫芦藤上开红花——没见过的事

葫芦头爬屋脊——两边滚

葫芦下水——吞吞吐吐

葫芦秧套南瓜秧——拉扯不清、胡搅蛮缠

糊了纸的玻璃窗——看不透

糊涂虫当会计——混账

糊涂虫做媒——坏两头、两头挨骂

糊涂官判无头案——审不清,断不明

糊涂老板糊涂账——难算、算不清

糊涂老婆——乱当家

糊涂庙里糊涂神——糊涂到一块了

蝴蝶落在鲜花上——恋恋不舍、难舍难离

蝴蝶群舞——花花世界

蝴蝶专往野地飞——拈花惹草

虎伴羊睡——靠不住、不可靠

虎洞里坐菩萨——真是莫名其妙

虎踞高山,龙入大海——各有用武之地

虎口拔牙——好大的胆子

虎口里的人——生死未定

虎入中堂——家破人亡

虎生猪猡——又笨又恶

虎头上捉虱——寻着送死、找死

虎头铡下服刑——一刀两断

虎窝里跑出只羊羔——虎口余生

虎嘴上拔毛——好大的胆子

虎坐莲台——假慈悲、假充善人

护城河的王八——混年号

hua

花棒棒打锣——有声有色

花被盖鸡笼——外面好看里头空

花布斜扯——歪道道多

花长虫——道不少

花绸被面做抹布——大材小用

花绸上绣牡丹——锦上添花

花绸子盖鸟笼——外面好看里边空

花绸子做尿布——屈才(材)、屈了材料

花大姐逛公园——花花世界

花旦戴帽子——没有那一套

花旦唱戏——有板有眼

花旦戴胡子——没有那一套、一出也没有

花旦念道白——句句好听

花朵遇到狂风——毁掉了

花粉喂牲口——不够塞牙缝

花岗石的脑袋——死不开窍

花岗岩雕人像——心肠硬

花岗岩脑袋——不开窍

花岗岩下油锅——扎实(炸石)

花岗岩做招牌——牌子硬

花工师傅的把势——移花接木

花公鸡的能耐——就会叫那么几声

花公鸡的尾巴——翘得高

花公鸡上舞台——谁跟你比漂亮、显你漂亮

花骨朵碰在屠刀上——心碎

花果山的猴王——无(悟)空、不服天朝管、称王称霸

花果山的猴子——与世无争、无法无天

花果山的美猴王——个儿小本领强

花果山的日子——猴年猴月

花果山来了孙悟空——增寿(兽)

花好月圆——美满

花和尚穿针鼻——大眼瞪小眼

花花猫生了个灰老鼠——孬种、不是好种

花花枕头装秕糠——外面好看里面空

花鲫鱼的拳头——刽(鳜)子手

花架下养鸡鸭——煞风景

花匠捧仙人球——扎手

花椒炒生姜——又麻又辣

花椒大料——两位(味)

花椒掉进大米里——麻烦(饭)了

花椒木雕孙猴——麻木不仁(人)

花椒树——浑身是刺

花椒籽——黑心

花轿到了家门口——喜气盈盈

花轿里的新娘——不露脸

花轿没到就放炮——高兴得太早了

花轿前的乐队——大吹大擂

花开四季——长春

花篮里装泥鳅——跑的跑,溜的溜

花里胡哨的吊灯——外面好看里面空

花脸戴花——笑死大家

花了眼的婆婆绣花——看不清

花落结个大倭瓜——看也看了,吃也吃了

花猫蹲在屋脊上——唯我独尊

花猫生了个灰老鼠——歪种

花木瓜——空好看

花木兰从军——冒名顶替

花木梨脑袋——太呆板

花盆里栽松树——不能成材、成不了树

花盆里种皂角——人家栽花咱栽刺

花盆里种庄稼——收获不大

花皮蛇遇见饿蛤蟆——分外眼红

花钱买黄连——自讨苦吃

花钱买死马——得不偿失、尽干蠢事

花钱买蒸笼——就要争（蒸）气、找气来受

花钱磨刀——只图快

花圈店失火——提前完成使命

花蛇过溪——弯弯曲曲

花生剥了壳——好赖算个人（仁）儿

花生地里开花——落地生根

花生壳、大蒜皮——一层管一层

花生米雕菩萨——只有这点本钱

花生米掉锅里——熟人（仁）

花生皮喂牲口——不是好料

花手帕盖灯笼——外面好看里面空

花头鸡——惹事多

花蚊子咬人——叮（叮）住不放

花心萝卜充人参——冒牌货

花眼婆婆纫针——对不上眼、不对眼

花生

花眼婆婆绣花——模糊不清、看不清

花眼蛇打喷嚏——满嘴是毒

花园里的蝴蝶——多姿多彩

花园里的牡丹——出类拔萃

花针对麦芒——（奸对奸）尖对尖

花纸糊灯笼——外面好看里面空

花籽喂牲口——不是好料

花子（乞丐）进庙——穷祷告

花子婆娘翻跟头——穷折腾

花子婆娘画眉毛——穷讲究、穷打扮

花子死了蛇——没什么弄的

花子养仙鹤——苦中作乐

花子早起——穷忙

华容道上放曹操——不忘旧情

华山一条路——绝境天险

华佗的药丸——万应灵丹

华佗开药方——手到病除

华佗施医术——起死回生

华佗行医——名不虚传、名副其实

华佗摇头——没救了

华佗治病——妙手回春

滑了牙的螺丝帽——团团转

化了装的演员——油头粉面

化浓的疖子——不攻自破

化装表演——改头换面

划子追快艇——老落后、落后了

画笔敲敲——有声有色

画饼充饥——空喜一场、自欺欺人

画虎不成反类犬——弄巧成拙

画匠不拜佛——知道底细

画匠的儿子——又会画龙，又会画虎

画匠的妈——会说不会画

画里的大饼——不能充饥

画了黑脸照镜子——自己吓唬自己

画龙点睛——功夫到家了

画眉的嘴儿——会说

画面上的酒菜——叫人眼饱肚饥

画屏上贴观音——话(画)里有话(画)

画上的车子——推不动

画上的春牛——中看不中用

画上的饿狼——吃不了人

画上的公鸡——不明(鸣)

画上的关公——脸红耳赤

画上的喇叭——吹不得

画上的老虎——谁怕你凶

画上的马——不见起(骑)

画上的猫——白瞪眼

画上的美女——不嫁人、爱不得

画上的鸟儿——飞不上天、有翅难飞

画上的人——有口难言

画上的仙桃——中看不中吃、好看不好吃

画上的元宝——不值钱的货

画蛇添足——自作聪明、多此一举

话不投机——半句多
话儿把石头熔化——柔能克刚
话里揉进胡椒面——辣得很
话如绵里藏针——语气柔和,锋芒犀利
桦木扁担——吃不住劲
桦木拐杖——宁折不弯

huai

怀抱火炉——热心
怀臭求芳——不可多得
怀揣苞米——不肯(啃)
怀揣冰棍——凉透心、冷透心
怀揣刺猬——抱着嫌扎手,丢又舍不得
怀揣二十五只老鼠——百爪挠心
怀揣金子——心理负担太重
怀揣棉花弓——往心里谈(弹)
怀揣十五只小兔——七上八下
怀揣兔子——忐忑不安、惴惴不安
怀揣小拢子(齿小而密的梳子)——舒(梳)心
怀儿婆的口粮——两人一份
怀里揣刀子——不存好心、居心不良
怀里揣戥子——称心
怀里揣个漏勺——心眼儿不少
怀里揣黄连——辛(心)苦
怀里揣镜子——心里明、肚里明
怀里揣铃铛——想(响)得美
怀里揣马勺——诚心、盛(成)心
怀里揣棉花——暖人心、心儿软
怀里揣鸟儿——心里不安
怀里揣牛角——总是朝外顶
怀里揣琵琶——往心里谈(弹)、谈(弹)心
怀里揣筛子——心眼儿多
怀里揣天平——称(秤)心
怀里揣铁砣——心里沉重
怀里揣笊篱——光劳(捞)那份心、心眼不少
怀里揣着十五只兔子——七上八下
怀里的东西掉进靴子里——还是自己的
怀里的石头落地——放心

怀里的西瓜——包(抱)在我身上

怀里放炮——心里想(响)

怀娃婆娘吃老母猪肉——顾嘴不顾身

怀孕十个月——该升(生)了

怀孕媳妇街上走——人里看不出人

槐树上要枣吃——强人所难

槐树下弹琴——苦中作乐

坏鬼军师——专出坏主意

坏笤帚对烂畚箕(簸箕)——差对差、差配差

huan

欢心歌儿唱不尽——其乐无穷

獾狼下个小耗子——一代不如一代

宦官不叫宦官——太贱(监)

换毛的斑鸠——飞不起,跑不动

换汤不换药——老一套

患的软骨症——没点刚劲

huang

荒山长高粱——野种

荒山里的破庙——冷冷清清

皇城的拐角——多饶(绕)一会儿

皇帝补皮鞋——难逢(缝)

皇帝出朝——驾到

皇帝出宫——前呼后拥

皇帝大赦——开恩

皇帝的祠堂——太妙(庙)

皇帝的闺女——金枝玉叶

皇帝的后代——龙子龙孙

皇帝的交椅——至高无上

皇帝的圣旨将军的令——变不了、一口说了算

皇帝面前比武——各显神通

皇帝请客——主人在上

皇帝下圣旨——照办

皇帝坐上金銮殿——一人说了算

皇甫讷扮伍子胥——蒙混过关

皇宫门口的石狮子——一点心眼也没有

皇宫闹内讧——争天下、自相残杀

皇姑选婿——万里挑一

皇后娘娘死男人——没得二价(嫁)

皇历倒翻——往后看

皇粮国税——免不得

皇上变了脸——要杀头

皇上吃窝头——装穷

皇上戴眼镜——圣明

皇上当平民百姓——一贬到底

皇上拍桌子——盛(圣)怒

皇上下令——一言为定

黄柏木做磬槌子——苦中作乐、外头体面里面苦

黄陂到孝感——现(县)兑(对)现(县)

黄表纸包饺子——露了馅儿

黄豆炒藕——无孔不入

黄豆地里带芝麻——点子多

黄豆地里的西瓜——数它大

黄豆碰上热锅——欢蹦乱跳

黄豆切细丝——功夫到家了、好手艺

黄豆煮豆腐——碰上了自家人、父子相会

黄飞虎的坐骑——一条怪牛

黄飞虎反五关——稀奇(西岐)

黄飞虎战关云长——刀对刀

黄蜂绑在鳖腿上——有翅难飞

黄蜂的尾巴——毒极了、最毒、摸不得

黄蜂窝里伸手——招惹大祸

黄蜂找窝——乱哄哄

黄蜂锥裤裆——干吃哑巴亏、苦衷难诉、难出口

黄盖挨板子——心甘情愿

黄狗插角——尽出洋(羊)相

黄狗吃豆腐脑——闲(衔)不着

黄狗当马骑——胡来

黄狗等肉骨头——着急

黄狗过泥塘——到处丢脚印

黄狗偷食打黑狗——冤枉、太冤枉

黄瓜拌辣椒——各有所好、各人所好

黄瓜打锣——锤子买卖、去了一大截

黄瓜当棒槌——越打越短

黄瓜拉秧——塌了架

黄瓜没毛——净刺

黄瓜敲木钟——一声不响

黄果树瀑布——冲劲大

黄汉升的箭——百发百中

黄河的水，长江的浪——源远流长

黄河的水——不清不白

黄河管不着长江——各顾各

黄河决了口——一泻千里、滔滔不绝

黄河里洗澡——洗不清、洗不净

黄鹤楼上看行人——把人看矮了

黄花鱼下挂面——不用言(盐)

黄昏后的燕子——不想高飞

黄昏瞧影子——又长又瘦

黄昏时的群鸟——纷纷归巢

黄昏时的燕子——不想高飞

黄昏走到悬崖边——日暮途穷

黄浆做年糕——费劲不落好

黄金掉到水里——化不了

黄金能卖高价钱——物以稀为贵

黄狼没打着——惹了一身臊

黄狼子变猫——变死都不高

黄连拌白糖——同甘共苦

黄连拌成醋——又苦又酸

黄连拌苦胆——苦到家了

黄连拌苦瓜——苦上加苦

黄连拌生姜——辛苦了

黄连当茶叶——自找苦吃

黄连雕寿星——苦老头

黄连炖猪胆——苦不堪言

黄连甘草挑一担——一头苦来一头甜

黄连疙蔸(块根)当哨吹——苦中作乐

黄连锅里煮人参——从苦水中熬过来的

黄连和尚——苦师父

黄连烤酒——苦打成招(糟)

黄连木雕娃娃——苦孩子

黄连木做笛子——苦中取乐

黄连木做图章——刻苦

黄连酿酒——酷刑(苦形)成招(糟)

黄连泡瓜子——苦人(仁)儿

黄连树结蜜桃——苦中有甜

黄连树上长棵草——苦苗苗

黄连树上搭苦瓜棚——苦作一堆

黄连树上的蛀虫——硬往苦里钻

黄连树上雕字——刻苦

黄连树上挂苦胆——苦相连、一个更比一个苦

黄连树上结苦瓜——一串串儿苦

黄连树上结糖梨——甜果都从苦根来

黄连树下背诗书——苦读

黄连树下唱大戏——苦中作乐、苦中取乐

黄连树下吃桂圆——苦中有甜

黄连树下喊上帝——叫苦连天

黄连树下埋苦胆——苦到底了

黄连树下种苦瓜——苦生苦长

黄连水待客——给他点苦头

黄连水里泡竹笋——苦透了

黄连水洗脑袋——苦到头啦

黄连水洗胸口——一番苦心

黄连水洗澡——从头苦到脚、浑身苦

黄连水煮粥——从苦水里熬过采的

黄连水做饭——口口苦

黄连窝里生下来的——苦出身

黄龙背的沙茶壶——好嘴儿

黄猫黑猫——咬到耗子就是好猫

黄毛娃娃坐上席——人小辈大

黄毛鸭子下水——不知深浅

黄米煮芋头——糊糊涂涂、糊里糊涂

黄泥巴打黑灶——好心不得好报

黄泥巴做馍馍——土包子

黄泥里的竹笋——尖端微露

黄泥塘洗弹子——拖泥带水

黄貔子(黄鼬)唱山歌——没安好心

黄貔子吃鸡毛——能填饱肚子就行

黄貔子掉牙——老了

黄貔子给鸡拜年——没安好心肠

黄鼬子给小鸡儿拜年——假仁假义

黄鼬子捞走的小鸡——九死一生

黄婆养鸟——越养越小

黄浦江上走钢丝——险得很、玄乎得很

黄沙里掺水泥——合在一起干

黄鳝爆泥鳅——勾勾搭搭

黄鳝斗泥鳅——滑头对滑头

黄鳝毛做棉絮——办不到、没法办

黄鳝泥鳅——不一样长

黄鳝爬犁头——狡猾(绞铧)

黄鳝晒太阳——假死

黄鳝张口——泥土气重

黄鳝钻洞——颐头不顾尾、顾头不顾腚

黄鳝钻进竹筒里——滑不脱

黄头火柴——一碰就发火

黄土埋到嗓子眼儿——离死不远

黄土捏泥人——你中有我我中有你

黄眼斑鸠——无恩情

黄鱼脑袋——一空二白

黄忠交朋友——人老心不老

黄忠叫阵——不服老、不甘示弱

黄忠抡大锤——老当益壮

黄忠射箭——百发百中

黄嘴麻雀——叨不得硬食

蝗虫打喷嚏——满嘴庄稼气

hui

灰堆吹喇叭——乌烟瘴气

灰堆里扒出个烧红薯——又吹又拍、吹吹拍拍

灰堆里藏芝麻——没处寻、难寻

灰堆里打喷嚏——触一鼻子灰、碰一鼻子灰

灰堆里的苍蝇——糊涂虫

灰堆里的泥鳅——滑不脱

灰眼老番——诡计多端

回光返照——不久长、难长久

回炉的烧饼——不香甜

hun

昏官判案——各打五十大板、审不清,断不明

婚后媒人秋后扇——没人理、没人问

浑身贴膏药——毛病不少

浑水池子——看不透

浑水里的泥鳅——反正变不了龙

浑水摸鱼——大小难分、想捞一把、都想占点便宜

浑水洗澡——越来越糟、干净不了

浑水摸鱼——都想捞一把

huo

豁唇骡子卖了个驴价钱——吃亏就在嘴头子上

豁牙啃西瓜——条条是道

豁牙子(牙齿残缺的人)拜师傅——无耻(齿)之徒

豁牙子吹火——漏风、一团邪(斜)气

豁牙子吹箫——漏气儿

豁牙子过冬——唇亡齿寒

豁牙子啃猪蹄——横扯筋、扯筋

豁牙子说话——含糊其词、含含糊糊

豁牙子咬牛筋——难嚼难咽

豁牙子咬虱子——遇了缘、碰上了、碰准了

豁子吵嘴——谁也别说谁

豁子吃凉粉——利汤利水

豁子吹灯——瞎搭一口气、瞎使劲

豁子吹号——堵不严

豁子吹火——格外费力

豁子喝凉粉——利利豁豁

豁子嘴吹箫——越吹越不响

豁子嘴照镜子——当面出丑

豁嘴罐子打水——放任自流、任其自流

豁嘴说书——关不住风

活剥兔子——扯皮

活菩萨——越敬头越高

活期储蓄——积少成多

活人拜泥胎——不傻也不呆、自己骗自己

活羊拉到案桌上——离死不远了

活鱼掉进醋缸里——肉烂骨头软

活鱼丢在沙滩上——干蹦干跳

活鱼儿口里的水——有进有出

火把棍子当枪——打不响

火把换灯笼——明来明去

火爆玉米——开心

火柴把上绑鸡毛——胆(掸)子小

火柴棒剔牙——专找缝子钻

火柴棍搭桥——不成、难过

火柴盒里的苍蝇——处处碰壁

火柴盒做棺材——成(盛)不了人

火柴头遇上磷片——一触即发

火柴与火药——一碰就发火

火车不开——推着走

火车不走——到站了

火车车厢——能分也能合

火车出山洞——豁然亮堂

火车出站台——走得正,行得直、越跑越欢

火车带车皮——勾(钩)搭得紧

火车到站,轮船靠岸——停滞(止)不前

火车道上推小车——步步有坎、一步一个坎

火车抵头——互不相让

火车掉头——反动

火车进隧道——长驱直入

火车进站——各行其道

火车开到马路上——越轨

火车开上烂泥路——走错了道

火车拉笛——名(鸣)声挺大

火车离轨——寸步难行

火车离了道——越轨行动、出轨

火车轮子——任重道远、连轴转

火车轮子上轨道——切实可行

火车冒烟——白气

火车头的灯——光明前程

火车头开动——带动一大串

火车头拉磨——不会拐弯、有劲使不上

火车头拉纤——独出心裁

火车头没灯——前途无量(亮)

火车头上的灯——顾前不顾后、照见别人,照不见自己

火车厢里赛歌——高歌猛进

火车响汽笛——一鸣惊人、火气冲天

火车扎进高粱地——没辙

火车摘钩——甩了

火车站的挂钟——群众观点

火车站的轨道——四通八达

火车站的铁轨——道道多

火鸡比天鹅——差远了、差得远

火鸡躲猎人——藏头露尾

火箭发射——青云直上

火箭加油——快上加快、飞快

火箭落脚背——不跳都要跳

火箭上天——不翼而飞

火箭筒射击——两头冒火

火烤蚂蚱——死到临头

火里烤糌粑——软货

火里撒盐巴——真热闹、热闹一阵儿

火镰对火石——一碰就冒火星

火练蛇钻进泥菩萨肚里——装神气

火燎猪肉皮——卷沿儿了

火炉靠水缸——你热他不热

火炉上靠毛竹——扳得过来

火炉子靠水缸——冷热结合、一面热

火炉子里浇油——火气太大

火轮船上拴鲫鱼——不自由了

火炮轰苍蝇——不上算、不合算

火盆里的木炭——红得发紫

火盆里放泥鳅——活不久、活不长、看你往哪钻

火盆里栽花——白费工夫

火盆里栽牡丹——不知死活、死活不知

火盆里栽藕——连根烂

火钳打娃娃——一下当两下

火钳子上阵——算不得兵器

火钳子修表——难下手、下不了手、无法下手

火枪打兔子——一头子倒霉

火绒子脑袋——一点就着、点火就着

火绒子敲鼓——没有音

火上烘鸡毛——着了

火上加油——越烧越猛

火上屋顶——坐不稳、坐不住

火烧芭蕉——不死心、心不死

火烧宝光寺——妙哉(庙灾)

火烧鞭炮——一触即发

火烧财主楼——活该、恶有恶报

火烧草料场——逼上梁山、没有救

火烧车轮——气崩了、气炸了

火烧大梁——长叹(炭)

火烧灯草——灰心

火烧灯笼——露骨

火烧房子还瞧唱本——沉着、沉得住气

火烧蜂房——乱哄哄

火烧寒暑表——直线上升

火烧猴屁股——急得团团转

火烧胡子——眼前就是祸、练(炼)嘴

火烧鸡毛——飞快

火烧金銮殿——没地(帝)位

火烧裤裆——痛不可言、坐不稳

火烧辣椒壳——够呛

火烧栗子——气崩了、气炸了

火烧岭上捡田螺——没处寻、难寻

火烧螺蛳——肚里坏

火烧蚂蚁窝——四处逃散

火烧毛竹——节节响

火烧眉毛——急在眼前、祸在眼前

火烧棉花铺——谈(弹)不成了

火烧牛皮——自己转弯

火烧旗杆——长叹(炭)

火烧日历——没日子了

火烧寺庙——没有神、慌了神

火烧套马杆子——长叹(炭)

火烧乌龟——疼在心上

火烧蝎子洞——连窝端

火烧阎王殿——鬼哭神嚎

火烧战船——红火一片、满江红

火烧纸马店——迟早要归天

火烧钟馗庙——笑煞鬼

火烧猪头——面熟

火烧竹林——尽光棍、全是光棍

火烧竹筒——热心

火烧竹子——不变节

火神庙不放光——哪知神灵在

火神庙里着火——玩火者自焚

火神庙求雨——走错了门、找错了门

火神爷出征——有将无兵

火神爷待客——热情

火神爷的脾气——急躁

火神爷找龙王爷——成心闹别扭、专找别扭

火炭掉在头发上——火烧火燎

火炭吞下肚——心急如焚

火塘边睡的猫——伸伸缩缩

火塘边舞镰刀——明砍

火线上的战友——患难之交

火星子遇汽油库——闹得天翻地覆

火药库里玩火——万万不可

火药闷在铳膛里——不想(响)

火中取栗——反招来祸害

火种落进干柴堆——一点就着

火箸捅炉子——直进直出、直出直入

伙房搬家——另起炉灶

货郎背包串乡——没挑的

货郎担子——两头祸(货)

货郎的背包——没挑

货郎的担子——要啥有啥、样样不缺

货郎的手鼓——闲摇

货郎鼓别腰里——没货了

货郎鼓儿——两边摇、两面挨打

货真价实的买卖——不掺假

巷道扛椽子——直来直去、直进直出、直出直入

ji

饥得粗食——不嫌

饥饿送口粮——帮了大忙

饥了吃粗糠——味也香

饥了吃花生——生吞活剥

机车的灯头——只照别人，不照自己

机帆船赶快艇——老落后

机帆船上装橹——配搭

机关枪打炮弹——口径不对

机关枪打兔子——小题大做、得不偿失

机关枪打鸭子——呱呱叫

机关枪的通条——直进直出、直来直去、直出直入

机关枪对炮筒——直性子对直性子

机关枪上刺刀——连打带刺

机关枪伸腿——两岔

机器人打拳——全是硬功夫

机器人看戏——无动于衷

机器人抓东西——一把硬手、是把硬手

机枪对大炮——直性子对直性子、急性子碰上火性子

机制面条——不敢(擀)

积木搭高楼——一推就倒、一碰就倒

畸形人做衣服——另搞一套

激流里的船——难回头、回头难

急火烙煎饼——一个劲地翻腾

急惊风碰着个慢郎中——干着急

急救车撞了救火车——急上加急

急刹车摔倒——身不由己

急水滩里的船——难停下

急水滩里的鹅卵石——磨掉了棱角

急水滩头的大鲤鱼——经过风浪

急水滩头放鸭子——一去不回头

急水滩头停船——难办

急性汉遇上慢郎中——你急他不急

急性子动手——说干就干

急性子做客——说来就来

急需的图章——刻不容缓

急雨打在水缸里——心里翻起了泡

急着讨债碰南墙——财迷转向

集上请个老灶爷——卷起来回家吧

集市上买东西——挑挑拣拣

蒺藜拌草——不是好料

蒺藜果——小刺儿头

蒺藜上弹棉花——越整越乱

蒺藜窝里睡觉——浑身不自在

几百年的老陈账——难算、算不清

几个扁担钩——挡不住路

几个胖子一块进门——不知谁让谁

挤牙膏——一点一点来

挤着眼睛瞧人——小看人

脊背上背鼓——找着挨锤、找锤

脊背上长眼睛——尽往后看

脊背上长嘴——尽背后说人

脊梁骨长茄子——多心、生了外心

脊梁上长桃子——另有心、起了心

脊梁上吊镜子——照见别人,照不见自己、照人不照己

脊梁上压碾盘——难翻身、翻不了身

脊上卧猫——活受(兽)

麂子(麂。一种小型的鹿,比鹿小,雄鹿有长牙和短角)给老虎拜年——没有好下场

麂子咬豹子——不怕死、死都不怕

麂子饮水——成双成对

记者到国外采访——出镜(境)

记者的皮包——内里有文章

既保娘娘,又保太子——两全其美

济公吃狗肉——不管清规戒律

济公出家——吃荤不吃素

济公的扇子——神通广大

济公的装束——衣冠不整

济公过日子——只讲吃不讲穿

济公和尚的毡帽——随便扣

济公趴梁——没位置

济公治病——主动上门

济公走路——疯疯癫癫

寄槽养马——爱占便宜

鲫鱼得水——活蹦乱跳

鲫鱼喂猫儿——舍不得

jia

加急电报——刻不容缓

加了盖的蒸笼——正(蒸)上气(汽)

加农炮打兔子——得不偿失

夹板上雕花——刻薄

夹道里摆酒席——口上热闹

夹道里截驴——没有回头的余地

夹道里推车子——直采直去、进退两难

夹火钳子——一头热

夹口袋赶集——凑热闹、凑凑热闹

夹裤改单裤——没理(里)儿

夹生饭——难吃

夹尾巴的山狸——害人

夹巷赶狗——直来直去

夹在两捆草料中间的驴子——打不定主意、拿不准主意

夹着尾巴做人——忍气吞声

夹子上的老鼠——没跑、跑不了

家蚕里的茧——私(丝)人(仁)

家狗上锅台——不识抬举

家狗上酒席——啥事也显着你

家家都有一本难念的经——各有难处

家里的破罐——甩掉

家里丢了磨——没法推、推不得

家里房子着了火——一无所有

家里请吹鼓手——名(鸣)声在外

家门口的水塘——知道深浅、深浅我知道

家雀熬汤——没肉也香

家雀变凤凰——越变越好、尽想好事、想得倒美

家雀儿摆碟子请客——净是嘴

家雀儿吵嘴鸡打架——无人管

家雀飞进烟筒里——保命烧了毛

家雀飞了才放枪——错过良机

家雀进笼子——有翅难飞

家雀进窝——叽叽喳喳

家雀抬杠——瞎嚷嚷

家雀下鸡蛋——个小贡献大

家雀学老鹰——想头不低、想得太远

家神揍灶神——自家人打自家人

家堂底下放鹞子——门风

家堂里的大门——不关

家有十五口——七嘴八舌

甲虫掉在粪坑里——越陷越深

甲鱼长胡子——不是个东西

甲鱼唱歌——别（鳖）调

甲鱼吃甲鱼——六亲不认

甲鱼吃木炭——黑心王八

甲鱼的肉——藏在肚里

甲鱼翻筋斗——四脚朝天

甲鱼跟着王八走——规（龟）行矩步

甲鱼笑龟爬——彼此一样

甲鱼咬人——死不松口

甲鱼照镜子——龟相

贾府的大观园——外强中干

贾府的后代——坐享其成

贾府门前的狮子——死（石）心眼儿

贾家姑娘嫁贾家——假（贾）上加假（贾）、假（贾）门假（贾）事（氏）

驾车登山——不进则退

驾驶员罢工——想不开

驾驶员倒背手——不服（扶）不行

驾辕的马驹炝蹶子——乱了套、乱套了

驾着辕杆儿开倒车——走回头路、倒退

架起铁锅等豆子——准备吵（炒）一吵（炒）

架起砧板就切菜——说干就干

架上的葫芦——挂起来、挂着

架上的葡萄——一连串、一串一串的

架上的丝瓜——越老越空

架梯子上天——痴心妄想、妄想

架着的锅、点着的火——样样现成

假李逵碰到真李逵——这回可遇着真的了、冤家路窄、原形毕露

假期做梦——休想

假银圆买到猪婆肉——一个骗一个

嫁不出去的姑娘——成了老大难啦

嫁出的姑娘泼出的水——不由己

嫁出的女儿——人家的人

嫁出去的女儿泼出去的水——难收回、不由己

嫁给染匠的婆娘——贪色

嫁接的果树——节外生枝、横生枝节

jian

奸狼开店铺——没有好货

奸狼下了个贼狐狸——孬种、不是好种

奸商同骗子做生意——尔虞我诈

尖扁担挑水——心挂两头

尖担挑柴——两头滑脱

尖底箩筐——不稳当、不稳

尖底瓮儿——一推便倒、一碰就倒

尖尖筷子夹凉粉——滑头对滑头

尖尖鞋——前紧后松

肩膀上搭炉灶——恼(脑)火

肩膀上戴帽子——差一头

肩膀上扛灯草——轻快得很

肩膀上生疮——担当不起、挑不起重担、不敢担

肩膀头扛大梁——压趴了

肩扛石磨走天涯——任重道远

肩上戴帽子——矮了一头

肩上扛扇车——大摆威风

肩头上放花炮——祸(火)在眼前

煎熬过的中药——要不得、全是渣滓

拣到的帖子——难做客

拣个孩子唱大戏——看你庆哪家的功

拣根铁棒当灯草——说得轻巧

拣鸡毛的上门——凑胆(掸)子

捡到篮里都是菜——好歹不分

捡风筝丢云雀——得不偿失

捡根鸡毛当令箭——谁听你的

捡鸡毛扎掸子——凑数

捡来的媳妇——不美满

捡了芝麻丢了西瓜——因小失大

捡起铜钱穿线眼——现成

捡着黄铜当真金——不识货

剪不断,理还乱——千头万绪

剪刀的口——张开嘴就咬

剪开个蚕茧贴在眼上——满眼都是丝(私)

剪了毛的绵羊遭雨淋——浑身哆嗦、直哆嗦

见到胡子就是爷爷——不辨真假

见到猫就害怕——胆小如鼠

见到肉的鹰——眼红、红眼

见到熟人握握手——你好我也好

见爹叫娘——乱称呼

见毒蛇就打,遇狐狸就抓——为民除害

见高就拜,见低就踩——势利眼

见狗扔骨头——投其所好

见惯了骆驼——看不出牛大来

见火的蜡——软了

见桀纣动干戈,遇文公施礼乐——投其所好

见了苍蝇都想扯条腿——贪得无厌、贪心不足

见了大官叫舅舅——想高攀

见了大嫂唤大姑——不认人

见了和尚喊姐夫——乱攀亲

见了皇帝喊万岁——老规矩

见了舅爷叫姨夫——看错了人、认错了人

见了骆驼说马背肿——少见多怪

见了麦苗叫韭菜——五谷不分

见了寿衣也想要——贪心鬼

见了霜的蝈蝈——快完啦

见了兔子才放鹰——有利才出征

见了王母娘娘喊岳母——想娶个天仙女

见了王母娘娘叫大姑——攀高亲

见了蚊子就拔剑——大惊小怪

见了丈母叫大嫂——乱了班辈、昏头昏脑

见钱眼红——利欲熏心

见人抛媚眼——卖弄风流
见人先作揖——礼多人不怪
见啥菩萨烧啥香——看人行事、到哪说哪
见生人说熟话——套近乎
见什么菩萨烧什么香——看人(神)做事
见物手痒——利欲熏心
见钟不打铸钟敲——舍近求远
见着骆驼不说蚂蚁——光拣大的说
贱陀螺——不打不转
毽子上的鸡毛——钻进钱眼里了
鉴真和尚东渡——传经送宝
鉴真和尚回国——探亲
箭穿鹰嘴——不可想象的事、难以想象
箭上弦上——一触即发
箭头离了弦——勇往直前
箭猪碰上刺猬——刺对刺
箭竹棍当梁柱——自不量力、不自量

jiang

江北的胡子——贼凶
江边插杨柳——落地生根
江边的弄潮儿——喜欢赶浪头
江边开染房——大摆布
江边卖水——多此一举、没事找事
江边上洗萝卜——一个个来
江河发大水——一浪高一浪、后浪推前浪
江河里长大水——泥沙俱下
江河里的小泡泡——渺小
江湖佬的膏药——不知真假
江湖佬卖假药——招摇撞骗
江湖佬卖完狗皮膏药——该收场了
江湖佬耍猴子——名堂多
江湖佬耍戏法——说变就变、变化无常
江湖卖艺的——摊子不大,喊声连天
江湖骗子卖膏药——光耍嘴皮子、冒牌货
江湖骗子耍贫嘴——夸夸其谈
江湖人耍猴——名堂可多了

江里的浪花——不是吹的

江里的木偶——随大流

江南的蛤蟆——难缠(南蟾)

江西老表开药铺——卖不掉自己吃

江西老表卖灯草——卖完吃完

江心补漏——无济于事、不济事

江心断了帆桅——转了向

江阴人耍龙灯——节节活(火)

江中的鲤鱼——油(游)惯了

江中浪上兜圈子——团团转

将军不下马——各奔前程

将军当农民——解甲归田

将军买马——两相情愿

将门出虎子——一代更比一代强

僵蚕做硬茧——不成功(宫)

讲话没人听,下令没人行——光杆司令

讲课还是老一套——屡教不改

讲评书的长口疮——难开口、口难开、不好开口

讲台上的花盆——装饰品

讲武堂里学打仗——纸上谈兵

讲演专家——出口成章

奖状绑在笤帚上——名誉扫地

蒋干保曹操——各为其主

蒋干盗书——将计就计、上当受骗、聪明反被聪明误

蒋干过江——尽干失着事、成事不足,败事有余、窥测动静

蒋干劝周瑜——有口难张

蒋门神遇到了武二郎——服帖了

耩(用耧播种)地看耧眼——走着瞧

降不住猪肉降豆腐——欺软怕硬

酱菜店里的抹桌布——尝尽辛酸

酱菜缸里的秤砣——油盐不进

酱菜缸里泡石头——一言(盐)难尽(进)

酱醋厂里的斗篷——遮遮盖盖

酱缸里的瓜子——闲(咸)人(仁)

酱缸里的茄子——拣软的捏

酱缸里爬出个拉拉蛄——不是这里的虫

酱缸腌肘子——亲(咸)肉一块

酱瓜煮豆腐——有言(盐)在先

酱碗里的苍蝇——肮脏肉

酱油店里打架——争风吃醋

酱油碟当盘子端——小手小脚

酱油瓶里倒醋——不知啥滋味

酱油铺里的伙计——爱管闲(咸)事

糨糊盆里打滚——沾(粘)上了

糨糊洗脸——头脑不清

jiao

交警打手势——指条明路

交警站马路——受气

交通警的棍子——指东指西

浇地扒垄沟——捅娄(漏)子

胶皮轱辘放炮——气炸了、气崩了

胶皮管里插铁棒——柔中有刚、软中有硬

胶皮笊篱——滴水不漏

胶鞋渗水——纰(皮)漏

胶粘石头——得不偿失

焦了尾巴梢子——绝后

焦赞与杨排风比武——处处挨打

蛟龙跌水——兴云作雨

蛟龙翻大海——百姓遭难、四方遭灾

蛟龙困在沙滩上——难翻身、翻不了身、抖不起威风

蛟龙头上搔痒——溜须不要命

蛟龙造反——翻江倒海

狡兔撞鹰——以攻为守

饺子开口——露馅了

饺子露馅儿——伤了面皮

饺子皮太薄——难免要露馅

饺子铺的酱油——白搭

饺子用水煮——不用争(蒸)

脚板底下长眼睛——没见过世面

脚板底下打火罐——下作(着)

脚板上钉钉子——寸步难行

脚板抹猪油——溜之大吉

脚板上长草——慌(荒)了手脚

脚板上长鸡眼——寸步难行

脚板上抹石灰——白跑

脚板上扎刺——存心不让走

脚绑石头走路——求稳不求快

脚脖子上把脉——瞎摸

脚脖子上挂铜铃——走一路,响一路

脚脖子上系绳——拉倒

脚踩棒槌,头顶西瓜——两头耍滑

脚踩棒槌——立场不稳

脚踩弹花槌——滚来滚去

脚踩火箭——一跃而上、一步登天

脚踩两只船——三心二意、左右为难

脚踩棉花堆——不踏实、腾云驾雾

脚踩牛屎——一蹋(塌)糊涂

脚踩跷跷板——一上一下

脚踩蚯蚓吓一跳——胆子太小

脚踩三尺雪——凉了半截

脚踩西瓜皮——滑到哪里算哪里、溜啦

脚踩稀泥凼——不踏实

脚踩沼泽地——越陷越深

脚打锣,手敲鼓——两头忙

脚戴帽子头顶靴——不分上下、上下颠倒

脚登黄山,眼望峨眉——这山望着那山高

脚蹬鼻子——上脸

脚底板上绑大锣——走到哪里响到哪里

脚底踩擀面杖——站不稳

脚底长疮——寸步难行

脚底下踩棒槌——胡滚、立场不稳

脚底下的皴皮——不肯(啃)

脚底下钉钉——寸步难行

脚底下使绊子——暗伤人、暗里伤人

脚夫的腿,说书的嘴——练出来的

脚跟朝前走——走回头路、倒退

脚跟拴石头——进退两难

脚后跟擦黄油——溜啦

脚后跟上的虱子——爬不到头顶

脚后跟拴藤条——拉倒

脚后跟扎刀子——离心远着哪

脚面上长眼睛——只知道往上看、自看自高

脚面上的露水——长不了

脚盆和面——不知香臭、闻不着香臭

脚盆里撑船——内行（航）

脚盆里洗脸——没上没下、小人、上下不分

脚上绑碓窝——站得住脚

脚上穿冰鞋——要溜

脚上穿袜,头上戴帽——老一套

脚上带鞭炮——走到哪儿响到哪儿

脚上戴镣子——寸步难行

脚上戴帽子——乱了套、乱套了

脚上的茧子——自个儿走出来的

脚上的泡儿——走出来的

脚上的袜子——走到哪跟到哪

脚上的鞋——谁穿跟谁走

脚上抹石灰——处处留迹

脚踏棒槌头顶西瓜——两头要

脚踏车的链条——接连不断

脚踏车挂飞轮——快上加快、飞快

脚踏车撵汽车——望尘莫及

脚踏蒺藜——寸步难行

脚踏两只船——左右摇摆、三心二意、一个也不落实

脚踏楼梯板——步步高升、步步登高

脚踏跷跷板——一上一下

脚踏蛇尾巴——反咬一口

脚踏乌龟背——痛在心里

脚踏云梯——步步高升、步步登高

脚像钉耙,手像蒲扇——大手大脚

脚沾石灰赶路——白走一趟

搅拌机里的石子——上下翻滚、翻上倒下

搅浑清水的泥鳅——带坏了别人

叫跛子撵狼——强人所难

叫公鸡生蛋——办不到、没法办

叫哈巴狗咬狮子——唆人上当

叫花婆子谈嫁妆——穷人说大话

叫花婆坐金銮殿——步登天

叫唤的知了扑翅膀——自鸣得意

叫蝈蝈不咬哑蚂蚱——都是一块地里的虫

蝈蝈

叫唤雀——不长肉

叫驴——大嗓门儿

叫驴拉磨——不等上套先开腔

叫你上坡,你偏下河——成心闹别扭、专找别扭、故意捣乱

叫牛坐板凳——办不到、没法办

叫人吃砖头——难言(咽)

叫人拿缰绳当汗毛揪——说得轻巧、强人所难

叫铁公鸡下蛋——异想天开

叫铁匠做嫁妆——用人不当

叫哑巴唱歌——强人所难

叫羊看菜园——靠不住、越看越光

轿里伸出绣花鞋——亮出手脚

轿前的吹鼓手——替人家张罗

轿子进了门,不见新媳妇——人财两空

轿子进门才放炮——晚了、迟了

轿子里打拳——不识抬举

教猴子爬树——多此一举

教牛上树——办不到

教授出国搞研究——访问学者

教堂关门——不讲道理

jie

接生婆摆手——不接了

接着葫芦挖籽——挖一个少一个

接着脑袋往火炕里钻——憋气窝火

接着中头喝水——勉强不得

秸秆儿扎的鸡——插翅也难飞

揭开宝盒压红心——明摆着

揭开庐山真面目——心中有数、肚里有数

揭开蒸笼不吃——气饱了

揭开蒸笼拣年糕——烫手

街道司衙门——唬得过谁

街后开门——假内行

街上唱戏——没后台

街上的疯狗——乱咬人

街上的流浪汉——无家可归

街上卖笛——自吹

街头的狗——谁有吃就跟谁走

街头上耍把戏——说得多、光说不练

街头演出——没后台

节节草拴西瓜——难缠

节日摆宴席——济济一堂

节日的礼花——万紫千红

节日的牌坊——面貌一新

节日放烟火——天花乱坠

节日里的鞭炮——一串一串的

结巴讲话——反反复复

结巴郎吵架——张口结舌

结巴聊天——慢慢来

结巴碰上结巴——少说为佳、谁也不用急

结清了的账单——一笔勾销

截断的木头——后悔不及

截了大褂补裤子——取长补短

截了大褂做鞋面——大材小用

姐弟俩过独木桥——一个个来

姐夫教小舅子——实心实意

姐姐穿妹妹的鞋——一模一样

姐俩出嫁——各得其所、各人忙各人的

姐俩回娘家——殊途同归

姐俩绣牡丹——各使各的针,各用各的线

姐俩找婆家——各走各的路、各行各的道

姐俩坐跷跷板——此起彼落

解衣包火——自招祸灾

戒了大烟扎吗啡——恶习不改

借粉搽脸蛋——装体面

借风过湖——趁机行事

借高利贷买棺材——死要面子活受罪

借花献佛——假恭敬、顺水人情

借据在人手——想赖也赖不了

借来的老婆——过不得夜

借来的锣鼓——此时不打何时打

借了一角还十分——分文不差

借米还糠——气鼓气胀、气鼓鼓

借米一斗还六升——赖死(四)

借袍子上朝——装体面

借票子做衣服——浑身是债

借钱包饺子——穷忙

借钱不还——赖

借钱不治病——自己跟自己过不去

借钱还债——堵不完的窟窿

借钱买筛子——窟窿套窟窿

借钱做衣裳——浑身是债

借他的缰绳拴他的驴——将计就计

借汤下面——沾光、顺便

借着醉酒说胡话——别有用心

jin

今年竹子来年笋——无穷无尽

今日三,明日四——反复无常

今天栽树,明天要果子——办不到

金蝉脱壳——溜啦、干脆利索、干净利索、溜之大吉

金弹子打麻雀——因小失大

金弹子打鸟——不惜代价、得不偿失

金刚打罗汉——硬对硬

金刚倒地——一摊泥

金刚过河——凉了半截

金刚化佛——更神气

金刚扫地——不敢劳动大驾、劳动了大神

金刚石砌碉堡——坚不可摧

金刚拖地板——有劳大驾

金刚掌钥匙——大管家

金刚钻的本领——专拣硬的刻

金刚钻对合金刀——硬过硬

金刚钻划豆腐——深刻

金刚钻头——过得硬、过硬

金刚钻钻瓷器——一个比一个硬、一个硬似一个

金刚钻钻缸瓮——大的没有小的能、小能降大

金鼓配银锣——配得起你

金瓜对银瓜——两个顶呱呱

金瓜换银瓜——越换越差

金龟子掉到酱缸里——糊涂虫

金壶偷酒——犯不着

金鸡配凤凰——天生的一对

金鲫鱼喂猫——舍不得

金戒指上镶宝石——好上加好

金壳郎(金龟子)赶牛——自不量力、不自量

金銮殿上告王子——自找苦吃

金銮殿上牵驴子——献丑、自己献丑

金漆的马桶——外面光,里面臭、外面好看里面臭

金钱豹读《圣经》——冒充斯文、假斯文

金沙江赴宴——大动刀枪

金山寺的潮水——涌上来了

金田螺钓玉蟹——得不偿失

金银铜铁——无锡

金鱼的眼睛——突出

金鱼缸里的大鲤鱼——难养活

金鱼缸里钻泥鳅——看你怎么耍滑头

金鱼喂猫——不上算、不合算

金簪掉进井里——跑也跑不到哪里去

金簪入海——永无出头之日、难出头

金针菜开花——到顶了

金针菜喂骆驼——不够本钱、不够本

金针对钻头——一个比一个尖、尖对尖

金铸的孩童——人才好、好人才

金铸的鞋模——好样子、样子好

金子当作黄铜卖——屈才(财)

金子给个铜价钱——不成生意

紧口坛子盛屋檐水——乐(落)在其中

紧水滩上的石头——见过风浪

紧着裤子数日月——日子难过

锦鸡进了铁笼——由不得你了、身不由己、不由自主

锦鸡配凤凰——天生的一对儿

锦鸡扑火——自取灭亡

锦上添花——好上加好

锦州的小菜——有点名气

妗子(舅母)改嫁——没救(舅)

近路不走走远路——弯弯绕

近视眼穿针——大眼瞪小眼

近视眼打靶——目的不明

近视眼戴墨镜——碍(爱)眼、各对各眼

近视眼观星——数不清

近视眼过独木桥——放不开步子、不敢抬头挺胸向前看、小心在意

近视眼看告示——迫在眉睫

近视眼看戏——越亲(近)越好

近视眼看下雪——天花乱坠

近视眼看斜纹布——思(丝)路不对

近视眼看月亮——好大的星

近视眼配眼镜——解决眼前问题

近视眼瞧卒——不像个事(士)

近视眼生瞎子——一辈不如一辈、一代不如一代

近视眼下棋——失(识)不了足(卒)

近视眼捉蚂蚱——瞎扑腾

近视眼走路——光顾眼前、只顾眼前

进冰场穿冰鞋——马上就溜

进坟地吹口哨——自己给自己壮胆

进港的轮船——不怕风浪

进了地府才后悔——后悔已晚、晚了

进了套的黄鼠狼——没跑、跑不了

进了网的黄鱼——拼命地乱钻

进门喊大嫂——没话找话说、假熟识

进山不忘有老虎——时时警惕

进网的兔子上钩的鱼——十拿九稳

进网的鱼——活不长

进网的鱼虾——慌了手脚、送死

进屋跳窗户——没门、门路不对
进学堂不带书——忘本
进站的火车——叫得凶、窝火又泄气
晋襄公放败将——纵虎归山
浸了水的大鼓——打不响
浸湿的木头——点不起火
浸水的木鱼——敲不响
浸水的炮仗——不声不响、无声无息
禁止捞鱼虾——不可捉摸

jing
京剧演唱《白毛女》(指歌剧《白毛女》)——别开生面
京戏《三岔口》——混打内战
京戏走台步——慢慢挪、磨磨蹭蹭
泾渭合流——清浊分明
经霜的黄豆——四分五裂
经霜的青松——越久越坚
荆棘林里走路——步步难
荆轲献地图——暗藏杀机
荆条编小篮——看着容易做着难
荆条当柱子——不是正经材料
荆条挂在身上——扯皮
惊弓之鸟——心有余悸、远走高飞
惊蛰后的青竹蛇——越来越凶
精雕的玉人——十全十美
精心养马驹——为的将来骑
井底撑船——无路可走、不出小圈子
井底的壁砖——深厚
井底的蛤蟆被扔了一砖——闷腔了
井底的蛤蟆——目光短浅
井底的蛤蟆上井台——大开眼界
井底的木棒——漂不远
井底的瓦片——永世不得翻身
井底雕花——深刻
井底丢砖头——不懂(扑通)
井底蛤蟆爬上岸——方知天外有天
井底里放糖——甜头大家尝

井底里划船——没有出路

井底里栽花——没有出头之日

井底下吹号角——有原因(圆音)

井底下吹唢呐——格调太低

井底下打拳——功夫深

井底下的青蛙——没见过世面、不知天高地厚、见识短浅

井底下放邮包——深信

井底下划船——前途不大、走不出小圈子

井底下看书——学问不浅

井底下谈情——爱得深

井底下栽花——永无出头之日、难出头、根子深

井底下种花生——根底深

井底行船——处处碰壁

井底栽黄连——苦得深

井里撑船——四下无门、四路无门

井里吹喇叭——低声下气

井里打水往河里倒——瞎折腾、多此一举

井里的吊桶——任人摆布、由人摆布

井里丢石头——扑通(不懂)

井里捞起又掉进塘里——躲了一灾又一灾、祸不单行

井里投砒霜——害人不浅

井水不犯河水,南山不靠北山——各过各的

井台上的辘轳——摇摇摆摆

井台上卖水——多此一举

颈窝上插蒲扇——走上风

景德镇的瓷器——名扬四海、瓷(词)好

景德镇停业——没词(瓷)了

景山上的崇祯皇帝——挂起来、挂着

景阳冈上的武松——不是你死便是我活

景阳冈上贴告示——胡(虎)闹

敬酒不吃吃罚酒——不知好歹、好歹不分、不识抬举

镜里观花——白欢喜、空欢喜、空喜一场

镜台前照面——你是你

镜中花,水中月——空好看、可望而不可即

镜子里的饼——充不得饥、能看不能吃

镜子里的钱——看得见取不出

镜子里的烧饼——不能充饥、好看不好吃

镜子里的鲜花——好看不好拿

镜子里的影子——空虚

镜子里瞪眼——自己恨自己

镜子里夹相片——形影不离、形影相随

镜子里骂人——自骂自

镜子上的人儿——挺光滑的

镜子上抹灰——糊涂不明

jiu

揪下来的花——新鲜不了几天

揪下茄子拔了秧——连根收拾

揪住耳朵擤鼻涕——劲儿使的不是地方

揪住马尾巴不放——硬拖

揪着耳朵过江——操心过度(渡)

揪着老虎胡须打秋千——吃了豹子胆

九次量衣一次裁——合身

九个瓦盆摔山下——四分五裂

九寸加一寸——得寸进尺

九寸五的布——不够一尺

九股绳拧成死疙瘩——难解难分、难分难解

九斤老太的眼光——光看过去的好、只知道过去的好

九斤重的公鸡——官高势大

九九八十二——算错账了

九两纱织十匹布——甭想、莫想、休想

九毛加一毛——十毛(时髦)

九牛爬坡——个个出力

九牛失一毛——不在乎、无足轻重、无关大局

九牛一毛——微不足道

九曲桥上扛竹竿——难转弯、转不过弯来

九曲桥上散步——净走弯路、转弯抹角

九十老翁学武术——心有余力不足

九十岁老太太做饭——不利索

九死一生的幸运儿——死去活来

九死一生——独活

九岁当了童养媳——活受罪

九条江河流两处——五湖四海

九头虫害牙——不知医哪口

九头鸟拾到个帽子——不晓得先套哪头好

九纹龙——使劲（史进）

九霄云外——天外有天

九月初八过重阳——不到时辰

九月初八问重阳——不久（九）

九月的寒霜,二月的风——长不了

九月的茭白——灰心

九月的南瓜——皮老心不老

九月的柿子——红透了、软不拉耷

九月九上山——登高望远

九月菊花逢细雨——点点入心

久病初愈——没劲儿、有气无力、少气无力

久旱得雨——喜从天降、喜出望外

久旱逢甘雨——人人喜欢、个个喜爱

久旱无雨——水落石出

久居监狱——不知春秋

韭菜拌豆腐——一青（清）二白

韭菜拌茴香——一团糟

韭菜包子——从里往外臭

韭菜炒蒜苗——清（青）一色

韭菜打汤——满锅漂

韭菜剁头——心不死、不死心

韭菜煎蛋——家常便饭

韭菜命——割不绝

韭菜饨蛋——冒充（葱）

韭菜下锅——一捞（唠）就熟

酒杯掉在酒缸里——罪（醉）上加罪（醉）

酒杯里拌黄瓜——不是地方

酒杯里量米——小气（器）

酒杯里落苍蝇——扫兴

酒杯碰酒壶——恰好一对

酒缸边搭床铺——醉生梦死

酒缸里煮米——罪（醉）犯（饭）

酒鬼掉进酒池里——求之不得

酒鬼喝汽水——不过瘾

酒鬼划拳——输赢无所谓

酒鬼走路——东倒西歪

酒后大便——罪(醉)恶(屙)

酒壶当夜壶用——派错了用场

酒壶里插棒棒——胡(壶)搅

酒壶里吵架——胡(壶)闹

酒精点火——当然(燃)

酒里头放蒙汗药——存心害人

酒肉和尚菜道士——岂有此理

酒肉朋友——不久长、臭味相投

酒肉朋友的交情——吃吃喝喝

酒坛里的土地爷——醉鬼

酒坛里放炮——瓮声瓮气

酒坛子当夜壶——大材小用

酒坛子做茅缸——嘴滑肚臭、口滑肚臭

酒醒不见烤牛肉——悔之莫及、后悔已晚

酒糟鼻不吃酒——枉担虚名

酒糟煎鸡蛋——吵(炒)个稀巴烂

酒渣倒地——一团糟

酒盅里拌黄瓜——施展不开、小气(器)

酒桌上的盘子——喋喋(碟碟)不休

酒醉靠门帘——靠不住、不可靠

酒醉说实话——醒了后悔

旧车断了轴——破烂不堪

旧抹布补新衣裳——配不上、不配

救火车遇上急救车——急性子碰上火性子

救火没水——干着急

救火踢倒煤油罐——火烧火燎、火上加油

救了落水狗——反被咬一口

救人踢倒了油罐子——火上浇油

就餐的筷子——占先

就坡骑驴——好下台阶、自找台阶

就坡上驴——正相当

就汤下面——随机应变

就着猪肉吃油条——腻透了

舅舅打外甥——没说、白挨

舅舅拉外甥——两厢情愿

ju

锔(用锔子连合破裂的陶瓷器等)碗的戴眼镜——专找碴儿

举起碾盘打月亮——不知天高地厚、不知轻重

举世无双的珍宝——独一无二

举世无双——天下第一

举手放火,收拳不认——无赖

举手过头——超额

举重比赛——斤斤计较

举着灯笼照镜子——自我欣赏

举着棋子放不下——打不定主意、拿不准主意

锯大树当镰把——大材小用

锯掉腿的板凳——矮了一大截、矮了半截子

锯子解高粱秆——小题大做

锯子锯掉烂木头——摧枯拉朽

锯子缺齿——快不了

## juan

卷好铺盖,买定草鞋——决心出走

卷舌头念文章——含糊其词、含含糊糊

圈里的肥猪——等着挨刀、早晚得杀、有数的

## jue

决堤的大坝——不敢当(挡)

决了堤的河水——势不可当、滔滔不绝、横冲直撞

决了口的水渠——放任自流、任其自流

决心书写在瓢把上——一冲一洗没了

绝壁上的爬山虎——敢于攀高峰

嚼过的甘蔗——乏味、不甜

嚼过的橄榄——淡而无味

嚼过的馍馍——没味道

嚼烂舌头当肉吃——自吃自、自欺欺人、自己哄自己

嚼着甘蔗上楼梯——节节甜,步步高

嚼着黄连登泰山——不怕苦,不怕累

钁头挂在胸口上——挖空心思

## jun

军棋比赛——纸上谈兵

军师皱眉头——计上心来、遇到难题了

俊女嫁痴汉——可惜,真可惜

骏马掉进泥潭里——有劲使不上

骏马跑千里,银燕入云霄——远走高飞

骏马驮银鞍——两相配

jiao

校场坝的旗杆——光棍一条

校场里的土地——管得宽

# K

ka

卡车的拖斗——老落后、落后了

kai

开场的锣鼓——想（响）到一块了

开船未解缆——原地不动

开春的冰雪堆——靠不住、不可靠

开春的柳絮——满天飞

开春的萝卜——心里空

开春的鸟儿——成双成对

开春的兔子——成帮结伙

开刺绣店的——花样多

开刀不上麻药——蛮干、硬干

开灯聊天——说亮话

开饭馆的不怕大肚汉——多多益善、越多越好

开飞机抛锚——欲速则不达

开封府的包青天——铁面无私

开弓不放箭——跃跃欲试、虚张声势

开弓的箭——永不回头、决不回头

开沟挖井——步步深入、层层深入

开棺验尸——追查到底

开锅煮面——早晚有你的

开河塌了堤——难收场、收不了场

开花的白菜——起了心

开花期遇暴雨——结果不好

开会呼口号——异口同声

开会骂仗——不欢而散

开局摆开拦河车——严阵以待

开局的兵卒——作用不大

中华传世藏书

谚语歇后语大全

按拼音分类的歇后语

开口的邮箱——信得过
开了花的竹子——活不久、活不长
开了瓶的啤酒——好冲
开了水的锅——沸腾起来
开了锁的猴子——得意忘形、无拘无束
开了闸的电灯——豁然亮堂
开了闸的河水——一泻千里
开了闸的水库——滔滔不绝
开笼放鸟——各奔前程、有去无回
开滦打官司——没(煤)的事
开门见山——有话直说、无遮无拦
开汽车按喇叭——靠边站、走到哪,响到哪
开山的镐——两头忙
开山放瞎炮——不想(响)
开水灌鼠洞——一窝都是死
开水锅里的汤圆——翻上倒下
开水锅里的乌龟——早把头缩回去了
开水锅里捞肥皂——全凭手快
开水锅里煮空笼——不争(蒸)包子争(蒸)口气
开水锅里抓汤圆——烫手
开水锅煮鸡蛋——身硬心软
开水和面——难下手
开水里放温度计——急剧上升
开水里擀面——没法下手
开水泡黄豆——有点自大
开水泼蛤蟆——看你怎么跳
开水烫泥鳅——看你怎么耍滑、直脖啦
开水碗上的葱花——华(花)而(儿)不实
开水洗脸——难下手
开水煮白玉——不变色
开水煮棉絮——熟套子
开水煮鸭蛋——越煮越硬
开锁不拿钥匙——硬别
开演之前——涂脂抹粉
开元通宝——外圆内方
开糟房的办事——讲甜话
开着大门送财神——到手的钱财不要

开着电扇聊天——净讲风凉话

开着收音机听戏——闻声不见人

开着拖拉机撵兔子——有劲使不上

凯旋而归的将军——大功告成

kan

砍不倒大树——弄不多柴禾

砍柴刀刮脸——两面应付、手艺高、冒险

砍柴人下山——两头担心（薪）

砍柴忘带刀，刨地不带镐——丢三落四

砍刀遇斧头——针锋相对

砍倒苞谷露野猪——藏不住

砍倒大树捉鸟——呆子、傻干

砍倒活树栽死树——自找麻烦

砍倒树捉麻雀——小题大做

砍倒树做箩篓——枉费工

砍断的竹子——接不上

砍树吃橘子——不顾根本

砍树的砍树，劈柴的劈柴——各尽其责、各尽其职

砍树刨树蔸——连根收拾

砍树捉八哥——不得法

砍一斧头锯锯——对不上茬、不对茬口

砍竹子遇节巴——卡住了

看《红楼梦》淌眼泪——同病相怜

看病的先生——不请不来

看病请了教书匠——走错了门、找错了人

看病人不要糖——口甜

看到草绳就喊蛇——大惊小怪

看到草绳往后跑——胆子太小

看到红灯踩油门——硬闯

看到金子变成铜——怪事桩、怪事

看惯了武打片——不怕你搞小动作

看家狗专咬叫花子（乞丐）——穷人好欺负

看家拳头——留一手

看见蚊子就拔剑——小题大做

看街的摆手——不管这一段

看旧戏掉眼泪——替古人担忧

按拼音分类的歇后语

看蝌蚪——伟(尾)大

看门的神仙——管不了庙里事

看人挑担——不费力、不费劲

看人下菜碟——势利眼

看天说话——眼光太高

看戏的掉眼泪——同病相怜、有情人、假慈悲

看戏瞧玩猴——心不在焉

看戏挑媳妇——一头满意

看相先生改行——不讲情面

看羊的狗——一个比一个凶

看衣服行事——狗眼看人

看准洞儿捉黄鳝——没跑、跑不了

看着地图摆阵势——纸上谈兵

看着天摸着地——眼高手低

看着天说话——不知眼多高

看着相声肚子疼——哭笑不得

看着星星想月亮——贪得无厌、贪心不足

看着账本聊天——说话算数

kang

糠里挤油——小抠

糠了的萝卜——没有辣气

扛棺材不下泥潭(此指墓穴)——半途而废

扛棺材跳水——安心送死

扛进弄堂的木头——难转弯、转不过弯来

扛犁头下关东——经(耕)得多

扛磨盘游华山——苦尽心

扛枪打狼——不搭理兔子

扛渔网进庙堂——劳(捞)神

扛着风箱串门子——给别人添气受

扛着棍去挨打——自讨苦吃

扛着鸡毛换肩——不知轻重

扛着救生圈过河——小心过度(渡)

扛着口袋牵着马——有福不会享

扛着碌碡(石磙)撵兔子——不分轻重缓急

扛着鸟枪上疆场——抵挡一阵

扛着牌坊卖肉——好大的架子

扛着竹竿过马路——霸道

炕洞里扒出个山药蛋——灰疙瘩

炕洞里的耗子——不怕训(熏)、灰溜溜的

炕上安锅子——改造(灶)

炕上的狸猫——坐地虎

炕上种南瓜——不可能的事、没人见过、

炕头上边鸡打鸣——提(蹄)醒了

炕头上生竹子——损(笋)到家了

炕头上养王八——家规(龟)

炕屋里的鸡蛋——不攻自破

炕席上下棋——无路可击

kao

考场里皱眉头——遇到难题了

考生看榜文——先看自己后看他人

考试不用笔——口试

烤炉火吹电扇——冷热结合

烤熟的母鸡下蛋——稀奇古怪

烤熟了的羊头——龇牙咧嘴

靠墙打狗——仗一面子势力

靠山吃山,靠水吃水——一方水土养一方人

ke

坷垃(土块)地里撵瘸子——没跑、跑不了

坷垃缝里长青草——土生土长

瞌睡遇到枕头——正合心意、求之不得

磕完头撤供——不留神

磕一个头放三个屁——行善没有作恶多

蝌蚪变青蛙——面目全非、有头无尾

蝌蚪的尾巴——总要脱身、寿命不长

蝌蚪赶扁嘴——命憋着哩

蝌蚪跟着乌龟跑——硬充王八的孙子

蝌蚪害头痛——浑身都是病

蝌蚪聚合——尾巴多

蝌蚪上网——捉大头

蝌蚪找妈妈——看谁都不像

咳嗽没好又添喘——一宗未了又一宗

咳嗽闪了腰——赶得巧

可着头做帽子——恰好、正好、恰到好处、精打细算、没宽裕、不宽裕

客气碰着老实——虚情当成真意

客厅里的木地板——任人践踏、由人踩

客厅里放盆火——满堂红

客厅里挂磨盘——不是实话（石画）

客厅里挂灶王——你这是啥话（画）呀

课堂上打瞌睡——心不在焉、人在心不在

骒马嫁叫驴——只传一代

嗑瓜子吃核桃——不能不求人（仁）

### ken

啃橄榄核儿——咂点后味儿

啃瓜子皮儿的——没好份儿

啃生瓜吃生枣——难消化、消化不了

啃着鱼骨聊天——话中带刺

### keng

坑老人，挖祖坟——净干缺德事

坑里的长虫——地头蛇

### kong

空城计退敌——反败为胜

空袋子——立不起来

空肚的柳树——没主心骨

空肚子打饱嗝——硬装门面、假装

空棺材出殡——目（木）中无人

空姐上班——有机可乘

空酒瓶子——有口无心

空壳子麦穗——翘得高

空口说白话——何凭何据、无根无据

空笼屉上锅——不蒸馒头争（蒸）口气

空手打死八只老虎——英雄

空手进衙门——非输不可

空手跑进中药店——没方子

空手挖萝卜——一个个地提拔

空手抓白鱼——白捞、难得（逮）

空手捉老鼠——凶多吉少

空手走亲戚——无理（礼）

空梭子织布——枉费心机

空头支票——难兑现

空箱里取物——无中生有

空心的大树——图虚名、外强中干

空心谷子——头扬得高

空心罗汉——无心肝

空心萝卜——中看不中用

空心墙——不实在

空心汤圆——有名无实

空蒸笼上锅——争(蒸)气

空中踩钢丝——左右摇摆、摇摆不定

空中打拳——高手

空中倒马桶——臭遍天下、臭气熏天

空中的雁,湖底的鱼——捞不着

空中掉馅饼——喜从天降

空中飞人——上不着天,下不着地

空中挂剪刀——高材(裁)

空中楼阁——不着实地

空中跑马——露马脚

空中伸巴掌——高手

空中图案——天花

空中悬河——滔滔不绝

空中掌灯——高明

空着手回娘家——无理(礼)

孔方兄(钱,旧时铜钱有方形的孔)打哈欠——财大气粗

孔方兄进庙门——钱能通神

孔夫子拜师——不耻下问

孔夫子搬家——净是书(输)、全是输(书)

孔夫子背书箱——里面大有文章

孔夫子唱戏——出口成章

孔夫子出门——三思而后行

孔夫子当教授——古为今用

孔夫子的坟——久慕(墓)大名

孔夫子的文章——之乎者也

孔夫子丢书——失策(册)

孔夫子讲演——出口成章

孔夫子看书——文里文气

孔夫子面前讲《孝经》——冒充斯文、假斯文

孔夫子游列国——尽是理(礼)

孔雀拔了毛——看你咋美

孔雀戴凤冠——官(冠)上加官(冠)

孔雀的尾巴——翘得太高了

孔雀耍掸帚——出计不出面

孔雀说成乌鸦——好坏不分、不分好坏

孔雀头上绑鸡毛——一语(羽)双关(冠)

孔雀遇凤凰——比不上

孔雀展翅——卖弄自己

kou

抠到黄鳝,掉了芭笼——因小失大

口朝下的咸菜罐——空谈(坛)

口吃报纸——咬文嚼字

口吃菠萝问酸甜——明知故问

口吃秤砣——铁了心了

口吃灯草——说得轻巧

口吃甘蔗——节节甜

口吃橄榄——先苦后甜

口吃黄连——苦在心里

口吃蜜糖——心里甜呢

口吃生辣椒——图嘴爽

口吃鞋帮——心中有底

口传家书——言而无信

口吹喇叭脚敲鼓——自吹自擂、能者多劳

口吹破笛——漏气

口袋布做大衣——横竖不够料

口袋倒西瓜——干脆利索、干净利索

口袋空空的穷汉——一个子儿也没有

口袋里买猫——不知好歹、好歹不分

口袋里冒烟——烧包

口袋里摸花生——大把地抓

口袋里盛米汤——装糊涂

口袋里盛娃娃——装人

口袋里抓糍粑——沾(粘)上了、稳拿

口袋里抓兔子——十拿九稳

口袋里装钉子——个个想出头、奸(尖)的出头

口袋里装牛角——内里有弯、七拱八翘

口袋里装人——代(袋)理(里)人

口袋里装王八——窝脖

口袋里装绣针——露了锋芒、锋芒毕露

口干舔露水——解不了渴

口干遇上卖瓜的——巧了、正合意

口含糌粑——难开腔

口含黄连脚踏苦胆——从头苦到脚、浑身苦

口含黄连抓脑袋——苦思苦想

口含黄连做事——苦干

口含乱麻团——难嚼难咽

口含木炭拉家常——尽讲黑话

口含盐巴拉家常——闲(咸)话多

口含盐巴望天河——远水不解近渴

口技表演——嘴上功夫

口嚼甘蔗渣——淡而无味

口嚼黄连唱山歌——苦中作乐、苦中取乐

口渴的牛犊望井底——解不了渴

口渴喝了酸梅汤——美滋滋的、对口味儿

口渴了才打井——来不及了

口渴碰到清泉水——正合适

口里长疮——一言(盐)难尽(进)

口里含蜜糖,肚里藏尖刀——嘴甜心毒

口里吞了个毛杏子——心里酸酸的

口念佛经手拿刀——言行不一

口水流到肚脐上——垂涎三尺

口水沾跳蚤——一物降一物

口贴封条——装聋作哑

口头上的筵席——嘴上摆摆

口吞匕首——伤透心肝、伤心

口吞秤砣——铁了心

口吞擀面杖——横了心

口吞火炭——心急如焚

口吞墨水——黑了心

口吞土地庙——满肚子鬼

口吞绣花针——扎心

口吞萤火虫——心里亮、肚里明

口吞账本——心中有数、肚里有数

口咽黄连——苦在心

叩头拜把子——称兄道弟

扣在筛子下面的麻雀——无法、没法、没办法

ku

枯井里打水——白费工夫、白费劲、枉费工、徒劳无功、徒劳无益、一场空

枯木搭桥——存心害人

枯木干葱——心不死

枯木刻象棋子儿——老兵老将

枯树根上浇水——白费工夫、白费劲、枉费工

枯树烂木头——无用之才（材）

枯树盘根——动不得

枯树上的知了——自鸣得意

枯树枝上结黄瓜——不可能的事、没人见过、没有的事

枯藤缠大树——生死不离、生死相依

哭孩子得了个洋娃娃——破涕为笑

哭了半天不知谁死了——自作多情

窟窿眼里看人——小瞧

苦菜开花——密密麻麻

苦豆子煮黄连——一个更比一个苦

苦海无边——回头是岸

苦楝树下弹琴——苦中作乐

苦水里面泡苦瓜——苦惯了

苦水里泡大的杏核儿——苦人（仁）儿

苦竹子根头出苦笋——辈辈苦

苦瓜虫——吃内不吃外

苦瓜攀苦藤——苦相连

苦瓜树上结黄连——一个更比一个苦

苦瓜藤缠上黄连树——苦命相连

苦瓜蒸黄连——苦闷（焖）

裤兜里的跳蚤——乱咬

裤腰带系在脖子上——错记（系）了

裤腰上挂死耗子——假充打猎人

裤子里进蚂蚁——坐立不安

裤子没有腿——凉了半截

裤子套着裙子穿——不伦不类

苦瓜

kua

夸父追日——自不量力、不自量

夸嘴的奸商——没有好货

夸嘴的郎中——没好药

挎着洋鼓捧着笙——自吹自擂

kuai

快车进小站——直来直去、直进直出、直出直入

快刀出鞘一劈二——干脆利索、干净利索

快刀砍骨头——干脆、干干脆脆

快刀砍黄鳝——一刀两断

快刀砍水——难分开

快刀切豆腐——迎刃而解、干净利索、两不沾(粘)

快刀切萝卜——咔嚓咔嚓、干脆得很

快刀切西瓜——一刀见红白、迎刃而解、一分为二

快刀斩乱麻——干脆利索、干净利索、一刀两断

快鼓配慢锣——不合拍

快火煮豆腐——一个劲地咕嘟

快锯伐大树——拉倒

快马拉空车——轻松自在

快马追老牛——赶得上

快马左兜右旋——抖威风

快燃尽的蜡头——没多大亮

快烧尽的木炭——红火不了多时

快要倒塌的房子——危在旦夕

快嘴婆婆——有口无心

会计上门——找你算账

会计拿算盘——算啦

筷子充大梁——不是这块料

筷子穿糯粑——甩不掉、甩不脱

筷子穿针眼——办不到、没法办、难过

筷子戳糍粑——稳拿、甩不脱、甩不掉

筷子搭桥——难过、路不宽

筷子的一生——吃了饭就睡觉

筷子掉油篓——又奸(尖)又猾(滑)

筷子顶豆腐——树(竖)不起来

筷子夹豌豆——不可多得、一个个来

筷子里拔旗杆——没高的

筷子配抵门杠——难成双、成不了对

筷子碰碗——常有的事、常事

筷子纫针——难通过、通不过

筷子上穿线——无眼

筷子伸到茶壶里——胡(壶)搅

筷子挑凉粉——滑头对滑头

kuan

宽钉耙搔痒——道道多

kuang

筐里的烂瓜——数它坏

筐里的烂杏——充数

筐里选瓜——越选越差

筐中捉鳖——十拿九稳

筐子里堆乱麻——没有头绪

狂风中的海浪——不敢当(挡)

狂犬吠日——白费工夫、空汪汪、少见多怪

矿工下井——头名(明)

kui

葵花杆子当大梁——支架不住

葵花秆当柱子——难撑难顶、不是正经材料

葵花结籽——心眼多、心眼不少

葵花籽里拌盐水——唠闲(捞咸)嗑

葵花籽里钻臭虫——算什么人(仁)

kun

昆仑山上的灵芝草——无价之宝

捆绑的夫妻——过一天算一天、难成双、长不了

困鸟出笼——展翅飞翔

kuo

扩音器里打喷嚏——想(响)得远

阔别三十年回故里——面目全非

# L

la

垃圾堆里的东西——废物

拉长线放风筝——慢慢地来

拉车拉到路边边——使偏劲

拉大旗作虎皮——吓唬人、装面子

拉肚子吃补药——白搭、无济于事

拉肚子贴膏药——胡治

拉二胡的练功——耍手腕

拉弓不放箭——虚张声势

拉弓射出的箭——不会拐弯、勇往直前

拉旱船的瞧活——往后看

拉和尚认亲——找错了人

拉胡琴打喷嚏——弦外之音

拉胡子过河——谦(牵)虚(须)过度(渡)

拉叫驴上市——冒充大牲口

拉开窗帘——扩大眼界、开眼界

拉来黄牛当马骑——穷凑合、穷凑

拉犁没牛马来替——乱套

拉痢打摆子——躲了一灾又一灾、祸不单行

拉痢疾吃辣椒——两头受罪

拉了架的瓜秧——蔫下来了

拉了弦的手榴弹——只好扔、给谁谁不要

拉骆驼放羊——高的高,低的低

拉马不骑——玩谦(牵)哩

拉满了的弓——不得不发

拉磨的驴戴眼罩——瞎转悠

拉磨的驴——任人摆布、瞎转

拉磨驴断套——空转一遭

拉牛入鼠洞——行不通、走不通

拉牛上树——办不到、难上加难

拉牛尾巴的人——倒退

拉琴的丢乐本——没谱儿了

拉上老牛当马骑——不行

拉石灰车遇到倾盆雨——心急如焚

拉套的辕马——让人驱使

拉完磨子杀驴——恩将仇报、以怨报德

拉虾过河——谦虚(牵须)

拉纤的喊号子——一股劲

拉洋片的讲画——往后瞧吧

拉一根弦的胡琴——单调

拉直狗腿——办不到、没法办

拉直牛角——白费工夫、白费劲、枉费工、办不到

拉住黄牛当马骑——胡扯

拉住状元喊姐夫——想高攀

拉着布袋找布袋——糊糊涂涂

拉着大车去赶集——事不小

拉着狗娃当马骑——乱来

拉着何仙姑叫舅妈——借点仙气儿、五百年前是一家

拉着和尚认亲家——找错人了

拉着虎尾喊救命——自己找死

拉着手走路——你行我也行

拉着拖车卖豆腐——架子不小、好大的架子

拉着眼睫毛也会倒——弱不禁风

拉着宰相叫姐夫——高攀权贵

喇叭绑嘴上——走到哪儿吹到哪儿

喇叭当烟囱——不对口径

喇叭倒吹——反调

喇叭的儿子——小广播

喇叭匠扬脖子——又起高调

喇叭匠嘴肿——没法吹了

喇叭佬娶媳妇——自吹

喇叭手敲鼓——自吹自擂

喇叭说话——人为的

喇叭嘴上塞泥巴——吹不响

喇嘛的帽子——黄了

腊肉打汤——图新鲜

腊肉上席——不用多言(盐)、不带劲、

腊肉汤里煮挂面——有言(盐)在先

腊鸭子煮到锅里头——身子烂了,嘴头还硬

腊月打赤脚——心里有火

腊月打雷——少见、少有、反常
腊月的井水——热乎乎
腊月的天气——动(冻)手动(冻)脚
腊月底看农历——没期啦、没日子啦
腊月二十四的灶王爷——上天了
腊月喝凉水——点点记在心
腊月里吃黄连——寒苦
腊月里打雷——空想(响)、罕见、少见
腊月里的大雪——铺天盖地
腊月里的镰刀——闲挂
腊月里的萝卜——动(冻)了心
腊月里的梅花——傲霜斗雪
腊月里扇扇子——火气太大
腊月里送蒲扇——不识时务
腊月里遇上狼——冷不防
腊月卖凉粉——不是时候
腊月三十贴对子——一年一回
腊月三十洗长衫——今年不干明年干
腊月十五的门神——热门货
腊月天里钓田鸡——白费工夫、白费劲、枉费工
腊月天找杨梅——难得、得之不易
腊月贴门神——一个向东,一个向西
腊月尾正月头——不愁吃的
腊月摇扇子——反常
腊月种小麦——外行
蜡封瓶口——一气不出
蜡铺的幌子——没信(芯)儿
蜡人玩火——害自身、自顾不暇
蜡台上无油——空费心、白费心
蜡制的苹果——中看不中吃、好看不好吃
蜡烛当冰棒——油嘴光棍
蜡烛的脾气——不点不亮
蜡烛的一生——照亮别人,毁了自己
蜡烛点火——条心
蜡烛玩火——害了自己
蜡烛做箫吹——油嘴光棍儿
辣椒炒豆腐——外辣里软

辣椒烤火——热得够呛

辣椒棵上结茄子——红得发紫

辣椒面吃进鼻眼里——呛人

辣椒面捏关爷——红人

辣椒身上长柿子——越红越圆滑

辣椒一行,茄子垄——有条不紊、井井有条、井然有序

辣椒与生姜——辣对辣

lai

来了花轿去了姑娘——先喜后忧

来自赛马场的消息——奇(骑)闻

赖泥下窑——烧不成个东西

癞格宝戴眼镜——假充地理先生

癞格宝爬香炉——碰一鼻子灰

癞格宝上墙——巴(爬)不得

癞狗上墙——扶不上去

癞鹰扣在鳖腿上——飞不起,爬不动

lan

拦河坝封水泥——滴水不漏、点滴不漏

栏杆上摆花盆——无地自容

栏杆上跑马——走险

栏里关的猪——蠢货

篮球场上的裁判——跟着跑

蓝天里的鸿雁——展翅飞翔

蓝天上的白云——自由自在、轻飘飘的、随风飘

篮子里挑花——越看眼越花

篮子里装土地菩萨——提神

懒厨子坐席——不想给你吵(炒)

懒大嫂赶场——中间不急两头忙

懒汉不拉纤——顺水推舟

懒汉过年——一年不如一年

懒汉推胶轮车——不干活也不打气

懒汉学徒——不拨不动

懒和尚——念不出真经来

懒鸡婆抱窝——守着摊儿过

懒家伙炸油条——没有劲

懒驴进磨道——自上圈套

懒驴拉磨——不打不转、不赶不会上道、不打不走、打一鞭走一步

懒木匠的锯子——不错（锉）

懒鸟不搭窝——得过且过

懒婆娘上轿——愿上不愿下

懒婆娘张帐子——东倒西斜

懒人干活路——应付支差（旧指支应差役）

懒人嗑瓜子——眼饱肚饥

烂板搭桥——不顶事

烂板桥上的龙王——不是好东西

烂板子搭桥——白搭、难过

烂鼻孔菩萨闻烂肉——臭味相投

烂鼻子闻猪头——不知香臭、闻不着香臭

烂边礼帽——顶好

烂柴打狗——两面怕、去一半、亏了半截

烂地瓜——苦中有甜

烂掉了嘴唇——牙齿寒碜

烂粪箕捞泥鳅——溜啦

烂风筝——抖不起来啦

烂膏药贴在好肉上——自找麻烦

烂瓜皮当帽子——霉到顶了

烂河泥糊壁——两面光

烂红苕满街送——不是好货、不是好东西

烂脚巴鸭子——歇了吧

烂口袋滤豆腐——净是渣子

烂筐子上拴丝穗子——不相称

烂了的番茄满街送——不识时务

烂了根的葱——心不死

烂了根的树——经不起风吹

烂萝卜——没有头儿

烂麻搓成绳——吃不住劲

烂麻袋滤豆腐——尽是渣滓

烂麻袋装珍珠——好的在里面

烂麻堆里掉麦穗——茫（芒）无头绪

烂麻筋补破网——勾勾结结

烂麻里掺猪毛——一团糟

烂麻拧成绳——有了头绪、合在一起干

烂木头刻戳儿——不是这块料

烂木头——做不了大梁

烂木头做梁柱——难顶难撑

烂脑瓜戴上新毡帽——冒充好人、充好人

烂泥巴掉墙角——立场不稳

烂泥巴糊墙——扶(糊)不上去、外光里不光

烂泥巴垒墙脚——立场不稳

烂泥巴捏神像——没个好心肠、全靠贴金

烂泥巴下窑——烧不成器、烧不成货

烂泥补柱子——难顶难撑

烂泥甘蔗揩一段吃一段——得过且过

烂泥里打桩子——越打越下

烂泥里摇桩——越陷越深

烂泥路上开汽车——卷土重来

烂泥坯子贴金身——胎里坏、坏了胎

烂泥菩萨——全靠金贴

烂泥菩萨洗脸——不净不了

烂泥菩萨——样子神气

烂泥塘里的蛤蜊——又奸(尖)又猾(滑)

烂泥田插竹——越插越深

烂泥土下窑——烧不成个东西

烂菩萨坐深山——没人理、没见过大香火

烂蒲扇打人——无关痛痒、不痛不痒

烂汽车过朽桥——乘人之危

烂肉喂苍蝇——投其所好

烂伞遮日——半边阴

烂扫帚上市——分文不值

烂柿子换核桃——吃硬不吃软

烂柿子落地——软瘫了、软作一堆

烂套包黄金——内中有宝

烂田里的活路——难做

烂田里的石臼——永世不得翻身

烂田里翻碌磇——越陷越深

劳动号子——呼百应

劳模做报告——传经送宝

痨病鬼儿开药店——自己图方便、自卖自吃

老(最小的)儿子结亲——大事完毕

老百姓看皮影——后台有人

老包的脸虽黑——心里可清着哩

老包断案——认理不认亲、脸黑心不黑

老鳖的脑袋——伸头乎，缩头乎

老鳖掉进缸里——爬不上去了

老鳖跌跟头——翻了

老鳖拖石碑——概（盖）不由己

老鳖咬人——叼住不放、死不改口

老鳖找螃蟹——各有所爱

老裁缝做衣裳——不肥不瘦

老蚕吐丝——自己封自己

老草鸡趴窝——没精神

老厨师品菜——酸甜苦辣都尝遍

老大懒惰老二勤——一不做，二不休

老大坐车，老二骑马——各走各的路、各行各的道

老旦唱小生——不像样

老雕变野猫——越变越糟

老掉牙的虎——雄心在

老掉牙的驴——顾（雇）不得

老儿子娶媳妇——大事完毕

老帆船赶快艇——老落后

老方丈打拳——出手不凡

老房子着火——哓起来没救儿

老肥猪上屠场——挨刀的货

老坟地里种西瓜——隔门隔代有瓜葛

老佛爷出虚恭（放屁）——神气活现、神气十足

老佛爷念素珠——心中有数、肚里有数

老鸽落在猪背上——个赛过一个黑

老公打扇——凄（妻）凉

老公公唱大鼓——非同儿戏

老公公吹笛子——气力不足

老狗爬墙——硬撑、死撑

老狗跳楼梯——不得势

老牯牛走路——老八步

老鸹叮蚌壳——难脱身、脱不了身

老鸹插雉翎——装凤凰

老鸹叼泥球儿——支着嘴儿

老鸹喝墨水——从外黑到心

老鸹落树梢——呱呱叫

老鸹落在煤堆上——不显眼

老鸹落在猪背上——光说别人黑、一个赛过一个黑

烂透的毒疮——不可救药

烂透了的老倭瓜——捧不起来了

烂网打鱼——一无所获

烂乌拉套没底袜——差对差、差配差

烂药膏往别人脸上贴——存心害人

滥竽充数——挂个空名

lang

郎中先生摆手——没治了

郎中咬牙——恨人不死

狼头上戴斗笠——冒充好人

狼外婆扫天井——收买人心

狼窝里取仔——不是开玩笑的事

狼也跑了,羊也保了——两全其美

狼嘴里的羊羔——九死一生

狼嘴里逃出的小鸡——好运气

榔头对锤子——狠对狠

榔头敲铁砧——硬邦邦

浪里白条斗李逵——以长攻短

浪里撑船——看风使舵

浪头撞在礁石上——粉身碎骨

浪中行船——时高时低

浪子回头——金不换、改恶从善

lao

捞出水的鱼虾——没啥蹦头了、扑腾不了几下

捞出小米下杂面——赶汤趁热

捞到虾公还要鲤鱼——好了还要更好

捞面汤洗脸——越洗越糊涂

捞虾的碰上条大鱼——意外惊喜

捞虾换烟抽——水里来,火里去

捞鱼鹳打前头——用嘴支着

老鸹配凤凰——痴心妄想、妄想

老鸹屁股上插孔雀毛——出洋相、洋相百出

老鸹请客——乌合之众

老鸹窝里出凤凰——稀罕事

老鸹笑猪黑——不知自己也黑

老鸹站树上——献丑

老鸹站树梢——呱呱叫

老鸹爪子——黑手

老汉背石头——一老一实(石)

老汉唱戏——往过说

老汉的枕头——一包草

老汉啃甘蔗——咬牙切齿

老汉娶亲——力不从心

老汉学吹打——上气不接下气

老猴掰玉米——专拣嫩的捏

老猴爬旗杆——不行了

老葫芦爬秧——越拉越长、越扯越长

老槐树枯心——外强中干

老黄牛过河——各蹚各的水

老黄牛拉车——慢慢吞吞、埋头苦干

老黄忠下天荡山——一扫而平

老会计拨算盘——精打细算

老将出马——个顶俩、一个顶仨

老将耍镰刀——少见(剑)

老叫驴上山——猛窜

老九的兄弟——老实(十)

老舅舅拉破二胡——陈词滥调

老君爷(道教对老子的尊称)叫蛇咬——无法可使、有法难使

老寇准背靴子——明察暗访

老来得子——大喜

老狼酗酒——受罪(兽醉)了

老两口吵架——公说公有理,婆说婆有理、各对各眼

老两口观灯——走着瞧

老两口买眼镜——各投各眼

老两口赏月——平分秋色

老两口子坐床沿——说说就算了

老猎手打野兽——百发百中

老柳树发新芽——回春

老龙王投江——死得其所

老龙王下海——不迷方向

老驴打滚——翻不过身来

老驴拉磨——瞎转圈

老妈妈补衣裳——见缝插针

老妈妈撵兔子——越撵越没影儿

老妈妈学摇橹——难处挺大

老妈妈坐飞机——美上天了

老麻雀喂嫩麻雀——喂大一个飞走一个

老马不死——旧性在

老马拴在树上——跑不脱

老猫不吃肉——假斯(撕)文(闻)

老猫犯罪狗戴枷——无辜受罪、嫁祸于人

老猫房上睡——一辈传一辈

老猫教虎——留一手

老猫教徒弟——留一手

老猫看游鱼——干着急

老猫拿(捉)耗子——一物降物

老猫上锅台——熟路、道熟

老猫上树——紧抓挠

老猫守鼠洞——蹲着瞧

老猫偷食狗挨打——错怪

老猫衔个猪尿泡——空欢喜一场

老猫遇上海货——饱餐一顿

老猫捉小鸡——一个忧愁一个喜

老煤油桶——一点就着、点火就着

老绵羊的尾巴——翘不起来

老绵羊锯了角——假充大头狗哩

老绵羊撵(驱逐、赶走)狼——拼老命

老棉花——谈(弹)不上

老面蒸馒头——发得快

老木匠的家什——要啥有啥

老木中空——外强中干

老奶奶吃海蜇——不想(响)

老奶奶吃软柿子——正好

老奶奶的发髻——输(梳)定了

老奶奶的嫁衣——老古董

老奶奶的木鱼——挨揍的木头

老奶奶纺线——慢慢上劲

老奶奶喂孙子——怕吃不饱

老奶奶做淘箩——松劲

老楠木疙瘩——挪不动

老年人跑百米——接不上气

老娘娘穿花鞋——赶时兴

老农铲地——斩草除根

老牌子钢针——宁折不窜

老朋友见面——你好我也好

老朋友相会——说不完的话、话语多

老坏模套不上新砖瓦——不对尺码

老婆跌落水——凄(妻)凉

老婆婆抱孙子——笑逐颜开、满心欢喜

老婆婆吃槟榔——闷着

老婆婆吃腊肉——扯皮

老婆婆串门——说闲话

老婆婆戴刺梨花(指棠梨花)——旁人不夸自己夸

老婆婆赶庙会——眼花缭乱

老婆婆拉家常——想起什么说什么

老婆婆烧香——心诚、一片诚心

老婆婆踢飞脚——闹别扭

老婆婆跳皮筋——非同儿戏

老婆婆走路——慢吞吞的

老婆婆坐牛车——稳稳当当

老桥木做家具——朽木不可雕也

老人家拜年——一年不如一年

老榕树的叶子——数不清

老三错了骂兄弟——怪事(四)

老嫂子骂街——不尚贤

老山猫咧嘴——笑面虎

老山羊的犄角——歪歪扭扭

老陕吃麻花——试一把

老艄公撑船——见风使舵

老少爷们过马路——扶老携幼

老生戴胡子——正办(扮)

老师傅传艺——现身说法

老寿星插草标——倚老卖老

老寿星唱戏曲——老腔老调

老水牛拉马车——不合套

老太爷看告示——一篇大道理

中华传世藏书

谚语歇后语大全

按拼音分类的歇后语

老套子卷珍珠——内中有宝

老藤缠树——绕来绕去

老天下黄沙——昏昏沉沉

老天爷不下雨,当家的不说理——奈何不得、没法治

老天爷拄拐杖——一竿子插到底老铁匠抢大锤——砸到点子上

老铁匠绣花——不是那份手艺

老桐油罐子——洗不清、洗不净

老头的帽子——一把抓

老头儿的拐棍——早晚得扔

老头儿发脾气——吹胡子瞪眼睛

老头儿讲故事——想当年

老头儿联欢——非同儿戏

老头儿牵毛驴——顾(雇)不得

老头儿晌午放焰火——性子太急

老头儿痰喘——憋气、憋得难受

老头牵瘦驴——顾(雇)不得

老头捅马蜂窝——找辙(蜇)

老头学打拳——硬骨头

老头摇铃铛——玩心不退

老乌龟甩掉大石碑——浑身上下猛一轻

老先生钓鱼——坐等

老相识见面鞠一躬——有礼

老熊奔陷阱,野猫钻圈圈——一物降一物

老熊爬杆——上不去

老丫头哭娘——诚心实意

老鸦背上插花翎——自以为美

老鸦唱山歌——不对调

老鸦的声调——哇哇叫

老鸦高歌——不成调

老鸦笑猪黑——不看看自己

老鸦啄柿子——挑软的

老鸭凫水——上面不动

老鸭公想唱戏——喉咙不争气

老鸭偷过水——上岸毛干无人知

老鸭子吃田螺——嘴壳硬

老羊撵狼——拼了

老洋芋充天麻——公开作假

老鸹叮蚌面——难脱身

老鸹落在猪身上——光瞧见人家黑,瞅不到自个儿黑

老爷不在家——空堂

老爷家里当差的——低三下四

老爷庙的旗杆——独根儿

老爷庙求子——走错了门

老鹰变成夜猫子——一代不如一代

老鹰捕鸡毛掸——一场空

老鹰捕食——见机(鸡)行事

老鹰不落地——斡旋

老鹰吃花椒——麻嘴

老鹰吃鸡毛——填满肚子完事

老鹰得肠——欢喜若狂

老鹰叼大象——自不量力

老鹰叼黄牛——贪欲太大

老鹰叼鸡——十拿九稳

老鹰抓个鸡——一提就走、捧上天了、居高临下、一个喜来一个忧

老鹰抓蓑衣——脱不了爪

老鹰抓住鹞子脚——难解难分、难分难解

老鹰追兔子——一个天上,一个地下

老鹰捉麻雀——一抓就来

老鹰啄田埂——白磨嘴皮

老玉米里搀白面——粗中有细

老丈母拉女婿——拖住不放

老蜘蛛的肚子——净是私(丝)

老蜘蛛跑腿——办私(丝)事

老中医把脉——慢慢地摸

姥姥疼外甥——自然的事

le

乐山的大佛——老实(石)

lei

勒紧裤带过日子——岁月难熬、日子难过

勒紧裤带拉二胡——穷快活

勒紧腰带数日月——难过

勒腰蛤蟆——一肚子气

雷打芝麻——专拣小的欺

雷打庄稼——不留情

雷公打豆腐——拣软的欺、不堪一击

雷公打架——差太远、闹得天翻地覆

雷公打土地庙——上神压下神

雷公动怒——不同凡响、惊天动地

雷公躲进土地庙——天知地知

雷公喝酒——胡批(劈)

雷公劈城隍——以上压下

雷公劈海椒——火辣辣的脾气

雷婆找龙王谈心——天涯海角觅知音

雷声大雨点小——虚张声势、有名无实

雷音寺拜佛——不辨真假

雷雨天下冰雹——一落千丈

泪往肚里流——说不出的苦

擂槌铲锅巴——死硬

擂槌吹火——窍不通

擂鼓奏唢呐——吹吹打打、又吹又打

擂台上比摔跤——抱成团

擂台上比武——凭的真本事

擂台上见高低——全凭真本事

leng

楞过铁路——越轨行为

冷不防拉弓——施放暗箭

冷冻库里放醋坛——寒酸

冷饭团发芽——天下奇闻、无奇不有

冷锅爆豆子——不声不响、无声无息、越吵(炒)越冷淡

冷锅贴饼子——溜啦

冷灰里爆出热栗子——怪事一桩、意想不到

冷库里的五脏——心肠硬

冷了的炉膛——没货(火)

冷炉打铁——打不成

冷却了的钢锭——变不了形

冷水滴进油锅——炸开了、炸了锅了

冷水调米粉——不沾(粘)

冷水发面——没多大长劲

冷水浇头——凉了半截

冷水泡茶——硬充(冲)、无味

冷水齐腰——凉了半截

冷水梳头——一时光
冷水烫鸡——一毛不拔
冷水烫猪——不来气
冷水煮鲤鱼——快活不久
冷天戴手套——保守(手)
冷天喝滚汤——热心
冷天吞了热汤圆——身上暖烘烘,心上甜滋滋
冷铁打钉——硬锤
冷血动物——无情无义
冷眼观螃蟹——看你横行到几时

li

狸猫窜屋脊——一会就不见了
狸猫耳朵——太短
狸猫换太子——以假乱真
狸猫披虎皮——假威风
离了水晶宫的龙——寸步难行
离了王屠子——也不能带毛吃猪
离娘的娃娃见了娘——喜笑颜开
离群的牛犊——不知往哪奔、孤孤单单
离山的猛虎——无能
离水的鱼儿——性命难保
离枝的鲜花——活不长
犁地不拿鞭子——光吆喝
犁地甩鞭——吹(催)牛
犁地淹死牛——伤(墒)透了
黎明的觉,半道的妻,羊肉饺子清炖鸡——难得的好处
篱笆配栅栏——正合适
李鬼劫路——欺世盗名
李逵穿针——粗中有细
李逵大闹忠义堂——分不清真假宋江
李逵开铁匠铺——人强货硬
李逵抡板斧——以势压人
李逵上阵——身先士卒
李逵升堂判案——乱打一通
李逵绣花——心有余而力不足
李逵学绣花——试试看
李逵遇虎——斩尽杀绝

李逵遇着张飞——你痛快我干脆

李逵装新娘——人粗心细

李逵捉鱼——一条不得

李林甫当宰相——口蜜腹剑

李时珍看病——手到病除、妙手回春

李世民登基——顺应民心

李双双打离婚——没希望(喜旺)了

李双双的心上人——希(喜)望(旺)

李子掺着葡萄卖——有大有小

李自成进北京——好景不长

里手(内行、行家)赶车——没外人

理发的带补鞋——从头管到脚

理发的修脚——从头包到脚

理发店关门——不理你了、没头了

理发店收徒弟——从头来、从头学起

理发师的工夫——凭的是理

理发师的剃刀——刮人不刮己

理发师绱鞋底——从头包到脚

理发师甩刀——不理

理发员的担子——一头热

立春响雷——一鸣惊人

立夏后的葡萄——越结越多

利刀砍黄瓜——一刀两断(段)

利刀石上磨——精益求精

荔枝壳抹油——又滑又湿

荔枝皮翻个儿——点子多、点子不少

lia

俩肩膀抬张嘴——不愁吃

俩口子拜年——不必

俩口子唱《夫妻桥》——真真假假

俩口子睡觉丢被窝——没有上心的人

俩蚂蚁拔河——没劲儿

俩猫上树——二虎

俩牛打架——硬顶、两败俱伤

俩牛抵角——豁着脑袋干

俩牛相斗——顶顶撞撞、又顶又撞

俩螃蟹打架——纠缠不清

俩山羊抵角——对头

俩狮子打架——不是你死，就是我亡

俩兽医抬一头驴——没法治

俩秃子打架——抓不到辫子

俩瞎子打架——对拍

lian

连鬓胡子吃麻糖——纠缠不清

帘子脸儿——落下来了

莲梗打人——思(丝)尽情断

莲花并蒂开——恰好一对

莲花池里下饺子——异想天开

莲藕炒粉条——无孔不入

莲藕孔过风——半通不通

莲藕生疮——坏心眼儿

莲蓬结子——心连心

廉颇背荆条——负荆请罪

鲢鱼头脑袋——又大又硬

脸盆里撑船——内行(航)

脸盆里的泥鳅——滑不到哪里去

脸盆里生豆芽——知根知底

脸盆里扎猛子——不知深浅

脸盆里照相——两眼向上

脸皮蒙手鼓——好厚的脸皮

脸皮像城墙——厚得吓人、厚颜无耻

脸谱大全——面面俱到

脸上带笑，肚里藏刀——假充好人

脸上含笑，脚下使绊子——暗伤人、暗里伤人

脸上糊锅底灰——不认人

脸上贴膏药——面子上不好看

脸上贴狗毛——不知好歹、好歹不分

脸上写字——表面文章

镰刀对斧头——硬碰硬

镰刀卡在喉咙里——吞不下，吐不出

镰刀砍石头——硬碰硬

脸肿鼻子歪——面目全非

练兵场上的靶子——众矢之的

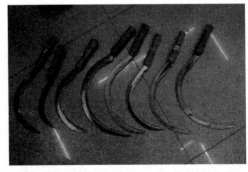

镰刀

练武术的不拿刀枪——赤手空拳

liang

良心都是肉长的——彼此彼此、彼此一样

凉白开沏茶——乏味

凉山有大小——一山更比一山高

凉水待客——冷淡

凉水倒火炉——气往上冲

凉水泡豌豆——冷处理

凉水淘米——清清白白

凉水碗里的筷子——能捞出什么味道来

梁山伯看到祝英台——一见钟情

梁山伯与祝英台——生死相依、生死不离

梁山泊的王伦——不能容人、谁都容不

梁山泊的吴用——足智多谋

梁山的弟兄——不打不相识、志同道合

梁山的军师——无(吴)用

梁山好汉喝酒——大腕(碗)

梁山好汉——重义气

梁山上的晁盖——一把手

梁山上的好汉——逼出来的

梁山上的旌旗——替天行道

梁山上的王伦——妒贤忌能

梁上插针——粗中有细

梁上吊死人——上不着天,下不着地

梁上挂暖壶——高水平(瓶)

梁上挂猪胆——哭(苦)哭泣泣(滴)

梁上君子——上不着天,下不着地、贼、悬在半空中

梁头上吊王八——四脚无靠

梁头上卖肉——架子不小、好大的架子

梁园虽好——不是久留之地

粮仓里的老鼠——有损无益

粮店兼卖时装——有吃有穿

粮库里头颗谷——有你不多,无你不少

粮食装在布袋里——一个挨着一个

两把号吹成一个调——想(响)到一块、一起响

两百钱买了个西洋镜——走着瞧

两代寡妇——没功(公)夫

两耳塞豆——懵然不觉

两分钱的醋——又酸又贱

两分钱的韭菜——一小撮

两分钱开店铺——穷张罗

两分钱买一篮子菜——不是好货、不是好东西

两副重担一肩挑——难上加难、难上难

两个"山"字落在一块儿——请出

两个巴掌打人——左右开弓

两个鼻子眼儿出气——息息相关

两个臭鸡蛋——一个味儿

两个槌敲一面锣——想(响)到一块了

两个风筝一起飞——胡搅蛮缠

两个鼓槌——一对儿

两个怪叫驴——拴不到一个槽上

两个锅盖一起开——斗气

两个肩膀扛张嘴——走到哪吃到哪

两个叫花子拜堂——穷凑合

两个进士落井——双管(官)齐下

两个喇叭一个调——想(响)到块了

两个老汉三根胡——又稀又少

两个老头打架——胡斗

两个驴嘴痒痒儿——一对一嘴儿

两个骡子夹条驴——吃混食的

两个麻雀吵架——为争一颗米

两个麻子结婚——点子不少

两个泥菩萨过河——谁也救不了谁

两个琵琶一个调——弹(谈)到一块去了

两个人报数——数一数二

两个人穿一条裤子——步调一致

两个人打排球——推来推去、互相推脱(托)

两个人盖一床被子——顾了这头顾不了那头

两个人抬根鸡毛——不必使劲

两个人推磨——你推我让

两个人玩猴——你上来就没有我耍的了

两个人舞龙——有头有尾

两个人奏笙——一个吹，一个捧、你吹我捧

两个人做买卖——缺一不可

两个山头上的斑鸠——一唱一和

两个狮子打架——不是你死，就是我亡

两个娃儿抬水——到（倒）了

两个瞎子划拳——虚张声势

两个瞎子碰头——谁也没长眼

两个瞎子作揖——谁见了

两个消防队员吵架——未（为）然（燃）

两个兄弟吵分家——各顾各

两个秀才当文书——字字推敲

两个哑巴吵架——不知谁是谁非

两个哑巴打电话——从哪里说起

两个哑巴对象——全凭眼色办

两个哑巴见面——没说的

两个哑巴说话——指手画脚

两个羊羔打架——对头

两个医生抬头驴——没治了

两个指头拿个米——十拿九稳

两个醉汉睡觉——东倒西歪

两根筷子夹骨头——三条光棍

两根绳上拴五个蚂蚱——接二连三

两公婆拜年——多此一举

两狗咬架——以牙还牙

两股道上的车——撞不上、走的不是一条路、碰不到一块

两股脏水汇一起——同流合污

两虎把门——进退两难

两虎相斗——必有一伤、自相残杀

两鸡打架——斗嘴

两口子吵嘴——难断是非、说不清的理、不知谁是谁非

两口子锄地——不顾（雇）别人

两口子床上奏喇叭——对着吹

两口子的账——难算、算不清、说不清、难清

两口子对着吹喇叭——斗气

两口子分家——各人顾各人

两口子赶集——志同道合

两口子回门——成双成对

两口子认亲——多此一举、岂有此理

两口子生气——没有隔夜的怨仇

两口子睡觉背靠背——心不在一块

两口子台上扮夫妻——真真假假

两口子推磨——同心协力

两块钱买去个猪头——便宜了他

两块银圆做眼镜——睁眼就是钱

两狼山中的杨老将——身入绝境

两面国的人——不是一心

两匹马并排跑——同奔前程、并驾齐驱

两匹马赛跑——各奔前程

两亲家打架——为儿女的事

两人穿一条裤子——不分你我

两人打排球——推来推去

两人盖床小被子——顾了这头顾不住那头

两人共伞——互相遮掩

两人一般心——黄土变成金

两扇磨磨面粉——缺一不可

两手插在口袋里——什么事也不管

两手架鼓——等着挨敲

两手进染缸——左也难(蓝),右也难(蓝)

两手抹糨子(糨糊)——粘上了

两手捏兔子——稳拿

两手捧寿桃——有理(礼)

两手托刺猬——碰到棘手事、棘手

两手攥(握)仨大钱——一是一,二是二

两台大戏对着唱——热闹非凡、好热闹

两天打鱼,三天晒网——本末倒置

两条河里的船——总碰不到一块

两条蛇娃演马戏——二龙戏珠

两条腿的凳子——站不住脚

两条下水道见面——同流合污

两腿插到沙窝里——越动弹越深

两响炮升天——想(响)到一块了

两眼无珠——不识泰山

两眼一眨,老鸡婆变鸭——说变就变、转眼就变、变化无常

两样布做夹袄——表里不一

两爷子打捶——胡豆(斗)

两爷子赶集——一大一小

两张麻纸画个驴头——好大的脸皮

两张嘴——一个说这一个说那

两只耳朵——碰不到一块儿

两只风筝一块飞——胡缠、胡搅蛮缠

两只公鸡打架——难解难分、互不相让、谁也不让谁、难分难解

两只黄鼠狼衔一根油条——毛色相对

两只脚塞进一只靴子——寸步难行

两只老鹰打架——空战

两只麻雀一同飞——分不出先后

两只手拿仨大钱——是一二是二

两只手写对联——双管齐下

两只眼盯着一个小钱——见钱眼开

两种芝麻一锅炒——黑白不分

**liao**

《聊斋》上的文章——鬼话连篇

燎腚的猴子——坐立不安

鹩哥落在牛背上——无足轻重

料槽旁的马——不愁吃

撂鞭子牛——生分

撂下拐棍作揖——老交情

撂下田鸡捉麻雀——因小失大

**lie**

咧着嘴吃梅子——看你那个酸相

列车上放广播——道听途说

劣马装麒麟——露马脚

烈火干柴——一点就着

烈日下的糖人儿——瘫倒了

烈日炎炎照雪山——开了动(冻)

猎狗追狐狸——盯梢(骚)

猎犬撵兔子——跟踪追击

猎人出门遇上兔子出窝——巧得很、巧极了

猎人家闯进只黄羊——送上门的肉

猎人抓兔——不见兔子不撒鹰

咧嘴的包子——露馅儿

**lin**

邻家的鸡——轰出去

邻家失火——不救自危

林中的百灵鸟——唱唱跳跳

林子大了——什么鸟儿都有

林子里的斑鸠——一对儿

林子里的蘑菇——到处都是

临到上轿穿耳朵眼——来不及了、匆匆忙忙、早没准备

临嫁的姑娘——满面春风

临渴才掘井——干着急、怎么来得及

临老当和尚——半路出家

临老得了摇头病——身不由己、不由自主

临老学吹鼓手——力不从心、心有余而力不足

临老学绣花——晚了

临上轿才缠脚——临时忙

临上轿找不到绣花鞋——心里急

临时抱佛脚——来不及、晚了

临死才忏悔——迟了

临死吃黄连——好命苦

临下水学游泳——有何(河)过不去

临刑不告饶——执迷不悟

临阵磨枪——不快也光

淋了雨的稻草——点不着

淋了雨的老绵羊——无精打采、没精打采

淋了雨的熟石榴——合不拢嘴、咧开了嘴

吝啬鬼串亲戚——两手空

吝啬鬼过日子——一分钱攥出汗来

吝啬鬼天天拾金子还嫌少——贪得无厌、贪心不足

蔺相如出使秦国——完璧归赵

蔺相如回车避廉颇——冤家路宽

ling

灵透孩子买东西——骗不得

岭头上唱山歌——调子太高

岭头上对歌——唱高调

凌冰缝里捞鱼吃——辛苦挣来快活吃

铃铛掉了舌头——不想(响)、没想(响)头了

铃铛敲锣鼓——想(响)到一块了

羚羊挂角——无迹可寻

菱角碰粽子——尖对棱、奸(尖)对奸(尖)

另搭台子另唱戏——从头来、从头学起

另起炉灶——各顾各

liu

溜冰场上打太极拳——圆滑、又圆又滑

溜直的树木——先被砍

刘阿斗——扶不起

刘邦当皇帝——胜者为王

刘邦攻项羽——反败为胜

刘邦乌江追项羽——赶尽杀绝

刘伯温的八卦——神机妙算

刘伯温拍屁股——无计了

刘禅乐不思蜀——忘本

刘关张(刘备、关羽、张飞)拜把子——生死之交

刘海打跟头——钱在头里人在后头

刘海儿拉着孟姜女——有哭有笑

刘胡兰钻铡刀——宁死不屈

刘姥姥进大观园——洋相百出、看得出神了

刘姥姥进荣府——眼花缭乱

刘姥姥坐席——出洋相

刘三姐对歌——随口而出

流浪汉坐远滚轮——四海为家

流水簿子做袍子——满身都是账

留种的黄瓜——挂起来

琉璃瓶上安蜡扦——又奸(尖)又猾(滑)

琉璃瓦搭猪圈——屈才(材)、屈了材料

琉璃瓦盖鸡窝——大材小用

琉璃瓦盖寺庙——顶好

硫黄脑袋——一点就着

柳木棺材——白帮

柳树剥皮——净光棍

柳树抽芽——自发

柳树出身——立场不稳

柳树的花——只开花不结果、无结果

柳树雕的娃娃——木头人

柳树上落凤凰——早晚要飞

柳树叶子——尖出头

柳条穿泥鳅——一路货

柳条篮子打水——一场空

六尺跳板要过八尺涧——搭不够

六点钟的分时针——顶天立地

六耳猕猴充悟空——冒牌货

六个指儿抓痒——多一道子

六个指头擦背——加一奉承

六个指头给人抓痒——格外巴结

六个指头划拳——出了新花招

六个指头上菜——格外巴结

六个指头抓脑门——眼前尽是岔儿

六七八九——没食（十）

六十甲子轮流转——老一套、接连不断、周而复始

六月斑鸠——不知春秋

六月穿皮袄——自找罪受、自找难受

六月戴棉帽——不识时务、不合时宜

六月的暴雨——猛一阵

六月的虫子——喜欢咬人

六月的荷花——众人共赏

六月的火炉——谁凑和你

六月的麦子——黄了、一天变个样

六月的日头——毒得很

六月的山——清（青）一色

六月的杉木——定了型、定型了

六月的闪电——眨眼不见

六月的扇子——借不得、家家有

六月的天——说变就变、变化无常

六月的云，八月的风——不好捉摸、难捉摸、变化多端

六月的枣花——招风（蜂）

六月的庄稼——直往上蹿

六月飞霜——怪事一桩、怪事

六月间的庙堂——鸦雀无声

六月间狗吐舌头——热出来的

六月间下雪——少有

六月间做棉袄——早做准备

六月里吃薄荷——凉透心、好良（凉）心

六月里吃生姜——伏辣（服啦）、热乎乎

六月里吃西瓜——甜在心上

六月里穿皮袄——反常
六月里戴手套——保守(手)
六月里的冬瓜——越大越不值钱
六月里的狗——不惜皮毛
六月里的火腿——走油了
六月里的蚊子——跟人跑
六月里借扇子——等着吧
六月里送炭——不领你的情
六月里贴对联——还差半年
六月六看谷穗——出了头
六月天穿毛衣——热心
六月天买火炉——冷热不分
六月天晒裂了瓦——坏胚(坯)子
六月天烧烘笼——怪事一桩、怪事
六月天烧炉子——热火得很
六月天身发抖——不寒而栗
六月天下雨——猛一阵子、有回数
六月蒸年糕——还差半年
六指头拨琵琶——乱弹琴
六指头上菜——加一奉承、格外巴结
六指头挖鼻孔——光出岔(杈)子、净岔(杈)子

long

龙背上放茶壶——一张好嘴
龙背上刮鳞——痴心妄想、妄想
龙吃千江水——也有不到处
龙灯的胡须——没人理
龙灯的脑壳——任人摆布
龙灯耍得好——靠头
龙宫里造反——慌了神
龙困鱼塘——施展不开
龙门刨上的工件——直来直去
龙门石窟里的佛像——老实(石)人、靠山硬
龙门阵缺了人——摆不起来
龙袍当蓑衣——白糟蹋
龙头不拉拉马尾——用力不对路
龙王摆筵席——净是海鲜
龙王长了个偏心眼——旱涝不均

龙王吹喇叭——好神气

龙王的胡子——不理

龙王发兵讨河神——自家人不识自家人、自相残杀

龙王发脾气——翻江倒海、兴风作浪

龙王爷掉在海里——不消劳(捞)

龙王管土地——管得宽

龙王节打哈欠——好神气

龙王开茶馆——神乎(壶)其(沏)神

龙王庙里失了火——慌神

龙王爷搬到陆上住——厉害(离海)

龙王爷的后代——龙子龙孙

龙王爷的军队——虾兵蟹将

龙王爷的脾气——摸不透

龙王爷翻脸——要变天

龙王爷露凶相——张牙舞爪

龙王爷面前挑水——敢想敢干、有斗龙的胆量

龙王爷跳大海——正规(归)

龙王爷招亲——水里来,水里去

龙行雨——本行

龙珠跟着龙尾转——不对头

砻糠搓绳索——起头难、开头难

笼里斑鸠——不知春秋

笼里边抓窝窝头——手到擒来

笼里的鸽子——放了还回来

笼里的鸟——随你逗、有翅难飞

笼里的鸭子——放了还回

笼里的鹦哥——成天要嘴

笼里捉鸡——没跑、跑不了、十拿九稳

笼屉的盖子——受气的家伙

笼屉上放邮包——信以为真(蒸)

笼屉上抓馒头——稳拿

笼中鸟,网中鱼——身不由己

笼子里的八哥——只会说不会干

笼子里的肥鸭——早晚得杀

笼子里的老虎——抖不起威风

笼子里关蚂蚁——来去自由

笼子里过日子——睁眼净窟窿

笼子里拿家雀——十拿九稳

聋哑人吹喇叭——不知吹的啥调

聋哑人打官司——说不清，听不明

聋哑人谈天——连说带比划

聋子拜客——不闻不问

聋子不怕雷——胆子大

聋子参加赛歌会——一无所获

聋子吹笛——摸不着谱

聋子打岔——你说啥

聋子打鼓——充耳不闻、越打越响

聋子放花炮——看着散了、给别人听的

聋子看戏——凭眼力、有形无声、只饱眼福

聋子拉胡琴——胡扯

聋子擂鼓，瞎子敲锣——各打各的

聋子面前夸海口——废话

聋子听话——干瞪眼

聋子听山歌——白费工夫

聋子听书——看人笑他也笑

聋子听蚊子叫——不声不响

聋子听戏，瞎子观灯——一无所获

聋子玩鸟——没听提（啼）

聋子瞎了眼——闭目塞听

聋子嘴上贴封条——不闻不问

垄沟决口——放任自流、任其自流

lou

娄阿鼠（昆剧《十五贯》中人物）测字——做贼心虚

娄阿鼠唱戏——贼声贼气

娄阿鼠戴花——贼美

娄阿鼠当县令——不是个好官

娄阿鼠的十五贯——偷来的

娄阿鼠伸脖——贼头贼脑

娄阿鼠问卦——贼人胆虚

娄阿鼠研墨——贼黑

娄阿鼠咬牙——贼狠

娄阿鼠越狱——贼心不死

娄阿鼠走路——贼头贼脑

楼板搭铺——高低差不多

楼窗上走人——门外汉

楼顶上的警报器——事出有因（音）

楼房檐的鸟——说飞就飞

楼上摆盆景——无地自容

搂草打兔子——顺手、一举两得

搂着金条睡觉——守财奴

漏洞百出的文告——经不起推敲

漏斗里装水——永不满足

漏斗盛水网兜风——一无所获

漏房偏遇连阴雨——倒霉透顶

漏壶里灌水——永不满足

漏盆里洗澡——快活不了多久

漏网捕虾——白捞

漏网之鱼——死里逃生、溜了

漏夜（深夜）捉贼漏夜解——马上行事、事不过夜

lu

露水夫妻——无情无义

露头的钉子——挨敲打的货

卢沟桥上石狮子——各有姿态

卢俊义上梁山——不请自来

卢生享荣华——黄粱美梦

卢生做梦——一枕黄粱

芦柴秆做门闩——难撑

芦花抽穗——无结果

芦花做棉絮——不是正胚子

芦苇墙上钉钉子——不牢靠

芦苇塞在竹筒里——空对空

芦席上翻到地上——不分高低

炉边的柴禾——骚（烧）货

炉火上泼水——奄奄一息（熄）

炉里的生铁——见火就软

炉里的渣滓——有用的不多

炉前的耙子，装钱的匣子——够抠门儿了、抠门儿

炉膛里筑坝——考（烤）验（堰）

炉子底下的废物——残渣余孽（热）

炉子翻身——倒霉（煤）

炉子里的木炭——热不了多久

炉子里烤山芋——拣熟的拿

炉子旁的捅条——倒霉的家伙

鲈鱼探虾毛——没安好心肠

卤鸡蛋——不用煮啦

卤水点豆腐——一物降一物、一行管一行

卤水当酒喝——嫌命长了

鲁班的儿子学木匠——一代传一代、不用拜师

鲁班的斧子——准得很

鲁班的锯子——不错（锉）

鲁班的手艺——巧夺天工

鲁班门前抢斧子——不自量力

鲁班门前卖手艺——忘了自个儿姓名、班门弄斧

鲁班门前弄大斧——自己献丑、充内行

鲁班手里调大斧——得心应手

鲁班皱眉头——别具匠心

鲁肃伐荆州——空手而去，空手而回

鲁肃服孔明——五体投地

鲁肃上了孔明船——错了、任人摆布、尽办糊涂事

鲁肃宴请关云长——暗藏杀机

鲁提辖拳打镇关西——抱打不平

碌碡（石磉）打月亮——自不量力、不自量

碌碡改夯——摽劲、绞上劲

碌碡里装钢轴——铁石心肠

碌碡碰碌碡——实（石）打实（石）

碌碡上拴镜儿——照常（场）

路边的长虫——地头蛇

路边的鼓——挨打的货

路边的芨芨草——看不上眼

路边的小草——任人践踏、由人踩

路边上的狗屎——不值一文（闻）

路灯照明——公道

路见不平，拔刀相助——打抱不平

路警摆手——不管这一段

路口挖陷阱——坑害人

路旁的车前子——压不死

路旁的电线杆——靠边站

路上找不到问卦人——前途未卜

路中间的螃蟹——横行霸道

辘轳串当眼镜——各投各眼、各对各眼

辘轳断了轴——玩不转

鹭鸶捕鱼——得而复失

鹭鸶吃河蚌——作（啄）乐（裂）

鹭鸶飞过养鱼池——眼饱肚中饥

鹭鸶脚上挂蚂蚱——飞不了你，跑不了它

鹭鸶腿上劈精肉——无中生有、没多大油水

lv

吕布马超——不相上下

吕布杀董卓——大义灭亲

吕布挺矛——有勇无谋

吕布戏貂蝉——上当受骗、英雄难过美人关

吕洞宾推掌——出手不凡

吕太后的筵席——福祸不测、不是好吃的

旅店里的老鼠——吃客

旅客上火车——各就各位

屡教不改的扒手——爱偷、贼心不死

律师受贿——知法犯法

绿绸衫上绣牡丹——锦上添花

绿豆换米——各有一喜

绿豆里找红豆——难得、得之不易

绿豆喂王八——对眼

绿皮萝卜——心里美

绿皮南瓜——嫩着哩

绿时着火烤——非黄不可

捋老虎的胡子——冒险

luan

孪生的娃娃——没大没小

孪生的羊羔——不分彼此

乱坟堆里划拳——鬼作乐

乱坟堆里找人——都是死硬货

乱坟岗上唱戏——闹鬼

乱坟岗上卖布——鬼扯

乱加砝码——不公平

乱麻疙瘩——理不清

乱麻韭菜缠一起——难收拾、不可收拾

乱麻团缠皂角树——理不清

乱线团掉刺窝——难理清

乱葬坟里放鞭炮——吓鬼、闹鬼

乱葬坟里掷骰子——净是鬼点子、鬼点子多

乱葬坟上跳舞——鬼迷心窍

lun

轮船靠码头——稳而不动

轮船上观海——无边无沿

轮船上泼水——随波逐流

轮船上装橹——摆设

轮胎打气——有进无出

轮胎里打气——只进不出

轮胎上的气门芯——里外受气

轮转没有轴——玩不转

luo

罗成的绝招——回马枪

罗锅穿背心——出洋相、洋相百出

罗锅跌跟头——两头不着实、两头脱空

罗锅立正——直不了

罗锅上树——钱(前)缺

罗锅睡到碓窝里——再合适不过了

罗锅仰面睡——两头脱空

罗锅腰上山——钱(前)紧

罗锅子的腰——依(已)旧(就)了

罗锅子伸腰——高出二尺

罗锅作揖——举手之劳

罗汉过水——各显神通

罗汉请观音——客少主人多

罗汉戏观音——睁只眼闭只眼

萝卜长了杈——多心

萝卜地里栽韭菜——各人心里爱

萝卜雕观音——饮食菩萨、不是正经材料

萝卜掉进腌菜坛——泡着吧

萝卜放在磨盘上——转得头晕眼花

萝卜干当人参——不识货

萝卜干饨豆腐——没点血色

萝卜开花——空心

萝卜两头切——首尾不顾

萝卜青菜——各有所爱、各人所爱

锣鼓对着街上敲——叫人听的

锣鼓喇叭一齐上——吹吹打打、又吹又打

锣鼓两叉——想（响）不到一块、想（响）得不一样

锣筐盛石灰——处处留痕迹

锣齐鼓不齐——高潮不在点上

箩筐里拣桃子——挑花眼睛

箩筐里面摇元宵——滚蛋

箩筐里装乱麻——没有头绪

箩筐盛石灰——处处留痕迹

螺丝帽上劲——尽绕圈子、绕圈子、弯弯绕

螺蛳拜蚌壳——假（甲）碰假（甲）

螺蛳不吃泥巴——除非不开口

螺蛳壳里摆擂台——踢打不开

螺蛳壳里赶场——地方太狭小了

螺蛳壳里睡觉——摸不清方向

螺蛳壳里做道场——团团转、打不开场面

洛阳的牡丹——人人喜欢、个个喜爱、名不虚传

落潮的大虾——蹦跶不了几天、没几天蹦头

落成的雕像——定了型、定型了

落存陷阱里的骏马——寸步难行

落到沸汤里的豆荚——东旋西转

落到麻雀窝里的花鹊子——长不了

落地的秋蝉——哑了

落地的柿子——软瘫了、软作一堆

落地的桃子——熟透了

落锅的虾子——红透了

落花流水——有去无回

落井的葫芦——掉在底下浮在上头

落井下石——乘人之危、坑害人

落了锅的虾公——钩心（身）

落了三年黄梅雨——绝情（晴）

落山的太阳——没多大亮

落水的鸡毛——飞不了

落水的桃花——随波逐流

落水麻绳——先松后紧、越捆越紧

落汤的螃蟹——手忙脚乱

落汤鸡崽——抬不起头来

落网的虾米——蹦跶不了几天

落网的鱼——难脱身、脱不了身、命难逃、跑不了

落雪天过冰大坂——从头凉到脚

落雨担稻草——越担越重

落雨躲进山神庙——轮（淋）不着

落雨立院中——轮（淋）到头上

落雨收柴草——手忙脚乱

落雨天出彩云——假情（晴）

落雨天打麦——难收场

落雨天打土坯——没好的

落雨天担禾草——担子越来越重

落雨天的芝麻——难开口、口难开、不好开口

落雨天扛棉花套——越背越重

落在陷阱里的骏马——寸步难行

落在鹰爪里的小鸡——嘴壳再硬也活不了

# M

## ma

麻包里装钉子——露头

麻布补西装——土洋结合

麻布袋，草布袋——一代（袋）不如一代（袋）

麻布袋里的菱角——硬要钻出来

麻布袋绣花——底子太差

麻布袋做龙袍——不是这块料

麻布片绣花——白费劲、粗中有细、底子差

麻布片做大褂——不是这块料

麻布手巾绣牡丹——配不上

麻布下水——拧不干

麻布鞋上镶绸子——不成体统

麻袋里装稻秆——大草包

麻袋里装面粉——浪费太大

麻袋里装猪——不知黑白

麻袋没有底——不盛东西

麻袋盛牛角——个个想出头

麻袋装刺猬——锋芒毕露

麻秆搭桥——难过

麻秆打老虎——不痛不痒

麻秆搭架子——难顶难撑

麻秆搭桥——把人跌闪得好苦、担当不起

麻秆打狼——两担怕、两头担心

麻秆的屋梁——无用之才麻秆抵门——经不起推敲、顶不住

麻秆拐棍——倚靠不得

麻秆手杖——靠不住

麻秆支蒙古包——不是这块料

麻秆做扁担——担当不起、不是正经材料

麻秆做床腿——难撑

麻秆做笛子——吹不得、别吹了

麻姑纺线——细心眼

麻姑娘搽雪花膏——观点模糊、观点不明

麻花下酒——干脆、干干脆脆

麻酱拌小菜——人人都喜爱

麻茎当秤杆——没个准星

麻柳树解板子——不是正经材料

麻蛇钻刺棵——有去无回

麻绳绊脚——够缠

麻绳穿绣花针——通不过

麻绳穿针眼——过得去就行

麻绳穿针——钻不进

麻绳串豆腐——提不起来

麻绳打毛衣——乱联系、乱牵扯

麻绳吊鸡蛋——两头脱空

麻绳上按电灯泡——搞错了线路

麻绳蘸盐水——越来越紧

麻绳做背心——好心当恶意

麻线搓绳——合在一起干

麻丫头照镜子——点子不少

麻油拌凉菜——有点香

麻油拌小菜——人人喜爱

麻油炒豆腐——不惜代价、下了大本钱

麻子不叫麻子——坑人

麻子搽粉——费料、空耗

麻子打灯笼——观点鲜明

麻子管事——点子多

麻子脸抹粉——填平补缺

麻子脸上戳一刀——点透了

麻子跳伞——天花乱坠

麻子推磨——转着弯儿坑人

麻子洗脸——擦不干净

码头工人扛麻包——回头难

码头上的吊车——能上能下

码子前面填零——不算数

mai

埋好的地雷——一触即发

买把韭菜不择——抖起来了

买把琵琶没上弦——谈(弹)不得

买爆仗叫别人放——只听响、不值得

买车不要骡子——后半截

买豆腐花了个肉价钱——上当不浅

买椟还珠——取舍失当、不识货

买干鱼放生——不知死活

买个灯笼不安蜡——你想咋着

买个罐子打掉了把——没法提、提不起来

买个鸡子拴到门坎上——里外叨

买个喇叭不带哨——别吹了

买个喇叭不透气——实心眼

买个老驴不吃草——毛病不少

买个母牛不长尾巴——活现丑

买个暖壶不带塞——沉(存)不住气

买个兔子不剥头——留着面子

买棺材搭铺盖——好买卖

买花生不要秤——抓一把

买花生找不着秤——乱抓

买回彩电带回发票——有根有据

买酱油不打醋——各干一行

买金的遇见卖金的——正合适

买来的秀才——不通

买老牛置破车——光顾眼前

买了个牲口咬人——毛病不少

买了麻花不吃——要的就是这个劲儿

买了马牵着走——没棋(骑)

买了相因(便宜)柴,烧了夹生饭——想占便宜反吃亏

买麻花不吃——为的看这股扭劲儿

买马不骑——谦(牵)啦

买马上扬州——试试足劲

买卖人的匾——财源茂盛

买帽子当鞋穿——不对头

买门神不买挂线儿——捉弄自己

买面的进了石灰店——走错了门、找错了门

买牛得羊——失望

买匹布裹脚——宽备窄用、宽打窄用

买肉的切豆腐——不在话下

买石头砸锅——自寻倒灶

买铁锅的——敲敲打打

买头瘦驴老掉牙——自骑自夸

买咸鱼放生——徒劳无功

买香囊掉泪——睹物伤情

买眼药进了石灰店——走错了门

买鱼放生——菩萨心肠

买只羊羔不吃草——毛病不少

买猪头钓王八——不够本钱、不够本

买猪头讨个胆——自讨苦吃、自找苦吃

买砖头砌窑——专款专(砖)用

麦草管吹火——小气

麦茬地里磕头——戳眼

麦场上挂马灯——照常(场)

麦秆吹火——小气、气不大

麦秆当秤称人——把人看轻了、把人看得太没斤两

麦秆顶门——白费力

麦秆里睡觉——细人

麦秆门闩玻璃鼓——经不起推敲

麦秆子顶石磙——头重脚轻

麦秆子上插针——节外生枝、横生枝节

麦秸堆里装炸药——乱放炮

麦秸秆里瞧人——小瞧

麦秸秆枕头——草包

麦秸秆做电杆——不是正经材料、不是这块料

麦秸烧火——没长劲

麦糠搓绳——搭不上手、接不下茬

麦克风的兄弟——传声筒

麦克风前吹喇叭——里外响

麦克风前拉二胡——弦外之音

麦粒掉到太平洋里——沧海一粟

麦芒穿针眼——难得、得之不易

麦芒戳到眼睛里——又刺又痛

麦芒掉进针鼻——赶得巧、正好

麦苗当成韭菜割——胡拉乱扯

麦苗韭菜分不清——不像个庄稼人

麦牛子爬到面缸里——舒坦了还想舒坦

麦筛子——净是缺点

麦田里的狗尾草——良莠不齐

麦田里的韭菜——难分色

麦田里的乌龟——逃不了

麦田里种棉花——一举两得

麦田里捉龟——十拿九稳

麦田捉田鸡——手到擒来

麦子不割砍高粱——专找硬茬

麦子地里扎草人——吓麻雀

麦子未熟秧未插——青黄不接

卖鞭炮的炸了手——自作自受

卖冰棒的进茶馆——一冷一热、忽冷忽热

卖冰棒的折本——心凉了

卖钵头瓦盆的——一套一套的

卖布不带尺子——存心不良(量)、胡扯

卖菜的不用秤——论堆

卖菜的上了香椿树——又高又贵

卖茶汤的回家——没长劲

卖炒勺的——拣有把握的来

卖醋卖糖——各管一行

卖瓜的夸瓜甜,卖鱼的夸鱼鲜——自卖自夸

卖大碗茶的看河水——有的是钱

卖东西拿钱——理应如此

卖豆腐带种河滩地——水里来，水里去

卖豆腐的带拖车——架子不小

卖豆腐的扛马脚——生意不大架子大

卖豆腐的——一拉一块

卖饭的——不怕大肚汉

卖房卖地置嫁妆——下尽本钱

卖膏药折了本——不摊（贪）

卖个兔子剥去皮——不留面子

卖狗皮膏药的出身——到处招摇撞骗

豆芽

卖狗肉的挂羊头——假招牌

卖古董的——识货

卖豆芽挨着钉鞋的——你知道我的根，我也知道你的底

卖豆芽的不带秤——乱抓

卖豆芽的抖搂筐——干脆利索、干净利索

卖罐的跌跤——倾家荡产

卖红薯的丢干粮——硬啃

卖胡琴的碰上卖布的——拉拉扯扯

卖花棒的教师爷——骗吃混喝

卖花的，说花香、卖菜的，说菜鲜——各有一套

卖花圈的咬牙——恨人不死

卖花人说花香，卖菜人讲菜嫩——自卖自夸

卖灰面遇大风——倒霉透了、真倒霉

卖糨糊的敲门——糊涂到家

卖饺子的磨麦粉——别开生面

卖了白面买笼屉——不争（蒸）馒头争（蒸）口气

卖萝卜的跟着盐担子走——尽管闲（咸）事、操闲（咸）心

卖麻花的不赚钱——不知哪股筋扭着

卖馒头的掺石灰——面不改色

卖帽子的喊卖鞋——头上一句，脚下一句

卖煤的跟个狗——净吃闲饭

卖门神的被抢——人多不顶用

卖门神掉江里——人财两空

卖米不还升——居心不良（量）

卖面具的被人抢了——丢脸

卖牛卖地娶回个哑巴——没话可说、无话说

卖牛肉的扛牌坊——架子不小

卖牛肉的面孔——斤斤计较

卖螃蟹的上戏台——角(脚)色不少,能唱的不多

卖盆的出身——一套一套的

卖盆的摔跤——乱了套、乱套了

卖肉的抽骨头——难撑

卖肉的切豆腐——不在话下

卖肉的人杀猪——内行

卖砂锅的摔跤——砸锅

卖山药不过秤——凭快(块)

卖烧饼的不带干粮——吃货

卖烧饼的叫门——送货来啦

卖烧鸡拉二胡——游(油)手好闲(弦)

卖石灰碰见卖面的——谁也见不得谁

卖水的看大河——尽是钱

卖水萝卜的——不拆把儿

卖汤圆的跌跟头——家产尽绝

卖糖的砸锅——豁出老本来了

卖糖葫芦的——串串红

卖糖人的出身——吹出来的、靠吹

卖糖人的开张——吹鼻子瞪眼

卖糖人的——连吹带捏

卖糖人的敲当当——瞎吹

卖糖人的敲锣——生意不大招牌响

卖糖人的手艺——光靠吹、连吹带捏

卖糖稀的盖楼房——熬出来的

卖瓦盆的不喊——光敲打

卖瓦盆的进货——一套一套的

卖瓦盆的摔跤——乱了套、乱套了

卖完了小鱼——净抓瞎(虾)

卖窝头的翻了箱子——眼儿朝上

卖西瓜的磨刀——傻(杀)瓜

卖西瓜的碰到卖王八的——滚的滚,爬的爬、连滚带爬

卖虾米不拿秤——抓瞎(虾)

卖香烟的敲床腿——架子不小

卖盐的喝开水——没味道

卖盐逢雨，卖面遇风——不顺当、背时

卖羊油的挑子——一半假

卖艺的开场子——头三脚难踢

卖艺的练拳脚——连踢带打

卖油的梆子——挨敲打的货

卖油的不打盐——不管咸（闲）事

卖油的敲锅盖——好大的牌子

卖油条的拉胡琴——游（油）手好闲（弦）

卖鱼不使秤砣——勾嘴

卖鱼带相亲——少麻烦、一举两得

卖杂货的洗手不干——摺挑子

卖杂碎的收摊了——不用提心吊胆了

卖猪肉的关门——净剩架子了

卖嘴的先生——没什么好药

man

蛮子唱京戏——南腔北调

馒头开花——气大了、气鼓气胀

馒头里包豆渣——旁人不夸自己夸

馒头做枕头——不愁吃

鳗鱼死在汤罐里——冤屈（圆曲）死了

满巴掌的茧——磨练出来的

满船豆腐抛下江——水里来，水里去

满地丢西瓜，撅腚捡芝麻——不知轻重

满地竹子——根连着根

满肚直肠——不打弯儿

满肚子话说不出——有口难言

满肚子青菜丝——没文采

满姑娘（最小的姑娘）的荷包——花样多

满姑娘坐花轿——头一遭

满街挂灯笼——光明大道

满口的新名词——不念故旧

满口黄连——说不完的苦

满面鸡虱子乱爬——脸上尴尬

满脑壳长疮钻刺窝——自讨苦吃

满山跑的兔子不回窝——野惯了

满身沾油的老鼠往火里钻——哪还有它好过的

满树的青梅——一个也不熟

满堂儿孙——后继有人

漫天大雪飞舞——天花乱坠

满天的星星——顶不过一个月亮

满天飞乌鸦——漆黑一片

满天浮动的云霞——经不起风吹雨打

满天挂渔网——遮不住太阳

满天抹浆子——唬(糊)天

满头稻花子——土里土气、土气大

满屋老鼠跑——窟窿多

满园的萝卜——个个想出头、个个都是头

满园的牡丹——讨人爱、爱煞人

满园果子——就数(属)你红

满园落地花——多谢

满园竹子——根连着根

满月儿听霹雳——惊得骨头碎

满月猪儿——不开口

漫地儿(空旷的地方)里烤火——一面热

漫地里的骆驼——野象

漫漫长征路——任重道远

漫山的杜鹃——一片红火、红火一片

漫天挂渔网——遮不住太阳

漫天讨价——哆嗦(多索)

漫天云里打麻雀——放枪不得鸟

漫野地里老鼠——外号(耗)

mang

邙山看黄河——远水不解近渴

忙中拾得一包针——谁顾得数你

盲公吃馄饨——肚里有数

盲公打灯笼——照见别人,照不见自己、照人不照己

盲公戴眼镜——装样子的

盲鸡碰着白蚁窝——吃个正着

盲佬打盹儿——不显

盲佬射箭——目的不明

盲佬粘符——倒贴

盲驴拉磨——瞎转一气

盲驴下河——瞎扑腾

盲人包饺子——瞎包

盲人剥葱——瞎扯皮

盲人不闭眼——睁眼瞎子

盲人不问路——瞎碰、瞎撞

盲人吵架——瞎气

盲人吃鲜鱼汤——瞎赞一阵

盲人吹喇叭——瞎吹

盲人打靶——缺乏目标

盲人打苍蝇——瞎拍

盲人打灯笼——白费蜡

盲人打牌九——瞎摸

盲人戴眼镜——假聪(充)明

盲人当司令——瞎指挥

盲人的杆子——瞎点

盲人的拐棍——寸步不离、瞎指点

盲人动筷子——瞎戳捣

盲人斗拳——瞎打一阵

盲人翻跟头——胡折腾

盲人纺纱——瞎扯

盲人放枪——无的放矢

盲人干活——不分日夜

盲人赶庙会——瞎凑热闹

盲人救火——瞎扑打

盲人开口——瞎说

盲人开枪——无的放矢

盲人看《三国》——装模作样

盲人看滑稽戏——瞎笑

盲人看天——漆黑一团

盲人看戏——瞎想瞎猜

盲人拉风箱——瞎鼓捣

盲人买喇叭——瞎吹

盲人卖豆芽——瞎抓

盲人描图——瞎话(画)

盲人摸象——不识大体、各有偏见

盲人骑毛驴——随它去、由它去

盲人骑瞎马——乱闯乱碰、寸步难行、瞎上加瞎

盲人敲鼓——瞎打一气

盲人敲钟——瞎撞

盲人上大街——目中无人

盲人耍把势(杂技)——硬逞能、瞎逞能

盲人睡觉——不分昼夜

盲人撕布——瞎扯

盲人提喇叭——瞎吹

盲人听相声——瞎笑

盲人推磨子——瞎转圈

盲人捂耳朵——闭目塞听

盲人学绣花——硬逞能、瞎逞能

盲人找失物——瞎摸

盲人捉虱子——瞎抓挠

盲人走路——摸不清东西南北

盲人做油条——瞎咋(炸)乎(糊)

蟒蛇缠犁头——狡猾(绞铧)

蟒蛇缠身——挣不脱

蟒蛇进鸡窝——完蛋

mao

猫头鹰报喜——不是好兆头、谁信得过你、丑名(鸣)在外

猫头鹰捕老鼠——暗地里下爪

猫头鹰唱歌——怪声怪调、瞎叫唤

猫头鹰吃娘——恩将仇报、以怨报德

猫头鹰打瞌睡——睁只眼,闭只眼、装迷糊

猫头鹰叫唤——名(鸣)声不好、名(鸣)声坏

猫头鹰进院——无事不来

猫头鹰上天——好高骛远

猫头鹰抓耗子——干好事,落骂名

毛笔掉了头——光棍一条

毛辫上绑棘子——抡到哪红到哪

毛玻璃眼镜——模糊不清、看不清

毛玻璃做灯罩——半明半不明

毛虫钻灶——自该煨

毛豆烧豆腐——原是一家人、碰上自家人

毛猴子拉车——乱了套、乱套了

毛猴子捞月亮——白白地忙了一场

毛猴子说话——不知轻重

毛猴子捅马蜂窝——找着挨蜇

毛脚鸡——上不了台盘、上不了席、摆不上桌

毛驴备银鞍——有点儿不配、配不上、不配

毛驴打滚——翻个儿了

毛驴钉马掌——小题（蹄）大作

毛驴儿推磨——兜圈子

毛驴跟马赛跑——老落后、落后了

毛驴啃石磨——好硬的嘴、嘴巴好厉害

毛驴拉磨牛耕田——各有各的活儿

毛驴拉磨——原地打转、出不了圈、跑不出这圈儿

毛驴驮不起金鞍子——不识抬举

毛驴下骡子——变了种、变种了

毛驴笑人耳朵长——不知自丑

毛驴子拉车——埋头苦干

毛驴子踢琵琶——乱弹琴

毛驴走进窄胡同——难转弯、转不过弯来

毛毛虫吃蚕叶——结不了什么茧、结不成啥茧

毛毛虫弓腰——以曲求伸

毛毛虫钻灶——凶多吉少

毛笋脱壳——节节高、节节上升

毛袜套毡袜——不分彼此

毛竹扁担挑泰山——担当不起

毛竹扁担做桅杆——担风险

毛竹筷子——莫认真（针）

牦牛的性子——按不下脖子

牦牛斗骡子——专挑没角的欺

茅草补柱子——无济于事、不济事

茅草棍打狗——软弱无力

茅草里杀出个李逵——措手不及

茅草棚里摆沙发——配不上、不配

茅草洒汽油——一点就着

茅草窝里的毒蛇——暗伤人、暗里伤人

茅屋里栽树——高不了

茅屋上安兽头——不相称

茅屋扎绣球——配不上、不配

冒烟的手榴弹——摸不得

冒着大雨背羊毛——越背越重

帽没儿做鞋垫儿——贬到底

帽子掉地都不捡——懒到家了

帽子烂了边——顶好

帽子烂了顶——出了头

帽子里藏老鼠——挠头

帽子里藏知了——头名(鸣)

帽子里搁砖头——头重脚轻

帽子里进蜜蜂——心神不宁

帽子上着火——大祸临头

帽子涂蜡——滑头、滑头滑脑

mei

没安头的锄杆——光棍一条

没把的茶壶——光剩嘴

没把的葫芦——抓不住

没帮的破鞋——没法提、提不得、提不起来、别提了

没本钱的买卖——赔不起

没病抓药——自讨苦吃、自找苦吃

没剥壳的板栗——不进油盐、油盐不进

没长膀的小鸟——甭想飞

没长脚后跟——站不住

没秤砣的秤杆——压不起斤两

没吃三两煎豆腐——称什么老斋公

没出嫁的闺女做鞋子——不管女婿脚大小

没等开口三巴掌——不由分说

没底的袜子——盘腿

没蒂的葫芦——抓不住把柄

没读《四书》上考场——听天由命

没舵的船儿——放任自流、任其自流

没干的生漆——难近身、近不得、挨不得

没跟的鞋子——拖拖沓沓、没法提、提不起来、别提了

没骨架的伞——支撑不开

没锅煮黄豆——找别人吵(炒)

没犄角的羊——狗样子

没家的猫儿——东窃西偷

没角的牛——假骂(马)

没锯开的葫芦——道(倒)不出来

没框的算盘珠——全散了

没梁的水筲(shuǐ shāo 水桶)——饭桶

没梁的水桶——没法提、提不得、提不起来、别提了

没鳞的泥鳅——滑透了

没笼头的牲口——野惯了、无拘无束

没路标的三岔口——左右为难

没乱的头发——输（梳）了

没轮子的牛车——跑不了

没买马先置鞍——弄颠倒了、颠倒着做

没毛的刷子——有板有眼

没气的篮球——打不起来

没钱花拍桌子——穷横、穷凶极恶

没桥顺河走——绕来绕去

没鞘的刀到处砍——无约束

没上套的磨道驴——空转一圈

没事嗑瓜子——吞吞吐吐

没事找枷板——自找罪受、自找难受

没事钻烟囱——触一鼻子灰、碰一鼻子灰

没手指和面——瞎鼓捣

没熟透的葡萄——酸溜溜的

没睡打呼噜——装迷糊

没头的苍蝇——瞎起哄、瞎撞、乱钻

没头的蚂蚱——瞎蹦跶

没头的蜈蚣——不行

没头发却要辫子税——无辜受累

没砣的秤——分不出轻重

没王的蜜蜂——各散四方、无家可归、乱哄哄

没尾巴的风筝——乱飞

没窝的野鸡——东跑西飞

没弦的琵琶——从哪儿弹（谈）起

没芯的蜡烛——点不亮

没星的秤——分不出轻重、哪有准头

没牙婆吃馄饨——囫囵吞

没沿的破筛子——千孔百疮

没眼的笛子——吹不响

没眼判官进赌场——瞎鬼混

没眼人算卦——瞎说一气

没眼石匠锻磨——瞎凿

没油点灯——白费心（芯）

没有边的草帽——顶好

没有长翎毛儿，就拣高枝儿飞——忘本

没有翅膀的鸟——不能高飞

没有打虎胆——不上景阳冈

没有根的浮萍——无依无靠

没有规矩——不成方圆

没有脚的蟹——哪里爬得动

没有金刚钻——别揽瓷器活

没有笼头的马驹子——不定性

没有笼头的野牛——到处伸嘴

没有目标乱射箭——无的放矢

没有金刚钻——别揽磁器活

没有上过笼头的马——撒野惯了

没有砣的秤——不知轻重、到哪儿都翘尾巴

没张雨伞的伞骨——空架子

没准星的炮——乱轰

没嘴的葫芦——难开口、口难开、不好开口、哑（芽）巴（把）

没罪找枷戴——自寻烦恼

眉毛吊磨盘——有眼力

眉毛胡子都生疮——全是毛病

眉毛胡子一把抓——不分主次

眉毛上安灯泡——明眼人

眉毛上插花——有眼色

眉毛上搽胭脂——红了眼

眉毛上长牡丹——看花了眼、花了眼

眉毛上搭梯子——放不下脸、脸面上下不来

眉毛上荡秋千——太悬乎

眉毛上滴胆汁——眼前受苦

眉毛上吊针——扎眼

眉毛上放爆竹——火（祸）在眼前

眉毛上挂灯——心明眼亮

眉毛上挂蒺藜——刺眼

眉毛上挂帘子——不显眼

眉毛上挂钥匙——开眼

眉毛上挂炸弹——祸在眼前

眉毛上面吹火——燃眉之急

眉毛上面挂棒槌——爱上这么个调（吊）调（吊）

梅兰芳唱霸王别姬——拿手好戏

梅兰芳唱洛神——改头换面

梅香(泛指婢女)拜把子——全是奴才

梅香手上的孩子——人家的

梅雨下了三百六十天——反常

媒婆戴花——招引人

媒婆的嘴巴——会讲、能说会道

媒婆丢了婚帖子——没话可说、无话说

媒婆夸闺女——天花乱坠、光拣好的说

媒婆说亲——两头说好话、牵线

媒婆提亲——净拣好听的说

媒人跟着食盒——有礼

煤堆里找芝麻——没处寻、难寻、难得、得之不易

煤堆上落汤圆——吹也吹不得,拍也拍不得

煤粉石灰掺一起——黑白不分、混淆黑白

煤粉子捏菩萨——黑心肝、心肠黑

煤灰搽脸——自己给自己抹黑、往自己脸上抹黑、给自己抹黑

煤灰刷墙壁——一抹黑

煤块当汉白玉——颠倒黑白

煤块掉在雪地上——黑白分明

煤块儿掉水里——越洗越黑

煤面子捏的人——黑心肝

煤铺里卖棉花——混淆黑白

煤球店里搭戏台——一唱三叹(炭)

煤球放在石灰里——黑白分明

煤炭拐子打飞脚——骇(黑)人一跳

煤炭砌台阶——一抹黑

煤炭下水——一辈子洗不清

煤窑里放瓦斯——害人不浅

煤油炉生火——心眼多、心眼不少

霉烂的栗子——黑心、黑了心

霉烂了的莲藕——坏心眼

美女嫁痴汉——凑合着过、混着过

美髯公哈气——自我吹嘘(须)

美食家聊天——讲吃不讲穿

媚眼做给瞎子看——没人领情、不领情、自作多情

men

门板上画个鼻子——好大的脸皮

门板上贴门神——一个向东,一个向西

门板支罗锅(驼背的人)——胡折腾、瞎折腾

门背后的扫帚——专拣脏事做

门背后抹死人——提心吊胆

门背后耍拳——暗角落里伸手

门洞里敲锣鼓——里外响

门缝里夹鸡子儿——完蛋

门缝里看大街——眼光狭窄

门缝里看人——把人看扁了

门缝里看天——目光狭小

门缝里瞧西瓜——原(圆)形毕露

门旮旯里吹喇叭——名(鸣)声在外

门旮旯里的簸箕——背地里扇

门旮旯里伸拳头——暗里使劲、使暗劲

门后的垃圾——不错(撮)

门槛上的砖头——踢进踢出

门槛上剁萝卜——一刀两断

门槛上搁板凳——站不住脚

门槛上面切藕——藕断丝连

门槛上推车——进退两难

门角安电扇——背地里扇

门角里藏着诸葛亮——暗算、暗中盘算

门角里晾衣裳——阴干

门角里耍拳——摆不开架势

门角里轧核桃——崩了

门角落里的秤砣——死(实)心眼

门口喜鹊叫——红运将至

门框脱坯子(砖坯)——大模大样

门里出身——强人三分

门里放鞭炮——名(鸣)声在外

门里金刚——自高自大

门里头翻跟头——门外出身

门联倒贴——反对

门牌上画鼻子——好大的脸面

门前发大水——浪到家啦

门上的封条——扯不得、莫扯

门上加双锁——小心过分、过分小心

门上贴春联——一对红
门神店里失火——人财两空
门神里卷灶神——话(画)里有话(画)
门神揍灶神——自家人不认自家人
门头上的电灯——高明
门头上挂席子——不像话(画)
闷葫芦盛药——内情不清楚
闷头桩在水里——不露头
闷心人做事——暗里使劲、使暗劲

meng

猛虎闯羊群——一团混乱
猛虎抖毛——使威风
猛虎上了软索——使不出犟劲
猛虎下山——势不可当
猛火烤烧饼——不出好货
猛将军出征——不获全胜不收兵
猛将军骑马——一跃而上
猛将军上阵——勇往直前
猛张飞舞刀——杀气腾腾
蒙古包里唱大戏——施展不开
蒙面人出场——不留脸面
蒙上眼睛架电线——瞎扯
蒙上眼睛拉磨——瞎转悠
蒙上眼睛卖豆芽——瞎抓
蒙在鼓里听打雷——弄不清东南西北
蒙住眼睛走路——不走正道、光走歪道
蒙着脸找婆娘——不知丑俊
蒙着脑袋走棋子——轻举妄动
蒙着眼睛哄鼻子——自欺欺人、自骗自、自己哄自己
孟获归降——口服心服
孟姜女搀着刘海——哭的拉着笑的
孟姜女的门前——冷冷清清
孟姜女寻夫——不远千里
孟母三迁——望子成龙
梦里办喜事——白欢喜、空欢喜、空喜一场
梦里搽胭脂——尽想好事、想得倒美
梦里吃黄连——想哭(苦)

梦里吃蜜——想得甜
梦里吃糖葫芦——想的事成了串
梦里戴凤冠——尽想好事、想得倒美
梦里发财——财迷心窍
梦里观花——尽想好事、想得倒美
梦里讲的话——不知是真是假
梦里结婚——好事不成、空喜一场
梦里失火喊救命——虚惊一场、一场虚惊
梦里挖银子——白欢喜、空欢喜、空喜一场
梦里坐飞机——想得高、想头不低
梦中看牡丹——尽想好事、想得倒美
梦中吞象——野心勃勃、野心太大
梦中游苏杭——好景不长
梦中游太空——想入非非(飞飞)
梦中游西湖——好景不长
梦中捉贼——枉费心机

mi

弥勒佛吹螺号——一团和气
弥勒佛戴罗汉帽——不对头
弥勒佛的肚子——圆胖
弥勒佛的脸蛋——笑眯眯
弥勒佛的嘴巴——笑口常开
弥勒佛请客——笑脸相迎
弥勒佛偷供献——面善心不善
弥勒佛推碾子——杜(肚)撰(转)
弥勒头上筑鹊窝——喜上加喜
迷路人遇上骆驼队——有靠了
迷失方向的帆船——随波逐流
迷途的羔羊——无家可归
迷途的信鸽——没着落
迷途望见北斗星——绝处逢生
猕猴精冒充孙大圣——假的见不得真
米粑粑粘砂糖——难舍难分
米仓里的老鼠——不愁没吃的
米尺量太阳——光芒万丈
米醋做冰棍——寒酸
米店卖盐——多管闲(咸)事

米饭煮成粥——糊涂

米粉包饺子——只能蒸不能煮

米锅刚开抽柴火——关键时刻不讲合作

米花糖泡水——散了

米臼里的泥鳅——无路钻

米克的眼睛——识相（象）

米烂在锅里——没关系

米箩里出烟——淘气

米箩里跳到糠箩里——越来越糟

米满粮仓人饿倒——舍命不舍财、爱财舍命

米筛挡房门——心眼多、心眼不少

米筛的身架——尽是漏洞

米筛里睡觉——浑身是眼

米筛装水——漏洞多、一场空

米筛子当玩具——耍心眼

米筛子挡太阳——遮盖不住、难遮盖

米筛子筛豆子——格格不入

米筛子筛芝麻——白费神、空劳神

米少饭焦——难上加难、难上难

米数颗粒麻数根——小气鬼

米汤淋头——糊涂到顶了

米汤泡稀饭——亲（清）上加亲（清）

眯缝着眼看斜纹布——思（丝）路不对

眯起眼睛看太湖——一片白

密封舱里放炮——闷声闷气、闷声不响

密封船下水——开口是祸、随波逐流

密封的蜡丸——毫无破绽

密封的饮料——滴水不漏

密封罐头——无缝可钻

密林里耍大刀——瞎干

密网捕鱼——连窝端

密罐子嘴——说得甜

蜜饯黄连——同甘共苦

蜜饯石头子儿——吃不消、好吃难消化

蜜里调油——又甜又香

蜜糖罐子打醋——不知酸甜

蜜糖抹在鼻尖上——看得到，吃不着

蜜糖嘴巴刀子心——阴毒

mian

绵里藏针——柔中有刚、软中有硬、暗伤人、暗里伤人

绵羊绑在案板上——任人摆弄

绵羊结伙——三三两两

绵羊的尾巴——翘不起来、油水多、大概(盖)

绵羊进狼窝——抬不起头来、自投罗网

绵羊跑到驴群里——充大个

绵羊下个牛犊子——生下一个莽撞货

绵羊炸群——乱糟糟

绵羊走到狼群里——胆战心惊、战战兢兢、进得去,出不来

绵羊

棉袄改被子——两头够不着

棉袄换皮袄——越变越好

棉袄上套布衫——硬撑、死撑

棉包落在水里头——软的也不服(浮)

棉花包进的针——暗中伤人

棉花槌打鼓——没音

棉花槌打驴——无关痛痒、不痛不痒

棉花槌籽儿喂牲口——不是好料

棉花地里套种子——另来一手

棉花地里种芝麻——一举两得

棉花店打烊——不谈(弹)了

棉花店里出丝绸——无稽之谈(弹)

棉花掉进水——弹(谈)不成

棉花堆里藏铁砣——不知轻重、虚虚实实

棉花堆里藏珍珠——内中有宝

棉花堆里裹刺——不露锋芒

棉花堆里爬跳蚤——没处寻、难寻、没着落

棉花堆里整人——软收拾

棉花堆上散步——不踏实

棉花堆失火——没有救、没得救

棉花对柳絮——一个比一个软

棉花耳朵——耳朵软、缺乏主见、爱听谗言、经不起吹

棉花裹秤砣——柔中有刚、软中有硬

棉花换核桃——吃硬不吃软

棉花卷打锣——没有音

棉花棵上结板栗——就数它硬

棉花里掺柳絮——弄虚作假

棉花里头抓虱子——找都找不到

棉花落进油缸里——一点儿动静都没有

棉花铺失火——谈（弹）不得、无法谈（弹）

棉花人救火——自身难保

棉花塞住鼻子——憋得难受

棉花摊在蒺藜窝——难收拾、不可收拾

棉花套上晒芝麻——自讨麻烦、自找麻烦

棉花絮敲空缸——不声不响、无声无息、不响

棉花做秤砣——没多少斤两

棉裤没有腿——凉了半截

棉袍捣腾成夹袄——越来越短

棉纱线牵毛驴——不牢靠

棉桃里挑胡桃——专拣硬的敲

棉条打鼓——没多大响声、不响、不想（响）

棉絮包脑袋——撞到哪里算哪里

面店里跌筋斗——粉身碎骨

面店里踢一脚——分（粉）散

面粉掺石灰——密不可分

面粉掉在肉锅里——昏（荤）啦

面粉里和石灰——一样白

面疙瘩补锅——抵挡一阵

面糊的耳朵——太软

面糊糊手——碰到啥都沾一点

面筋放在油锅里——越大越空

面孔上抹糨糊——板了脸

面口袋改套袖——宽备窄用、宽打窄用

面汤里煮皮球——说你混蛋还有一肚子气

面条拌面疙瘩——净是条条块块

面条点灯——犯（饭）不着

面条锅里下笊篱——想捞一把、捞一把

面条里拌疙瘩——混着干

面团儿炸成果子卖——全是虚货

面团滚芝麻——多少沾一点

面子当鞋底——好厚的脸皮、厚脸皮、脸皮厚

miao

描金箱子白铜锁——外面好看里面空

庙后叩头——心到神知

庙会上的西洋镜——名堂多

庙会上舞狮子——任人耍、由人玩耍

庙里的佛爷——脸上贴金、坐着不走、稳而不动

庙里的鼓——人人打得

庙里的观音——站得住脚

庙里的和尚——无牵挂、清规戒律多

庙里的和尚撞钟——名(鸣)声在外

庙里的金刚——样子神气、大显神威

庙里的罗汉——目瞪口呆

庙里的马——精(惊)不了

庙里的门槛——什么人都踩

庙里的木鱼——挨打的货、合不拢嘴、挨敲的货、天生挨棒

庙里的泥马——惊不了

庙里的菩萨——从来不出门、不讲话、笑容可掬、坐的坐站的站

庙里的钟——任人敲打、声大肚里空

庙里丢菩萨——失神

庙里旗杆冒烟——烧高香

庙门口的旗杆——光棍一条、正直

庙门上筛灰——糟蹋神像

庙台上摆擂台——伤神

庙堂里算命——疑神疑鬼

庙小菩萨大——盛不下

庙中的五百罗汉——各有各的一定的地位

庙中木鱼——空壳

庙祝公喂狗——费(吠)神

mie

乜斜眼打麻将——观点不正

灭灯打婆娘——暗里下手

灭灯念鼓词——瞎说

灭火踢倒油罐子——火烧火燎、火上浇油

蔑钉子钉豆腐——专拣软的欺

篾条拴竹子——自己人整自己人

篾匠的货——自己编的

篾匠赶场担一担——前后为难(篮)

篾丝儿做灯笼——原谅(圆亮)

篾条穿豆腐——没法提、提不得、提不起来、别提了

篾竹师傅劈毛竹——直直落落

min

民国三十年的毫子(旧时广东、广西等地区通称一角、二角、五角的银币为毫子)——用不得

民航局开张——有机可乘

ming

名牌货便宜卖——物美价廉

名医开处方——对症下药

明鼓对明锣——明打明

mo

摸不着把柄,抓不到辫子——何凭何据、无根无据

摸到好牌不吱声——暗算、暗里盘算、暗喜

摸到泥鳅当鳝鱼——不知长短

摸黑吃桃子——专拣软的捏

摸黑儿打耗子——到处碰壁

摸着光头逗乐——耍滑头

摸着石头过河——踩稳一步,再迈一步、稳当些

摸着胸口拿钥匙——寻开心

模板里的水泥——定了型、定型了

模范找英雄——一对红

摩天岭上的珍宝——高贵

摩天岭上放哨——高瞻远瞩

摩天岭上放焰火——天花乱坠

摩天楼上说天书——高谈阔论

磨刀师傅打铁——看不出火候来、不会看火色

磨道的驴子——听喝的、走不出圈套、打出来的

磨道赶驴——转圈撵

磨道里的驴断了套——空走一趟、瞎转悠

磨道里的驴——跑不了、忙得团团转、转圈子

磨道里等驴——没跑、跑不了

磨道里卸驴——越说越下道了、下了套

磨道里寻驴蹄——啥时都有现成的、一找一个准

磨道里找蹄印——步步有点、有的是、多的是

磨道里走路——净走回头路、没头没尾、没尽头

磨道上的老虎——不听那套

磨道上转圈——没头没尾

磨豆腐买了江边田——水里来水里去

磨坊里的驴——叫往哪儿转就往哪儿转、听吆喝、转圈子

磨骨头养肠子——划不来

磨剪刀的说梦话——快了

磨快了锥子——尖锐

磨镰杀马——无济于事、不济事

磨米不放水——干挨

磨盘里的窟窿——有眼无珠

磨盘里的蚂蚁——条条是道

磨盘里的米——粉碎

磨盘没把握——推脱

磨盘上放算盘——推算

磨盘眼——不知安的什么心

磨盘眼里装稀饭——装什么糊涂

磨扇里的窟窿——有眼无珠

磨扇子压着手——什么也顾不得了

磨上的毛驴——团团转

磨上喝醉酒——晕头转向

磨上睡觉——转向了

磨完了面杀驴子——不计前功

磨细的麻绳——不久长、难长久

磨眼里的豆子——随便撵(碾)

磨眼里的蚂蚁——条条是路、条条是道、路子多

磨眼里放碗片——推词(瓷)

磨眼里冒青烟——严(研)过火了

磨眼里推稀饭——装什么糊涂

磨子撞碓窝——实(石)打实(石)

魔鬼找妖怪——坏到一块了

魔术师变戏法——没一样是真的、无中生有

魔术师表演——弄虚作假、说变就变

魔术师穿长袍——里边大有文章

魔术师的道具——尽是秘密

魔术师的帕子——变化多端

魔术师的手法——暗箱操作

魔术师放烟幕弹——遮人眼目

魔术师演戏——变化多端

抹布盖牛背——露头角

抹上唾沫当眼泪——假慈悲、假慈善

抹桌布做衣服——不是这块料

抹桌子的布——专拣脏活干

茉莉花喂骆驼——无济于事、不济事、那得多少

茉莉花喂牲口——不上算、不合算

陌路相逢——非亲非故

陌路相逢谈恋爱——一见钟情

墨斗弹出两条线——思（丝）路不对

墨里藏针——没处寻、难寻、难找寻

墨水吃到肚子里——一身透黑

墨鱼的肚子——黑心肝、心肠黑

墨鱼肚肠河豚肝——又黑又毒

墨鱼肉入口——没刺儿可挑

墨汁里加石灰——瞎掺和、乱掺和

墨汁煮元宵——漆黑一团

mu

木板上钉钉子——个个算数、说一句是一句

木船赶汽车——老落后

木船上失火——底子还好

木槌敲金钟——配不上、不配

木吊桶落在井里——上不上，下不下

木耳豆腐一锅煮——黑白分明

木耳听电话——不得外传

木杆子撑排——一通到底

木夹里的老鼠——两头受挤

木匠挨板子——自作自受

木匠打老婆——有尺寸

木匠打墨线——照直进（绷）

木匠打人——一斧头

木匠打石碑——赞（钻）不成了

木匠打算盘——说一句（锯）算一句（锯）

木匠打铁——不在行、改行、不识火色、看不出火候

木匠戴枷板——自作自受、自作孽

木匠弹木线——一分不差

木匠的斧头——单面砍

木匠的斧子口——摸不得、碰不得

木匠的记号——自己知道

木匠的家具——自造

木匠的锯子——不具实(锯石)、嘴巴子尖

木匠的墨斗——有限(线)

木匠的刨子——抱(刨)打不平

木匠的眼睛——差不离

木匠的凿子铁匠的锤,裁缝的皮尺厨子(旧时指厨师)的刀——各有一套

木匠的折尺——能屈(曲)能伸

木匠掭泥——改行啦

木匠吊线——睁只眼,闭只眼、正直

木匠钉钉子——硬往里挤

木匠丢了折尺——没有分寸

木匠赌博——不务正业、不干正经事

木匠进山林——尽是材料

木匠拉大锯——拉拉扯扯、有来有往、有来有去

木匠拉风箱——柔能克刚

木匠刨木料——有尺寸

木匠拼木板——打成一片

木匠破板——一句(锯)一句(锯)来

木匠铺里拉大锯——你来我去

木匠师傅吵嘴——争长论短

木匠师傅的刨子——好管不平事

木匠师傅吊线——照直谈(弹)

木匠师傅跑四方——走到哪,干到哪

木匠师傅劈劈柴——不在话下

木匠使锯子——不错(锉)

木匠收家什——不干了

木匠手里夺斧子——砸人饭碗

木匠忘了墨斗子——没线了

木匠摇墨斗——连轴转

木匠做家具——有尺寸、心中有数、肚里有数

木橛儿钉在墙上——大小算个角(橛)儿

木刻的苦罗汉——难得一点笑容

木框里的算盘珠子——由人摆布、任人摆布、拨拨动动

木兰从军——女扮男装

木棉开花——红极一时、朵朵红、越老越红

木棉树——越老越红

木脑壳唱戏——装模作样、装样子

木脑壳流眼泪——假仁假义、虚情假意

木脑壳跳舞——幕后操纵、幕后必有牵线人

木偶唱戏——任人摆布

木偶打架——身不由己

木偶戴乌纱帽——小人得志

木偶登台——故作姿态、身不由己、幕后自有牵线人

木偶流眼泪——假仁(人)假义、虚情假意

木偶跳塘——不成(沉)

木偶下海——摸不着底、不着底

木偶小旦做戏——装模作样、装样子

木偶演悲剧——有声无泪

木偶演戏——扭捏作态、受人牵连

木排过险滩——顺流而下

木排上跑马——蹩脚

木排上捎信——靠不住、不可靠

木勺炒豆子——同归于尽

木虱钻进葵花子——假充好人(仁)、冒充好人(仁)

木炭搭桥——难过

木炭上的油脂——熬出来的

木桶淘米——水泄不通

木桶脱掉铁箍——散架子了

木头叉卡嗓子——喘不上气、上气不接下气

木头耳朵——说不通

木头鸡儿——呆头呆脑

木头骷髅过海——不成(沉)

木头脑袋——呆头呆脑、难开窍、不开窍、四六不懂

木头敲鼓——普(扑)通

木头人长疮——无关痛痒、不痛不痒

木头人儿流眼泪——假仁(人)假义

木头人过河——不成(沉)、摸不着底

木头人救火——自身难保

木头人锯树——忘本

木头人——没血没肉

木头人摇船——不推板

木头人眨眼睛——靠人拉扯

木头人坐轿子——不识抬举

木头上钉钉子——个个有钻劲

木头楔子——光会钻空子

木头眼镜——没看透、看不透

木头支歪墙——硬顶

木头做成了船——已成定局

木樨花喂牛——不经大嚼

木箱钻洞——有板有眼

木鱼不叫木鱼——挨敲打的货、挨敲的货

木鱼命——一辈子挨打

木鱼张嘴——等着挨敲

木字写成才——还差一笔

木钻钻钢板——纹丝不动

牧民的糌粑——捏着吃

牧人不刮胡子——溜(留)须拍马

苜蓿(mù xù 牧草和绿肥作物)地里刺金花(黄花苜蓿)——旁人不夸自己夸、人家不夸自己夸

穆桂英出征——威风凛凛、马到成功

穆桂英打杨宗保——严守军令

穆桂英大破天门阵——阵阵少不了

穆桂英挂帅——威风凛凛

穆桂英和杨宗保——恰好一对

穆桂英会杨宗保——明里交锋暗投降

穆桂英破洪洲——马到成功、难坏了杨宗保

# N

na

拿别人拳头打狮子——充硬汉、充硬手

拿别人崽打赌——不心痛

拿大顶看世界——一切颠倒

拿得手,抓得鬃——证据确凿

拿豆腐挡刀——招架不住

拿豆腐去垫台脚——不顶事儿

拿个小钱当月亮——吝啬鬼

拿根高粱秆当扁担——挑不起重担、难挑担

拿根麦芒当棒槌——小题大做
拿根面条去上吊——死不了人
拿锅盖戴头上——乱扣帽子
拿禾苗当草锄——不像个庄稼人
拿火药炸麻雀——小题大做
拿金条塞墙缝——大材小用
拿空心草看人——小瞧
拿筷子做标枪——不知长短
拿了秤杆忘秤砣——不知轻重
拿芦秆当顶梁柱——难撑
拿脑袋撞墙——碰得头破血流
拿起鞭杆当笛吹——没空（孔）
拿起鸡毛当令箭——没得名堂
拿舌头磨刀——吃亏的是自己、自己吃亏
拿头去碰刀——找死、送死、寻死、自己找死
拿头押宝——不要命、玩命干
拿挖锄进庙门——捣神的老底
拿乌龟壳当锅盖——捂不住
拿西瓜当脑瓜子剃——昏头昏脑、昏了头
拿鞋当帽子——上下不分、上下颠倒
拿针眼当烟筒——小气
拿住刀把子——有了把柄
拿住荷杆摸到藕——抓根本
拿锥子杀猪——一个师傅一个传授
拿着棒槌当萝卜——不识货
拿着棒槌当针纫——一点心眼儿也没有、没心眼儿、缺少心眼儿
拿着棒槌缝衣服——啥也当真（针）
拿着棒子叫狗——越叫越远
拿着草帽当锅盖——乱扣帽子
拿着车票进戏馆子——对不上号
拿着存折上吊——舍命不舍财、爱财舍命
拿着灯笼打招呼——光照别人不照自己
拿着对虾换烟抽——水里来火里去
拿着钝刀抹脖子——杀不死也痛
拿着蜂房变戏法——耍心眼儿
拿着凤凰当鸡卖——贵贱不分
拿着擀面杖当箫吹——实心没眼儿

拿着虎皮当衣裳——吓唬人

拿着黄连当箫吹——苦中作乐、苦中取乐

拿着鸡蛋走滑路——特别小心、小心翼翼

拿着鸡毛当令箭——小题大做

拿着缰绳当汗毛揪——说得轻巧

拿着空心草瞧人——小看人了

拿着柳条当棒槌——不识货

拿着门扇当窗户——门户不对

拿着碾盆打月亮——不知轻重

拿着瓢量海——见识短浅

拿着蒲扇生炉子——煽风点火

拿着旗杆进家门——难转弯、转不过弯来

拿着青砖当玉石——不懂装懂

拿着扫帚上杏树——扫兴(杏)

拿着手镯敲铜锣——一手拿金,一手抓银

拿着算盘串门——找仗(账)打

拿着铁锹当锅使——穷极了

拿着鞋子当帽子——上下不分

拿着野猪还愿——不知心疼

拿着钥匙满街跑——当家不主事、有职无权

拿着竹竿当马骑——幼稚可笑

哪山唱哪歌——到哪说哪

纳鞋底不拴线结——前功尽弃

纳鞋底不用锥子——真(针)好

纳鞋底的货——不是好料

纳鞋底扎不动——真(针)不好

nai

奈何不得冬瓜,只把茄子磨——欺软怕硬

奈河桥上碰见鬼——躲闪不开

耐火砖——不怕烧

nan

男大当娶,女大当嫁——不由人愿、由不得人

男儿的田边。女儿的鞋边——好看

男人做饭——减轻负(妇)担

南北大道——不成东西

南风天石头出汗——回潮了

南瓜菜就窝头——两受屈

南瓜长在坛子里——拿不出来
南瓜长在瓦盆里——没出息
南瓜地里种豆角儿——绕过来扯过去
南瓜蔓上结芝麻——越小越香
南瓜苗掐尖——出岔了、光出岔(杈)子、净岔(杈)子
南瓜秧攀葫芦——纠缠不清
南瓜藤爬电杆——高攀
南郭先生吹笙——滥竽充数、不懂装懂
南海燕子——选高门做窝
南极到北极——相差十万八千里
南极寿星,太上老君——各有千秋
南极仙翁的脑袋——宝贝疙瘩
南极星吃寿桃——寿上加寿
南京路上的霓虹灯——五光十色、光彩夺目
南来的燕,北来的风——挡不住
南泥湾开荒——自给自足
南墙的蝙蝠——白天不敢露头
南山的豹,北山的蛟——狠的狠,凶的凶
南山的毛竹——节节空
南山滚石头——实(石)打实(石)
南山上的猴子——见啥学啥
南山上的松柏——四季常青
南天门踩高跷——高高在上
南天门的土地——管得那么宽
南天门的旗杆——直通通的、直杠杠的、光棍、光棍一条
南天门放哨——警惕性高
南天门挂灯笼——高明、四方有名(明)
南天门敲鼓——名(鸣)声远扬、远近闻名(鸣)
南天门上长大树——顶天立地
南天门上搭戏台——唱高调
南天门上的玉柱——光杆儿
南天门上放哨——警惕性高、高瞻远瞩
南天门上挂灯笼——照远不照近
南天门上挂牌子——好大的一块匾
南天门上挥手——高招
南天门上请客——高朋满座

南瓜藤

南天门上捅窟窿——塌天大祸

南天门上演说——高调、高谈阔论

南辕北辙——越走越远、背道而驰

楠木脑袋——不开窍

楠木做马桶——用才（材）不当

nang

囊里盛锥——冒尖

齉鼻儿（nàng bir 说话时鼻音特别重的人）吃臭肉——一窍不通

nao

脑袋成了葫芦——头昏脑涨

脑袋掉了不过碗口大的疤——视死如归

脑袋顶上推小车——走投（头）无路

脑袋瓜不够二两重——漂浮

脑袋进了拍卖行——要钱不要命

脑袋上包棉絮——瞎撞

脑袋上擦油——滑头

脑袋上插烟卷——缺德带冒烟儿

脑袋上长角——出格、大难临头、灾祸临头

脑袋上戴犁头——又奸（尖）又猾（滑）

脑袋上放炮竹——惊心动魄

脑袋上放爆竹扁担——挑不起重担、难挑担

嫩竹扁担挑起大笋筐——后生可畏

嫩竹扁担挑瓦罐——担风险

嫩竹扁担挑重担——自不量力、不自量、吃不住劲

嫩竹拱土——冒尖

嫩竹子做扁担——挑不了重担、出力过早

neng

能字添四点——熊样

ni

泥巴匠砌砖——后来居上

泥巴捏的小人——没骨气

泥巴菩萨长草——神潮（草）

泥巴人洗脸——越洗越难看

泥巴土地（此指土地爷，迷信传说中指管一个小地区的神）下水——自身难保

泥巴团扔到江里——泡着吧

泥巴坨坨贴金——假充值钱货儿

泥地上跑马——一步一个脚印
泥地上摔豆腐——稀稀烂烂
泥佛劝土佛——同病相怜
泥佛爷的眼珠儿——动不得
泥沟里拨船——干吃力
泥孩子洗脸——越洗越小
泥匠送礼——拿不出手、伸不出手来
泥窟窿里掏螃蟹——没跑、跑不了
泥马过河——自身难保
泥捏的佛像——实心眼、没心肝、没心没肝
泥捏的老虎——样子凶
泥捏的山——不是实(石)料
泥捏的神像——没安人心肠、毫无心肝
泥捏的娃娃——看着像人不是人
泥捏的勇士——上不了阵势
泥牛入海——无消息、架子不倒
泥菩萨摆渡——难过
泥菩萨搽金粉——装相
泥菩萨打架——散了、两败俱伤
泥菩萨的肚腹——实心实肠
泥菩萨掉冰窖——愣(冷)神
泥菩萨掉河里——自身难保
泥菩萨掉在汤锅里——浑身酥软
泥菩萨镀金——表面一层
泥菩萨抹香粉——装相
泥菩萨念经——装蒜
泥菩萨身上长了草——慌(荒)了神
泥菩萨摔跤——散架了
泥菩萨遭雷打——粉身碎骨
泥菩萨装人——没个好心肠
泥鳅比黄鳝——差一截子、差一大截
泥鳅穿裘衣——嘴尖毛长
泥鳅打鼓——乱谈(弹)
泥鳅掉到油缸里——又光又滑
泥鳅跌进缸里——没得路走
泥鳅跌汤锅——看你往哪钻
泥鳅翻筋斗——大雨在后头

泥鳅放进鳝鱼缸——乱拱

泥鳅过渔网——无孔不入

泥鳅和黄鳝一般粗——大小不分

泥鳅扔上晒场——看你蹦跳到几时

泥鳅上沙滩——不怕你滑

泥鳅上水——争先恐后

泥鳅跳龙门——痴心妄想、妄想

泥鳅想翻船——自不量力、不自量

泥鳅钻到猫窝里——看你怎么耍滑头

泥鳅钻到灶膛里——水里来火里去

泥鳅钻进竹筒里——这下滑不脱了

泥人吃饼子——难言(咽)

泥人戴纸帽——经不起风雨、经不起风吹雨打

泥人的肚腹——毫无心肝

泥人的脸——面如土色

泥人儿掉在河里——没人样了

泥人经不住雨打——底子差、基础差、底子不行、本质太差

泥人木偶——面面相觑

泥人入海——有去无回

泥塞笔管——一窍不通

泥沙俱下——难解难分、难分难解

泥神笑土菩萨——彼此彼此、你也好不了多少

泥水沟里游泳——施展不开

泥水匠拜佛——自己心里明白、自己明白、自家知底细

泥水匠补锅——羞羞(修)答答(打)

泥水匠的活——光做表面文章

泥水匠的瓦刀——光图(涂)表面

泥水匠的衣服——到处有斑点

泥水匠掂个铲子头——没有抹子啦

泥水匠粉墙——抹平了事

泥水匠无灰——专(砖)等

泥水塘里洗萝卜——拖泥带水

泥塑的佛爷——外强中干

泥塑的神像——没有心肠

泥塑匠进庙不叩头——谁不知道谁

泥潭里滚石头——越陷越深

泥娃娃的脑壳——七窍不通

泥娃娃的嘴——总是笑呵呵的

泥娃娃遭雨淋——软瘫了、软作一堆

泥洼地补平——吭(坑)气

泥瓦匠干活——抹稀泥、拖泥带水

泥瓦匠砌墙——两面三刀

泥瓦匠收拾家什——不干了

泥蒸的馒头——土腥味

泥做的菩萨——全靠贴金

你吃多了猪肉——一张油嘴

你吃鸡鸭肉,我啃窝窝头——各人享各人福

你吹喇叭我吹号——各吹各的调

你打我一拳我踢你一脚——谁也不让谁

你卖门神我卖鬼——一个行当、同行

你去南极我去北极——各走一端

你是曾老九的弟弟——真(曾)老实(十)

你膝盖上钉掌——离了题(蹄)

你有秤杆我有砣——配得起你

你走你的阳关道,我走我的独木桥——互不相干、各不相干

你做生意我教书——人各有志

逆风放火——惹火烧身、引火烧身

逆风逆水行舟——顶风顶浪、不进则退

逆水赛龙舟——力争上游

逆子拗妻——无药可治

nian

年初一——日新月异

年富力强挑大梁——正逢时

年糕掉进石灰坑——难收拾、不可收拾

年过花甲不成才——虚度年华、枉活了大半辈子

年过花甲得子——老来喜

年画上的春牛——离(犁)不得

年画上的鱼——中看不中吃

年近古稀嗅觉低——老鼻子啦

年轻人扛大梁——后生可畏

年轻娃娃扛碌碡(石磙)——正在劲头上

年三十逼债——催命鬼

年三十的案板——不得空、借不得

年三十晒衣裳——今年不干明年干

年三十夜打算盘——满打满算

年三十夜的年糕——人有我有

年三十夜里的灶膛——越烧越旺

年尾打山猪——见者有份

鲇鱼吃炸药——苦大嘴

鲇鱼的胡须——没人理、稀少

鲇鱼找鲇鱼，王八找王八——物以类聚、一色找一色

撵狗进巷——必有一伤

撵火车拾粪——白跑、不看对象

撵走狐狸住上狼——一个更比一个凶、一个比一个恶

碾杆心断了半截——做不了主

碾盘上打盹——想转了

碾盘压碾子——实（石）打实（石）

碾砣子雕神像——实（石）心眼儿

念九九表——说话算数

niang

娘儿俩嫁人——各有一喜

娘家门上的人——格外亲

娘教闺女——说在嘴上记在心里

娘俩做媳妇——各人忙各人

娘娘养侄女——两耽搁

娘胎里长胡子——未老先衰

娘疼闺女——实心实意

niao

鸟铳（一种打鸟用的旧式火器）轰蚊子——派错了用场

鸟出巢，兽出窝——必有所为

鸟儿搬家——远走高飞

鸟飞山顶，石沉大海——到顶了

鸟过拉弓——错过时机

鸟见树不落——要飞了

鸟类吃食——不得不低头

鸟笼里拉弓——小架势

鸟枪打兔子——睁只眼，闭只眼

鸟枪换炮——越变越好、越来越好、抖起来了

鸟入笼中——任人摆布、由人拨弄

nie

捏鼻子吃葱——忍气吞声（生）

捏鼻子吹螺号——忍气吞声

捏鼻子捂嘴巴——不闻不问

捏起鼻子喝水——一声不响

捏着鼻子唱戏——闷腔

捏着鼻子哄眼睛——自欺欺人、自骗自、自己哄自己

捏着鼻子潜水底——忍气吞声

捏着拳头过日子——心里憋气

捏着一分钱能攥出汗来——会过日子

niu

妞儿梳头——不必(篦)

扭紧了发条的闹钟——憋得足足的

扭秧歌的打腰鼓——旁敲侧击

扭着脖子想问题——净是歪道理

nong

农夫救蛇——好心不得好报

农人说谷,屠夫说猪——干一行爱一行

弄把戏的作揖——没咒念

弄堂里跑马——题(蹄)难出

弄着煤灰当粉搽——自找难看

弄堂里扛木头——直来直去、直进直出、直出直入

nu

奴才见主子——百依百顺、唯唯诺诺

怒目金刚出征——杀气腾腾、样子凶

nv

女大十八变——越变越好看

女儿拜寄娘——亲上加亲

女儿哭娘——真心实意

女驸马进洞房——一个喜来一个忧、喜的喜,忧的忧

女高音唱歌——净唱高调

女人纳的鞋底——千真(针)万真(针)

女婿不认得丈人——有眼不识泰山

nuan

暖房里的菜畦——四季常青

暖房里做冰棒——冷热结合

暖壶瓶里装星图——胆大包天

暖壶上拴头绳——水平(瓶)有限(线)

暖瓶里装冰棍——没话(化)

暖水袋搭心口——置之度(肚)外

暖水瓶爆裂——丧胆

暖水瓶——表面冷,心里热

暖水瓶的塞子——赌(堵)气

暖水瓶里装星图——胆大包天

nuo

糯米粑粑掉地上——难收拾、不可收拾

糯米糍粑——软货

糯米糍粑粘了喉——吞又吞不下,吐又吐不出

糯米饭搓粑粑——扯也扯不开

糯米饭掉在灰堆里——洗不净

糯米粉就糍粑——粘上了

糯米换地瓜——不上算、不合算

糯米换红薯——明显吃亏

糯米面包饺子——捏就成

糯米菩萨——粘糊糊的

糯米团滚芝麻——多少占(粘)一点

nian

蔫肚蚊子——要叮人

粘豆粥糊锅——难产(铲)

粘米煮山芋——糊糊涂涂

# O

ou

偶像面前磕头——毕恭毕敬

藕炒豆芽——内外勾结、勾勾搭搭

藕炒黄豆——钻空(孔)子

藕断丝不断——离不得、离不开

藕粉煮糍粑——糊糊涂涂、糊里糊涂

藕丝炒豆芽——勾勾搭搭

藕丝炒韭菜——清清(青青)白白

藕眼里的泥——洗不清、洗不净

沤烂的花生——不是好人(仁)

沤烂的木头——难成才(材)

沤烂的土豆——黑了心

# P

pa

扒手遇见贼打劫——见财分一半

趴在磨子上睡觉——想转了

趴在屋顶上瞧人——把人看矮了

爬到旗杆上放炮——就怕别人听不着

爬到屋梁上拉屎——臭架子、摆臭架子

爬竿比赛——看谁上得快

爬楼梯绊跤子——登高必跌重、爬得高,跌得重

爬山的冠军——捷足先登

爬山虎的本领——会巴结

爬上岸的乌龟——缩头缩脑

爬上马背想飞天——好高骛远

爬上山顶打铜锣——站得高,想(响)得远

爬上山顶纳凉——走上风、尽走上风

爬上塔顶吹笛子——高调

爬上屋脊的螃蟹——横行到顶了

怕鬼唱山歌——假威风

怕死碰见送葬的——倒霉透了、真倒霉

pai

拍大腿吓老虎——一点没用

拍马屁拍到了大腿上——拍的不是地方、让它炮了一蹶子

拍马屁拍到马嘴上——倒被咬一口

拍马屁拍到蹄子上——倒挨一脚

拍拍屁股就走——不管了

拍一下肩膀屁股痛——浑身是病

拍一下脑壳脚底动——灵透了

拍照片不上卷——没影子

排队梳辫子——一个一个来

排骨抛饿狗——有去无回

排骨烧豆腐——有硬有软

排球比赛——推来推去、互相推托

按拼音分类的歇后语

牌楼下躲雨——暂避一时

pan

潘家湾的锣鼓——各打各的

潘仁美领兵——苦了杨家将

潘仁美挂帅——奸臣当道

潘仁美会严嵩——一对奸臣

盘古的斧头——开天辟(劈)地

盘山公路——尽绕圈子、绕圈子

盘山公路上开车——弯弯绕、要善于转弯

盘子里摆鸡蛋——有数的几个

盘子里生豆芽——根底浅

盘子里养花——扎不下根

盘子里养鱼——一清二楚

判官办案——吓死人

判官错点生死簿——糊涂鬼

盼望长空裂大缝——异想天开

盼望出太阳的姑娘——想情(晴)人

盼月亮从西出——没指望

pang

螃蟹包馄饨——里头戳穿

螃蟹不忘横着爬——专走斜道、看你横行到几时

螃蟹不咬——专家(夹)

螃蟹吃高粱——顺着秆子往上爬

螃蟹出洞——横行

螃蟹穿在柳条上——难解难分、难分难解

螃蟹打洞老鼠住——劳而无功、有劳无功

螃蟹的脚杆——弯弯多

螃蟹的肉——藏在肚里

螃蟹洞里打架——窝里横

螃蟹断了爪——横行不了几天

螃蟹赶路——来横的

螃蟹刚脱壳——肉嫩嫩的

螃蟹过街——横行霸道

螃蟹过门槛——七手八脚

螃蟹进了鱼篓子——有进无出

螃蟹进入黄麻地——死路

螃蟹进油锅——横行到头了

螃蟹拉车——不走正道、光走歪道、使横劲

螃蟹爬竹竿——过节见

胖大海掉进黄连水——苦水里泡大的

胖婆娘骑瘦驴——牵肥搭瘦

胖子乘车——碍着两边的人

胖子穿小褂——不合身

胖子打架——抱成一团

胖子的裤带——不打紧

胖子排横队——齐头并进

pao

抛彩球招亲——碰运气

抛出去的绣球——难收回、收不回来

抛了锚的汽车——寸步难行

抛球招亲——未必如意

刨倒树捉老鸹——笨透了

狍子落了套——有去无回

炮打老帅——将军、将了军

炮打林中鸟——一哄(轰)而散

炮弹打苍蝇——不够火药钱

炮弹打在炮筒里——巧得很、巧极了

炮弹进炮膛——直来直去、直进直出、直出直入

炮弹壳当枕头——硬梆梆

炮弹脱靶——放空炮

炮台上的老鸹——吓破了胆

炮筒里的炮弹——一触即发

炮筒里装针——细心、心细

炮仗捻的脾气——一点就着、点火就着

炮仗跌进河里——没响

炮仗炸碾盘——稳而不动

袍子改袄——弄巧成拙、越来越小

袍子改汗衫——绰绰有余

跑步比赛——你追我赶

跑了耗子捉狐狸——一个比一个刁

跑了和尚——有事(寺)在

跑了鳅鱼——泥里盘

跑了虾公捉到鲤鱼——理更好、格外好

跑了羊修圈——还不算晚、亡羊补牢、防备后来

跑龙套的——摇旗呐喊

跑马吃烤鸭——这把骨头不知往哪扔

跑马使绊子——存心害人

泡菜坛里的黄瓜——酸溜溜的

泡软了的豆子——不干脆

泡桐树锯菜板——心虚

泡透的土墙——不久长、难长久

pen

喷火器的脾气——张口就发火

喷沙枪打兔子——天女散花

盆菜摊上的样品——七荤八素

盆里的洋葱——装蒜

盆子里摆鸡蛋——不数的几个

盆子里摆山水——假景、清秀

peng

嘭嘭响的西瓜——熟透了

彭祖遇到老寿星——各有千秋

膨胀的皮球——一肚子气

捧草喂牛——吃不吃随你

捧土加泰山——不起作用

捧着金饭碗作叫花子——何必求人、装穷叫苦

捧着空盒上寿——无理(礼)

捧着泥鳅玩——耍滑头

捧着书本骑驴——走着瞧

捧着鲜花坐飞机——美上天了

捧着胸口进当铺——你要当心

碰到南墙不回头——倔强、死心眼

碰翻了五味瓶——酸甜苦辣咸都有

pi

披大氅(chǎng 外套)偷烟袋——文明人不做文明事

披虎皮的驴子——外强中干

披虎皮上山——吓唬人

披麻袋上朝——难登大雅之堂

披麻戴礼帽——不协调

披麻救火——惹火烧身、引火烧身、自讨苦吃

披蓑衣的被狗咬——穷人好欺负

披蓑衣救火——惹火烧身、引火烧身

披蓑衣啃麻饼——不看吃的看穿的

披蓑衣上朝——献丑、自己献丑

披蓑衣钻篱笆——东拉西扯、勾勾搭搭

披西装穿草鞋——不相称、假洋鬼子

披着狗皮的东西——不算人、不是人

披着破被子上朝——穷尽忠

披着蓑衣啃红薯——穿没穿啥，吃没吃啥

披着雨衣打伞——多此一举

砒霜里浸辣椒——毒辣透顶

劈开房梁做火把——大材小用

皮包商发洋财——无本生意

皮包商做生意——沾手三分肥

皮坊的老板——牛皮大王

皮匠不带锥子——真（针）行

皮匠的扁担——两头俏（翘）

皮匠的家当——破鞋

皮裤套棉裤——必定有缘故

皮球打蜡——圆滑、又圆又滑

皮球掉到水里——漂漂浮浮

皮球掉油缸——又圆又滑

皮球裂口——泄气

皮球敲鼓——空对空

皮球上戳了一刀——泄气了、没气了

皮球上戳眼眼——瘪了

皮球上扎一刀——硬不起来、软下来了、气消了

皮球踢到墙壁上——顶回来了

皮软骨头硬——表面和气

皮条打人——软收拾

皮娃娃砸狗——把你不当人、拿人不当人

皮鞋打蜡——一时光

皮影表演——顺着人家的线跑

皮影戏开场——有人撑后台

皮影子戏进饭店——人旺财不旺

蚍蜉撼大树——自不量力、不自量、可笑不自量

琵琶断了弦——诙（弹）崩了

琵琶挂房梁——谈（弹）不上

琵琶精进了算命馆——一眼看透、一眼看穿

琵琶找二胡——知音相求

屁股后头跟只狼——有后顾之忧

屁股上扎蒺藜——坐不稳、坐不住

屁股坐竹凳——底子空

## pian

片儿汤里放排骨——软里带硬、柔中有刚、软中有硬

偏刃的斧头——一面砍

偏头看戏——怪台歪

骗得麻雀下地来——花言巧语

骗孩子吃药——一会儿甜，一会儿苦

骗子赌钱——耍手腕

骗子碰到骗子——尔虞我诈

骗子说话——五吹六拉

骗子遇扒手——你哄我，我哄你

## piao

漂白布掉染缸里——永世洗不清

飘上天的气球——轻浮

瓢把上记账——见水就拉倒

瓢底写字——水上漂

## pin

拼死吃河豚——不怕死、死都不怕、犯不着、一命搏一命

拼着一身剐,敢把皇帝拉下马——无私无畏

贫家度日——虚度

贫血病人——脸上无光

## ping

乒乓球打七板子——推三阻四

平坝头躲壮丁——无地容身、无地藏身

平地不走爬大坡——自讨苦吃、自找苦吃

平地搭梯子——无依无靠

平地的骡子——不懂坎儿

平地老虎浅水龙——抖不起威风

平地里起坟堆——无中生有

平地里挖坑——叫人栽跟头

皮影戏

平地骡子——不懂坎

平地起孤堆——无中生有

平房门前不漏雨——有言(檐)在先

平光镜——八面光

平民百姓见玉帝——一步登天

苹果掉在箩筐里——乐(落)在其中

苹果囫囵吃——难吞难咽

苹果树上开梨花——特殊化(花)

屏风马坐死悬河炮——以逸待劳

屏风上贴门神——话(画)中有话

瓶口封蜡——滴水不漏、点滴不漏

瓶里盛糯子(糯糊)——装糊涂

po

泼出去的水——难收回来

泼上水的蔫菠菜——又支楞起来了

泼油救火——越帮越忙、帮倒忙、灾上加灾

泼在地上的水——难收拾、不可收拾

婆婆穿花袄——老来俏

婆婆穿花鞋——赶时兴、赶时髦

婆婆一个说了算——没公理

婆媳吵架儿子劝——左右为难

鄱阳湖里起春水——一浪高一浪、后浪推前浪

筐箩里睡觉——卑躬(背弓)屈膝

迫击炮打斑鸠——大材小用

迫击炮打飞机——瞎轰一气

迫击炮装手榴弹——口径不对

破鞍子对瘦驴——穷凑合、穷凑

破被子裹元宝——好的在里面

破表——没准儿

破饽饽——露馅儿

破草帽——无边无沿

破茶壶掉进水里——几头进水

破车断了轴——破烂不堪

破船沉在死水沟——无出路、没有出路

破船过江——人人自危

破船装太阳——度(渡)日

破大褂——没理(里)

破袋装西瓜——直来直去、直进直出

破堤的洪水——来势凶猛

破饭箩淘米——外头多

破风帆——抖不起来

破风箱——到处撒疯(风)

破风筝——抖不起来、不见起

破釜沉舟——只进不退

破鼓配上破锣——穷作乐、穷快活

破拐杖——靠不住、不可靠

破罐甩在洋灰地——稀巴烂

破罐子破摔——自暴自弃、豁出去了

破夹袄上绣牡丹——只图表面好看

破空竹——抖不起来、不想(响)

破喇叭——吹不响

破凉伞——好骨子

破柳罐盛水——稀里哗啦、露了

破笼屉——泄气、不成器(盛气)

破锣嗓子唱山歌——不入调、不入耳、难入耳

破锣嗓子——没好声

破麻袋装宝——有内才(财)

破麻袋装着烂套子——不是好货、不是东西

破麻袋做裙子——不是这块料

破帽子——露头

破棉袄——里外孬、里外都不好

破庙里的菩萨——东倒西歪、磕头作揖的不多

破庙里的铁钟——任人敲打

破皮球,烂轮胎——到处泄气

破皮鞋缝帽子——不成器(盛气)

破琵琶——谈(弹)不得、无法谈(弹)

破铜烂铁当武器——打烂仗

破土的春笋——拔尖

破袜子补帽檐——一步(布)登天

破袜子做口罩——臭不要脸

破网打鱼——瞎张罗

破箱子烂麻袋——露底

破椅子——靠不住、不可靠

破渔网——千孔百疮

破蒸笼蒸馒头——浑身是气、气不打一处来

pou

剖开墨鱼肚——一副黑心肠

剖鱼得珠——格外珍贵、喜出望外

pu

扑灯的蛾子——不怕死

铺衬里面卷珍珠——好的在里面

菩萨挨偷——失神

菩萨坐轿——靠人抬举

菩萨坐冷庙——孤苦伶仃

蒲扇打锣——面面俱到

蒲扇两边摇——两面讨好、两头落好

普宁寺的菩萨——至高无上

普希金的情诗——充满爱心

# Q

qi

七八月的高粱——红透了

七八月的南瓜——皮老心不老

七尺缸里打飞脚——处处碰壁

七尺缸里捞芝麻——白费工夫

七尺汉子过矮门——不得不低头

七寸长钉钉在棺材上——一辈子休想拔出来

七寸脚装三寸鞋——硬装

七寸蛇配疥药——以毒攻毒

七寸头上打蛇——击中要害

七个矮人睡一头——低三下四

七个半麻雀脑袋分两盘——七嘴八舌

七个弟子跳八仙——人数不够

七个和尚打一把伞——遮盖不住

七个瓶子八个盖——不周全

七个婆婆拉家常——说三道四

七个人聚会——三朋四友

七个人睡两头——颠三倒四

七个制钱对半分——不三不四

七根扁担丢一旁——横三竖四

七根笛子一起吹——一个音

七姑八舅抬食盒——彬彬（宾宾）有礼

七鼓八钹——不入调

七斤半的苦瓜——没见过这号种

七斤面粉调了三斤糨糊——尽办糊涂事

七里渡船喊得来——全凭一张嘴

七里岗放风筝——由它去

七两放在半斤上——只差一点

七面锣八面鼓——七想（响）八想（响）

七窍通六窍——一窍不通

七擒孟获——叫他口服心服

七仙女放烟火——天女散花

七仙女嫁董永——采取主动、天作之合

七仙女下凡——好景不长、是非多

七仙女走娘家——云里来，雾里去

七仙女做梦——天晓得

七兄弟站两行——不三不四

七月的荷花——红不久、一时鲜

七月的生柿子——难啃、啃不动

七月七牛郎会织女——一年一度

七月十五吃月饼——赶先（鲜）

漆匠师傅调颜色——花样多

齐桓公的老马——迷途知返

齐桓公用官——不记前仇

齐威王猜谜语——一鸣惊人

骑兵败阵——兵荒马乱

骑兵打胜仗——马到成功

骑兵掉河里——人仰马翻

骑兵队长打冲锋——一马当先

骑兵逛公园——走马观花

骑兵追击——马不停蹄

骑单车下坡——不睬（踩）

骑看毛驴撵火车——不赶趟

骑快马催债——急着要钱用

骑老虎背——没有好下场、好险、冒险

骑老牛追快马——望尘莫及

骑驴背口袋——白费劲

骑驴背磨盘——白搭、多此一举、蠢人蠢事

骑驴不用赶——道熟

骑驴拿拐杖——多此一举

骑驴望着坐轿的——比上不足,比下有余

骑驴下山——一步跟不上,步步跟不上

骑骡子赶船——水旱两能

骑骆驼不备鞍——现成

骑马背着缸——不稳当

骑马不带鞭子——拍马屁

骑马扶墙——求稳

骑马观灯——走着瞧、不深入

骑马逛草原——没完没了、无穷无尽

骑马过独木桥——难回头、回头难

骑马过闹市——岂有此理

骑马挎枪走天涯——神气透了

骑马上山——步步高升、步步登高

骑马时间少,擦镫时间多——本末颠倒

骑马坐船——三分险

骑牛撵火车——差得远、差远了

骑牛遇亲家——凑巧

骑牛追马——望尘莫及

骑在房梁上吹喇叭——名(鸣)声在外

骑在虎背上——不怕唬(虎)

骑在虎背上玩把戏——错一步都不行

骑在马上的人——不知跑路人的苦

骑着大象数着鸡——高的高来低的低

骑着老马闭眼走——熟门熟路

骑着驴子思骏马,官居宰相望王侯——贪得无厌、贪心不足

骑自行车过独木桥——多加小心

骑自行车双丢把——不服(扶)

棋逢对手——不相上下

棋迷见了棋盘——挪不动腿

棋盘边上的卒子——有你不多,无你不少

棋盘里的兵卒——只进不退

棋盘里的老将——出不了格

棋盘中的子儿——捻一下动一步

旗杆顶上绑鸡毛——好大的胆(掸)子

旗杆顶上吹喇叭——起高调

旗杆顶上放鞭炮——想(响)得高

旗杆顶上贴告示——天晓得、天知道

旗杆尖上拿大顶——艺高胆大

旗杆上吹号角——高明(鸣)

旗杆上的猴子——到顶了

旗杆上挂地雷——空想(响)

旗杆上挂电灯——吉星高照

旗杆上挂红灯——照远不照近

旗杆上抹香油——又奸(尖)又滑

蜞蚂儿(青蛙)穿套裤——踢腾不开、蹬打不开

蜞蚂儿翻田坎——上蹿下跳

麒麟角,蛤蟆毛——天下难找

乞儿篮里抢冷饭——不近人情

乞儿煮粥——不等熟

乞丐吃梅子——穷酸

乞丐吹唢呐——穷欢乐

乞丐打铃——穷得叮当响

乞丐说相声——耍贫嘴

启航遇见顺风——机不可失

杞人忧天——自找苦恼、担心过分了

起风又下雨——双管齐下

起个五更,赶个晚集——老落后、落后了

起网有鱼虾——一举两得

起义军打天下——除暴安良

起重机吊竹篮——不值一提

气管子顺在嘴里——咽不下这口气

气焊枪焊玻璃——接不上

气枪打飞机——差得远、差远了

气球上天——远走高飞、轻飘飘、不攻自破

气球上扎窟窿——泄气

气象台的风动仪——随风转

弃美玉而抱顽石——糊涂到顶了

汽车的后轮——不会拐弯

汽车坏了方向盘——横冲直撞

汽车进了胡同——难转弯、转不过弯来

汽车开进死胡同——走错了道

汽车抛锚——不走了

汽车跑到人行道上——走邪（斜）路、不走正路

汽车前的大眼睛——顾前不顾后

汽车司机扳舵轮——忽左忽右

汽锤打夯——扎扎实实

汽锤砸钢板——响当当、当当响

砌墙的瓦刀——整天和泥水打交道

砌墙的砖头——后来居上

qia

掐了头的树苗——节外生枝

qian

千臂观音——多面手

千层底儿作腮帮——好厚的脸皮

千个师傅千个法——各有各的门道

千古的罪人——十恶不赦

千斤鼻子四两嘴——不好开口

千斤担子肩上搁——负担太重

千斤担子一人担——重任在肩、压趴了

千斤磨盘——无二心

千斤重的种猪——肥头大耳

千里搭长棚——没有不散的筵席

千里打电话——两头通、遥相呼应

千里驹上结鸳鸯——马上成亲

千里驹送信——快当

千里马长翅膀——突飞猛进

千里马拉犁耙——大材小用、用非所长

千里马挑重担——少见

千里送鹅毛——礼轻情意重

千里送客——总有一别

千里挑担子——肩负重任、重任在肩

千里投军,志在卫国——好汉一个

千里投亲——远方来客

千里遇知音——喜相逢

千年大树百年松——根深蒂固

千年的大树——根深叶茂、盘根错节

千年胡椒万年姜——越老越辣

千年槐下乘凉——托前人的福

千年铁树开花——今古奇观、枯木逢春、难得

千人大合唱——异口同声

千日拜佛，一朝添丁——善有善报

千日斧子百日锛——苦学苦练、练出来的

千日管子百日笙——练出来的

千条江河归大海——大势所趋

千条竹篾编花篮——看着容易做着难

牵动荷叶带动藕——互相牵连

牵狗玩猴弄猢狲——不走正道

牵骆驼上楼——自找麻烦

牵牛过独木桥——难过

牵牛花搭棚——一个劲儿往上爬

牵牛花当喇叭——吹不响、闹着玩

牵牛花爬上树——胡缠、胡搅蛮缠

牵牛花攀到钻塔上——架子不小、好大的架子

牵牛花上树——顺杆爬

牵牛牵鼻子——抓住了关键

牵牛上纸桥——难上加难

牵牛下水——六脚(角)齐漫

牵瘫驴上窟窿桥——左右为难

牵线木偶——幕后有人

牵羊进照相馆——出洋(羊)相

牵只羊全家动手——人浮于事

牵着不走,拉着倒退——犟牛

牵着肠子挂着肚——不放心、放心不下

牵着骆驼拉着鸡——就高不就低、高的高来低的低

牵着张三(狼的俗称)回家——引狼入室

铅笔芯儿——直肠子、直肠直肚

前脚不离后脚——紧相连

前脚与后脚——寸步不离

前门楼上搭脚手——好大的架子

前门失火——走后门

前面挨一枪,后面挨一刀——腹背受敌

前面是狼后面是虎——一个比一个凶、进退两难

前有埋伏,后有追兵——进退两难、无处逃生、没有回头的余地荨麻(草本植物。茎

和叶子都有细毛,皮肤接触时会引起刺痛)的

叶子——碰不得

钱串子脑袋——见钱眼开、见缝就钻、钻空子

钱塘江的潮水——看涨

钱塘江里洗被单——大摆布

钱塘江涨潮——大起大落、后浪推前浪、来势凶猛、涌上来了

钱在手头,食在嘴边——留不住、难久留

钳工的手艺——动手就错(锉)

潜水艇下水——深入浅出

黔虎吃驴——兜圈子

浅水里鱼儿——摸着来

浅滩上放木排——拖拖拉拉、一拖再施

qiang

呛了蒙汗药——动弹不得

枪枪打中靶心——百发百中

枪头上的雀儿——吓破了胆

强盗扮君子——不相称、装不像

强盗扮书生——改面不改心、冒充斯文

强盗打灯笼——明火执仗

强盗的欲望——填不满

强盗救火——趁火打劫

强盗抓小偷——贼喊捉贼

强盗走了扛出枪来了——假充勇敢

强叫老鹰学百灵鸟叫——叫不出

强令哑巴说话——逼人太甚

强龙斗猛虎——都是好汉

强扭的瓜儿——不香甜

强求的婚配——不成

强震中心的坏房——土崩瓦解

墙壁上的人影——不像话(画)、不是话(画)

墙缝里的蚂蚁——不愁没出路

墙缝里的蛇咬人——出嘴不出身

墙缝里的蝎子——蜇人不显身、暗中伤人

墙角打拳——有劲使不上、有力无处使

墙角开口——邪(斜)门

墙角追狗——回头一口

墙里的柱子——暗里使劲

墙里开花墙外红——美名在外

墙上的壁虎——光钻空子、见缝就钻

墙上的恶鬼——唬不了人

墙上的裂缝——合不拢、合不到一块

墙上的芦苇——头重脚轻根底浅

墙上的马——准看不准骑

墙上的茅草——摇摆不定

墙上的蝎子——专找缝子钻

墙上的蜘蛛网,草原上的脚印——蛛丝马迹

墙上地图——半壁江山

墙上钉橛子——钻劲大、有股钻劲

墙上挂狗皮——不像话(画)、不成话(画)

墙上挂帘子——没门儿、无门

墙上挂磨扇(磨盘托着的圆形石磨)——实话(石画)

墙上挂琵琶——不谈(弹)了

墙上挂日历——一天一个样

墙上画饼——中看不中吃、馋人解饿

墙上画刀——无济于事

墙上画的美人儿——你爱他不爱

墙上画老虎——吓唬人、样子凶

墙上画鱼——一只眼

墙上栽葱——扎不下根、难生根

墙头拉车——路子窄

墙头上吹喇叭——里外叫得响

墙头上的草——风吹两边倒

墙头上的鸽子——东张西望

墙头上的葫芦——两边滚

墙头上的马蜂,墙缝里的蝎子——一个比一个毒

墙头上跑马——路子窄、冒险、没多大奔头

墙头上睡觉——翻不了身、想得宽

墙头上栽葱——无缘(园)

墙头种白菜——难交(浇)

抢吃弄破碗——欲速则不达

抢来的媳妇——不恩爱、无情无义

qiao

劁(阉割)猪割耳朵——两头受罪

敲不出火——一闪即灭

敲不响的木鼓——心太实

敲鼓吹口哨——自吹自擂

敲鼓的倒着走——打退堂鼓

敲鼓碰到放炮的——想(响)到一块了

敲锅盖卖烧饼——好大的牌子

敲坏的铜锣——没用处、不中用

敲开了的木鱼——合不拢嘴、咧开了嘴

敲空米缸唱戏——穷开心

敲锣逮麻雀——白费劲

敲锣紧跟打鼓的——想(响)到一个点子上

敲锣卖糖——各管一行、各干一行

敲锣撵兔子——起哄

敲锣找孩子——丢人打家伙

敲锣捉麻雀——枉费心机、不得法、一个逮不了

敲门惊柱子——旁敲侧击

敲山镇虎——瞎咋呼、虚张声势、惊不了

敲碎的铜锣——名声不好

敲下去的钉子——定了

敲柱子惊门环——指桑骂槐

敲着饭碗讨吃的——穷得叮当响

敲着空碗唱曲子——穷作乐、穷快活

乔太守乱点鸳鸯谱——弄假成真

荞麦面擀饼——不沾板

荞麦面饺子——一个比一个硬

荞麦面贴对子——不沾板

荞麦皮装枕头——正经货

荞麦去了皮——没棱没角

荞麦窝里扎锥子——奸(尖)对奸(尖)、尖对棱

桥孔里伸扁担——担当不起

桥上搭碉楼——底子空

桥上的木板——任人践踏、由人踩

桥是桥,路是路——清清楚楚、一清二楚

桥头上跑马——走投无路

樵夫卖柴——两头担心(薪)

瞧瞧过去,看看未来——瞻前顾后

瞧着账本聊天——说话算数

巧八哥的嘴——能说会道

巧八哥拉家常——光耍嘴

巧八哥学舌——人云亦云

巧妇去做无米之炊——难办

巧姑娘绣花——难不住

巧姐嫁给巧哥——巧上加巧

巧眉眼做给瞎子看——白搭

巧媳妇打扮囡(小孩儿)——一天变个样

巧绣香囊送郎君——心诚

撬杠打蝈蝈儿——小题大做

qie

切菜刀背上翻跟头——武艺高、本领高

切菜刀剃头——好险、冒险、危险

切糕换粽子——一路货

切开的藕——看清其心眼了

茄子炒南瓜——不分青红皂白

茄子地里长蒺藜——坏种坏苗

茄子地里道黄瓜——爱说啥说啥

茄子棵上结黄瓜——杂种、变种

窃马贼戴佛珠——冒充善人

窃贼掉井——灌头(惯偷)

窃贼上房——偷梁换柱

qin

亲戚是把锯——你有来,我有去

秦桧调岳飞——陷害忠良、不得人心

秦桧落海——臭名远扬(洋)

秦桧卖国——遗臭万年

秦桧杀岳飞——莫须有

秦桧说话——奸嘴舌头

秦桧掌权——奸臣当道

秦桧奏本——进谗言

秦桧的跪像——万人唾骂

秦惠王乘败进兵——一举两得

秦椒就酒——辣对辣、一口顶两口

秦琼的黄骠马——来头儿不小

秦琼的杀手锏(古代兵器)——一辈传一辈、家传

秦琼卖刀——忍痛割爱

秦桧的跪像

秦琼卖碗——时运不济
秦琼为朋友——两肋插刀
秦始皇打边墙——无遭
秦始皇的愿望——万寿无疆
秦始皇收兵器——高枕无忧
秦始皇修长城——千古奇迹、功过后人评
秦始皇修坟墓——自作自受、自己找死
秦叔宝卖马——穷途末路
秦雪梅吊孝——哭动人心啦
勤劳的蜜蜂——闲不住

qing

青菜煮萝卜——一清(青)二白
青草喂牛——有嫩的咬了
青出于蓝而胜于蓝——后来居上
青冈木做扁担——硬杠子
青冈木做杠子——硬邦邦
青龙白虎下界——凶神恶煞(杀)
青龙与白虎同行——吉凶全然未保
青皮橄榄——先苦后甜
青蛇吃山雀——疙疙瘩瘩
青石板上长蘑菇——天下奇闻、无奇不有
青石板上搭窝棚——底子好
青石板上的曲蟮——没处钻了
青石板上雕花——硬功夫、开头难
青石板上抹油——滑得很
青石板上晒棉花——有软有硬
青石板上甩乌龟——硬碰硬
青石板上种庄稼——扎不下根、难生根
青石板做中堂——实话(石画)
青石进了石灰窑——要留清(青)白在人间
青石上炒豆子——熟一个蹦一个
青石上钉钉子——硬钻
青秫秸(去穗的高粱秆)打箔——一路货
青藤缠树——难解难分、你中有我,我中有你
青蛙唱歌儿——呱呱叫
青蛙鼓噪——不成调
青蛙闹塘——吵闹不休

青蛙爬木锨——洋(扬)上天
青蛙拴在鞭梢上——不值摔打
青蛙跳鼓上——不懂(扑通)
青蛙吞火炭——闷声闷气、哑了口
青蛙笑蝌蚪——忘了自己从哪来了
青蛙遇田鸡——碰上自家人
青蛙走路——又蹦又跳、连蹦带跳
青蛙钻进蛇洞里——自取灭亡
青柚子掉在潲水(泔水)里——又酸又涩
氢气球上天——扶摇直上、不翼而飞
倾巢的黄蜂——各散四方、哄(轰)而散
倾倒的篱笆——塌了架
清晨的太阳——一派光明
清晨的云雀——展翅飞翔
清道夫拉货——一堆废物
清宫断案子——认理不认亲
清水拌铁砂——合不拢、合不到一块
清水倒在白酒里——以假冒真
清水点灯——拿错了油
清水盆里看鱼——一清二楚
清水染白布——空过一场
清水塘钓鱼——一眼望到底
清水洗煤炭——没事找事
清水下杂面——你吃我看
清水写字——不留痕迹
清水衙门——无懈可击、一尘不染
清水炸鱼——没法办、办不到
清水煮白菜——一清(青)二白、乏味
清油调苦菜——各有所爱、各人所爱
清油炸麻花——摽(捆附、纠缠)劲、绞上劲
清蒸鸭子——身子烂了嘴还硬
蜻蜓吃尾巴——自吃自、一连串
蜻蜓点水——深不下去、浮在面上
蜻蜓飞进蜘蛛网——命难逃
蜻蜓撼石柱——痴心妄想、自不量力、毫不动摇
蜻蜓撼树——纹丝不动
蜻蜓扑蛛网——送食上门

蜻蜓撞着蜘蛛网——有翅难飞

情人送别——恋恋不舍

情人相见——恋心绵绵

晴天不赶路——等着雨淋头

晴天打雷——空喊、太离奇、罕见

晴天带伞——有备无患

晴天响霹雳——惊天动地、信不得

请篾匠师傅补锅——找错了人、用人不当

请瓦匠上房顶——查漏洞

磬槌打在石板上——没多大响声

qiong

穷棒子请客——你来他不来

穷风流，饿快活——苦中作乐、苦中取乐

穷寡妇回娘家——苦衷难诉

穷光棍遇到吝啬鬼——谁也不沾谁的光

穷汉掏兜——没有钱

穷汉下饭馆——肚里空空，兜里光

穷木匠开张——只有一句(锯)

穷人的日子——难熬

穷人点蜡烛——大家借光

穷人面前四堵墙——无出路、没有出路

穷嘴恶舌头——招人讨厌

qiu

秋八九月的大闸蟹——壮得没骨

秋蝉落地——闷声闷气、闷声不响

秋蝉吐丝——作茧自缚

秋风过耳——一点不留

秋风里的黄叶——枯萎凋零

秋风扫落叶——一吹一大片

秋风中的羽毛——左右摇摆、摇摆不定

秋后的芭蕉——一串一串的

秋后的苍蝇——长不了、扇不动了

秋后的蛤蟆——叫不了几天了

秋后的蝈蝈——没几天吱吱头了

秋后的核桃——满人(仁)

秋后的黄蜂——厉害不了几天、欲凶无力

秋后的蚂蚱——没几天蹦头

秋后的南瓜——皮老心不老

秋后的螃蟹——顶盖儿肥、没几天活头了

秋后的青蛙——销声匿迹

秋后的扇子——没人要

秋后的树叶——黄了

秋后的丝瓜——满肚子私(丝)、一肚子私(丝)

秋后的天——变化多端

秋后的兔子——又欢起来了

秋后的蚊子——歪了嘴

秋后的知了——没几天叫头

秋后刮北风——一天比一天凉

秋后望田头——找碴(茬)儿

秋菊展览——花样百出

秋千顶上晒衣服——好大的架子

秋去冬来——年年都一样

秋天剥黄麻——扯皮

秋天的苞米(玉米)粑——外行(黄)

秋天的蝉——自鸣得意

秋天的潮水——忽起忽落

秋天的高粱——红到顶了、捆起来

秋天的蛤蟆——呱呱叫

秋天的哈密瓜——甜透了

秋天的花椒——黑了心

秋天的茭白——黑的

秋天的辣椒——红角儿

秋天的棉桃——合不拢嘴、咧开了嘴

秋天的木棉花——老来红

秋天的柿子——自来红

秋叶落塘——漂浮

鳅鱼进油锅——乱蹦乱跳

求菩萨拜观音——诚心实意

求雨进了火神庙——认错了菩萨

qu

曲蟮串门子——土里来,泥里去

曲蟮打冤家——两败俱伤

曲蟮过河——弯弯曲曲

曲蟮上墙——有劲使不上、有力无处使

曲蟮跳舞——乱糟糟

曲蟮游太湖——无能为力

屈死鬼进衙门——鸣冤叫屈

蛐蛐儿(蟋蟀)斗公鸡——不是对手

蛐蛐钻磨心——头头是道

蛐蟮打洞——图(土)松散

蛐蟮翻地——悄无声息

蛐蟮爬石条——专走硬路

蛐蟮游太湖——忒宽

娶了媳妇忘了娘——白疼一场、忘恩负义

娶媳妇打梆——凑热闹、凑凑热闹

娶媳妇打发客(女子出嫁)——双喜临门、有来有去

娶媳妇嫁女——双喜临门

去了咳嗽添了喘——躲了一灾又一灾、祸不单行、多灾多难

去年的皇历——背时

去年的棉衣今年穿——老一套

## quan

泉水坑里扔石头——一眼看到底

泉水里看石头——清清楚楚、一清二楚

拳不离手,曲不离口——练出来的

拳师教徒弟——留一手

拳头打海绵——打过去弹回来

拳头打跳蚤——自己吃亏、白费工夫

拳头捣蒜——辣手

拳头劈砖头——硬功夫

拳头上跑马——能人儿

拳头砸核桃——吃亏是自己、有点硬功夫

犬守夜,鸡司晨——各尽其责、各尽其能

## que

缺钙的老母鸡下蛋——疲(皮)软

缺胳膊的穿坎肩——露一手

缺口镊子——一毛不拔

缺口碗盛米汤——放任自流

缺门牙的——嘴巴不关风

缺腿的老虎——神气不了

缺尾巴虾——掀不起大浪、翻不了大浪

缺嘴哥儿吹口哨——漏气

瘸人骑瞎马——互有照应

瘸腿驴子跟马跑——一辈子也赶不上

瘸鸭子过河——单划儿

瘸子打猎——坐着喊

瘸子担水——得一步步来、一摇三摆

瘸子丢了拐杖——寸步难移、大摇大摆

瘸子里头挑将军——凑数

瘸子下山——这步容易下步难

瘸子携瞎子——高低跟着走

瘸子眼瞎子走——取长补短

瘸子演戏——难下台、下不了台

瘸子拄棍儿——顶条腿

瘸子走山路——东倒西歪

雀蛋碰石头——白送死

雀儿的肚子——心眼小

雀儿进翻笼——逃不出去

雀儿头上戴桂冠——尽想好事、想得倒美

雀头摆碟子——光嘴没肉

雀头捏饺子——尽是嘴

雀子戴纱帽——你有多大的头脸啊

**qun**

群猪争食——互不相让、谁也不让谁

# R

**ran**

染布穿罩衫——不问青红皂白

染布落到夜壶里——看你怎么摆布

染布色不均——料不到

染坊不开——牌子在

染坊的姑娘穿白鞋——自不然（染）、一丝不染

染坊里吹笛子——有声有色

染坊里的木勺——色色各别、形形色色

染坊里的衣料——由人摆布、任人摆布

染坊里卖布——多管闲事

染房门前槌板石——见过些大棒槌

染缸里的白布——格外出色、洗不净
染缸里的珍珠——上不了色
染缸里落白布——再也洗不清
染匠穿白衫——再小心也没用
染匠的衣服——不可能不受沾染
染料店的老板——尽给颜色看

rang
让拐子送信——过时
让结巴念绕口令——强人所难
让了香瓜寻苦瓜——自找苦吃

rao
饶舌的乌鸦——尽是老调、老调子
绕道上山——远兜远转

re
惹虱子头上挠——自寻烦恼
热鏊(烙饼的器具。用铁做成,平面圆形,中心稍凸)上的蚂蚁——走投无路
热包子流糖汁——露馅儿
热地上的蚰蜒(节肢动物。像蜈蚣而略小,生活在阴湿的地方)——坐卧不安、走投无路
热饭喂狗——吃了就走
热锅爆米花——活蹦乱跳
热锅插寒暑表——直线上升
热锅炒辣椒——够戗(够受的)
热锅盖上的蚂蚁——乱撞头
热锅里爆豆子——噼里啪啦
热锅里倒凉水——炸了
热锅里的汤团——翻翻滚滚
热锅里的鸭子——窝脖
热锅上的黄豆——熟了就崩、嘣得欢
热锅上的蚂蚁——急躁不安、急得团团转、站不住脚
热锅上的蒸笼——好大的气
热火叉放进冷水缸——一下子凉了半截儿
热山药蛋掉进灰坑里——洗刷不清
热水瓶——热心肠
热水泼老鼠——一窝拿
热汤泡雪花——马上全完

热蹄子马——闲不住
热天的扇子——家家忙
热天叫人烤火——不得人心
热油锅煎豆腐——得翻那么几翻

ren

人从矮门过——抬不起头来、不得不低头
人打江山狗坐殿——抬举畜生
人到八十拜花堂——老来喜
人到古稀穿花衣——老来俏
人多主意强——集思广益
人各吃得半升米——哪个怕哪个
人过三十不学艺——老了
人急上路,毛驴急了趴下——成心闹别扭
人急跳窗户——不是门
人家吃饭你借碗——不看时候
人家的牡丹敬菩萨——借花献佛
人家骑马我骑驴,后面还有推车的——比上不足,比下有余
人情一把锯——你不来,我不去
人手一把号,各吹各的调——自行其是
人心隔肚皮——难相识
人心换人心——八两对半斤
人行影子走——寸步不离
人在北魏心在西蜀——真是诡计多端
人造卫星上天——不翼而飞、惊天动地
人字双着写——不从也得从
人嘴两张皮——各说各有理、边说就边移
忍痛灼艾——迫不得已

reng

扔下馒头吃黄连——自找苦吃
扔下讨饭篮打乞丐——忘本
扔下铁锤拿灯草——拈轻怕重

ri

日出西山水倒流——天下奇闻、无奇不有
日落东山水倒流——弥天大谎
日落西山——红不久、越来越昏了
日头晒瓮——肚里阴

日头上戴眼镜——眼高

rong

绒毛小鸭初下水——一切从头学起、新手

绒球打鼓——不想（响）

绒球打脸——吓唬人、无关痛痒、不痛不痒

绒球打锣——没有回音、打不响

荣国府里赛诗——假（贾）话连篇

rou

肉案上的买卖——斤斤计较

肉包子打狗——白搭、有去无回

肉骨头落锅——肯（啃）定了

肉骨头烧豆腐——软硬都有、软硬兼施

肉烂在锅里——肥水不外流、不分彼此、没关系

肉焖在锅里——香气在外

肉馅儿包子——肚里有货

ru

如来佛打哈欠——服（佛）气

如来佛的法力——神通广大

如来佛的经文——难得、得之不易

如来佛的手心——谁也甭想逃出去

如来佛心肠弥陀面——一生（身）慈善

如来佛掌上翻跟头——跳不出去

如来佛治孙悟空——强中还有强中手

如来佛捉孙大圣——易如反掌

入伏的高粱——天天向上

入秋的石榴——点子多

入山的老虎——威风起来啦

入市的乌龟——得缩头时且缩头

入瓮的蚂蚁——蹦不了啦

入伍穿军装——头一回、头一遭

ruan

软刀子割头——不知死活

软骨头卡在喉咙里——张口结舌

软蚂蟥喝血——不觉得

软面包饺子——好捏

软面包一块——随人捏

软面粥拌粉面——愁(稠)上加愁(稠)

软索套猛虎——柔能克刚

软枣树上结柿子——小事(柿)

run

闰八月的月亮——圆了又圆

# S

sa

仨鼻子眼儿——多一股子气、多出一口气儿

仨钱开店铺——周转不开

仨钱开钱庄——资金不够

仨钱买,俩钱卖——不图赚钱只图快、亏本生意

仨钱买个馍——拣大的拿

仨钱买个糖人——又想吃又想玩

仨钱买筐烂杏——只图个够

仨钱买匹马——自骑自夸

仨钱买头老叫驴——浑身是毛病、贱货

仨钱买头牛——够受(瘦)了

仨月不梳洗——不顾脸面、顾不得脸面

撒了谷子拾稻草——不分主次、主次不分

撒了盐的油锅——热闹开了

撒网就走——扔下不管了

sai

塞翁失马——因祸得福

腮帮子上拔火罐——不顾脸面、顾不得脸面

腮帮子上贴膏药——不留脸

赛场上的篮球——大家抢

赛场上的运动员——各显其能、各显神通

赛场上的足球——被人踢来踢去

赛场上获金牌——可喜可贺

赛马场上的冠军——一马当先

赛马跌筋斗——落后了

san

三百斤的野猪——全凭一张嘴、全仗嘴

三百钱买个土地爷——钱能通神

三辈子无后——绝了

三本经书掉了两本——一本正经

三岔口的地保——管得宽

三岔口相打——一场误会

三岔路口分手——各奔东西

三尺长的被单——顾头不顾脚

三尺长的锯子——又拉又推

三尺长的梯子——答(搭)不上言(檐)

三尺高汉子——比别人矮一截

三尺门槛——高抬不上

三寸舌头是软的——横说竖说都有理

三代人出门——扶老携幼

三担黄铜一担金——假是假,真是真

三点成一线——准了

三点打两点——差一点

三顶帽子四人戴——难周全

三斗芝麻不入耳——听不进

三分面加七分水——十分糊涂

三分钱的醋,五分钱的酱——小来小去

三分钱的胡椒粉——一小撮

三分钱的买卖——发不了大财、本小利薄

三分钱的烧饼——大不了

三分钱的西洋景——慢慢看

三分钱的羊肉——没多大一点、不大点

三分钱开当铺——本小利大、小买卖

三分钱买个二胡——要腔没腔,要调没调

三分钱买个牛肚子——净吵(草)

三分钱买个小黑瞎子——熊玩意儿

三分钱买个鸭头——尽是嘴、嘴贱

三分钱买了五斤醋——又酸又贱

三分钱买烧饼看厚薄——小气鬼

三伏天穿皮袄——不是时候、不识时务、热心、乱了套、乱套了

三伏天的冰雹——来者不善

三伏天的冰棍——个个喜爱、人人喜欢

三伏天的冰块——见不得阳光、见不得太阳

三伏天的隔夜饭——臭货、肮脏货

三伏天的狗——喘不上气、上气不接下气

三伏天的太阳——人人害怕

三伏天的雨——说来就来

三伏天的庄稼——一天变个样

三伏天刮西北风——莫名其妙

三伏天喝冰水——凉透心

三伏天喝凉茶——正是时候

三伏天烘木炭——热火得很

三伏天下霜——不常见

三伏天絮棉袄——闲时预备忙时用

三斧头砍不进的脸——好厚的脸皮、厚脸皮

三个半人抓螃蟹——七手八脚

三个鼻孔眼儿——多一股子气

三个臭皮匠——顶个诸葛亮、胜过诸葛亮

三个厨子杀六只鸭——手忙脚乱

三个鬼拿不着——比鬼还鬼

三个和尚没水吃——互相攀靠

三个鸡蛋出两鸡——一个坏蛋

三个老爷两顶轿——哪有你的份、没有你的份、哪里轮得到你

三个泥菩萨拼成两个——你中有我

三个菩萨两炷香——哪有你的份、没有你的份

三个菩萨作俩揖——不知作谁瞧

三个钱儿买个蛤蟆——越看越瘪

三个钱买匹马——自骑自夸

三个人喝一杯酒——轮流来

三个人讲两句话——哪里轮得到你

三个手指拾田螺——十拿九稳

三个铜钱买个蛤蟆——越看越瘪

三个铜子放两处——一是一,二是二

三个头头一个兵——不知听谁的

三个骰子十九窝——不可能的事、没人见过、没有的事

三个土地堂——妙(庙)妙(庙)妙(庙)

三个王八少两爪——失足

三个小鬼丢了俩——失魂落魄

三个妖魔戏白骨精——尽耍鬼把戏

三个醉汉撒酒疯——闹个不停

三根缆绳拴两边——使偏劲

三更半夜见太阳——离奇、太离奇

三股弦断了两根——谈(弹)不得、无法谈(弹)

三顾茅庐——好难请

三国的刘关张——拜把兄弟

三过其门而不入——公而忘私

三合板上雕花——刻薄

三横加一竖——妄想称王

三花脸戴英雄巾——假充好汉

三花脸照镜子——丑相

三加二减五——等于零

三间房子两头住——谁也不认谁

三间瓦房不开门——怪物(屋)

三角锉刀——面面有用

三角木——推一推,动一动

三角砖头——摆不平

三脚板凳——一推便倒、一碰就倒、碰不得、不牢靠

三脚凳子搭床脚——坐卧不安、坐卧不宁

三斤半的母鸡——一把米难养大

三斤半干饭没吃饱——饭桶

三斤半鸭子二斤半嘴——多嘴多舌

三斤面包个包子——好大的面皮、皮厚

三斤面包个扁食(饺子)——好大的面皮

三斤面粉调了六斤糨糊——弄得稀里糊涂

三九天不穿棉——缩手缩脚

三九天吃冰棍——寒心、冷暖自己知、凉透了、从里到外凉透了

三九天吃辣椒——嘴辣心热

三九天吃梅子——寒酸

三九天穿单褂——威(畏)风、抖不起威风

三九天穿裙子——美丽又动(冻)人

三九天的豆腐干——冷冰冰,硬邦邦

三九天的萝卜——动(冻)了心

三九天喝姜汤——热心肠

三九天扇扇子——心里有火

三九天送皮袄——暖人心

三九天桃花开——离奇、太离奇、罕见

三九天种地瓜——怪哉(栽)

三九天种小麦——不是时候

三句话不离本行——干啥说啥

三颗钉子钉两处——一是一，二是二

三块板两条缝——有什么好问（纹）

三里地两头走——磨蹭

三两棉花四张弓——细细谈（弹）

三两银子放账——稀（息）少

三流子哥大流子弟——二流子

三六九赶场——三五成群

三毛的头发——屈指可数

三毛加一毛——时（四）髦（毛）

三门峡的石峰——中流砥柱

三亩棉花三亩稻——晴也好雨也好

三亩竹园出棵笋——独一无二、物以稀为贵

三年不开窗——闷死了

三年不漱口——一张臭嘴

三年不下雨——多情（晴）、久有情（晴）

三年不知肉味——不闻香

三年没人登门槛——孤家寡人

三片子嘴——能说会道

三齐王乱点兵——点得老幼不安

三千丈的悬崖——高不可攀

三钱辣椒面——一小撮

三枪打了二十七环——八九不离十

三亲六故，四朋八友——一拉一帮

三拳头打不出个闷屁来——慢性子

三人分两馍——咋掰

三人过独木桥——有先有后

三人进食堂——口味不同

三人两根胡子——稀少、咋长的

三色圆珠笔——多心

三婶婶嫁人——心不定

三升米的粑粑——难处（杵）

三十里地不换肩——担子越来越重

三十里外不带伞——好大胆、好大的胆子

三十六计——走为上

三十亩地一头牛——安居乐业

三十三颗荞麦九十九道棱——一成不变

三十晚上熬年——辞旧迎新

三十晚上熬稀饭——不像过年的架势

三十晚上办年货——来不及了

三十晚上逼债——年关难过

三十晚上吃年饭——没外人

三十晚上的案板——没有空

三十晚上丢了牛——明年再找

三十晚上嫁老女——托福求财

三十晚上借蒸笼——不是时候

三十晚上卖灶爷——卖的找不到买的

三十晚上盼初一——指日可待

三十晚上盼月亮——没指望、想也不要想

三十晚上晒衣被——今年不干明年干

三十晚上说大书——讲的讲,听的听

三十晚上走路——没影子、一片漆黑

三岁的娃娃——靠哄、贵在纯真

三岁的小孩看戏——凑热闹、凑凑热闹、看热闹

三岁的小孩想做皇上——人小心大

三岁娃爬梯子——上下为难

三岁娃娃挑挑子——负担太重

三套锣鼓娶媳妇——蛮红火

三天不睡觉——没精打采

三天不偷装老大——假正经、假装正经

三天打鱼,两天晒网——磨洋工、做做停停

三头六臂——多面手

三碗稀饭换碗面——没有多少便宜占

三下五去二——干脆利索、干净利索、一个不留

三下五去四——打错了算盘

三下子少了两下子——就这一下子

三下子少了一下子——还有两下子

三仙姑传道——人一个说法、一人一口

三眼枪打兔子——没有准儿、一点准头也没有

三月的冰河——开动(冻)了

三月的菜薹——早有心、不嫩

三月的芥菜——心里烂、另有心、起了心

三月的阴天抹开了脸——还了阳

三月的樱花——谢了

三月的樱桃——一片红火、红火片、红不久、

三月里的桃花——经不起风雨、经不起风吹雨打、红不了多久

三月里的杨柳——分外亲(青)

三月里鸣锣——战鼓催春

三月里扇扇子——满面春风、春风满面

三月里赏花——万紫千红

三月栽薯四月挖——急不可待、急于求成

三张纸画个驴头——脸面不小

三丈长的扁担——摸不着头尾

三招加一招——出了新招

三只脚的板凳——不稳当、不稳、坐不稳、坐不住

三只手管粮仓——不放心、放心不下

三锥子扎不出一滴血——老牛筋、皮厚

伞把背行李——处处是家

伞兵跳伞——一落千丈

伞顶漏雨——搞到自己头上了

伞铺的伙计——轮(淋)不着你

散了的念珠——断了线

散了的戏——收场了

散了的线团——难理清

散了架的南瓜棚——支撑不开

sang

桑蚕不不做弯

桑拿房子里穿衣服——汗流浃背

桑葚落地——熟透了

嗓子里塞棉花——喘不上气、上气不接下气

嗓子冒烟咽唾沫——干伸脖

嗓子眼里长骨头——有口难言

嗓子眼里含眼泪——哭腔哭调

嗓子眼里卡鱼刺——不上不下、上不上,下不下

嗓子眼里吞擀面杖——直来直去、直进直出、直出直入

丧家的狗——东游西走、无家可归

sao

扫把打钟——算是哪路神

扫把赶客——不留情面

扫帚戴草帽——混充人、装人样

扫帚颠倒竖——光出岔(杈)子、净岔(杈)子、没大没小

扫帚画花——粗枝大叶

扫帚头上戴帽子——不算人、不是人

扫帚写家书——说大话

扫帚写生——大话（画）

扫帚作揖——拜把子

## se

色盲看图纸——不分青红皂白、分不清青红皂白

## sen

森林里的一片树叶——有你不多，无你不少

森林里烤火——就地取材（柴）

森林里撒网——瞎张罗

森林里野炊——有的是才（柴）

森林失火——尽光棍、全是光棍、难救

## sha

杀凳边的猪——活不久、活不长

杀鸡的刀子——派不上大用场

杀鸡割破胆——自讨苦吃、自找苦吃

杀鸡给猴看——杀一儆百

杀鸡灌灌汤——大扑腾

杀鸡取蛋，打鹿锯茸——得不偿失、因小失大

杀鸡取蛋——得不偿失、只图一回、只顾眼前利

杀鸡使牛刀——大材小用、小题大做

杀鸡问客——多此一举

杀鸡用上宰牛的劲——真笨

杀鸡做豆腐——称不得里手

杀尽报晓鸡——天照样亮

杀牛熬糖——不是正行

杀牛取肠——得不偿失

杀人不见血——凶狠手辣、阴毒

杀人不用刀枪——软收拾

杀人不眨眼睛——凶残

杀人的偿命，借债的还钱——理应如此、理所当然、应该

杀猪不褪毛——先吹起来看

杀猪刀子——从不吃素

杀猪刀子刮胡子——太悬乎

杀猪的改行——放下屠刀

杀猪的卖肉——内行

杀猪的遇见拦路的——都有家伙

杀猪用铅笔刀——全凭诀窍

沙包盛酒——不在乎(壶)

沙地拔萝卜——干脆利索、干净利索

沙地里晒芝麻——自找麻烦

沙地上推小车——一步一个脚印

沙堆里放炮仗——闷声闷气、闷声不响

沙发上打盹——有依靠

沙沟掏井——越掏越深

沙罐里炒胡豆——扒拉不开

沙罐里烧黄鳝——一节节来

砂锅炒豆子——崩了

砂锅捣蒜——一锤子买卖

砂锅炖牛头——盛不下

砂锅炖肉——熬出来的

砂锅里炒青豆——亲(青)热

砂锅里捣蒜——不保险、一锤子买卖、一锤子交易、露底

砂锅里煮石头——不进油盐、油盐不进

砂锅挑子掉到山沟里——没有一个好货、没有一个好的

砂锅偷了锅盖子——自家人哄自家人

沙和尚挑行李——义不容辞

沙梨打癞蛤蟆——一对疙瘩货

沙里淘金——没多大一点、有也不多、难得、得之不易、越细越好

沙漠里播种——一无所获

沙漠里踩高跷——不是路

沙漠里的红柳——不怕风雪

沙漠里的骆驼——处处留迹

沙漠里的水——点滴都可贵

沙漠里的鸵鸟——顾头不顾尾、顾头不顾腚

沙漠里的舟船——寸步难行

沙漠里钓鱼——不可能的事、没人见过、没有的事

沙漠里烤火——就地取材(柴)

沙漠里撵小偷——跟踪追击(迹)

沙漠里盼水喝——干着急

沙漠里野花开——埋没英才

沙瓤西瓜吃到嘴——甜在心上、甜透了心

沙滩打桩——不牢靠

沙滩里晒谷子——自讨麻烦、自找麻烦

沙滩里栽花——扎不下根、难生根

沙滩上的黄鳝——滑不到哪里去

沙滩上的螺蛳——难开口、不好开口

沙滩上的石子——俯首皆是

沙滩上钓鱼——无稽之谈

沙滩上盖楼房——底子差、基础差、底子不行、不牢靠、不稳当、不稳

沙滩上划船——进退两难

沙滩上捡小米——不够本钱、不够本、得不偿失

沙滩上浇水——一点不剩

沙滩上浇油——白搭

沙滩上寻针——难极了

沙滩上种水稻——难办

沙滩上走路——一步一个脚印、不落实

沙滩行船——进退两难、干吃力

沙土地里的花生——一串一串的

沙土岗子发洪水——泥沙俱下

沙窝里的兔子——灰头土脸

沙窝里淘米——自身难保

沙窝里种荞麦——不成

沙窝子里想撑船——尽想好事、想得倒美

沙子垒坝——白费工夫、白费劲、枉费工

沙子垒墙——一推便倒、一碰就倒

沙子里淘金——积少成多

沙子筑坝——难上加难、难上难、后患无穷、一冲便垮

纱绢当作粗布卖——不知好歹、好歹不分

纱线扳牌楼——力不胜任

纱线板塔牌楼——白费工夫、白费劲、枉费工

刹车抛锚——停滞（止）不前

鲨鱼吃蚂虾——不够塞牙缝、不够嚼

砂锅打狼——没有一个好的

砂糖蘸蜂蜜——甜上加甜、甜透了

砂岩打青岩——实（石）打实（石）

傻小子熬粥——不等熟

傻小子背鼓上戏台——找着挨打

傻小子不识"兔"字——免了

鲞鱼

傻小子爬墙头——四下无门、四路无门

傻小子睡凉炕——全凭火力旺

傻子吃荷叶肉——解不开、不解

傻子吃螃蟹——不知味儿

傻子抽水烟——连吃带喝

傻子看戏——白搭工、不明不白

shai

筛沙的筛子——缺点多、尽缺点

筛眼里的米——不上不下、上不上，下不下

筛子簸面——漏洞百出

筛子当门扇——难遮众人眼

筛子挡门——眼睛多

筛子挡太阳——不顶用、不顶事

筛子底下的糠皮——没多少斤两·

筛子端水——空捧一场

筛子放哨——心眼多、心眼不少、眼睛多

筛子盖胸膛——满是心眼

筛子里的米粒——无孔不入

筛子盛水——一场空

筛子喂驴——漏兜（豆）啦

筛子下面的面粉——面面俱到

筛子捉黄鳝——溜的溜，跑的跑

筛子作门——难遮众人的眼睛

筛子做锅盖——心眼多、心眼不少、气不打一处来、到处泄气

晒干的蛤蟆——干瞪眼

晒干的红枣——缩成一团

晒裂的葫芦——开窍了

晒麦子碰上暴雨——手忙脚乱

晒盐的老总退休——不管咸(闲)事

shan

山坳上的松树——饱经风霜

山半腰遇大虫(老虎)——心惊肉跳

山半腰遭雨淋——上下两难、上下为难

山顶乘凉——占上风

山顶喊话山下答——上下呼应

山顶上打井——白费工夫、白费劲、枉费工、徒劳无益

山顶上的蘑菇——根子硬

山顶上的哨兵——眼观六路,耳听八方

山顶上点灯——四方有名(明)、高明

山顶上观景——高瞻远瞩

山顶上喊话山底答——上下呼应

山顶上练嗓门——唱高调

山顶上敲锣——名(鸣)声远扬、远近闻名(鸣)

山东的驴子学广西的马叫——南腔北调

山东驴子学马叫——学不来

山东跑到山西——两岔

山洞里的蝙蝠——见不得阳光、见不得太阳

山洞里的泉水——通行无阻、畅通无阻

山洞里迷了路——摸不清方向

山洞里说话——随声附和

山沟里的人家——零零散散

山沟里的田鸡——目光短浅

山沟里的杏子——苦人(仁)儿

山沟里的住户——稀稀拉拉

山沟里叫喊——有回音

山谷的回声——不平则鸣

山谷里喊话——空喊、一呼百应

山猴爬树——拿手好戏

山猴子落在水里——不那么灵巧了

山猴子爬树——拿手的戏

山鸡变孔雀——越变越好

山鸡娶凤凰——不般配

山尖上摘月亮——办不到、没法办

山涧发洪水——势不可当

山涧里的竹子——嘴尖皮厚腹中空

山涧里坐船——行不通、走不通

山老鸹——白脖(外行之事)(河南)

山狸子(豹猫)进寨——无事不来

山里的核桃——满人(仁)

山里的狐狸——狡猾透了

山里的黄羊——没数儿

山里的石头——雷打不烂,风吹不动、数不清、有的是

山里的五步蛇——毒极了、最毒

山里的竹笋——钻劲大、有股钻劲

山里红——中看不中吃、好看不好吃

山里回声——一呼百应

山里人有柴烧,岸边人有鱼虾——靠山吃山,靠水吃水

山里头打锣——有回音

山螺蛳赴宴——不速之客

山猫子进宅——没好事儿

山坡滚石头——砸啦

山坡上的弯腰树——直不起腰、伸不起腰、难治(直)

山坡上盖楼房——根底硬

山坡上滚皮球——永不回头、决不回头

山坡上落凤凰——罕见

山坡上烧火——就地取材(柴)

山坡上凿石碑——就地取材

山泉出洞——细水长流

山雀子相会——叽叽喳喳

山上的狐狸——又馋又猾

山上的黄鼠狼——专走老路

山上的枯藤——腐朽

山上的石头,田里的莠草(狗尾草)——不足为奇

山上的松柏——四季常青、根深叶茂

山上钓鱼——财迷转向

山上发洪水——不敢当(挡)、来势凶猛

山上滚石头——眼看着下去了

山上喊话山下答——遥相呼应

山上开梯田——步步高

山上扔坏盆——破罐破摔

山上无大树——茅草也当林

山上找鱼虾——没影儿的事

山水画——没人

山头打老虎——高名在外

山头放纸鸢——出手高

山头上吹喇叭——站得高,想(响)得远

山头上搭戏台——高高在上

山头上打虎——高名在外

山头上的草——根子硬

山头上对歌——一唱一和

山头上看飞机——高瞻远瞩

山崖上的松柏——饱经风霜

山崖上的野葡萄——一提一大串

山崖上滚鸡蛋——没有一个好货、没有一个好的

山羊爱石山,绵羊恋草滩——各有所好、各人所好

山羊吃薄荷——食而不知其味、全不知味

山羊打架——钩心斗角

山羊额头的肉——没多大油水、油水不大

山羊挂在竹园里——胡缠

山羊胡子——稀稀拉拉

山羊见了老虎皮——望而生畏

山羊拉车——不听那一套

山羊拴在竹园里——乱缠、缠住了

山羊野马在一起——难合群、不合群

山腰的枯树——七枝八杈

山腰里一片云——成不了气候、不成气候

山腰里遭雨——上下为难

山要崩拿绳索捆——白费工夫、白费劲、枉费工

山鹰的眼睛——尖(灵敏)、尖锐

山鹰叼蛇——十拿九稳

山鹰站在崖顶上——站得高,看得远、登高望远

山中打猪——见者有份

山中的瘦虎——虎瘦雄心在

山中的野猪——嘴巴厉害

山中无老虎——猴子称大王

山猪被人赶——自寻死路

山猪嘴里的龅牙(突出于嘴唇外的牙齿)——包不住

山字垛山字——请出

杉木杆顶破墙——宁折不弯

珊瑚上漆——多此一举

扇车口挂堂鼓——吹牛皮

扇蒲扇打蚊子——一举两得

扇着扇子拉风箱——两头受气

扇着扇子聊天——说风凉话、风言风语

扇子驱大雾——办不到、没法办

善男信女拜观音——心诚

鳝鱼的脑袋——又奸(尖)又猾(滑)

shang

商店橱窗里的摆设——样子货

赏月偏遇连阴天——扫兴

上岸的蚌壳——不开口

上岸的鱼虾——干蹦干跳

上不着天,下不着地——两头不着实

上朝不带奏折——忘本

上房拆梯子——断了后路、不留后路、断人后路

上轿才扎耳朵眼儿——临时忙、临时突击

上街买帽子——对头

上炕不点灯——瞎摸

上梁请铁匠——找错了人

上了羁绊的骡子——踢打不开、踢腾不开、蹬打不开

上了坡的虾仔——跳不了几天

上了山顶想飞天——贪得无厌、贪心不足

上了套的猴子——让人耍、身不由己

上了套的牲口——听吆喝

上了套的野牛——身不由己、不由自主

上了弦的箭——一触即发

上了灶的蚂蚁——生怕掉进火眼里去

上楼梯吃甘蔗——步步甜

上满发条的钟表——分秒不息

上门的买卖——不做不成

上年栽树,下午取材——性太急

上山背毛竹——顾前不顾后

上山采竹笋——拔尖

上山打柴,下河摸鱼——自食其力、见机行事

上山打野猪——见者有份

上山钓鱼，下河打猎——搞错了路线、路线错了

上山砍柴，过河脱鞋——到哪说哪

上山砍柴卖，下山买柴烧——多一道手续

上山爬台阶——步步高升、步步登高

上山刨黄连——自讨苦吃、自找苦吃

上山入海全无敌——降龙伏虎

上山捉蟹——难啊、没处寻、难寻

上市的螃蟹——横行不了几天

上市的乌龟——得缩头时且缩头、缩头缩脑

上市的猪——捆上了

上树打跟头——爬得高，跌得重、登高必跌重

上树逮麻雀——连窝端

上树捉鱼虾——空扑一场

上水顶风船——来之不易

上滩的老虎蟹——还能爬几步

上膛的子弹——一触即发

上套的猴子——任人耍、由人玩耍

上梯子摘星星——够不着

上天的气球——飘飘然

上天绣花——想头不低、想得高

上天摘星星——异想天开、想入非非（飞飞）

上天摘月亮——痴心妄想、妄想

上午上房梁，下午想搬家——急于求成

上午栽树，下午乘凉——急不可待

上弦的月亮——两头奸（尖）

上鞋不用锥子——真（针）好、真（针）过硬

上心加下心——忐忑不安

上锈的剪刀——难开口、口难开、不好开口

上锈的铁锁——难开窍、不开窍、打不开

上学堂不带书——忘本

上眼皮长瘤子——碍眼

上眼皮只看下眼皮——目光短浅

上澡堂子喝茶——里外涮

上阵相杀——怕不得

上嘴唇顶天，下嘴唇挨地——好大的口

shao

烧袄灭虱子——不上算、不合算

烧饼铺的灶王爷——独坐

烧房子捡钉子——得不偿失

烧干的锅炉——气炸了、气崩了

烧红的烙铁——烫手、摸不得、挨不得

烧红的煤炭吞下肚——心里有火

烧红的生铁——越打越硬、热一阵子

烧红了的煤球——吹也吹不得,拍也拍不得、吹不得、捧不得

烧黄青菜煮焦饭——过火

烧火剥葱——各管工

烧火棍子——一头热、一头冷来一头热

烧火拉风箱——直来直去、直进直出、直出直入

烧焦了的米饭——凑合着吃

烧焦了的馍馍——干巴巴

烧开了的水——沸腾起来了

烧了庙的土地爷——走投无路、无家可归

烧煤油炉子——火不打一处来

烧屋赶耗子——不上算、不合算、得不偿失

烧香不磕头——未尽心意

烧香打铁锅——你听那响儿

烧香得罪菩萨——没有诚心

烧香赶走和尚——喧宾夺主

烧香进饭馆——走错了门、找错了门

烧窑的盖房子——方便、一举两得

烧窑的火叉——直来直去、直进直出、直出直入

烧窑的卖瓦的——都是一路货

烧猪腿不放酱油——白提(蹄)

艄公不摇橹——耽误一船人

勺柄扣秤砣——砸锅

勺子碰锅沿——常事、常有的事

少白头骑个粉白驴——毛对色也对

少吃咸鱼少口干——多一事不如少一事

少林寺的弟子——强手如林

少林寺的高僧——身手不凡

少林寺的和尚——名扬四海、全(拳)是好的

少林寺的老方丈——德高望重

少林寺的拳师——软硬功夫都有、硬功夫

少小离家老大回——不识相、面目全非

少盐无醋——没味

she

舌尖上搽胭脂——嘴里漂亮

舌头打滚——含糊其辞、含含糊糊

舌头进菜缸——不沾边

舌头没根——跟着嘴转

舌头没骨头——愿怎么说就怎么说

舌头磨剃头刀——好险、冒险、危险

舌头碰牙——免不了

舌头绕到牛桩上——胡缠、胡搅蛮缠

舌头上长疮——没说的、难开腔

舌头上长了酸枣树——说话带刺

舌头上抹胶——张口结舌

舌头上抹蜜——光说甜话

舌头上抹香油——圆滑

舌头上跳加官——满嘴是戏

舌头伸到杯子里——不着底

舌头伸到人家嘴里——帮腔

舌头伸到水缸里——不着边际

舌头舔鼻尖——高攀、想高攀、差一截子、差一大截、甭想、莫想、休想

舌头咽到肚子里——说不得、大张嘴没个说的

舌头着了凉——含糊其词蓄(寒虚)点

佘太君百岁挂帅——朝中无人了

佘太君抱琵琶——老调重弹

佘太君唱曲子——老谱

佘太君的龙头拐杖——有钱也买不到

佘太君读《四书》——活到老学到老

佘太君挂帅——马到成功

舍得买马,无钱置鞍——大处不算小处算

舍得一身剐,敢把皇帝拉下马——无私无畏

舍了脊梁护胸膛——顾前不顾后

舍了金钟捡铜壶——得不偿失

舍命吃河豚——不值得

舍身崖边弹琵琶——临危不乱

舍下灶王爷去拜山神——舍近求远

射出的箭,泼出的水——难收回、收不回来

射出的子弹开弓的箭——永不回头、决不回头

射击场上的靶子——漏洞百出

射箭没靶子——无的放矢

麝香的味儿——包不住

shen

申公豹的脑袋——人前一面，人后一面

申公豹的嘴——搬弄是非、阳奉阴违

身后的影子——寸步不离、随人走

身披虎皮心发抖——外壮内虚、外强里虚

身上拔汗毛——无伤大体、无关大体

身上背筛子——浑身是窟窿

身在曹营心在汉——干着急

深山的石头——有的是、多的是

深山老林的枯树——无用之才（材）

深山老林遇大虫（老虎）——不是虎死，就是人伤

深山里打猎，大海里捕鱼——靠山吃山，靠水吃水

深山里的白脸狼——成群结伙

深山里的饿虎——穷凶极恶

深山里的花岗岩——老顽固

深山里的麻雀——没见过风浪、没见过世面

深山里的小庙——冷冷清清、没香火

深山里敲钟——名（鸣）声在外

深山密林迷了路——叫天天不应，唤地地不灵

深山小庙的菩萨——没见过大香火、没人侍奉、默默无闻

深水摸鱼——想捞一把、捞一把、难下手、下不了手

神龛（Kān）上戳窟窿——妙（庙）透了

神龛上挂粪桶——糟蹋神像

神龛子底下搭铺——伴神享福

神婆子念咒——瞎说、瞎叨叨、胡叨叨

神枪手打靶——百发百中、十拿九稳

神仙女下凡间——天配良缘

神仙下凡——清闲极（急）了

神主头上使剪刀——羞（修）先人

sheng

升不离斗，秤不离砣，筛子不离筐和箩——各有各的搭档

升空的风筝——漂浮不定

升子盖盆子——随方就圆、随得方就得圆

生剥刺猬——难下手、下不了手、无法下手

生成的鼻子眼——改不了相

生成的矬子(身材矮小的人)——高不了、长不高

生成的豆芽——长不成树

生成的骨头长就的肉——定了

生成的骆驼——变不成象

生成的眉毛长成的痣——更改不掉、定了型、定型了

生成的牛角——拉不直、直不了

生虫的拐杖——靠不住、不可靠

生虫的核桃——不是好人(仁)

生虫拐杖——拄不得

生姜炒蜈蚣——毒辣

生姜脱不了辣气——本性难移

生就的呆子——糊涂一生、一世糊涂

生就的驼子——直不了

生马驹子啃石头——愣对愣

生米煮成了熟饭——无可挽回、更改不掉、改不了

生气踢石头——吃亏是自己

生铁补锅——凭本事挣钱

生铁秤砣——老实疙瘩

生铁换豆腐——吃软不吃硬

生铁进了铁匠炉——挨锤的货

生铁犁头——宁折不弯

生同衾(被子),死同穴——生死相依、生死不离

生吞螃蟹——肚里横、牵肠挂肚

生吞蜈蚣——百爪挠心

生锈的剪刀——掰不开

生盐拌韭菜——各有所爱、各人所爱

牲口不上膘——料不到

牲口进磨道——兜圈子

绳锯木断——非一时之功

绳索上加水——越来越紧

绳索套在马颈上——身不由己、不由自主

绳套挂在脖子上——越扯越紧

绳子拴石头——穷得叮当响

省了麸子狗吃面——省的没有费的多

圣人面前卖文章——自不量力、不自量

盛开的杜鹃——越来越红火

盛开的木棉花——红透了、一片红火、红火片

剩下九十九个——百里挑一

shi

失笔的画——废话(画)

失舵的轮船——把握不住方向

失舵的小舟——随波逐流

失魂的鱼——乱闯乱碰

失火唱山歌——幸灾乐祸

失火处说好看——不知好歹、好歹不分、不识时务

失火钻床下——只顾一时

失林之鸟——各自飞散、无枝可栖

失灵的汽车——横冲直撞

失去的光阴灭了的火——一去永不来、一去不复返

失去金箍棒的孙悟空——没得耍了

失去了家的狗——无处投奔

失群的大雁——孤孤单单

失势的凤凰——不如鸡

失意人逢得意事——一番欢喜一番愁

失踪的飞机——下落不明、不知下落

失足误入迷魂阵——不糊涂也糊涂

师傅长胡子——老把势

师傅当丈人——亲上加亲

师傅收儿当徒弟——一辈传一辈

师字去了横——真帅

虱子打彩脚——挑(跳)不起来

虱子顶被窝——居心不小

虱子多了——不知痒

虱子躲在皮袄里——有住处,没吃处

虱子钻进麻布眼——伸头容易缩头难

狮子搏兔——以强凌弱

狮子滚绣球——大头在后面、大的在后头

狮子龙灯起舞——热闹非凡、好热闹、张牙舞爪

狮子爬竹竿——到顶

狮子配老虎——十全十美

狮子身上的虱子——专找厉害的欺

狮子头上捕苍蝇——胆子不小、胆子大、好大胆、好大的胆子

狮子尾巴摇铜铃——热闹在后头

狮子张大口——胃口不小、大开口

湿布衫穿上身——难脱掉

湿柴火烧锅——憋气又窝火

湿煤压火——闷(焖)起来了

湿身滚进石灰堆——难脱身、脱不了身

湿手捏了干面粉——甩也甩不掉、弄不清爽、沾上了

湿手抓面粉——占小便宜

湿水的炮仗(爆竹)——不想(响)、想(响)不起来

湿水棉花——谈(弹)不得、无法谈(弹)

湿灶烧湿柴——有火发不出、有火没处发

十八般武艺全使出来——大显身手

十八磅大锤砸钢板——铿锵有力

十八大姐绣兜兜——闲时操办忙时用

十八口子当家——各自为政

十八里地保——管得宽

十八罗汉斗悟空——大打出手、各显其能、各显神通

十八罗汉乱点头——不知哪位是真神

十八只唢呐齐奏——全吹了

十步九回头——难舍难分

十冬腊月出房门——动(冻)手动(冻)脚

十冬腊月的鼓风机——专吹冷风

十冬腊月掉水缸——凉了半截

十冬腊月喝凉水——点点入心

十二月插秧——不是时候

十二月的白菜——动(冻)了心

十二月的蛇——打一下,动一下

十二月逛公园——坐冷板凳

十二月里喝冰水——从头凉到脚

十二月说梦话——夜长梦多

十二月天找杨梅——难上加难、难上难

十二只轮船出海——四通八达

十个老鼠围个猫——没一个敢上前

十个婆婆拉家常——说长道短

十个人排四队——三三两两

十个砂锅滚下山——没有一个好货、没有一个好的

十个手指头——长短不齐

十个铜板少一文——久闻(九文)

十个小伙抬筐土——人浮于事

十个小钱摆四处——三三两两

十个指头按十个跳蚤——一个也不能松手、一个也捉不住

十个指头做事——同心协力

十里高山观景——站得高，看得远、登高望远

十两酒装进一斤瓶——正好

十两纹银——一定（锭）

十亩园里一棵草——单根独苗

十亩竹园一根笋——格外珍贵

十年等个闰腊月——机会难得、难得的机会、好难啊

十年寒窗中状元——先苦后甜

十年无战事——安居乐业

十年冤案无处申——冤枉、太冤枉

十三陵的石人——站惯了的

十三陵的石人张大嘴——没话

十套锣鼓一齐敲——热闹

十天九雨——缺少情（晴）意

十天跑完万里长城——一日千里

十五的月亮——完美无缺、圆圆满满

十五个吊桶打水——七上八下

十五个妇女拉家常——七嘴八舌

十五个瘸子拜年——七高八低

十五个人睡两头——七颠八倒

十五个人抬木头——七手八脚

十五个瓦盆摔山下——七零八落

十五个小孩打闹——七哭八笑

十五个小孩睡当院——横七竖八

十五个小伙抬土筐——人浮于事

十五根秫秸（去穗的高粱秆）当标杆——七长八短

十五块布料做衣服——七拼八凑

十五面锣鼓一齐敲——七想（响）八想（响）

十五盘菜放两处——七荤八素

十五只小船出海——七颠八倒

十五只蜘蛛结网——七勾八扯

十月的芥菜——齐心

十月的螃蟹——横行不了几天

十月的天气——一会儿阴，一会儿晴

十月的倭瓜(南瓜)——满肚子私(丝)、一肚子私(丝)

十盏明灯熄五盏——半明半不明

十只老鼠围只猫——没一个敢上前

十指戴满金镏子(金戒指)——摆阔气

十指头生疮——毒手

十字的笔画——横竖

十字街头的瞎子——摸不清东西南北、分不清东南西北

十字街头开饭店——四方吃得开

十字街头迷了向——糊涂东西、晕头转向

十字街头遇亲人——巧相逢

十字路口的红绿灯——有目共睹

十字路口分手——各奔前程

十字路口迷了向——不知走哪条路、不分东西

十字路口敲锣——四方闻名(鸣)

十字路口摔跟头——摸不清东西南北、分不清东南西北

十字路口贴告示——众所周知

十字路口行车——四通八达

石板底下的笋——直不起腰、伸不起腰、总受压

石板地上插杨柳——难生根

石板地种花生——得不偿失

石板桥上跑马——不留痕迹

石板上插杨柳——生不出根

石板上的泥鳅——无处藏身、钻不进

石板上钉钉——硬碰硬

石板上剁猪头——难下刀

石板上挤水——办不到的事儿

石板上烙馍——面生

石板上跑马——无伤痕、没痕迹

石板上生蚯蚓——不可能的事、没人见过、没有的事

石板上耍瓷坛——硬功夫

石板上斩狗肠——一刀两断

石板上植树——劳民伤财

石板上种瓜——难发芽

石板栽花——靠不住、不可靠

石碑上钉钉——硬对硬

石壁出蚯蚓——不可能的事、没人见过、没有的事

石壁里的泥鳅——无路窜

石沉大海——一落千丈、没回音、无回音、无影无踪

石锤子捣石钵子——实(石)打实(石)

石打的眼睛——有眼无光

石地板,铁扫把——硬碰硬

石缝里的山药——两受夹、两头受挤

石缝里的笋——强出头

石缝里塞棉花——软硬兼施

石敢当(旧时竖于墙脚用以镇邪的小石碑)搬家——挖墙脚

石膏点豆腐——一物降一物

石膏店的老板——白手起家

石碌点灯——照常(场)

石碌子脑袋——难开窍、不开窍

石灰拌白糖——两不分明

石灰布袋——处处留迹

石灰掺墨——黑白不分、混淆黑白

石灰厂开张——白手起家

石灰点眼——自找难受

石灰店里买眼药——走错了门、找错了门

石灰堆里的耗子——白眼看人

石灰见水——龇牙咧嘴

石灰浆写文章——净写别(白)字

石灰路上散步——白走一遍

石灰抹嘴——白说(刷)

石灰木炭一把抓——黑白不分、混淆黑白

石灰泥墙——外光里不光、表面光、又光又滑

石灰墙上挂灯笼——明明白白

石灰石进了火窑里——要留清(青)白在人间

石灰刷烟囱——表里不一

石灰水泼到青石板上——清清(青青)白白

石灰水刷标语——净写别(白)字

石灰窑里安电灯——明明白白、明白

石灰窑里出来的——一身洁白

石灰遭毒打——平白无故

石匠打铁——不识火色、看不出火候来、不会看火色

石匠的钢钎——挨敲的货

石匠的凿子——专拣硬的凿

石匠会铁匠——硬对硬

石匠师傅卖豆腐——软硬兼施

石匠使拳头——硬充能耐

石匠錾磨子——走老路

石臼里舂线团——捣乱

石臼里捣水——白费工夫、白费劲、枉费工

石臼里的泥鳅——无处可钻

石臼里放鸡蛋——稳稳当当、稳当当的

石臼里栽葱——硬到底

石臼里掷骰子——没跑、跑不了

石臼子砌烟囱——不成功

石臼做帽子——难顶难撑、顶不起

石块落在脑袋上——大难临头、灾祸临头

石榔头打石桩——实（石）打实（石）

石榴花开——红到底、老来红

石榴里的籽儿——挤得紧紧的

石榴脑袋——点子多、点子不少

石榴树上挂醋瓶——又酸又涩

石榴树做棺材——横竖不够料

石卵子拌豆腐——软硬兼施

石马塞进车辕里——生搬硬套

石磨压着手——没有办法

石盘子下的竹笋——永无出头之日、难出头

石菩萨的眼睛——有眼无珠

石人张嘴——没话

石人嘴里灌米汤——滴水不进

石狮子得病——不可救药

石狮子的脑袋——不开窍、七窍不通

石狮子的屁股——没门、无门

石狮子的五脏——实（石）心肠

石狮子的眼睛——动不得

石狮子放屁——别想（响）

石狮子咧嘴——时（石）效（笑）

石狮子赛跑——寸步难行

石狮子跳舞——耍不起来

石头出汗——回潮了

石头打的锁——没心没眼、没眼儿、死心眼儿、难开窍、不开窍

石头打汤——不进油盐、油盐不进

石头打着老鸹嘴——硬碰硬

石头蛋子落地——梆梆硬

石头蛋子生病——不可救药

石头蛋子腌咸菜——一言(盐)难尽(进)

石头底下的蟹——硬受压

石头掉在磨盘上——实(石)打实(石)

石头缝里常春藤——两受夹、两头受挤、根子硬

石头缝里长竹笋——憋出来的

石头缝里挤水——异想天开

石头缝里捉鳖——十拿九稳

石头开花马生角——不可能的事、没人见过、没有的事

石头脑袋秤砣心——死心眼

石头脑瓜子——难开窍、不开窍

石头砌墙——好的一面在外头

石头人开口——说实(石)话

石头人——死心眼、没心肝、没心没肝

石头上安橛子(jué zǐ 短木桩)——钻不进

石头上的蚯蚓——无缝可钻

石头上耕地——白费力气

石头上磨刀——硬对硬

石头上摔乌龟——硬碰硬

石头上绣花——起头难、开头难

石头娃子——一点心眼儿也没有、没心眼儿、缺少心眼儿

石头压咸菜——一言(盐)难尽(进)

石头压着的嫩芽——抬不起头来

石头子地里摔跤——碰得头破血流

石头子孵小鸡——一成不变

石头做的心——无情无义

石头做屋基——永世不得翻身

石头做枕头——自讨苦吃、自找苦吃

石柱子戴草帽——凑人头

石子烧豆腐——软硬不均

时迁进皇宫——贼胆包天

实心棒槌灌米汤——滴水不进

实心饺子——不掺假

实心竹子吹火——一窍不通、不通

实心竹子做笛子——吹不响

实验室的盐酸——放到哪,烂到哪

拾柴打兔子——一举两得、两不耽误、两得其便

拾到鸡毛当令箭——少见多怪

拾到金娃找它妈——贪心不足

拾到篮里都是菜——不知好歹、好歹不分

拾个秤砣砸烂锅——得不偿失

拾根棒棒当香烧——哄鬼、骗鬼、哄死人

拾根鸡毛当令箭——轻举妄动、少见多怪

拾鸡毛扎掸子——凑数

拾麦打火烧(做烧饼)——干捞、纯赚、卖一个赚一个

拾钱不认街坊——见利忘义

拾钱出告示——不贪意外之财

拾芝麻凑斗——非一日之功、积少成多

食盒里装粪蛋儿——没这一理(礼)

食堂的菜锅——油透了

史进认师父——甘拜下风

使了一辈子的破菜篮——大窟窿套小窟窿

士兵搭帐篷——安营扎寨

世界地图吞肚里——胸怀世界、胸怀天下

事后诸葛亮——人人会做

是人都有两只眼——不足为奇

逝去的光阴灭了的火——一去不复返

shou

收割了的庄稼地——一溜精光

收鸡毛的挑刺——找毛病

收了白菜种韭菜——清(青)白传家

收了卦签——不算了

收了庄稼到田间——找碴(茬)儿

收音机里拉笛——到点啦

收音机里少零件——没声响

手板脚板都是油——滑手滑脚

手板上煎鱼——办不到

手不麻利(敏捷、利索)怨袄袖——怪物、强词夺理

手插鱼篮里——避不了腥气

手长六指头——节外生枝

手长袖子短——顾不上、高攀不上、拉扯不上

手打鼻子——眼前过

手电筒没灯泡——有眼无珠

手里的鸡蛋——十拿九稳

手里的面团——扁圆由你

手里的明珠——生怕丢了

手里的泥鳅——滑透了

手里的泥丸——要扁就扁,要圆就圆

手里提个秃镐头——没有把握

手里无网看鱼跳——干着急

手榴弹爆炸——心胆俱裂

手榴弹捣蒜——好险、危险、冒险

手榴弹的尾巴——拽不得

手榴弹冒烟——难近身、近不得身、给谁谁不要

手拿刀把子——有把柄可抓

手拿鸡蛋走滑路——格外小心

手拿谜语猜不出——执迷(谜)不悟

手拿算盘串门子——找人算账

手帕包牛脑袋——露头角

手帕当被子——遮不了丑

手帕做床单——横竖不够料

手帕做门帘——不大方

手捧蒺藜——碰到棘手事、棘手

手捧金碗讨饭吃——哭穷

手痒去捅马蜂窝——想惹祸

手上的老茧——磨出来的

手上的皱纹——清清楚楚、一清二楚

手托灯笼上山顶——唯我高明

手像蒲扇,脚像钉耙——大手大脚

手心里的面团——要扁就扁,要圆就圆

手心里的虱子——明摆着的事

手心里的小虫——随人捏

手掌穿靴子——行不通、走不通

手掌里搁火炭——受不了

手掌上的纹路——明摆着

手掌心放烙铁——自作自受

马蜂窝

手掌心煎鸡子儿——过得硬、斗硬

手指抠伤口——触到了痛处

手指上戴钢箍——顶真（针）

手指头抠眼睛——昏头昏脑、昏了头

手指头抹胶水——沾（粘）上了

手抓刺猬——又刺又痛

手抓肥皂泡——摸透了

手抓糨糊——甩不掉、甩不脱

守株待兔——难得、得之不易、万不得已

守着公鸡下蛋——白搭工、瞎费心力

守着火炉吃冰棒——冷热结合

守着老虎睡觉——不知死活、死活不知

守着瞎子打俏眼——白费工夫、白费功、枉费工

守着圆圆画圈圈——无出路、没有出路

寿星老儿弹琵琶——老生常谈（弹）

受潮的火柴——有火发不出、有火没处发

受潮的麻花——不干脆

受潮的米花糖——疲（皮）了

受潮的炸药——不想（响）

受旱的苦瓜——熟得早

受贿的酒宴——不是好吃的

受惊的麻雀——胆子小

受惊的兔子——东窜西蹦

受惊的小老鼠——怕出头露面

受伤的野猪——发狂

兽医阉牛——一刀两断（弹）

售票员打灯笼——漂（票）亮

瘦狗身上割肥膘——下错刀子

瘦驴拉重载——够喘的了、受不了

瘦牛想吃高山草——力不能及、力不从心、心有余而力不足

瘦死的骆驼——比马大

瘦子割膘——办不到、没法办

瘦子光膀子——露骨

shu

梳妆台上的镜子——明摆着

输了的赌徒——垂头丧气

输了的象棋——定局了

秫秸(去穗的高粱秆)剥细秆——心软

秫秸秆当门闩——经不住推,也搁不住拉

秫秸秆做柱子——顶不住

秫秸做栏杆——不牢靠

熟螃蟹——横行不了

熟人对面不相识——眼力差

熟透的大枣——自来红

熟透的甘蔗——节节甜

熟透的桑葚儿——红得发紫

熟透的糖醋鱼——肉烂骨头酥

熟透了的石榴——合不拢嘴、咧开了嘴

暑天的老鸹——叫得凶

暑天隔夜的猪肉——有气儿

暑天借扇子——不识时务

暑天下冰雹——一冷一热、忽冷忽热

暑天下大雪——少见、少有

黍米做黄酒——后劲大

鼠蛇两端——虎头蛇尾

树倒猢狲散——跑的跑,溜的溜、彻底垮台、各奔前程

树高头(上面)奏唢呐——趾(枝)高气扬

树林里放风筝——乱缠、缠住了、勾勾搭搭

树林子大了——什么鸟都有

树上的烂杏——数它坏

树上的乌鸦,圈里的肥猪——一色货、一样的货色

树上的叶子——冷落

树上搁油瓶——好险、冒险、危险

树梢上吹喇叭——趾(枝)高气扬

树头乌鸦叫——不入耳、难入耳

树叶掉下来怕打破头——胆小鬼

树叶掉下来捂脑袋——小心过分、过分小心

树叶掉在江心里——随波逐流

树叶掉在树底下——叶落归根

树叶刮上天——轻飘

树叶落在地上——无声无响

树叶上的水珠——不久长、难长久

树叶子掉到河里——随波逐流

树叶做衣服——不是料子

树荫底下使罗盘——阴不阴来阳不阳

树荫里拉弓——暗箭伤人

树荫遮景致——不快意

树枝上挂团鱼——四脚无靠

树枝丫盖房——不是正经材料

树枝做拐杖——光出岔(杈)子、净岔(杈)子

树桩上的鸟儿——早晚要飞、迟早要飞

竖起大拇指当扇子——自夸

竖大拇指头——没说的

数冬瓜道茄子——唠唠叨叨

数九寒天穿裙子——抖起来了

数九寒天一盆火——人人喜欢、个个喜爱

数米煮饭——白费神、空劳神、劳而无功、有劳无功

数着步子走路——谨小慎微

属鹌鹑的——好斗

属八哥的——净玩嘴儿

属扒火棍的——一头热、一头冷来一头热

属芭蕉的——皮焦根枯心不死、叶烂皮干心不死

属百灵鸟的——叫得好听

属比目鱼的——成双成对

属蝙蝠的——夜里欢

属玻璃的——经不起敲打

属蚕的——作茧自缚

属长虫的——一轱截一轱截往前赶、能屈(曲)能伸

属长生果的——表是一把柴,瓤是一包油

属车轱辘的——推一推,转一转

属窗户纸的——一点就透、一戳就破、一戳就穿、一捅就破、不透风

属刺猬的——谁碰扎谁手

属大肚罗汉的——睁只眼,闭只眼

属大龙的——使不着

属弹簧的——能屈(曲)能伸

属地瓜的——一辈子出不了头

属电棒的——照见别人,照不见自己、照人不照己

属豆饼的——上挤下压

属疯狗的——见人就咬、乱咬人

属屹蚤(跳蚤)的——一碰就跳

属狗的——翻脸不认人、欺软怕硬、记吃不记打、老爱咬人

属狗尾巴的——越摸越翘

属狗熊的——记吃不记打

属瓜蒂的——不摘就掉了

属含羞草的——碰不得

属寒号鸟的——得过且过

属寒暑表的——变化大

属豪猪的——浑身是刺

属耗子的——胆子小、偷吃偷喝、记吃不记打、小心眼、有洞就钻

属核桃的——只能砸着吃

属核桃仁的——不敲不出来

属黑瞎子的——吃饱就睡、光认吃

属猴儿的——脸变得快、没老实过、没个老实气儿、见圈就钻

属狐狸的——狡猾得很

属虎的小孩子戴虎帽——虎头虎脑

属护芯灯的——不拔不明不点不亮

属黄花鱼的——来就溜边儿、溜边了、一来就溜

属火车的——不冒烟不走

属鸡的——捣一下,吃一口

属蒺藜的——扎手扎脚

属孔雀的——爱翘

属蜡烛的——不点不明

属老虎的——凶暴

属老鼠的——爱偷、胆子小、能吃不能拿、撂下就忘、靠偷过日子

属雷管的——碰不得

属漏斗的——填不满

属驴的——直肠子

属骡子的——不小心就咬人、空前绝后、杂种

属骆驼的——不怕烫不怕热

属麻雀的——小心肝

属马鳖(蚂蟥)的——光钻空子、见缝就钻、钻空子、吸血鬼、专吸人血

属蚂蟥的——净往肉上叮

属蚂蚁的——见缝就钻

属猫的——不上相

属猫头鹰的——昼伏夜出

属毛驴子的——牵着不走,打着倒退

属母鸡的——没名(鸣)儿

属泥鳅的——滑得很、圆滑、又圆又滑

属牛的——低着头死干、埋头苦干

属螃蟹的——横行霸道、到处横行、横着走

属刨花的——一点就着、点火就着

属炮筒子的——直来直去、直进直出、直出直入

属蒲公英的——经不起风雨、经不起风吹雨打、飘飘然

属蚯蚓的——净搞地下活动，少露面

属蛐蛐儿的——土里生土里长、土生土长

属山狸猫的——手脚利索

属蛇的——狠毒

属水牛的——好斗、离不开家（角）

属孙猴的——说变就变、转眼就变、变化无常

属土鳖的——张嘴等

属兔子的——胆小腿长、溜得倒快、一蹦三尺高、钻前钻后

属鸵鸟的——顾头不顾尾、顾头不顾腚

属王八的——咬死嘴、一会儿不打就伸脖

属蚊子的——爱咬人、专吸人血

属蜗牛的——离不开家

属乌龟的——缩头缩脑

属西山猴的——精得很

属喜鹊的——专会往高枝飞、好登高枝

属蟹的——肚里有货

属熊猫的——难合群、不合群

属鸭子的——就剩两片嘴、填不饱、嘴硬、直肠子

属烟囱的——直筒子一个

属野鸡的——顾头不顾尾、顾头不顾腚、吃碰头食

属野猪的——到处乱拱

属夜猫子的——穷叫唤

属扎花枕头的——外表好看

属张飞的——粗中有细

属帐篷橛子的——不砸不入土

属珍珠鱼的——浑身净点子

属芝麻的——不挤不出油

属蜘蛛的——满肚子私（丝）、一肚子私（丝）、专吃自来食

属钟表的——不快不慢老走着

属猪八戒的——好吃懒做

属猪的——被宰的货、会吃不会干、能吃能睡

属猪爪的——朝里弯、往里拐

属竹筒的——直来直去、直进直出、直出直入

属竹子的——心虚

属啄木鸟的——嘴硬身子软

属钻头的——不打弯

## shua

刷子擦曲管——转不了弯

刷子画梧桐——粗枝大叶

耍把戏的跪下——没咒念了

耍把戏的猴子——让人牵着走

耍把戏的帕子——无中生有

耍把戏的玩刺猬——扎手

耍大刀的唱小生——改行

耍猴的碰上敲锣的——对上点了

耍木偶戏——幕后操纵

耍皮影的遇上劫路的——丢人了

耍皮影的手——尽捉弄人

耍戏法的敲锣——要变了

## shuai

摔跟头捡票子——做美梦

摔锅卖铁——吃亏是自己、自己吃亏

摔跤捡金条——喜出望外

甩出去的手榴弹——大发雷霆

甩了皮鞭拿棒槌——软硬兼施

甩了西瓜捡芝麻——避重就轻

甩手掌柜——什么事也不管、么事不管

## shuan

拴驴找个棉花垛——窝囊货

拴在树桩上的叫驴——尽绕圈子、绕圈子

拴在桩上的牛犊子——身不由己、不由自主

## shuang

双胞胎比巴掌——一个样

双岔舌头——说两样话

双车吃士——将军、将了军

双锤落鼓——一个音

双黄蛋——有二心、两个心

双簧戏表演——随声附和、扭捏作态

双脚踩在棉花堆上——不踏实

双脚踏双船——犹豫不定

双脚踏在门槛上——不进不出

双色圆珠笔——有二心

双扇门上贴门神——一对儿

双手抱着鸡脖子——老往官(冠)上瞅

双手插进靛缸里——左也难(蓝),右也难(蓝)

双手举过头——超额

双手举碌碡——力大无穷

双手拍蚂蚱——一下当两下

双手捧鸡蛋——十拿九稳

双手捧寿桃——有理(礼)

双手擎根鸡毛——轻而易举

霜打的豆荚——难见天日、不见天日

霜打的高粱苗——抬不起头来

霜打的黄豆——四分五裂

霜打的麻叶——垂头丧气

霜打的嫩苗——奄奄一息

霜打的茄子——软不拉耷、蔫头蔫脑

霜打的柿子——甜上加甜、甜透了

霜打的庄稼——耷拉着脑袋

霜打地瓜秧——抬不起头来

霜后的大葱——软不拉耷、不死心、心不死

霜后的桑叶——没人睬(采)

霜降后的蝈蝈——没几天叫头

霜降后的萝卜——动(冻)了心

sui

随口哼山歌——心里有谱

碎了碟子又打碗——气上加气

碎嘴婆子——唠唠叨叨

隧道里扛竹竿——直来直去、直出直入、直进直出

shui

水边放炮——无处藏身

水边盖楼房——首当其冲

水兵的汗衫——道道多

水泊梁山的兄弟——越打越亲热

水池里长草——荒唐(塘)

水池里的鳖——走不了

水池里拾蟹子——十拿九稳

水坑里的鱼——掀不起大浪、翻不了大浪

水到屋顶帆到瓦——水涨船高

水道眼贴对子——门头不高

水滴石板穿，绳锯木头断——日久见功夫

水滴石穿——贵在持久

水底捞月，天上摘星——可望而不可即、想到做不到

水底下推船——卖力看不到，成功不叫好、暗里使劲、使暗劲

水豆腐炒豆渣——吵(炒)个稀巴烂

水豆腐搭桥——白费工夫、白费劲、枉费工

水缸里按葫芦——松不得手

水缸里打鱼——冤枉(网)

水缸里的葫芦瓢——沉不下去

水缸里的乌龟——手到擒来

水缸里放明矾——澄清

水缸里捞芝麻——难啊

水缸里摸鱼——十拿九稳

水缸里洒油滴——两分离

水缸里养鱼——保活不保长

水缸里着火——不可能的事、没人见过、没有的事

水沟里的篾片——总有翻身日

水沟里的泥鳅——掀不起大浪、翻不了大浪

水沟里放木排——难回头、回头难

水牯牛打架——勾心斗角

水罐里的王八——瞎碰、瞎撞

水过地皮湿——沾手三分肥

水壶里翻跟头——胡(壶)闹

水壶里扔秤砣——砸啦

水壶里盛汤圆——肚里有货倒不出、有货倒不出

水浒里的时迁——贼星下界

水浇石灰船——没有救、没得救

水浇鸭背——不湿皮毛

水浸老牛皮——泡不开

水晶肚皮——一眼看透、一眼看穿

水晶宫里钓鱼——招引出祸水

水井里放糖精——甜头大家尝

水坑里照镜子——一切颠倒

水库开了闸——滔滔不绝

水里的鸳鸯——难舍难分、形影不离、形影相随

水里摸泥鳅——滑不溜秋

水龙头不关——自流

水面砍一刀——无伤痕、无痕迹

水面上的油花——漂浮

水面上画花纹——白费工夫、白费劲、枉费工

水面上看人——看倒了

水灭火，金克木——一物降一物

水磨石地板涂蜡——滑上加滑

水泥柱当顶门杠——大老粗

水泥柱里的钢筋——暗里使劲、使暗劲

水牛背上挂树叶——轻而易举

水牛踩浆——拖泥带水

水牛踩进稀泥坑——越弄越糊涂、越搞越糊涂

水牛长毛——彻头彻尾

水牛吃荸荠——食而不知其味、全不知味

水牛吃活蟹——有劲使不上、有力无处使

水牛吃了萤火虫——肚里明白

水牛打架——钩心斗角、全靠角

水牛的一生——忍辱负重

水牛掉在井里头——有劲使不上

水牛肚子——草包

水牛过河——永不回头、露头角

水牛见了骆驼——矮了半截子、矮了一大截

水牛角——难治(直)

水牛进小巷——难转弯、转不过弯来

水牛抓跳蚤——有劲使不上、有力无处使

水牛走到象群里——矮了一头

水牛钻鸡窝——没门路

水瓢上记账——一概抹销

水上的浮萍——沉不下去、随风摆、随风飘、难生根、行踪不定

水上的鸭子——面上平稳,暗中活动

水上葫芦——沉不了底、轻浮

水上画画儿——劳而无功、有劳无功

水蛇投渔网——胡缠、胡搅蛮缠

水蛇学黄鳝——耍滑
水獭看渔场——越看越光
水獭上山——装熊
水獭守渔场——越守越光、越守越稀
水獭找泥鳅——一个刁，一个滑
水塘里的泥鳅——光溜溜
水塘里捞芝麻——难得、得之不易
水塘里挖藕——心眼多、心眼不少
水田的鳝鱼——没见过江河
水田里的蚂蟥——要叮人
水桶当喇叭——大吹
水桶烂了底——两头空、两落空
水桶里扎猛子——难回头、回头难
水桶上安铁箍——难解难分、难分难解
水推龙王走——目不暇接
水推菩萨——绝妙(庙)
水推沙子——挡不住
水瓮里的鳖——跑不了
水无网看鱼跳——干着急
水洗玻璃——一尘不染
水仙不开花——装蒜、装啥洋蒜啊
水淹龙王庙——自家人不识自家人
水淹田园再筑坝——晚了、迟了
水银落地——光钻空子、见缝就钻、钻空子、无孔不入
水闸失修——放任自流、任其自流
水蛭咬人——硬往肉里钻
水中荡葫芦——两边摆
水中的鳄鱼，山上的虎豹——凶的凶，狠的狠
水中的螃蟹——没有心肠
水中看桩——变样了
水中捞月——一场空、没处寻、难寻
水中月，镜中人——看得见，摸不着
水煮驴皮胶——难熬
睡不着，怨床脚——错怪
睡觉不枕枕头——空头空脑
睡觉扯被子——遮遮盖盖
睡懒觉的还要个垫背的——福享尽了

睡落枕的脖子——耿(梗)直

睡猫打呼噜——与众不同

睡梦别扁担——到处横行

睡梦吃蜜糖——想得倒甜

睡梦打五更——一无所知

睡梦里抱元宝——财迷心窍、财迷

睡梦里逮鸟——空扑一场

睡梦里观景致——尽想好事、想得倒美

睡梦里演讲——胡言乱语、胡说八道

睡梦娶媳妇——痛快一时

睡梦坐朝廷——高兴一时是一时、快活一时算一时

睡歪了枕头——想偏心了

睡醒了的雄狮——所向无敌

睡在芦席上——不怕滚地下

睡着说话——腰不疼

shun

顺风扯满篷——一帆风顺

顺风撑船——不费力、不费劲

顺风划船——又快又省

顺风顺水船不动——不对头

顺风顺水行船——快上加快、飞快

顺风下水船——留不住、难久留

顺沟摸鱼——没跑、跑不了

顺脚印走路——步人后尘

顺姐儿的妹妹——别扭(妞)儿

顺了哥哥失嫂意——两头为难、两难

顺坡推碌碡——快上加快、飞快

顺梢吃甘蔗——一节比一节甜

顺手牵羊——趁机行事

顺水人情——不费力、不费劲

顺水推舟,顺风扯篷——见机行事

顺水推舟——不费力、不费劲

顺藤扒地瓜——追根求源、追根到底

顺藤摸瓜——十拿九稳

顺着梯子下矿井——步步深入

shuo

说出的话牛都踩不烂——硬邦邦

说风便扯篷——性太急

说风便是雨——说干就干

说话不离本行——干啥说啥

说话冲倒南墙——好硬的口气

说话带奶气——幼稚得很

说话捧着乌纱帽——封官许愿

说牛马下蛋——笑话连篇

说书的唱大鼓——走了板

说书的断了弦——谈(弹)不了啦

说书的加花哨点——胡诌八咧

说书的撂鼓槌——要小钱

说书的刹板——下回分解

说书的收了三弦琴——不谈(弹)了

说书的职业——耍嘴皮子

说书的走江湖——全凭一张嘴、全仅嘴

说书的坐板凳——能说不能行

说书人的嘴唱戏人的腿——说一不二、有伸有缩(说)

说书人落泪——替古人担忧

说书先生走江湖——凭的一张嘴

说真方卖假药——到底还是假、冒牌货

说着正东往西走——言行不一

说嘴的郎中——无好药、治不了病、没真药

说嘴郎中卖膏药——胡吹一气、真能吹

si

丝绸上绣蜡梅——锦上添花

丝瓜筋打老婆——装腔作势

丝瓜烧豆腐——清(青)清(青)白白

丝绳系骆驼——不牢靠

丝网打鱼秧——一无所获

丝线缠麻线——越缠越乱

丝线穿珍珠——串起来了

丝线打结——难解、难解难分、难分难解、解不开、不解

丝线捆柴——吃不住劲

丝线麻线混一团——难缠

丝线拧成一股绳——合在一起干

司鼓兼吹号——自吹自擂

司机闹情绪——想不开

司令哼曲子——官腔官调

司令上树——趾（枝）高气扬

司马夸诸葛——甘拜下风

司马炎废魏主——袭用老谱、依样画葫芦

司马懿破八卦阵——不懂装懂

司马相如遇文君——一见钟情

司马昭之心——路人皆知

司务长发军装——一套套的

司务长买饭票——公私分明、公是公来私是私

撕衣服补裤子——于事无补、因小失大

死得不明不白——糊涂鬼

死后谈功过——盖棺论定

死胡同逮猫——没跑、跑不了

死胡同里赶大车——行不通、走不通

死胡同里截驴——看你往哪儿跑

死了耗子猫来哭——假慈悲、假慈善

死马当活马医——最后试一把

死面蒸馒头——一个眼也没有

死诸葛吓走活仲达——生不如死、出乎意料、出人意料

死罪逢恩诏——喜出望外

四不像备鞍鞯[马鞍子和垫在马鞍子下面的东西]——奇（骑）怪

四川的担担面——又麻又辣

四大金刚拨船——大推大扳

四大金刚吃汤圆——神不愣（能）腾（吞）

四大金刚弹琵琶——不谈（弹）也得谈（弹）

四大金刚拿豆鼠子[小老鼠]——大眼瞪小眼

四大金刚扫地——有劳大驾、大材小用

四大金刚讨饭——穷凶极恶

四大金刚摇船——大摇大摆

四方木脑袋——难开窍、不开窍

四方木头——踢一踢，动一动

四个鼻孔烂了仁——一鼻孔出气

四个菩萨仨猪头——哪有你的份、没有你的份

四个兽医抬只羊——没法治、没治了

四股叉子扎脚跟——不知哪股出的事

四海龙王动刀兵——里里外外都是水

四季豆翻花（指开二道花）——老来俏

四棱子鸡蛋——没处寻、难寻

四棱子眼睛——六亲不认

四两花椒炖只鸡——肉麻

四两加六两——一惊（斤）

四两棉花八张弓——细谈（弹）

四两棉花——别弹了

四两人讲半斤话——自不量力、不自量

四面八方都有客——朋友遍天下

四面脑勺子——没脸

四十里地不换肩——抬杠的好手

四下里没云——真情（晴）

四月吃毛桃——太早了

四月的冰河——开动（冻）了

四月的桃花——过景了

四月间的桃花——谢了

四肢长胡子——毛手毛脚

四肢抽筋——缩手缩脚

寺里起火——妙哉（庙灾）、慌了神

寺庙的木鱼——任人敲打

寺庙里的武僧——身手不凡

寺院里栽牡丹——美妙（庙）

song

松板夹骆驼——两头吃苦

松了腰带抬石头——没劲儿

松鼠的尾巴——翘得高

松鼠想吃树上鸟——办不到、没法办

松树林里挂灯笼——万绿丛中一点红

宋朝的秦桧，明朝的严嵩——奸对奸

宋徽宗的鹰，赵子昂的马——好话（画）儿

宋士杰告状——层层向上

宋太祖陈桥兵变——黄袍加身

送君千里——总有一别

送亲家接媳妇——两头不误

送丧路上遇旋风——躲了一灾又灾、祸不单行

送生娘娘摔孩子——活要人的命

送死人的车马——纸糊的

送灶王爷归天——多说好话

送走客人做饭吃——吝啬鬼

sou

馊饭霉馒头——不对味、不是味儿

su

苏木当柴烧——不识货

苏三上公堂——句句真言、句句实话

苏州的蛤蟆——难缠（南蟾）

苏州老鼠走到杭州偷吃——走也走瘦了

苏州人换糖——不算敷（酥）

酥油里插刀子——迎刃而解

suan

蒜辫子顶门——头儿多

蒜地里栽辣椒——一茬比一茬辣

蒜薹拌藕——对上眼了

蒜薹炒豆渣——光棍儿落难（烂）

蒜薹发权——二杆子

算卦先生的葫芦——肚里有鬼

算命瞎子进村——一阵横吹

算命先生的话——一句真的都没有

算命先生断祸福——胡说

算命先生说气话——舍得几条命不要

算盘掖在裤腰上——肚里净打小九九

算盘珠子——拨一拨动一动、不拨不动、拨来拨去、任人拨拉

算盘珠子脱了框——没用处、无用、没得用

算盘子进位——以一当十

sun

孙庞（指战国时期的孙膑和庞涓）斗智——不是你死，就是我亡

孙权嫁妹——赔了夫人又折兵

孙权杀关公——嫁祸于人

孙权招妹夫——弄假成真

孙武训宫女——纪律严明

笋壳套牛角——再合适不过了、合适

笋子变竹——节节空、越采越高、节节高、节节上升

榫头钉铁钉——双保险

榫头里的楔子——硬挤

suo

唆狗咬石狮——笨中又笨

唆人跳海——硬往死里逼

梭引红线穿绿线——泾渭（经纬）分明

梭子不挂线——空来往

蓑衣上绣花——底子差、基础差、底子不行
唢呐里吹出笛子调——想(响)不到一块、想(响)的不一样
锁子看门——家中无人

# T

ta

他瞌睡你送枕头——正合适
他念他的经,我拜我的佛——互不相干、互不干扰
塌鼻头闻鼻烟——没味道
塌鼻子戴眼镜——没着落、靠不住、不可靠、没处搁
塌鼻子嫁个斜眼——丑对丑、一对丑
塌锅干饭——闷(焖)起来了
塌了大梁的房子——散架
塌了门架断了梁——倒霉(楣)透顶
塌了窝的蚂蚁——阵脚大乱
塔顶散步——走投无路
塔顶上吹喇叭——声名(鸣)远扬
塔顶上散步——无路可走
塔尖上点灯——高明
塔尖上亮相——高姿态
踏板上的蚊子——不在账(帐)内
踏死蛤蟆肚子大——气可不小、好大的气
踏小板凳糊险道神——差一截子、差一大截
踏在薄冰上——好险、冒险、危险
踏着脖子敲脑壳——欺人太甚、太欺负人
踏着城墙上骆驼——够高了
踏着门槛说话——里外挑明

tai

台上唱戏,台下打鼾——看不上眼
台上的油灯——明摆
台上耍魔术——假的
台上握手,台下踢脚——翻脸不认人、两面派
台子上收锣鼓——没戏唱了
抬轿吹喇叭——光图热闹、凑热闹、凑凑热闹
抬头望鹰,低头抓鸡——眼高手低

抬头只见帽檐，低头只见鞋尖——目光短浅

抬腿上楼梯——步步高升、步步登高

抬着食盒爬上树——言之(沿枝)有理(礼)

太保先生待老爷——奉承(神)

太公钓渭水——走老远

太公钓鱼断了线儿——大鱼小鱼都不来

太公在此——百无禁忌、没有你的位置

太极拳的功夫——柔中有刚、软中有硬

太平洋搬家——翻江倒海

太平洋的海鸥——经过风浪

太平洋里的水——无量

太平洋里放长线——想钓大鱼

太平洋里下钩子——放长线钓大鱼

太平洋里一滴水——微不足道、微乎其微

太上老君开处方——灵丹妙药

太师椅着了火——坐也难、站也难

太岁当头坐——非灾即祸

太岁头上动土——胆子不小、自取其祸、惹祸上身、胆大包天、惹不起

太行山上看运河——远水不解近渴

太阳底下的洋葱——皮焦根枯心不死、叶烂皮干心不死

太阳底下的影子——抹不掉

太阳底下点灯——多余

太阳底下点蜡——糟蹋货(火)

太阳底下竖竹子——立竿见影

太阳地里打电筒——多此一举

太阳地里点灯——不增光

太阳地里望星星——白日做梦、梦想

太阳落坡月上山——接连不断

太阳落山后的猫头鹰——睁开眼啦、开了眼

太阳上点火——聊(燎)天

太阳下面的雪人——不久长、难长久

太阳照到墙洞里——光钻空子、见缝就钻、钻空子

泰山的青松——万古长青

泰山顶上唱大戏——唱高调

泰山顶上搭架子——越来越高

泰山顶上放烟火——天花乱坠

泰山顶上观日出——高瞻远瞩、站得高,看得远、登高望远

泰山顶上立暖壶——高水平(瓶)

泰山顶上卖黄金——高贵

泰山顶上散步——没奔头

泰山顶上添捧土——无济于事、不济事

tan

贪财人爱便宜——更改不掉、改不了

贪吃不留种——顾前不顾后、过一天算一天

贪官醉酒——丑态百出

贪婪鬼赴宴——贪吃贪喝、饱吃饱喝、足吃足喝

贪食拉肚子——吃了嘴的亏、全坏在嘴上

贪污分子当会计——一笔糊涂账

贪嘴的鱼儿——爱上钩

滩头上的白鱼——眼睛不闭

瘫子摆渡——划不来

坛中取蛋——手到擒来

坛子里的豆芽菜——直不起腰、伸不起腰、冤屈(圆曲)死了、受不完的勾头罪

坛子里的皮蛋——变了

坛子里的咸菜——有言(盐)在先

坛子里点蜡烛——照里不照外

坛子里和面——搭不上手

坛子里睡大觉——憋气、憋得难受

坛子里喂猪——挨个来、插不上嘴、难插嘴、一个个来

坛子里腌咸菜——泡汤了

坛子里养乌龟——越养越小

坛子里抓辣豆瓣——辣手

坛子里装泥鳅——滑不到哪儿去

坛子里装王八——成心憋人

坛子里捉鳖——手到擒来、稳捉稳拿、十拿九稳

谈判桌上的交易——讨价还价

谈心不点灯——说黑话

檀木雕的菩萨——灵是不灵,稳却稳当

檀木做犁底——屈才(材)

檀香木当柴烧——不知好歹、好歹不分、不识货

檀香木劈劈柴——大材小用

檀香木旋棒槌——不够本钱、不够本、不惜代价

檀香木做锅盖——用才(材)不当

檀香木做烧火棍——屈才(材)

弹花槌擀烙馍——心里厚

弹花店挂弓——不谈(弹)了

弹花匠上殿——有功(弓)之臣
弹花铺里打铁——软硬兼施
弹簧身子蚂蟥腰——能屈(曲)能伸
弹棉花的做了官——有功(弓)之臣
坦克打冲锋——有股闯劲
炭黑做汤圆——漆黑一团
炭火盆扛肩上——恼(脑)火
炭筛子筛芝麻——全落空
炭窝里的石灰——黑白分明
探条插枪膛——直来直去、直进直出、直出直入

tang

汤锅里放黄连——有苦大家吃
汤圆掉煤堆——黑白不分、混淆黑白
汤圆掉在稀饭锅里——糊涂蛋
汤圆落在灶坑里——洗不清、洗不净
唐伯虎追秋香——千方百计
唐朝的茶杯——老古词(瓷)
唐朝的擀面杖——老光棍
唐三藏的扁担——担惊(经)
唐三藏读佛经——出口成章
唐三藏过火焰山——没咒念、凶多吉少
唐三藏过平顶山——凶多吉少
唐三藏念紧箍咒——猴头受罪
唐三藏取经——困难多
唐僧的紧箍儿咒——老得念着
唐僧的龙马——腾云驾雾
唐僧的徒弟——个个是好汉
唐僧的心胸——慈悲为怀
唐僧上西天——取经去、一心取经
唐僧相信白骨精——人妖不分
唐僧学经文——念念不忘
唐僧做道场——有经验(念)
唐王陵上看泾河——远水解不了近渴
堂前中央挂灯笼——正大光明
堂屋挂兽皮——不像话(画)、不成话(画)
堂屋里挂碾盘——实话(石画)
堂屋里推车子——进退两难
塘里的浮萍——浮在面上

塘里漂葫芦——沉不下去

糖包子蘸碱水——自讨苦吃、自找苦吃

糖炒栗子——外焦里嫩、熟了就崩

糖裹砒霜——害人

糖葫芦蘸蜜——甜上加甜、甜透了

糖捏的人——一吹就化

糖衣药丸——苦在肚里

螳臂当车——自不量力、不自量

螳螂捕蝉——不顾后患

螳螂肚子蛤蟆嘴——怪模怪样、怪样子、瞧你那样

螳螂落油锅——全身都酥了、粉身碎骨

躺倒的枯树——腐朽

躺在《百家姓》上打滚——不知姓什么好了

躺在功劳簿上睡大觉——沾沾自喜

躺在怀里的猫儿——俯首帖耳

躺在危墙根下睡觉——找死、送死、寻死、自己找死

躺在席子上吹死猪——长吁短叹

躺着说话——不腰痛

烫手的粥盆——扔了心痛,不扔手痛

tao

掏干油罐子煎豆腐——不惜代价、下尽本钱

逃荒的落户——举目无亲

逃了和尚有庙在——尽管放心

逃难跑到死胡同——绝路一条

桃花潭水深千尺——无与伦比

桃树林里种甘蔗——甜甜蜜蜜

桃子掉地上——熟透了

桃子破肚——杀身成仁

陶工手里的黏土——得心应手

陶器店里买钵头——一套一套的

讨饭的家当——净零碎

讨饭的捡到黄金——喜出望外

讨饭的扭秧歌——穷作乐、穷快活

讨饭的起五更——白费神、空劳神

讨饭的娶老婆——穷对穷、一对穷

讨饭的扔棍——不要跟狗斗气

讨饭的拾条狗——得权(犬)了

讨饭的喂猴——玩心不退

讨口的摆堂戏——穷开心

讨口的掉醋坛——穷酸、又穷又酸

讨口的穿皮袄——穷讲究、穷打扮

讨口的吹喇叭——穷作乐、穷快活

讨口的做客——穷朋友

讨来的馍馍敬祖先——穷孝顺

讨媳妇嫁女儿——进一出

套车埋老鼠——小题大做

套马杆探月亮——痴心妄想、妄想

套马杆子戴礼帽——细高挑儿

套马杆子顶草帽——奸（尖）的出头

套上大车让老虎驾辕——没人敢（赶）

套袖改袜子——没底儿

套着大车卖煎饼——贪（摊）得多

teng

藤长根短——头重脚轻

藤萝爬上葡萄架——纠缠不清

藤攀枯树——乱纠缠

ti

剔光了肉的排骨——没多大油水、油水不大

剔了肉的猪蹄儿——贱骨头

提扁担进屋——直来直去、直进直出、直出直入

提花机断了弦——没法提、提不得、提不起来、别提了

提鸡赶鸭子——一举两得

提傀儡上戏场——缺少口气儿

提马灯下矿井——步步深入

提桶里搓衣服——同时下手

提猪头进庙——走错了门、找错了门

提着扁担串门子——直来直去、直进直出、直出直入

提着尺子满街跑——量人不量己、不量自己，光量别人

提着醋瓶借钱——穷酸

提着灯笼打柴——明砍

提着灯笼拾粪——找死（屎）、寻死（屎）

提着灯笼行窃——明目张胆

提着点心去求人——甜言蜜语

提着唢呐打瞌睡——做事不当事

提着头发上天——办不到、没法办

提着影戏人上场——好歹别戳破了这层纸

剃头扁担——长不了

剃头带洗澡——干脆利索、干净利索

剃头刀不能砍柴,砍柴刀不能剃头——大小各有用场、各有用场

剃头刀裁纸——真快

剃头刀砍木头——用得不是地方

剃头的不带刀子——愣撸

剃头的动手——一触即发

剃头的发脾气——舍得几个头不要

剃头的关门——不理

剃头的管修脚——负责到底

剃头的扛铡——干大活的手

剃头的拿推子——有头了

剃头的拍巴掌——完事、完了

剃头的收摊——没头了

剃头的头发长——越是自己的活越顾不上

剃头的歇工——没人理、不理

剃头刮脊梁——管得宽

剃头刮脸——一道下来

剃头匠的担子——一头热一头冷

剃头匠发火——置之不理

剃头匠使锥子——一个师傅一个传授

剃头匠说气话——舍得几个脑壳不要

剃头铺关门——不理、没人理

剃头师傅使锥子——不对路数、胡来、不是路数

剃头剃个光脑壳——头名(明)

剃头挑子——一头热、一头冷来一头热

剃头洗脚面——从头错到底、差了一人高

剃头捉虱子——一举两得

替丧家鼓掌——幸灾乐祸

tian

天安门前的狮子——一对儿、明摆着

天长遇着地矮子——互不道长短

天窗下谈天——说亮话

天鹅落在鸡窝里——盛不下

天干禾苗黄——奄奄一息

天高皇帝远——有冤无处申、管不着

天狗吃太阳——没法下口

天狗吃月亮——难下爪、无从下口、难下口、总要还原、圆吞

天黑敬菩萨——心到神知

天黑想起赶集——错过时机

天黑找不到路——日暮途穷

天花板上挂棋盘——一个子儿也没有

天津卫的娃娃——你(泥)小子

天井里捉鱼虾——没来路

天井院里的瞎子——处处碰壁

天井院里竖竹竿——无依无靠

天空的浮云——下落不明、不知下落、一吹就散

天空里闪电——雷厉风行

天冷偏烤湿柴火——对着吹

天亮才烧炕——晚了、迟了

天亮的喜鹊——一睁眼就喳喳个没完

天亮公鸡才叫——白提(啼)

天亮下大雪——明白、明明白白

天灵盖上长眼睛——目中无人

天马行空——挡不住马脚

天猫配地狗——一对儿

天南海北走亲戚——来去自由

天女散花——遍地都是

天平没砝码——两头空、两落空

天平上称大象——不知轻重

天平上称人——把人看轻了

天平上乱加码子——不公平

天桥的把式——光说不练

天然牛黄——宝贝疙瘩

天山顶上一棵草——有你不多,无你不少

天上不下雨——有情(晴)

天上的彩虹,地下的幻影——看不见,摸不着

天上的彩虹——可望而不可即、好景不长

天上的飞机,地下的火车——撞不上

天上的浮云,地下的风——无影无踪、无拘无束

天上的老鹰不吃脏东西——清高

天上的雷——空想(响)

天上的流星——一时光

天上的鸟——自由自在、无拘无束

天上的星星——数不清、没准数、若明若暗

天上的月亮——看得见,摸不着

天上的蜘蛛网——高丝(师)

天上掉馅儿饼——白日做梦、梦想

天上飞的鹞子——总要落地

天上架桥——想到办不到

天上裂了缝——日月难过

天上霹雳打雷公——自相惊扰

天上选县长——管得宽

天上一脚,地下一脚——谁也不挨谁

天生的黄鳝——成不了龙

天生的柳条子——成不了才(材)、不成才(材)

天生的歪脖子——更改不掉、改不了

天师过河不用船——自有法度(渡)

天塌了用头顶——假充好汉

天天泡病号——不是好人

天文台上的望远镜——好高骛远

天下的乌鸦——一般黑

天要下雨,娘要嫁人——无可奈何、管不着、不由人愿、由不得人、各随其便

天要下雨鸟要飞——各随其便

天有飞机,地有坦克——上下夹攻

田塍(田埂)边栽芋头——外行

田塍上种黄豆——靠边站

田埂上的蚕豆——一路

田埂上的泥鳅——滑不了

田埂上推车——路子窄

田埂上修茅厕——肥水不落外人田

田鸡唱歌——呱呱叫

田鸡笼打翻——一团糟

田鸡跳到戥盘上——自称自

田鸡吞烟油——尝到辣头

田鸡要和牛比——胀破肚皮也没用

田家阿奶吃糖儿——甜(田)对甜

田间锄地遇杂草——不足为奇

田间老鼠——嘴尖牙利

田坎上爬长虫——地头蛇

田里的泥鳅——滑头滑脑

田里的蚯蚓——满肚疑(泥)、没骨头

田里的庄稼——土生土长

田螺爬上旗杆顶——唯我独尊

田螺讨吃——夜里忙

田鼠串门儿——土里来土里去

田鼠要走家鼠步——硬逞能、瞎逞能

田鼠走亲戚——土里来，泥里去

田头训子——言传身教

甜点心敬财主，糠窝窝送乞丐——看人行事

甜糕蘸蒜汁——不对味、不是味儿

甜瓜地里长甘蔗——从头甜到脚

甜酒里掺豆油——不对味、不是味儿

甜酒里兑(掺和)水——亲(清)上加亲(清)

挑玻璃货担子摔跤——总有破损

挑担的松腰带——没劲儿

挑灯草走路——担空心、干轻巧活

挑缸钵的断扁担——没有一个好货、没有一个好的

挑脚的穿大褂——冒充斯文、假斯文、装斯文

挑雷管上山——担风险

挑沙罐下悬崖——家破人亡、家败人亡

挑石登泰山——谈何容易

挑水带洗菜——两不耽误、两得其便、一举两得

挑水的扁担——长不了

挑水的回头——过景(井)了

挑水的娶个卖菜的——志同道合

挑水的逃荒——背井离乡

挑水骑单车——武艺高、本领高

挑雪堵洞——劳而无功、有劳无功

挑雪堵窟窿——白费工夫、白费劲、枉费工、久后分明

挑盐巴腌海——尽干傻事

挑一担子瓦罐过河——操心过度(渡)

挑着扁担长征——任重道远

挑着扁担进门——横祸(货)

挑着担子背着娃——能者多劳

挑着缸钵走滑路——担风险

挑着棉花过刺笆林——东拉西扯、七勾八扯、走一步挂一点

挑着磨盘背着碾——负担太重

条条小溪流大江——大势所趋

笤帚疙瘩戴凉帽——装大头鬼

笤帚疙瘩上做茧——结不出好果来

跳大神的翻白眼——没咒念

跳大神的——装神弄鬼

跳到秤盘里——拿自己来量别人

跳到黄河洗不清——冤枉、太冤枉

跳蹬上作揖——止步

跳河闭眼睛——横了心

跳梁小丑——上蹿下跳

跳伞队员搞表演——空翻多

跳伞爱好者——喜从天降

跳上岸的大虾——慌了手脚、离死不远

跳上岸的鱼——只张嘴巴没有声

跳上舞台凑热闹——逢场作戏

跳网的鱼儿又吞钩——躲了一灾又一灾、祸不单行

跳舞的脚步——有进有退

跳蚤充龙种——冒牌货

跳蚤戴串铃——假充大牲口、装什么大牲口

跳伞队员搞表演

跳蚤顶被窝——枉费心机、力不能及、力不从心、心有余而力不足

跳蚤练功——小把戏

跳蚤炝蹶子——小踢小打

跳蚤脾气——好蹦跶

跳蚤烧汤——没多大油水

跳蚤想顶被窝——力不足

跳蚤性子——见肉就叮

跳蚤钻被缝——顾头不顾尾、顾头不顾腚

跳蚤钻进袜筒里——角色（脚虱）

tie

贴身的丫鬟——寸步不离

铁板钉钢钉——硬到家

铁板上炒豆子——熟了就崩（蹦）、熟一个崩（蹦）一个

铁板上钉钉——有板眼、有板有眼、硬对硬

铁杵对铜臼——硬捣

铁杵磨成针——全靠功夫深、非一日之功、功到自然成

铁炊帚刷铁锅——都是硬货

铁锤打钢钎——硬对硬

铁锤打夯——层层着实

铁锤打纸鼓——不堪一击

铁锤跌在橡皮上——一声不响

铁锤擂山石——硬碰硬、干脆利索、干净利索

铁锤敲钟——响当当、当当响

铁锤砸钢板——硬打硬拼

铁锤砸核桃——粉身碎骨

铁锤砸脑壳——碰得头破血流

铁锤砸铁砧——一个比一个硬、硬碰硬

铁锤砸乌龟——硬碰硬、不怕你硬

铁锤砸在被窝里——没回音、无回音、没反应

铁打的肠子铜铸的心——变不了、没法变

铁打的钉耙——一把硬手、是把硬手

铁打的饭碗——砸不坏，摔不破

铁打的房梁磨绣针——功到自然成

铁打的耕牛——动不得力(犁)

铁打的葫芦——难开口、口难开、不好开口、不开窍、难开窍

铁打的馒头——一个比一个硬、难啃、啃不动

铁打的脑壳——不转向

铁打的锁链——一环扣一环

铁打的围墙——不透风

铁打的衙门,流水的县官——有职不愁无权

铁打房梁磨绣针——功到自然成

铁蛋子生蛆虫——天下奇闻、无奇不有

铁钉打大刀——不够料

铁钉钉黄连——硬往苦里钻

铁钉铆在钢板上——扎扎实实

铁钉耙挠痒——充硬手

铁鼎锅碰上铁扫把——硬对硬

铁公鸡还套三道箍——一毛不拔

铁公鸡下蛋——没指望、不可能的事、休想、没有的事

铁钩子搔痒痒——一把硬手、是把硬手

铁拐李把眼挤——你哄我,我哄你

铁拐李摆摊——蹩脚货

铁拐李帮忙——越帮越忙

铁拐李的葫芦——不知卖的什么药

铁拐李的脚杆——长短不齐、高的高来低的低

铁拐李葫芦里的药——医不好自己的病

铁拐李落难卖打药——总会碰到识货人

铁拐李卖跌打药——货真价实

铁拐李碰着吕洞宾——顾嘴不顾身

铁拐李跳舞——摆不平

铁拐李走独木桥——走险

铁拐李走路——一摇三摆

铁管子当油桶——没底儿

铁轨上的火车——走得正，行得直、行得正，走得端

铁锅炒蚕豆——干脆、干干脆脆

铁锅里的螺蛳——水深火热

铁锅碰茶缸——想(响)不到一块、想(响)的不一样

铁锅遇着铜炊帚——对头

铁黑豆——吵(炒)不起来

铁将军把门——关门闭户、家中无人

铁匠扒火炉——散伙(火)

铁匠摆手——欠捶(锤)

铁匠被锁——自作自受、自食其果

铁匠出身——光会打、只讲打

铁匠传手艺——趁热打铁、趁热干

铁匠催徒弟——快打

铁匠打锤——直起直落

铁匠打石匠——实(石)打实(石)着(凿)

铁匠打铁不用锤——好手

铁匠打铁——趁热

铁匠戴手铐——自作自受

铁匠当官——只讲打

铁匠的活路——硬功夫

铁匠的围腰——近(净)视(是)眼、漏洞多

铁匠的砧子——挨砸的货、不怕敲打、天天挨捶

铁匠拉风箱——柔能克刚(钢)

铁匠摆手——欠锤

铁匠炉的料——该打、不打不成器

铁匠炉的钳子——好家伙(夹火)

铁匠炉里的铁——该打

铁匠炉旁的砧子——专等挨捶哩

铁匠炉下雹子——冰火不同炉

铁匠炉子不点灯——掏出来就见

铁匠炉子落下脚——趁火干

铁匠抢不好锤——不是那把手

铁匠抡大锤——甩开膀子大干

铁匠骂徒弟——不会打

铁匠铺的产品——样样过硬、打出来的

铁匠铺的料——挨敲打的货、挨敲的货

铁匠铺的买卖——都是硬货、过得硬、斗硬、样样过得硬、件件都是硬货

铁匠铺开门——动手就打

铁匠铺开张——煽风点火、叮叮当当

铁匠铺里打金锁——白费工夫、白费劲、枉费工

铁匠铺里的风箱——不拉不开窍

铁匠铺里的火叉——一头热、一头冷来一头热

铁匠铺里的家什——都是硬货

铁匠铺里的砧子——挨敲打的货、挨敲的货

铁匠铺里失火——该然(燃)

铁匠铺卖豆腐——软硬兼施

铁匠上班——不打不行

铁匠生炉子——煽风点火

铁匠师傅耍手艺——叮叮当当

铁匠使凿子——斩钉截铁

铁匠说梦话——快打

铁匠做官——只讲打、以打为主

铁壳里放鸡蛋——万无一失

铁拉锁,子母扣——分久必合,合久必分

铁笼里的老虎——威风扫地

铁笼里装猴子——乱窜

铁笼子捕鱼——捉活的

铁笼子里关家贼——正合适、真巧(雀)

铁路警察——各管一段、管不着这一段

铁路上的车站——靠边站

铁路上的枕木——经得住压、明摆着

铁牛的屁股——推不动

铁耙子挠头——一把硬手、是把硬手

铁耙子搔痒痒——一把硬手、小题大做、充硬手

铁皮葫芦——外强中干

铁菩萨过河——不服(浮)

铁球掉在江心里——团圆到底

铁人不怕棍——身子硬

铁人戴钢帽——双保险

铁人生锈——害自身

铁人遭棍打——不屈不挠

铁树开花——千载难逢、无结果、不结果、好事难盼、难得、难遇

铁刷子抓痒——道道多

铁丝串铜铃——两头溜

铁丝箍紧大黄桶——滴水不漏

铁丝架桥——难过

铁丝做门闩——经不起推敲

铁桶里放鞭炮——空想(响)

铁筒子当筲使唤——没底儿

铁砣掉井里——不懂(扑通)

铁丸子打汤——不进油盐、油盐不进

铁仙鹤——一毛不拔

铁屑见磁石——密不可分

铁疙瘩当焊条——不是这块料

铁硬木头软——各有各的性

铁铸黄牛——开不得犁

铁爪子捉木鸡——手到擒来

铁嘴豆腐脚——能说不能行

### ting

厅堂里的老古董——摆设

听鼓书抹眼泪——有情人、替古人担忧

听见风就是雨——瞎起哄、瞎猜

听见猫叫骨头酥——胆小如鼠

听评书掉眼泪——替古人担忧、瞎操闲心

听哑巴唱戏——莫名其妙

亭子里谈心——讲风凉话、全是风凉话

### tong

通天的深井——摸不着底

同床异梦——有二心

同吹两把号——想(响)到一块了

同哑巴说话——指手画脚

同窑烧的砖瓦——一路货

同一池子的水——一模一样、一个样、没什么两样

同一个马鞍上的人——走的是一个方向

同一只鞋楦的鞋——一模一样、一个样、没什么两样

桐油畚斗——滴水不漏、点滴不漏

铜板做眼镜——满眼是钱

铜鼎锅碰着铁炊帚——硬碰硬
铜匠的家当——各有一套
铜匠挑担——走一步想(响)一想(响)
铜铃打鼓——另有音
铜罗汉铁金刚——一个比一个壮、一个赛一个
铜盘碰上铁扫帚——互不相让、谁也不让谁
铜钱当眼镜——认钱不认人、一切向钱看
铜钱眼里打秋千——小人
铜墙铁壁——坚不可摧
铜头戴了铁帽子——双保险
童男童女(旧时殉葬用的纸男纸女)跌河里——架子不倒
童子拜观音——收住了身
童子带路——以小引大
瞳孔里挑刺——故意找碴儿
捅火棍当枪使——打不响
捅开的锈锁——开窍了
捅烂大腿充生疮——无事生非
桶水两盐——淡而无味
桶做喇叭床当鼓——大吹大擂
筒车打水——团团转
痛快妈哭痛快——痛快死了

tou

偷吃的猫——记吃不记打、心不改
偷吃海椒(辣椒)挨耳光——里外发烧
偷儿见了钱包——眼红手痒
偷儿进果园——没理(梨)找理(梨)
偷汉子摔罐子——丢人打家伙
偷鸡不成——白撒几把米
偷鸡不成蚀把米——不上算、不合算、得不偿失
偷鸡不得摸了一只鸭子——反正不落空
偷鸡打店主——一错再错
偷来的喇叭——吹不得、别吹了
偷来的锣鼓——打不得、想(响)不得
偷了银子唱大戏——你庆个什么功
偷南瓜带摘葫芦——两不耽误、两得其便
偷油的老鼠——手脚不干净、油嘴滑舌
偷油婆滚进面箩篼——饱餐一顿
偷猪不成摸只鸭——不落空

偷嘴的狗——见人就逃

偷嘴的猫儿——本性难移

头穿袜子脚戴帽——一切颠倒

头戴帽子——脸上下不去

头当斗笠,背当蓑衣——自欺欺人、自骗自、自己哄自己

头顶灯草——轻巧

头顶灯笼——脸上光彩、高明

头顶橄榄核,脚踩西瓜皮——又奸(尖)又猾(滑)

头顶轿子——抬举人

头顶磨盘——不知轻重

头顶碾盘耍狮子——费力不讨好、吃力不讨好,费劲不落好

头顶上长眼睛——目空一切、旁若无人、放眼世界

头顶生目,脚下长手——眼高手低

眉毛胡子一把抓——搞不清楚、理不清

头发里拣须——哪里去寻

头发里找粉刺——吹毛求疵(刺)

头发冒烟——恼(脑)火

头发捻绳子——不合股、合不了股

头发丝炒韭菜——乱七八糟

头发丝穿豆腐——没法提、提不得、提不起来、别提了

头发丝吊大钟——千钧一发

头发丝儿打结——难解难分、难分难解

头发丝儿扣算盘——精打细算

头发丝遮眼睛——办不到、没法办

头发窝里的虱子——乱跑乱跳

头皮上擦火柴——划不着

头上插草标(旧时在欲售之物上插草棍作为出售的标志)——自卖自身

头上插鸡翎——好威风

头上插鸡毛——算哪一国的王子

头上插辣椒——红到顶了

头上插扇子——大出风头

头上插着风向标——随风转

头上长犄角——比别人出格、荒唐

头上长秃疮——顶坏、坏到顶了

头上长嘴——说天话

头上穿套裤——不上不下、上不上,下不下、放不下脸、脸面上下不来

头上穿袜子——能出角(脚)来了

头上的虱子——寄生虫、乱跑乱跳

头上点灯——唯我高明、自以为高明

头上顶刀子——豁着干

头上放坛子——一定要顶住、杂耍

头上砍一刀——伤脑筋

头上撒虮子——自讨麻烦、自找麻烦

头上顶碓窝——老实疙瘩

头上顶磨盘——不知轻重

头上站鸭子——顶呱呱

头痛往脊梁上贴膏药——找错了地方、搞错了地方

头痛医脚——不对路数

头痛医头，脚痛医脚——不解决根本问题、将就行事

头雁中弹——乱了群

头痒抓脚板——不相关、找错了地方、搞错了地方

头一回挥刀上阵——初试锋芒

头枕元宝——守财奴

投个旋风说是鬼——疑心重

投河闭眼睛——横心了

投机商人的信条——唯利是图

投机商人讲义气——不图名利

投机商做买卖——招摇撞骗

投石问路——探探深浅、试试深浅

投桃报李——礼尚往来

tu

秃头钉子——没冒(帽)

秃子跟前讲理发——惹人多心

秃子跟着月亮走——借光、沾光

秃子拿木梳——咋说(梳)呢

秃子拾个簪——往哪放

秃子剃头——省工不省钱

秃子争木梳——多余

秃子走月亮地——上下都有光

图书馆的耗子——蚀(食)本

图书馆失火——自然(字燃)

徒弟充师傅——啥事不懂、不懂事

徒手打老虎——有勇无谋

屠夫念经——假仁慈

屠夫杀鸡——难不住

屠夫杀羊——内行

屠夫说猪,农夫说谷——三句话不离本行

屠夫送礼——提心吊胆

屠夫挑内脏——两头担心

屠夫宰鸡鸭——不在话下

屠家念经——不相称

土豹子出汗——狂热

土豹子点火——狂然(燃)

土豹子做梦——狂想

土蚕钻进花生壳里——假充好人(仁)

土地公公吃炒面——不得开口

土地公公杵铜棍——钱可通神

土地公公敬不得檀香——受不起抬举

土地公公跑到河里——不守本分

土地庙里求神——无人表态

土地庙上开窗——神气通天

土地难比门神——一高一低

土地菩萨掉在大河里——留(流)神、难劳(捞)

土地爷搬家——走了神

土地爷打算盘——神机妙算

土岗子上闹旱灾——山穷水尽

土公佬剃头——生刮死刮

土里埋金——有内才(财)

土楼里造飞机——异想天开

土埋了大半截的人——没多大奔头

土杏核儿——苦人(仁)儿

土杏仁拌苦瓜——苦上加苦

土做的人儿——实心眼儿

吐口唾沫砸个坑——出口有分量

吐口唾沫粘麻雀——痴心妄想、妄想

吐鲁番的葡萄——甜上加甜、甜透了、家家有、甜甜蜜蜜

菟丝子爬秧——胡勾乱连

tuan

团鱼翻筋斗——四脚朝天

团鱼挂在板壁上——四脚无靠

团鱼下滚汤——爬到死

团鱼咬棒棒——你放他不放

tui

推开天窗——说亮话

推磨挨磨棍——费力不讨好、吃力不讨好、费劲不落好

推人下井还要滚石头——害人不浅

推土机的大铲——吃苦(土)在前

推土机进茅草地——斩草除根

推小车的上了柏油路——没治(辙)了

推小车上大坡——步步高升、步步登高、只进不退、越高难度越大

推小车上台阶——步步有坎、一步一个坎

推着车子上墙——白费工夫、白费劲、枉费工

腿肚子抽筋——身不由己、不由自主、寸步难行

腿肚子上捅一刀——离心远着哪、离心远哩

腿肚子转筋——痛在心里

腿上绑轮子——跑得快

腿上绑绳子——拉倒

腿上挂铃铛——走到哪,响到哪

腿上贴邮票——走人了

退潮的海滩——水落石出

蜕皮的毒蛇——毒性不改

蜕皮的知了晒太阳——翅膀硬了

煺毛的鸾凤——不如鸡

tun

吞进了烙铁———副热心肠

tuo

托着扁担过马路——横行霸道

托着手鼓提着竹笛——又吹又拍、吹吹拍拍

拖车拉泰山——大头在后面、大的在后头

拖拉机爆眙——好大的气

拖拉机加油——来劲了

拖拉机犁大田——直来直去、直进直出、直出直入

拖拉机转弯——卷土重来

脱把锄头——没用处、无用、没得用

脱钩的黄鳝——刁滑

脱钩的鲤鱼——不再上当

脱钩黄鳝漏网鱼——难兄难弟

脱祸求财——时来运转

脱缰的野马——无拘无束、拢不住、横冲直撞、乱闯乱碰

脱了把的斧头——没用处、无用、没得用

脱了轨的火车——翻了

脱了旧鞋换新鞋——改邪(鞋)归正

脱了鳞的鱼——一天比一天难过、不知死活、死活不知

脱了笼头的马——乱跑、无处寻

脱了毛的刷子——有板眼、有板有眼

脱了毛的鹰——神气不了

脱了绳的猴子——无拘无束

脱了线的风筝——身不由己、远走高飞

脱手的气球——无牵挂、无牵无挂

脱下毡帽补烂鞋——顾了这头丢那头

脱线鸢子——东飘西荡

脱衣服烤火——弄颠倒了、颠倒着做、多此一举

驮盐巴过河——越背越轻

驮盐驴子跳河——想轻松

陀螺屁股——立场不稳、坐不稳、坐不住

驼背绊跟头——倒霉透了、真倒霉

驼背背人——顶心

驼背人上山——钱(前)紧、钱(前)缺、钱(前)心重

驼背上山——不敢回头

驼背上树——不贴心、钱(前)紧、钱(前)缺

驼背作揖——拿起来现成的、顺便

驼子背火球——烧包

驼子背上压石头——加重负担

驼子跛子睡一床——七拱八翘

驼子穿背心——前长后短、遮不了丑

驼子打赤膊——当面现丑

驼子打伞——背时(湿)

驼子的背——翘起来的

驼子跌街心——卖俏(翘)

驼子翻跟头——费力不讨好、吃力不讨好、费劲不落好、两头翘

驼子坏了腰——卑躬(背弓)屈膝

驼子扛弓——弯弯曲曲

驼子睡在拱背桥上——俏得很

驼子仰面睡——两头不着实

驼子作揖——出手不高、起手不高、起手不难、顺便

鸵鸟钻沙——藏头露尾

鸵鸟钻沙堆——顾头不顾尾、顾头不顾腚、藏头露尾

# W

wa

娃儿哭了给娘抱——一推了事

娃儿玩积木——不成重来

娃儿要妈妈摘星星——蛮不讲理

娃娃拔萝卜——硬往外拽

娃娃吹喇叭——小气、没谱

娃娃的脸——一日三变

娃娃逗狗——回头一口

娃娃逗娃娃——嘻嘻哈哈

娃娃放风筝——抖起来了

娃娃放炮仗——又惊又喜

娃娃赶场——东张西望

娃娃过年——蹦得欢、快活极了、真快活、光图吃、只讲吃

娃娃见了娘——笑逐颜开、喜笑颜开

娃娃看飞机——人小见识大

娃娃看戏——欢天喜地

娃娃拿到新玩具——爱不释手

娃娃爬楼梯——上下两难、上下为难

娃娃骑木马——不进不退

娃娃敲小鼓——不成点

娃娃上街——哪里热闹到哪里

娃娃拾花炮——沾沾自喜

娃娃耍刺猬——抱着嫌扎手,丢又舍不得

娃娃耍灯笼——乱跳

娃娃学舌——说了不算

娃娃学走路——左右摇摆、摇摆不定、一步步来

挖耳勺打酒——不是正经东西

挖耳勺里炒黄豆——一个个来

挖耳勺里炒芝麻——没多大油水、油水不大、小鼓捣、扒拉不开

挖耳勺刨地——小抠

挖耳勺舀海水——不显眼

挖耳勺舀米汤——无济于事、不济事

挖耳勺舀人参——细细品尝

挖井碰见喷泉——好得很、好极了、正合心意

挖人墙脚补自己缺口——净干缺德事

挖塘甩泥鳅——一举两得

挖土机的抓斗——是把硬手

挖窑挖到牢里——自找罪受、自找难受

瓦背上的胡椒——两边滚、十有九跑

瓦房顶上盖草席——多此一举

瓦房上盖蒿草——怪物(屋)

瓦缸盆倒胡桃——一干二净

瓦罐里的蛐蛐——一个劲地往外蹦

瓦罐里点灯——心里亮、肚里明

瓦罐里冒烟——土里土气、土气大

瓦罐子和土坯子——一路货

瓦匠干活——拖泥带水

瓦匠碰上鞋匠——帮不上忙

瓦匠砌墙——两面三刀

瓦片上凿洞——捅娄(漏)子

瓦上的窟窿——漏洞

瓦上结霜——不久长、难长久

瓦石榴——看得吃不得

袜筒改护腕——将就材料

袜子戴头上——总算有出头日子了

袜子改长裤——高升

袜子没底——直升(伸)

袜子头上戴——上下颠倒

wai

歪把子葫芦——从哪里开瓢

歪脖子出征——扭头就走

歪脖子吹灯——一股邪(斜)气

歪脖子吹笙——正气不如邪气大

歪脖子当扒手——贼相难看

歪脖子高粱——另一个种

歪脖子挂项链——不见得美

歪脖子看报纸——邪(斜)念

歪脖子看手表——观点不正

歪脖子看天——扭着劲

歪脖子看戏——人不正、斜眼瞧人

歪脖子拉小提琴——两全其美

歪脖子树上结歪梨——不成正果

歪脖子树——值(直)不得、成不了才(材)、根子不正、难治(直)、定了型
歪脖子说话——嘴不对心
歪戴帽子斜穿袄——不成体统
歪锅配偏灶——一套配一套、两将就、两凑合、差对差、差配差
歪了磨砸了碾——实(石)打实(石)
歪苗长歪树——根子不正、根骨不正
歪墙开旁门——邪(斜)门
歪上轴承斜上轴——没安好心
歪头看戏怪台斜——无理取闹
歪歪嘴跌跤——上错下错、错上错下
歪着头跑步——走邪(斜)路、不走正路
歪嘴巴吹得一曲好唢呐——气歪声响
歪嘴巴和尚——念不出好经
歪嘴吃石榴——尽出歪点子
歪嘴吹灯——风气不正、一团邪(斜)气、邪(斜)气
歪嘴吹笛子——对不上眼
歪嘴吹海螺——两将就、两凑合、歪对歪
歪嘴吹牛角号——以歪就歪
歪嘴当骑兵——马上丢人
歪嘴和尚——没正经、念不出好经
外国人照合影相——洋相不少
外贸商品不合格——难出口
外面得了一块板,屋里丢了双扇门——得不偿失
外婆讲故事——说的说,听的听
外婆送亲——多此一举
外甥打阿舅——公事公办
外甥打灯笼——照旧(舅)
外头拾块铺衬,屋里丢件皮袄——得不偿失
外屋里的灶王爷——独座
外乡人过河——心里没底、不知深浅
外行打铁——乱吹(捶)
外行人看魔术——莫名其妙

wan

弯扁担打蛇——两头不着实
弯刀对着瓢切菜——两将就、两凑合、正合适
弯镰打菜刀——改邪(斜)归正
弯镰割麦——拉倒
弯藤结歪瓜——孬种、不是好种

弯铁条割麦子——拉倒

弯腰捡稻草——轻而易举

弯腰树——直不起来

剜草的拾了个南瓜——捡着大个的

玩把势的绝技——耍花招

玩把戏的牵老鼠——没大猴

玩把戏的作揖——使尽本事了

玩彩船的伴乐——吹吹打打、又吹又打

玩猴的丢了锣——耍不起来

玩猴的敲锣——单等你爬杆了、虚张声势

玩火烧自身——自作自受

玩具店里的刀枪——中看不中用

玩具店里的洋娃娃——讨人爱、爱煞人、有口无心、小手小脚

玩具娃娃暖被窝——热不了

玩龙船的攀了个打花鼓的——穷对穷、一对穷

晚点的火车——赶得上

晚上干活——披星戴月

碗边上的饭——吃不饱人

碗碴子剃头——难受

碗橱里打老鼠——碍手碍脚、难下手、下不了手、无法下手

碗底的豆子——历历(粒粒)在目

万花筒——千变万化

万顷黄沙一棵草——不显眼

万泉河里洗澡——左右逢源

万岁爷的顺民——安分守己

万岁爷卖包子——御驾亲征(蒸)

万丈高楼失足,扬子江心翻船——好险、冒险、危险

万丈悬崖上的鲜桃——没人睬(采)、没人尝过

万丈崖上的野葡萄——够不着

万字比方字——只差一点、差一点

wang

亡羊补牢——为时未晚

王八变黄鳝——解甲归田

王八吃秤砣——铁了心了

王八翻身——爬不起来

王八盖上插蜡扦——鬼(龟)火直冒

王八看绿豆——对上眼了

王八咬人——叼住不放

王八找个鳖亲家——门当户对

王八中状元——规(龟)矩(举)

王八爪子惹的祸——概(盖)不由己

王八钻鼠洞——大概(盖)难办

王八钻灶坑——既憋(鳖)气又窝火、拱火儿呢

王八做报告——憋(鳖)声憋(鳖)气

王二麻子挨打——敲到点子上

王府的差役——难当

王府的管家,相府的丫鬟——有职无权、当家不做主

王伦当寨主——没人投奔

王麻子的剪刀——货真价实、名不虚传、有真有假、名牌货、招牌响亮

王母娘娘开蟠桃会——聚精会神

王奶奶和玉奶奶比武——只差一点儿

王胖子的裤带——前松后紧、稀松平常(长)

王婆画眉——东一扫西一扫

王婆骂街——四邻皆知

王婆卖瓜——旁人不夸自己夸、人家不夸自己夸、自卖自夸

王婆照应武大郎——没好事、不是好事、没安好心

王强(戏曲《杨家将》中人物)害忠良——诡计多端

王熙凤管家——大有大的难处

王熙凤弄权——聪明反被聪明误

王羲之的手书——一字千金

王羲之的砚台——心黑

王羲之的字帖——别具一格

王羲之写字——入木三分、熟手、手熟、熟能生巧、横竖都好

王字少一横——有点土

网袋捞泥鳅——跑的跑,溜的溜

网兜打水——一场空

网兜里的王八——乱伸头

网兜里放泥鳅——一个不留

网兜提猪娃——露了题(蹄)

网里的鱼,笼中的鸟——没跑、跑不了

网套里的麂子——吓破了胆

网外捉鱼——捞外快

网中抓鱼——笃定

望风捕影——一场空

望江亭上度中秋——近水楼台先得月

望远镜倒拿着——光看自己的鼻子尖

望远镜观天——一孔之见
望远镜看风景——近在眼前
望远镜里观察——清清楚楚
望着高炉发愣——恨铁不成钢
望着月亮想伸胳膊——眼高手低

wei

为打耗子伤了玉瓶——因小失大
为官清正——两袖清风
为灭虱子烧棉袄——小题大做
为妻骂妾——迫不得已
为人投四海——朋友多
为人作嫁——徒劳无功、徒劳无益
为虱子烧了旧棉花——小题大做
韦驮舞宝剑——无(舞)主(杵)
圩子(低洼地区围绕房屋田地等修建的防水堤岸)上的老鼠——隐患
围巾上绣花——锦(巾)上添花
围着坟堆兜圈子——团团转
围着火炉吃冰糕——不知冷热
围着火炉吃西瓜——身上暖烘烘,心里甜滋滋
围着火炉喝白干——周身火热
围着火炉谈心——越说越热乎
围着叫花子逗乐——拿穷人开心
围棋盘里下象棋——不对路数
桅杆顶上安灯——空挂名(明)
桅杆顶上吹唢呐——四方闻名(鸣)
桅杆顶上的海螺——靠天吃饭
桅杆顶上的麻雀——胆儿大
桅杆顶上翻跟头——软硬功夫都有、硬功夫
桅杆顶上挂渔网——空张罗
桅杆顶上看人——把人看扁了
桅杆顶上耍把戏——爬得高,跌得重、登高必跌重、武艺高、本领高
桅杆尖上的猴子——到顶了
桅杆开花——没指望
桅杆上响喇叭——高调
桅杆做了顶门杠——大材小用

围棋盘

维吾尔姑娘的辫子——一抓就是一把

维吾尔族的朵帕——顶好

维吾尔族的姑娘——辫子多

尾巴上绑芦花——假充大公鸡

卫星上天——远走高飞

卫懿公养仙鹤——忘了国家大事

未猜灯谜先揭底——不打自招

未婚妻做了望门寡——冤枉、太冤枉

wen

温度计掉冰箱——直线下降

温泉里洗澡——泡病号、冷暖自己知

温室里的花朵——经不起风雨、经不起风吹雨打

温室里种庄稼——旱涝保收

温汤罐里煮甲鱼——死不死,活不活、要死不活、不死不活

温暾水——不冷不热

温暾水沏茶——没味道、淡而无味

瘟神下界——百姓遭难、四方遭灾、不知哪方遭灾

文火熬蹄髈——慢慢来

文火蒸糕——闷(焖)起来了

文盲读《圣经》——两眼一抹黑

文盲贴对子——不分上下、上下不分

文庙里卖《四书》——冒充圣人

文武大臣见皇上——三拜九叩

文武之道——一张一弛

闻鼻烟蘸唾沫——假行家

闻太师的坐骑——四不像

蚊虫遭扇打——吃了嘴的亏、全坏在嘴上

蚊叮虫咬——不屑一顾

蚊子挨巴掌——为嘴伤身

蚊子挨人打——全怪那张嘴

蚊子唱小曲儿——要叮人

蚊子含秤砣——嘴劲

问客杀鸡——假仁假义、虚情假意、心意不诚

问土地菩萨借钱——找错人了

weng

瓮中鳖,网中鱼——没跑

瓮中的乌龟——处处碰壁

瓮中之鳖——走投无路、跑不了

瓮中捉鳖——手到擒来、十拿九稳、稳拿

蕹菜(空心菜)当吹火筒——似通非通、半通不通

## wo

莴笋炒蒜苗——亲(青)上加亲(青)

窝脚的毛驴跟马跑——一辈子落后

窝里的家雀——没跑、跑不了

窝里的马蜂——不是好惹的、惹不起

窝里的蛇——不知长短

窝里的小鸟——迟早要飞走

窝头上蒸笼——盖了帽了

窝窝头翻个儿——显大眼儿、现眼

窝窝头进贡——穷尽忠

窝窝头没眼儿——找着挨抠

窝窝头上坟——哄鬼、骗鬼、哄死人

窝主分赃——坐享其成

我放风筝你钓鱼——拉拉扯扯

我解缆绳你推船——顺水人情

我心似你心——心心相印

握着蒺藜死不丢——不怕扎手

## wu

乌狗吃食,白狗当灾——代人受过

乌鸡对白鸡——一个见不得一个

乌江岸上困霸王——四面楚歌

乌拉草掺鸡毛——乱糟糟

乌拉草成名——称宝不在贵贱

乌梢蛇缠脚杆子——又狡(绞)又猾(滑)

乌梢蛇出洞——不咬也吓人

乌梢蛇打店——常(长)客

乌梢蛇的肚腹——黑心肝、心肠黑、黑心黑胆

乌鸦扮孔雀——不伦不类

乌鸦不叫乌鸦——太平鸟

乌鸦插上鸡尾巴——想装凤凰

乌鸦长白毛——怪事一桩、怪事

乌鸦唱山歌——不堪入耳

乌鸦当头过——非灾即祸

乌鸦的翅膀——白不了

乌鸦的叫声——不祥之兆

乌鸦回了窝——呱嗒起来没个头

乌鸦进树林——哪枝旺拣哪枝

巫婆跳神——故弄玄虚、鬼花招

屋顶上戳窟窿——捅娄(漏)子

屋顶上种菜——无缘(园)

屋脊上放西瓜——两边滚

屋脊上睡觉——难翻身、翻不了身

屋脊上贴告示——天晓得、天知道

屋角架磨——难转弯、转不过弯来

屋角里的老鼠——钻墙挖洞

屋里打伞——多此一举

屋里翻跟头——里手

屋里放风筝——高也有限

屋里喂老虎——不怕死、死都不怕

屋里筑篱笆——一家分两家

屋漏偏遇连阴雨——倒霉透了、真倒霉

屋门口的穿衣镜——正大光明

屋檐不滴水——另有路子

屋檐上吊着的鱼——干起来了

屋檐上挂苦胆——滴滴是苦水

屋檐上挂马桶——臭名在外

屋檐水滴窝窝——点点不差

屋檐下的冰凌——根子在上头、根在上边

屋檐下的大葱——不死心、心不死、皮焦根枯心不死、叶烂皮干心不死

屋檐下的麻雀——经不起风雨、经不起风吹雨打

屋檐下吊陀螺——上不上,下不下、不上不下

屋檐下躲雨——不长久

屋子里开煤铺——倒霉(煤)到家了

无边的大海——不知深浅

无柄的菜刀——没有把握

无病服药——自找苦吃

无常鬼戴眼镜——装正神

无底的箱子——装不满

无底洞里灌水——再多也填不满

无底洞——深不可测

无舵的船——随波逐流

无二爷(迷信传说中的无常鬼)卖布——鬼扯

无风不起浪——事出有因

无风下双锚——稳稳当当、稳当当的

无蜂的蜂窝——空洞

无根的浮萍——成不了栋梁之材

无根的水草——漂浮不定

无根沙蓬——没有个准地方

无花的蔷薇——浑身是刺

无家可归的流浪汉——东游西荡

无缰的马——乱跑

无赖打路人——无理取闹

无米之炊——难做

无目的放炮——乱轰

无牛狗拉车——将就凑合

无牛捉了马耕田——大材小用

无仁的花生壳——肚里空

无事钻烟囱——自己给自己抹黑

吴刚砍桂树——没完没了

梧桐树上长蒜薹——不可能的事、没人见过、没有的事

蜈蚣背上趴蝎子——毒上加毒

蜈蚣吃了萤火虫——心里亮清、肚里明、心里明白

蜈蚣吃蝎子——以毒攻毒

蜈蚣见公鸡——命难逃

蜈蚣遇到眼镜蛇——一个比一个毒

五百个钱串一起——半吊子

五百罗汉斗观音——兴师动众

五百年前的老槐树——盘根错节

五百铜板两下分——二百五

五尺檩条盖鸡窝——屈才（材）、屈了材料

五尺深的浑水潭——看不透

五殿阎王唱戏——鬼去看

五个人住两地——三心二意

五个指头进盐槽——一小撮

五个指头两边矮——三长两短

五个指头——一把手

五更天唱山歌——高兴得太早了

五更天的梆子——处处挨打

五更天的星星——稀少

五更天赶路——越走越亮

五更天烤火——弃暗投明

五更天起床——渐渐明白

五更天下大雪——天明地白

五更天下海——赶潮流

五更阉公鸡——提(啼)不得

五花大肉——有肥有瘦

五皇殿里开会——神谈一气

五黄六月长疥疮——热闹(挠)

五黄六月穿棉袄——摆阔气

五句话分两次讲——三言两语

五人共伞——小人全靠大人遮

五十对小姐选美——百里挑一

五十两元宝——一定(锭)

五台山的莽和尚——横头横脑

五台山和尚放炮——精(惊)神

五台山上拜佛——烧高香

五月初六卖菖蒲——过时货、没人过问

五月的骆驼——灰溜溜的、灰不溜溜

五月的麦子——黄了、一天变个样、一天一个成色

五月的山茶——越来越红火

五月的石榴花——一片红火、红火一片、越来越红火

五月的豌豆——炸了、炸起来了

五月的苋菜——正在红中

五月端午的黄花鱼——正在盛市上

五月里打摆子——一冷一热、忽冷忽热

五月龙舟逆水去——力争上游、个个使劲、个个出力

五月天喝凉茶——美透了

五月天气上舞台——黄梅戏

五脏六腑抹蜜糖——甜在心上、甜透了心

午后见太阳——每况愈下

伍子胥的白头发——全是愁的

伍子胥过昭关——一夜愁白了头、进退两难

忤逆子戴孝——装模作样、装样子

忤逆子讲《孝经》——假做作

忤逆子哭爹妈——就是那么一回事

武科场上选将——有本事就上

武林高手打拳——出手不凡

武林中的掌门人——个个是高手

武则天登看花楼——净刺

捂上眼睛的驴——东撞西碰

捂着耳朵偷铃铛——自己骗自己

捂着眼睛捉麻雀——瞎摸

舞台上拜天地——痛快一时

舞台上的道具——由人摆布、任人摆布

舞台上的灯光——引人注目

舞台上的二人转——一唱一和

舞台上的风雪——布景

舞台上的鼓槌——一对儿

舞台上的皮影戏——幕后操纵

雾里划船——不知往哪儿好

雾里看指纹——看不出道道

雾里瞧花——看不真切、终隔一层

雾中的鲜花——模糊不清、看不清

雾中照相——眉目不清

雾中追车——路线不明

# X

xi

西北风刮蒺藜——连讽(风)带刺

西城楼上的孔明——嘴说不怕心里惊

西方日出水倒流——不可思议

西瓜地里散步——左右逢源(圆)

西瓜掉在油桶里——滑头、滑头滑脑

西瓜瓢里加糖精——甜在心上、甜透了心

西河里的虾米——估不透

西湖边搭草棚——大煞风景

西面敲鼓东面响——声东击西

西山猛虎不咬人——有假无真

西施戴花——美上加美

西天出太阳——难得、得之不易、反常、难得一回

西天路上的孙行者——劳苦功高

西天取经——任重道远

吸铁石吸芝麻——有利就沾

惜钱不治病——自己跟自己过不去

稀饭倒进口袋里——装糊涂

稀泥巴糊墙——扶不上去、白费工夫、白费劲、枉费工

溪水遇到拦路石——绕道而行

膝盖上打瞌睡——自己靠自己、自靠自

膝盖上钉掌——离题（蹄）太远

蟋蟀打架——看谁嘴硬

蟋蟀斗公鸡——各有所长

席上摆狗肉——少见

洗菜的洗菜，剥葱的剥葱——各管一工

洗锅的抹布——开（揩）油

洗脸盆里摸鱼——手背上活

洗脸盆里生豆芽——知根知底

洗脸盆里游泳——水平太低、不知深浅

洗衣不用搓板——就凭这两手、凭两只手

洗澡水倒进秧田里——物尽其用

喜欢狗狗舔口，喜欢猫猫上灶——不识抬举

喜马拉雅山上摆手——高招

喜马拉雅山上鸡儿叫——名（鸣）声远扬、远近闻名（鸣）、高明（鸣）

喜马拉雅山上聊天——高谈阔论

喜鹊的尾巴——爱翘

喜鹊的羽毛——黑白分明

喜鹊登枝喳喳叫——无喜心里乐三分

喜鹊飞进洞房里——喜上加喜

喜鹊回窝凤还巢——安居乐业

喜鹊老鸦同枝叫——又喜又悲、悲喜交加

喜鹊落满树，乌鸦漫天飞——吉凶未卜

喜鹊落头上——红运将至

喜鹊落在树上——各占一个枝儿

喜鹊窝里捣一竿——乱喳喳

喜鹊窝里掏凤凰——找错了地方、搞错地方了

戏班子里的哑子——充数

戏场里头打瞌睡——图热闹

戏台后头的锣鼓——没见过大场面

戏台哭丧——一时悲伤

戏台里边叫好——旁人不夸自己夸、人家不夸自己夸

戏台上打出手——花招多

戏台上的官——不久长、难长久、长不了、快活不多久

戏台上的皇帝——威风不了几时、当不长、假威风

戏台上的麻雀——经过大场面
戏台上的书生——一派斯文
戏台上的小生——文武双全、能文能武
戏台上的小卒——走过场
戏台上的秀才——步步有文
戏台下掉泪——替古人担忧
戏台下读《四书》——闹中取静、心不在焉
戏台下面开店铺——光图热闹
戏园里的枣木梆子——天生挨揍
戏园里挑媳妇——一厢情愿
戏园子里看滑稽——快乐无边、乐不可支
戏园子里拉大幕——完事、完了
戏园子失火——彻底垮台
戏子搽脸蛋——光图(涂)表面
戏子穿龙袍——假的
戏子戴面具——面目全非
戏子教徒弟——幕后指点、幕后指挥
戏子没卸装——油头粉面
细柴棍子撑石板——顶不住
细高挑儿进矮门——不得不低头
细狗咬壮腿——无从下口
细火焖鱼——慢慢来

xia

虾兵蟹将串门子——水里来,水里去
虾肚子里的子儿——明明白白
虾公钓鲤鱼——以小钓大
虾公掉进烫锅里——落个大红脸、闹个大红脸
虾公过河——谦虚(牵须)
虾公头戴的枪——没人怕
虾米炒鸡爪——蜷腿带拱腰
虾米进油锅——闹个大红脸
虾跳蟹爬——乱七八糟
虾吞礁石——好大的胃口
虾子得意——爱蹦
瞎公摸鱼——白费工夫、白费劲、枉费工
瞎狗逮兔子——碰到嘴上
瞎鸡吃食——碰运气、靠造化、乱捣鼓
瞎驴推磨盘——团团转、总是按自己的辙走、按辙走

瞎猫逮个死耗子——碰巧、蒙上的、运气好、凑巧了

瞎眼吃杂碎——啥都有

瞎眼贴膏药——没法治、治不了

瞎抓琵琶——乱弹琴

狭弄堂赶猪——直来直去

狭巷蠢牛——不会转头

下巴底下支砖头——难开口、口难开、不好开口

下大雪卖扇子——不是时候

下大雪找蹄印——罕见

下地不穿鞋——脚踏实地

下锅的面条——拎不起来、软下来了、硬不起来

下轿打轿夫——不识抬举、恩将仇报、以怨报德

下了河的老牛——过得过，不过也得过

下了河的鸭子——叫不回来

下了山的老虎——不如狗

下棋的高手——胸中有全局

下棋的小卒儿——叫到哪就到哪

下棋丢了帅——输定了

下棋走子儿——格格不入

下山担柴——心（薪）挂两头

下山的饿虎——一副吃人相

下山顺着上山道——走老路

下水船走不动——风水不顺

下水放船——一帆风顺

下雪天吃凉粉——不看气候

下雪天穿裙子——美丽动（冻）人

下雪天打兔子——白跑

下雪天过独木桥——提心吊胆

下雪天上树——高攀不上

下雪天走路——一步一个脚印

下雨不打伞——近（尽）邻（淋）

下雨洒街，刮风扫地——多此一举

下雨送蓑衣——帮了大忙、正是时候

下雨天踩泥道——越沾越多

下雨天出太阳——假情（晴）、阴不阴来阳不阳

下雨天打麦子——难收场、收不了场

下雨天过独木桥——步步小心

下雨天扛稻草——越背越重

下雨天泼街——假积极

下雨天走路——拖泥带水

夏天穿皮袄——背时、不知冷热、反常

夏天打抖——不寒而栗

夏天的烘笼——没用处、无用、没得用、挂起来、挂着

夏天的火炉——挨不得

夏天的扇子——人人喜爱

夏天的袜子——可有可无

夏天的温度表——直线上升

夏天的萤火虫——若明若暗、肚里明

夏天送木炭——不是时候

夏夜走棋——星罗棋布

夏至插秧——晚了、迟了

xian

仙鹤打架——绕脖子

仙鹤黑尾巴——美中不足

先穿靴后穿裤——乱了套、乱套了

掀菩萨烧庙宇——无恶不作

闲人生闲气——无事生非

闲着没事摸锅底——往自己脸上抹黑、给自己抹黑

咸菜缸里的秤砣——一言(盐)难尽(进)

咸菜缸里养田螺——难养活

咸菜烧豆腐——有言(盐)在先、不必多言(盐)、不用多言(盐)

咸鱼下水——假新鲜

显微镜下看东西——一目了然、清清楚楚、一清二楚、一孔之见

县老爷打更——不务正业、不干正经事

县太爷唱小曲——官腔官调

县堂门口打鼓——鸣冤叫屈

线板上的针——憋(别)着

线头穿进针孔里——对上眼了

线头落针眼——凑巧了、赶得巧、正好

线头自个儿掉进针眼——巧得很、巧极了

线团子打滚——难缠

陷阱里的猎物——束手就擒、在劫难逃、没跑

xiang

乡里的婆婆拜千佛——磕头磕够了

乡里老头坐石磙——长(场)里瞧

乡里人进皇城——头一回、头一遭

乡下姑娘城里人打扮——半土半洋、不土不洋

乡下人穿大褂——必有正事

乡下人穿西装——土洋结合

相逢不下鞍——各奔前程

相片扔到大海里——丢人不知深浅

相声表演——笑话连篇

香炉里长草——慌(荒)了神

香签棍搭桥——难过

香山的卧佛——大手大脚

香油炒白菜——各有所爱、各人所爱

响鼓不用重锤——一敲就响、明白人一点就通

想一锹挖个井——痴心妄想、妄想

向和尚借梳子——找错门了

向河里泼水——随大流

向盲人问路——瞎指

向日葵开花——到顶了

向上撑船——逆水行舟

向阳的石榴——一片红火、红火一片

向阳坡的竹子——横生枝节、节外生枝

巷窄遇仇人——狭路相逢

项羽设宴请刘邦——不存好心、居心不良

象吃象——不敢犟

象卷狮子——叫他威风扫地

象棋斗胜——纸上谈兵

象棋盘里走跳棋——不对路数

象棋盘上的棋子儿——有进有退

象棋子走在线路上——格格不入

象啖骆驼——大干起来

象牙筷子打蜡——故意刁难、有意为难

象牙筷子挑凉粉——滑头对滑头

橡皮擦子——有错就改

橡皮的脑袋——不过电

橡皮钉子——不软不硬

橡皮棍子打人——软收拾、无伤痕、没痕迹、外伤好治,内伤难医

橡皮棍子做旗杆——树(竖)不起来

橡皮筋——越拉越长、越扯越长

橡皮人救火——自身难保

橡皮上长菌——根子不正、根骨不正

xiao

削鱼得珠——喜出望外

萧何月下追韩信——爱才、谋士识良才

萧太后摆宴席——好吃难消化

小案板当锅盖——随方就圆、随得方就得圆

小巴儿狗咬月亮——不知天有多高

小巴狗戴铃铛——混充大牲口

小本生意——现发现卖

小辫子上拴秤砣——正打腰

小蚕吃桑叶——一星半点

小长虫钻到竹筒里——只有按这条道行了

小车掉进泥潭里——进退两难

小车揽大载——力不能及、力不从心、心有余而力不足

小池塘撒网——一网打尽

小虫儿撞上蜘蛛网——挣不得

小虫吞大象——痴心妄想、妄想

小虫子啃沙梨——暗里使坏

小船驶进礁石群里——进退两难

小瓷碗里数汤圆——明摆着

小葱拌豆腐——一清(青)二白、一身清(青)白

小葱蘸酱——头朝下

小鼎锅想炖大牛头——好大的胃口

小豆干饭——闷(焖)起来了

小肚子搁暖壶——热心肠

小贩卖气球——买空卖空

小嘎子放炮——又爱又怕

小缸里抓王八——手到擒来

小姑娘的辫子——两边摆

小姑娘的脸蛋——爱煞人、讨人爱

小姑娘梳头——自便(辫)

小寡妇坐轿——转悲为喜

小鬼的脸——难看

小鬼升城隍——小人得志

小鬼照日头——无影无踪、影都没有

小孩掰竹笋——拔尖儿

小孩穿大鞋——甭提了

小孩儿挨打——再不敢了

小孩儿拜年——伸手要钱

小孩儿背甘蔗——啃一节看一节

小孩儿唱歌——没谱儿

小孩儿吃甘蔗——尝到甜头

小孩儿放鞭炮——又喜又怕

小孩儿见了娘——有事没事哭一场

小孩过家家——一会儿好，一会儿坏

小孩买个花棒槌——沾沾自喜

小孩拿锣鼓——胡打乱敲

小孩爬墙——高攀不上

小孩拾炮——慌里慌张

小孩抬大轿——担当不起

小孩学说话——人云亦云

小孩学走路——跌倒了重来、左右摇摆

小孩子打架——常事

小耗子欺大象——全凭会钻

小和尚给小和尚拿虱子——一个庙里的事

小和尚念经——念过就算、有口无心

小河沟里撑船——一竿子插到底

小河沟里刮鱼——段段清

小河沟里抓虾——想捞一把、捞一把

小河里的水手——没见过风浪

小河里捞石头——摸底

小河上没桥——将就过吧

小河通大江——细水长流

小猴吃大象——亏它敢下口

小胡同扛毛竹——难转弯、转不过弯来

小胡同里遇仇人——冤家路窄

小火烧猪蹄——慢慢来

小伙子扛大梁——浑身是劲

小伙子头上扎辫子——不伦不类

小鸡不带笼头——散逛

小鸡吃米——老点头

小鸡入笼——身不由己、不由自主

小鸡下蛋——憋红了脸

小鸡在蓝天上飞——想得高

小鸡站在门槛上——里外啄食

小脚穿大鞋——不对号、对不上号、前紧后松、拖拖拉拉

小脚老太太缠脚——裹足不前

小脚女人爬大坡——寸步难行

小脚女人上楼梯——步步难

小脚女人踢足球——不得劲、尖端

小脚女人走路——跟不上队伍、慢腾腾、东倒西歪

小脚婆娘过独木桥——摇摇摆摆

小老鼠跌进铁桶里——无缝可钻

小老鼠拉线砣——大头在后面、大的在后头

小老鼠上灯台——一去不回来、有去无回

小老鼠躺在谷囤里——不知吃哪颗

小老鼠钻竹筒——节节受气

小老爷庙——没见过多大贡(供)献

小两口吵架——不碍事、不记仇

小两口斗嘴——不劝自了

小两口观灯——又说又笑、说说笑笑、喜气盈盈、有说有笑

小炉匠打铡刀——干大活、办不到、没法办

小炉匠拉抽屉——找错(锉)

小炉匠下乡——寻打

小炉匠绣花——学非所用

小炉匠摇头——不定(钉)

小马驹备鞍鞯——挨鞭子的日子到了

小马驹跟车——跑跑颠颠

小马驹拴在大树上——没跑、跑不了

小马拉大车——架(驾)不动劲了

小蚂蚁搬碾砣——想得好,做不了

小猫吃小鱼——有头有尾

小猫捉住死老鼠——不算能耐

小毛驴拉火车皮——白费劲

小毛驴拉辕——强挣扎、用不着大骡马、力不能及、力不从心、心有余而力不足

小毛驴驮碾盘——吃不住劲、浑身哆嗦、压趴了

小米煮红薯——糊糊涂涂、糊里糊涂

小庙的菩萨——没见过大香火

小磨香油拌凉菜——人人喜欢个个爱

小拇指比大腿——差一截子、差一大截

小木匠干活——东一句(锯),西一句(锯)

小囡拔萝卜——拉倒

小牛犊拉马车——乱套了

小牛架大辕——力不能及

小牛撅尾巴——来劲了、上劲

小人吹喇叭——口气不小

小人书拴绳——轮（抡）着看

小舢板过海——十有八九要失败

小树掐尖——光出岔（杈）子、净岔（杈）子

小水沟里撑大船——搁浅

小水蛇想夺龙珠——异想天开

小田里的泥鳅——没见过世面

小秃长连鬓胡——亏中有补

小秃的脑袋——一毛不拔

小秃儿买篦子——没法说（梳）

小秃儿踏水——临时差

小秃跟着月亮走——谁也不沾谁的光

小秃留辫子——想着哩

小秃爬到二梁上——假充亮哩

小秃头上爬一虱——明摆着

小秃头上绕辫子——空缠

小秃脱帽子——图（头）名（明）

小兔蹦到车辕上——充什么大把式

小娃吃拳头——得心应手

小娃娃吃甘蔗——一节节来

小娃娃的话——句句真言、句句实话

小娃娃看见糖罗汉——哭也要，笑也要

小娃娃扛大梁——自不量力、不自量

小娃娃骑木马——愿上不愿下

小娃娃做游戏——不成重来

小碗儿吃饭——靠天（添）

小碗盖大碗——管不着

小巫见大巫——道行差得远、矮了一大截、相形见绌、没了神气

小屋里耍扁担——处处碰壁

小媳妇当婆婆——熬出头来了

小媳妇回娘家——不离包袱

小媳妇纳鞋底——越小心越乱针

小媳妇坐轿——靠众人抬举

小媳妇做事——小心翼翼

小虾米跳浪——阻挡不住潮流

小巷子赶马车——难转弯、转不过弯来

小小秧鸡下鹅蛋——自不量力、不自量

小星跟着月亮走——沾光

小鸭吞食大鲨鱼——痴心妄想、妄想

小鸭子下河——不知深浅

小伢打哈欠——不算话

小伢做皇帝——人小职分高

小燕筑巢——日积月累

小鱼办大席——不顶用、不顶事

小鱼串大串——充数

小鱼赶鸭子——自己找死

小鱼篓盛刺猬——难装、不好装

小蜘蛛呆在房子里——自私（织丝）

小轴承安大滚珠——对不上眼、不对眼

小猪拱粮囤——记吃不记打

小猪抢食——吃里爬（扒）外

小猪拴门口——里外拱

小猪钻灶——触一鼻子灰、碰一鼻子灰

小竹棍敲鼓——有节奏

小子玩泥巴——说撒就撒

小卒拱老帅——将军、将了军

小卒子过河——一步一步往前拱、难以回头、有去无回

xie

蝎虎子打喷嚏——满嘴膜

蝎虎子断尾巴——脱身之计

蝎虎子上墙——无孔不入

蝎虎子掀门帘——露一小手

蝎虎子作揖——露两手

斜起眼睛看人——看扁了人、把人看扁了

斜阳下照身影——自看自高

斜嘴开口——尽说歪话

鞋帮店里失火——丢面子、失面子

鞋帮做帽檐——高升了、能到顶了

鞋底儿抹油——溜啦、溜之大吉

鞋底上绣牡丹——中看不中用

鞋底子的泥——自个儿走的

鞋店里试脚——说长道短

鞋匠铺里丢楦头——自丢自丑

鞋上绣凤凰——能走不能飞

鞋头上刺花——前程似锦

写字不在行——出格

写字出了格——不在行

泄了气的轮胎——瘪了

卸磨杀驴——忘恩负义、利用一时

谢了花的南瓜——一天比一天有长进、一天比一天大

蟹子趴在鏊子上——黄了爪了

蟹子蟹孙——一律横行

蟹子仰在热鏊上——黄了盖了

xin

心肝掉到肚里头——放下心了

心坎上挂棒槌——打杂

心坎上挂秤砣——沉重

心坎上挂笊篱——劳(捞)心了

心口挂灯笼——心照不宣

心口上搭热敷——置之度(肚)外

心口上挂秤砣——称心

心口上装马达——热肚肠

心口窝里跑马——宽宏大量

心口窝里塞棉花——有点儿憋气

心里摆不正大秤砣——偏心眼儿、偏心

心里长毛——有内容(绒)

心里打碎酸辣缸——说不出的滋味

心里塞团麻——乱糟糟、千头万绪

心里头长草——慌(荒)啦

心里头结冰块——凉透心、冷透心

心里装着长江水——平静不了

心眼儿里灌铅——难开窍、不开窍

心眼儿像蜂窝——窍门儿多

心有灵犀——一点通

心字头上一把刀——忍了吧、忍着点儿吧

新辟的航道——通行无阻、畅通无阻

新兵打仗——初次上阵

新兵上阵——头一回、头一遭

新搭的台子——有戏唱啦

新裤裆换个破口袋——一代(袋)不如一代(袋)

新打的剪刀——难开口、口难开、不好开口

新官上任——三把火

新开张的杂货店——要啥有啥

新科状元招驸马——喜上加喜
新郎官打幡——不知是喜是忧
新郎官揭盖头——真相大白
新郎新娘喝喜酒——正在热乎劲上
新郎迎亲——喜气盈盈
新棉袄打补丁——装穷、多此一举
新棉花网被絮——软胚子
新娘的房——挤人不开
新娘子的头发——输(梳)得光
新娘子上轿——羞羞答答
新娘子掀轿帘——偷看人哩
新娘子咬生馒头——人生面不熟
新娘子织布——手忙脚乱
新娘子坐在花轿里——由人摆布、任人摆布
新女婿吃饺子——不知什么馅
新女婿请接生婆——双喜临门
新娶的媳妇——不肯见人、满面春风、春风满面
新人过马鞍——平平安安
新上门的姑爷——不敢坐上席
新上套的驴驹子——不老实
新挖的池塘——无余(鱼)
新媳妇拜年——彬彬有礼
新媳妇拜堂——不留脸面
新媳妇抱了个面团子——人生面不熟
新媳妇不上轿——不识抬举
新媳妇步行——不用叫(轿)
新媳妇到家——喜气盈门
新媳妇儿回娘家——熟门熟路
新媳妇儿坐在花轿里——满怀欣喜
新媳妇擀面条——显手头哩
新媳妇过门——大喜、人地两生
新媳妇和面——人生面不熟
新媳妇见公婆——终有一败(拜)、败(拜)了
新媳妇进门——一分人才带来三分喜气、由人摆布、任人摆布
新媳妇挽扣子——小疙瘩
新媳妇下伙房——人生面不熟
新媳妇下轿——由人摆布、任人摆布
新媳妇掀盖头——真相大白

新媳妇照镜子——自我欣赏

新媳妇坐花轿——心里美

新鞋打掌子——多余

新鞋落地——头一回、头一遭

新修的马路——没辙

新学的吹打手——拿不稳槌

新衣服打疤疤(补丁)——多余、不像样

新战士打靶——头回、头一遭

新做的礼帽——顶好

xing

星星跟着月亮走——沾光

猩猩戴礼帽——装文明人

行车有车道,行船有航道——互不相干、各不相干

行船不划桨——随大流

行船进了断头浜——无出路、没有出路

行船上岸——挨上边了

行军遇伏兵——出师不利

行路的换草鞋——弃旧恋新

行云流水——不好捉摸、难以捉摸

杏花村的酒——后劲大

xiong

凶神扮恶鬼——又凶又恶

兄弟二人猜拳——哥俩好

兄弟哥们儿请客——大吃大喝

兄弟媳妇嫁给大伯子——升一级

胸脯长草——心里慌(荒)

胸脯上挂石榴——多心

胸脯上烧火——热心

胸腹透视——肝胆相照

胸口摆天平——称心

胸口揣个小兔子——心里蹦蹦地跳着

胸口揣棉花——心软

胸口挂扁担——担心

胸口挂冰棍——寒心

胸口挂秤砣——心里沉重、心理负担太重

胸口挂琵琶——谈(弹)心

胸口挂算盘——心中有数、肚里有数

胸口挂邮包——满怀信心

胸口挂钥匙——开心、锁不住他的心

胸口画娃娃——心上人

胸口拉弦子——乐开怀

胸口上放马达——动了心

胸口上放盏灯——心里亮堂

胸口上挂剪刀——独出心裁

胸口上挂暖壶——热心肠

胸口上挂算盘——小主意

胸口上挂钥匙——开心

胸口上涂颜料——变了心

胸前吊门板——好大的牌子

雄鹰的翅膀——练出来的

雄鹰抓兔子——没跑、跑不了

熊耍把戏狗叫唤——互不相干、各不相干

熊瞎子掰苞米——掰一个掉一个

熊瞎子拜年——不敢受这个礼

熊瞎子吃粽粑——解不开、不解

熊瞎子跌陷坑——招数不多

熊瞎子上戏台——熊样

熊瞎子耍棒子——胡抡

熊瞎子耍扁担——翻来覆去老一套

熊瞎子耍马枪——露一手

熊瞎子下棋——瞧你那笨脑瓜

熊瞎子学绣花——装模作样、装样子

xiu

休息休息再说——歇后语

修成仙的黄貔子（黄鼬）——害人精

修锅匠拉风箱——有去有来、有来有往

修脚带拔牙——上下兼顾

朽木搭桥——存心害人、难过

朽木盖房子——不是这块料

朽木塔楼房——不稳当、不稳

朽木桩子——一推便倒、一碰就倒

朽木做梁柱——无用之才（材）

绣房里的花枕头——摆设

绣花被面补裤子——大材小用

绣花姑娘打架——针锋相对

绣花姑娘的手艺——穿针引线

绣花虽好不闻香——美中不足

绣花针沉海底——无影无踪

绣花针当棒槌——小题大做

绣花针当车轴——细心、心细

绣花针碰上吸铁石——沾上了

绣花针挑土——难得、得之不易

绣花针扎泥鳅——又奸(尖)又猾(滑)

绣花枕头稻草心——肚里没好货

绣花枕头塞糠壳——顾面不顾里、外光里不光、表面光、表里不一

绣花枕头扎花鞋——样子货

绣楼里的闺秀——上不了阵势

绣楼里的枕头——华而不实

绣娘爱针线,牧人爱牛羊——干一行爱一行

绣娘缝嫁衣——为别人操劳

绣球配牡丹——恰好一对、天生一对

绣在地上的花——任人践踏、由人踩

袖里藏宝剑——杀人不露风(锋)

袖里藏刀——锋芒不露、不露锋、暗伤人、暗里伤人、杀人不露锋

袖里来,袖里去——何凭何据、无根无据

袖筒里藏通条——不会拐弯

袖筒里揣棒槌——直来直去、直进直出、直出直入

袖筒里揣刀子——暗藏杀机

袖筒里打麻将——扒拉不开

袖筒里放箭——内有机关

袖筒里捅宝剑——杀人不露锋

袖子里冒火——着手

锈坏的轱辘——玩不转

锈死的铁钉——抠不出来

xu

许不下羊羔许骆驼——巧言哄人

许仙碰见白娘子——天配良缘

xuan

宣传车演节目——载歌载舞

宣统坐江山——只有三年

玄妙观的当家——头头是道

悬崖边留步——停滞(趾)不前

悬崖边上打太极拳——临危不乱

悬崖陡壁使牛车——好险、冒险、危险

悬崖上翻跟头——凶多吉少、找死、寻死、自己找死

悬崖上勒马——化险为夷

悬崖上扔石头——一落千丈

旋风钻到嘴里——邪风入内

选帽子挑鞋子——评头论足

xue

靴子里抹胶——沾上了

薛仁贵征东——劳而无功、有劳无功

学理发碰上大胡子——难题(剃)

学走路摔跤——在所难免

雪地滚雪球——越滚越大

雪地里打电筒——亮对亮

雪地里的松毛虫——活不久、活不长、没几天活头了

雪地里乌鸦——一点黑

雪地里找牛——看脚印

雪地里照脸——没影儿的事

雪地里抓逃犯——跟踪追击(迹)

雪地里走路——一步一个脚印

雪堆的假山——好景不长

雪堆的狮子——见不得阳光、假威风

雪地滚雪球

雪花落水里——不声不响、无声无息

雪里埋石头——柔中有刚、软中有硬

雪里送炭,雨中送伞——正适时、急人所急、暖人心

雪落东海——无影无踪

雪人烤火——不长久、难长久、不顾性命、不知自己是啥做的

雪人跳井——不见踪影

雪人下水——无影无踪

雪山的菩萨——愣(冷)神、见不得太阳

雪山日出——天明地白

雪山上的菩萨——愣(冷)神儿

雪狮子向火——酥了半截

寻财神闯到穷鬼窝——找错了门

寻着和尚卖梳子——不看对象

驯服的骏马——打出来的

# Y

丫鬟抱床红绫被——概（盖）不由己

丫鬟抱孩子——别人的

丫鬟做妈妈——老熟手

丫鬟带钥匙——有职无权、当家不做主

丫鬟戴凤冠——配不上、不配、有点不配

丫鬟当家——做不了主

丫鬟枕着元宝睡——守财奴

押宝不带钱——看人家玩吧

牙长手短——好吃懒做

牙齿朝外长——专吃别人的

牙齿和舌头打架——伤不了和气

牙齿碰到舌头——误会、伤和气

牙齿咬掉嘴唇——自苦自、自吃自、自咬自

牙缝里剔肉吃——不过瘾、解不了馋

牙膏的脾气——不挤不出

牙签子搭桥——难过

牙咬秤砣——硬对硬

牙医治牙病——硬钻

崖缝里的马蜂——没人敢惹

崖缝里捉鳖——十拿九稳

崖头上睡觉——不怕死、死都不怕

崖鹰的儿子——远走高飞

衙门的灯笼——正大光明

衙门的钱，下水的船——来得易，去得快

衙门儿子打老爹——公事公办

衙门口打警察——没事找事

衙门口的狮子——一对儿、张牙舞爪、假威风、明摆着、成双成对

衙门里打电话——官腔官调

衙门里的狗——仗势欺人
衙门前贴告示——官样文章
哑剧演员——光做不说、光练不说
哑子上公堂——有口难辩、白跑
哑子踢毽子——心中有数、肚里有数
哑子听戏——无响声

yan

烟囱不冒烟——赌(堵)气、窝火
烟囱不通气——窝火
烟囱顶上长棵树——高不可攀
烟囱顶上走路——寸步难行
烟囱里的麻雀——黑道上来的
烟囱里的烟——直来直去、直进直出、直出直入、热火朝天
烟囱里招手——把人往黑处引
烟囱上翻跟头——不要命、玩命干
烟袋杆里插席篾儿——气不顺
烟袋杆子——黑心、黑了心
烟袋锅里蒸包子——有气也不大
烟袋锅里煮饭——捣鼓不开
烟锅炒芝麻——小气(器)
胭脂当粉搽——闹了个大红脸
胭脂萝卜——表里不一、皮红心不红
腌菜缸的盖——受尽闲(咸)气
岩壁上打洞——旁敲侧击
岩边打拳——太危险
岩缝里长蘑菇——憋出来的
岩石滴水石开花——日久见功夫
岩石下面的竹笋——永无出头之日、难出头
沿江道上开车——走弯路
沿山打猪——见者有份
沿着磨盘走路——没头没尾、没尽头、团团转
沿着盘山道上山——走弯路
炎夏天打冷战——不寒而栗
炎夏天的火炉子——讨人嫌
炎夏天喝冰水——恰到好处、恰好、正好
炎夏天洗冷水澡——快活极了、真快活
盐场的伙计——爱管闲(咸)事
盐场里罢工——闲(咸)得发慌

盐店的老板转行——不管闲(咸)事
盐店里挂弓——闲谈(咸弹)
盐店里谈天——闲(咸)话多
盐堆上安喇叭——闲(咸)话多
盐罐子遇上南风——回潮了
盐碱地的庄稼——死不死，活不活、要死不活、奄奄一息、稀稀拉拉
盐碱地里的冬瓜——又小又奸(尖)
盐库里的管理员——爱管闲(咸)事
盐库里冒烟——生闲(咸)气
阎王摆手——不可救药
阎王摆筵——鬼吃喝
阎王办事——尽想鬼点子、鬼差
阎王叫门——活不久、活不长
阎王老子的参谋——诡(鬼)计多端
阎王敲门——内中有鬼
阎王手下两个鬼——牛头马面
阎王耍把戏——哄鬼、骗鬼、哄死人
阎王爷打扇——一股阴风
阎王爷的扇子——两面阴
阎王爷点生死簿——一笔勾销
阎王爷好见——小鬼难缠
阎王爷照镜子——鬼样子、鬼相
阎王爷皱眉头——又在想鬼主意
阎王爷做木匠——鬼斧神工
颜料店的抹布——不分青红皂白
檐头雨滴从高下——点点不差
掩耳盗铃——自欺欺人、自骗自、自己哄自己
眼过千遍不如手过一遍——贵在实践
眼睛长在额头上——目空一切
眼睛长在耳边上——有偏见
眼睛长在后脑勺——朝后看
眼睛长在头顶上——光看上，不看下
眼睛瞪着孔方兄——见钱眼开
眼睛盯着鼻尖——只看一寸远、目光短浅
眼睛看透三层壁——好眼力、眼力好
眼睛里的灰尘——容不得、不能容忍
眼睛上带镜子——透亮
眼镜店里的货——框框多、尽是框框

眼泪往肚里流——说不出的苦

眼皮底下的东西——司空见惯

眼皮上挂钥匙——开眼了

眼皮子上搽胭脂——眼红、红眼

眼前埋地雷——一触即发

眼前无战火，身后无追兵——平安无事

眼望照片——看相

演古戏打破锣——陈词滥调

演双簧的——一唱一和

演双簧戏的表演——装腔作势

演完越剧唱京戏——南腔北调

演戏扮皇帝——神气一时

演戏扮司令——假威风

演戏的中状元——高兴一时说一时

演戏瞪眼睛——吓不住人

演戏用的刀枪——全是假货

演员吹胡子——假生气

演员谢幕——好戏收场、该下台了

燕口夺泥——细索求、无中寻有、无中生有

燕雀叫三年——空话一句

燕窝掉地——家破人亡、家败人亡

燕子搭窝——嘴上功夫、全凭嘴劲、嘴巴子劲、安家落户

燕子的尾巴——又劈了、两岔

燕子口里夺泥——无中觅有

燕子垒窝——专找高门楼飞、嘴巴辛苦

燕子下江南——不辞劳苦

燕子衔泥——空费力、口紧、一口一口地来

燕子造窝——全凭一张嘴、全仗嘴、嘴巴辛苦、空来往

yang

秧鸡子下田——顾头不顾尾、顾头不顾腚

羊肠小道——难行走

羊闯虎口——白送一口肉、送来的口食、有进无出

羊抵角——顶顶撞撞、又顶又撞

羊抵牛——顶不过

羊儿伴老虎——没得好下场

羊儿不吃草——壮不了

羊儿子踩到秧田里——不能自拔

羊肺压不到锅底里——轻飘飘

羊羔踩到泥田里——不能自拔

羊羔吃奶——跪下啦

羊羔跟水牛顶角——输定了、败得惨

羊羔钻进老虎口——有进没出

羊跟老虎做朋友——总有一天要吃亏

羊角插在篱笆里——伸头容易回头难

羊厩里圈骆驼——盛不下

羊看菜园——靠不住、不可靠

羊毛里找跳蚤——没着落

羊碰犄角——硬碰硬

羊皮袄子反起穿——装洋(羊)

羊圈蹦出个驴来——数你大、显大个儿

羊圈里的牛——显露头角

羊圈里关狼——自招祸灾

羊群过草坡——各顾各的嘴

羊头安在猪身上——颠倒黑白

羊头插到篱笆内——伸手(首)容易缩手(首)难

羊头上的毛——长不长

羊遇老虎——难逃

羊撞篱笆——进退两难

羊子不长角——狗头狗脑

羊嘴没草——干嚼

阳春三月的桃花——一片红火、火红一片、越来越红火

阳伞虽破骨不差——硬挺

阳台上的花,餐桌上的菜——人见人爱

阳台上跳舞——束手束脚

阳台上种瓜——白搭

阳燕叫三年——一句现成话

杨令公的儿子——一个赛一个

杨柳树上的花絮——轻飘飘

杨六郎的马——见过大阵势

杨六郎斩子——气不可言

杨乃武坐牢——屈打成招

杨排风的烧火棍——用场大

杨婆婆学绣花——心灵手不巧

杨七郎搬兵——一去永不来、一去不复返

杨寿星的坐骑——四不像

杨树剥皮——光棍一条

杨树的叶子——两面光

杨五郎削发——半路出家

杨宗保成亲——不打不招、又惊又喜

杨宗保和穆桂英的姻缘——打出来的、天生的一对

洋马儿走田坎——得过且过

仰脸吃炒面——呛个满脸

仰脸老婆低头汉——难斗难缠

仰着脖子吹唢呐——起高调

养蜂的赶集——甜买卖

养蜂的交朋友——甜甜蜜蜜

养蜂人演讲——甜言蜜语

养蛇咬自己——自取其祸、惹祸上身

养在圈里的猪——少不了挨一刀

养子不成才——失望

yao

幺店子(山乡路边的小店铺)的新闻——道听途说

幺儿子娶媳妇——大事完毕

妖魔遇鬼怪——一对坏

妖魔捉唐僧——想吃这块肉

腰带拿来围脖子——记(系)错了

腰鼓上装弹簧——能屈(曲)能伸

腰间别雷管——没人敢惹

腰里绑扁担——横行一方

腰里别钢筋——腰杆子硬

腰里别镰刀——走到哪,干到哪

腰里别算盘——时刻算计着

腰里插笊篱——走到哪捞到哪

腰里插竹竿——横生枝节、横行霸道

腰里长枝条——出了邪岔(斜杈)

腰里掖着一副牌——谁到跟谁来

窑场的砖——一个模子里出来的

窑洞里的草——只进不出

窑泥巴做点心——中看不中吃、好看不好吃

窑上的瓦盆——一套一套的

窑上失火——谣(窑)言(烟)

摇得响的白果——不是好人(仁)

摇着拨浪鼓卖糖——里外响

摇着脑袋吃梅子——瞧你那个酸相

摇着扇子聊天——谈笑风生
咬不烂的茄子——不论(嫩)
咬口生姜喝口醋——尝尽辛酸
咬烂舌头往肚里咽——有苦无法诉
咬狼的狗——有齿不露
咬群的骡子——孬种、不是好种
咬群的鸭子——难合群、不合群
咬住苦瓜当芒果——上当一回
舀水碰上了瓢——凑巧了、赶得巧、正好
药材店里的抹布——苦透了、苦得很、五味俱全
药店里请客——有你苦吃的
药罐子里的枣子——虚胖
药罐子里斗蛐蛐儿——苦中作乐、苦中取乐
药里的甘草——少不了它、一抓就到
药铺挂蛇皮——打着吓人的幌子
药铺里的甘草——离不得、离不开、一抓就来、少不得
药铺里挂蛇皮——打着吓人的幌子
药铺里招手——把人往苦处引
药铺子里的中药——各有用场
药汤里加蜜糖——苦中有甜
药王庙进香——自讨苦吃、自找苦吃
药王爷摆手——没法治、没治了、没救了、不可救药
药王爷的匾——手到病除、妙手回春
要饭的拜把子——患难之交
要饭的放炮——穷诈唬
要饭的盖荞麦皮——净是零碎儿
要饭的给龙王上供——穷人有个穷心
要饭的起五更——瞎慌张、穷忙活
要饭的坐在界石上——人穷根子硬
要你抓鸡,你偏捉鹅——故意捣乱、拧着来
要死不活的瘫子——活受罪
要甜的拿糖罐,要酸的拿醋坛——得心应手
鹞子充鸡——没有好心肠
鹞子拴在龟脖上——飞不得,走不得
钥匙插进锁孔里——开窍了
钥匙挂在眉梢上——开眼界

ye
爷儿俩赌博——输赢一家子

爷儿俩铡麦糠——没啥叙(续)头

爷孙不分——乱了辈

野地里长棵树——不在行

野地里烤火——就地取材(柴)、一面热

野地里撵兔子——谁逮住就属谁

野地里遇疯狗——难近身、近不得身

野蜂飞进渔网里——光钻空子、见缝就钻、钻空子

野鸽子起飞——下落不明、不知下落

野鸡戴皮帽——冒充鹰

野鸡躲灾——顾头不顾尾、顾头不顾腚

野鸡飞进饭锅里——送到嘴边的美味

野鸡公上山——溜得快

野鸡窠里抱麻雀——一窝不如一窝

野鸡上莲台——以假乱真

野鸡生蛋——藏头露尾

野鸡司晨——名(鸣)声不好、名(鸣)声坏

野鸡窝里抱家雀——一辈不如一辈、一代不如一代

野狼扒门——没安好心、来者不善

野狸子舔虎鼻梁——溜须不要命

野马斗犸子——专挑没角的整

野马进了套马杆——伸手(首)容易缩手(首)难

野马上笼头——服服帖帖

野马脱了缰——无法收回头、横冲直撞

野麦子——不分垄儿

野猫戴柳罐——不露脸

野猫见咸鱼——垂涎欲滴

野猫借鸡公——有借无还

野猫进宅院——没有好事、鸡犬不宁

野猫拉小鸡——凶多吉少

野猫跳到钢琴上——乱弹琴

野猫偷吃钻鱼狗(竹制捕鱼工具)——容易入身难出头

野猫子进宅——无事不来、来者不善

野猫子偷牛——眼大肚皮小

野猫子钻篱笆——两头受夹

野猫钻到鸡笼里——凶多吉少

野牛掉进陷阱里——越陷越深

野猪吃高粱——凭嘴

野猪掉在陷坑里——跑不了

野猪借公鸡——有借无还

野猪刨红薯——全凭一张嘴、全仗嘴、好硬的嘴、嘴硬

野猪头做贡物——虚情假意

野猪置金鞍——配不上、不配

野猪钻进玉米地——乱七八糟

叶公好龙——怕是真的、假爱好、口是心非

夜半歌声——高兴得太早了

夜蝙蝠——怕见阳光

夜蝙蝠围着水盆飞——愣充海燕

夜叫鬼门关——找死、送死、寻死、自己找死

夜里的雨雪——下落不明、不知下落

夜里捡个黄瓜——摸不着头尾

夜里见太阳——痴心妄想、妄想

夜里攀险峰——不顾生死

夜里说梦话——难理会

夜里行船——摸不到边

夜猫子拉小鸡——有去无回

夜猫子爬窗户——没有好事干

夜猫子睡觉——睁只眼,闭只眼

夜晚打雷心不跳——问心无愧

夜晚的蝙蝠——见不得阳光

夜蚊子咬秤砣——只一个嘴劲

夜雾笼罩的路灯——气昏了

夜行人吹哨子——给自己壮胆

夜行人迷了路——方向不明

夜莺配鹦鹉——正合适

夜游神——晚上出门

yi

一把白糖一把沙——分不明白

一把黄豆数着卖——发不了大财

一把拉住火车头——好大的力气、劲大、劲不小

一把钥匙开一把锁——对口、配就的

一把芝麻撒上天——星星点点

一把掷个么二三——输定了

一百个和尚念经——异口同声

一百个人当家——不知听谁的

一百个人骂仗——多嘴多舌

一百斤米做稀饭——难熬

一百斤棉花一张弓——无法细谈(弹)

一百只老鼠咬猫——没有一个敢开口

一百只麻雀炒一碟子——一窝子小嘴

一百只兔子拉车——乱了套

一背篓木橛橛——不是好货,不是好东西

一辈子当会计——长期打算

一辈子卖蒸馍——受不完的气

一锛两斧头——没有分寸

一本经书看到老——墨守成规、食古不化

一笔难写两个姓——是亲三分像

一边弦子一边大鼓——你说你的,我干我的

一步跨进姨姐房——进退两难

一步一个脚印——踏实、脚踏实地

一层布做的夹袄——反正都是理(里)

一层窗户纸——捅就破

一朝被蛇咬,十年怕井绳——心有余悸

一尺厚的烧饼——吃不透

一锤子买卖——不留余地

一打醋,二买盐——两不耽误、两得其便

一滴水流进大海——有了归宿

一滴水落在香头上——凑巧了、赶得巧、正好

一滴水一个泡——一报还一报

一滴雨,一点湿——实实在在

一斗芝麻拈一颗——有你不多,无你不少

一肚子加减乘除——心中有数、肚里有数

一堆乱树枝——七枝八杈

一对铃铛——不见空得慌,见面就叮当

一顿能吃三升米——度(肚)量大

一朵月季花开路边——小刺头

一二三四——才到午(五)

一二三五六——没事(四)

一二三四五六七——王(忘)八

一二五六七——丢三落四

一分钱掰两瓣花——会过日子

一分钱开当铺——周转不开

一分钱买个牛排——贱骨头

一分钱买俩判官——贱鬼

一分钱买仁枣——半文不值、分文不值

一佛出世,二佛升天——死去活来

一副碗筷两人用——不分彼此

一杆没星的秤——掂不出轻重、不知轻重

一杆无砣秤——翘得高

一个巴掌拍不响——孤掌难鸣

一个巴掌拍不响,一个有理打不起——两人都怪

一个坝子两台戏——唱对台戏、演对台戏

一个半斤,一个八两——一模一样、一个样、没什么两样

一个包子吃了十八里还没吃到馅儿——皮厚

一个病房的病友——同病相怜

一个槽上的两头叫驴——拴不到一起

一个吹笛,一个按眼——俩不顶一

一个单方吃药——同一个毛病

一个碟子摔九块——四分五裂

一个洞里的蛇——早有勾结

一个钉子一个眼——扣打扣

一个方凳坐两人——亲密无间

一个蜂窝上的蜂子——同样厉害

一个轱辘的车——翻了

一个闺女说俩婆家——你争我夺

一个锅里吃饭——彼此彼此

一个和尚一套经,一个将军一个令——各有其道

一个核桃两个仁——一色货、一样的货色

一个葫芦锯俩瓢——恰好一对、一模一样、一个样、没什么两样

一个架子上的鸡——斗不起来

一个将军一个令——不知听谁的

一个窟窿的蛇——同样毒、早有勾结

一个萝卜一个坑——一个顶一个、没有空地方

一个马鞍上的人——同奔前程

一个蚂蚁搬泰山——力不从心

一个墨斗弹出两条线——思(丝)路不对

一个皮球踢上天——没拦没挡

一个曲子一个调——有高有低

一个染缸里的布——一色货、一样的货色

一个人唱台戏——独角

一个人打虎——力不能及、力不从心、心有余而力不足

一个人喝酒——随心所欲、自斟自饮

一个人拜把子——你算老几

一个色子掷七点——出乎意料、出人意料

一个烧饼平半分——不偏不向、不偏不倚

一个木檄檄——不是好料

一个跳蚤顶不起被盖——独力难撑

一个铜板买韭菜——一小撮

一个西瓜切九块——四分五裂

一个媳妇几个婆——不知听谁的

一个小羊两个头——快(怪)搞(羔)

一个院里住两家——谁也知道谁

一个指头和面——硬捣

一个桩上拴两头牛——一个不让一个、迟早要闯祸

一根拨火棍——任人摆弄

一根肠子通到底——直性人、直性子、吃啥屙啥

一根灯草点火——一条心

一根笛子八个眼——一气相通

一根杠棒前后肩——谁也离不开谁

一根鸡毛扔火里——一燎就完

一根尖担——两头戳

一根筷子吃莲菜——专挑眼、尽挑眼

一根筷子吃面条——独挑

一根筷子吃藕——挑眼儿、尽挑眼

一根筷子顶墙——难撑

一根马尾做琴弦——不值一谈(弹)

一根木头劈八开——不大方

一根绳上的蚂蚱——一路货、跑不了我,也蹦不了你、谁也跑不了

一根藤上结的瓜——苦在一起、苦相连

一根头发搓绳——异想天开

一根头发劈八瓣——办不到、没法办

一根头发系磨盘——千钧一发

一根蚊香两头点——两头成灰

一根弦上弹曲子——单调

一根桩上拴两头牛——互不相让、谁也不让谁、一个不让一个

一跟头栽到屋外边——门里出身

一锅米汤煮三天——慢慢熬

一锅粥打翻在地——难收场、收不了场

一锅子浑汤面——糊涂到一块

一国三公——各自为政、无所适从

一壶醋的赏钱——小恩小惠

一加一等于二——没错、错不了

一家大小乱了行辈——不成体统

一家人盖一床被子——胡扯

一江春水向东流——滚滚向前、无穷无尽、永不回头、决不回头

一跤跌在门槛上——两头不着实

一脚踩上秤台——举足轻重

一脚踩在桥眼里——上下两难、上下为难

一脚登上泰山——蹦得高

一脚门里,一脚门外——不进不出

一脚踏进刺笆林——难脱身、脱不了身

一脚踏进云端里——一跃而上、一步登天

一脚踏两只船——左右为难

一脚踏上磅秤台——举足轻重

一脚踏在马镫上——不上不下、上不上,下不下

一脚踢翻煤油炉——散伙(火)

一脚踢死个麒麟——不知贵贱

一斤的酒瓶装十两——不多不少

一镢头挖到金条——运气好

一镢头想挖口井——办不到、没法办、急于求成

一棵树上的核桃——有大有小

一颗心悬在半天云里——上不着天,下不着地

一口吃个牛排——贪多嚼不烂

一口吃个胖子——办不到、没法办

一口吃个小庙——肚里有鬼

一口吃个旋风——好大的口气

一口吃了九个馒头——贪欲太大

一口吃条绳子——有内线

一口吃下扁担——横了心

一口吃下热红薯——难吞难咽

一口锅里舀饭吃——没外人

一口吞个星星——想头不低、想得高

一块湿柴——光冒烟不着火

一筐子鳖倒在沙滩上——滚的滚,爬的爬、连滚带爬

一篮鸡蛋打地下——没有一个好货、没有一个好的

一篮子糟虾泼到地上——数不清头

一雷天下响——处处皆知

一粒弹子打两只鸟——一举两得

一粒米熬三碗汤——淡而无味

一脸驴子毛——还想混着吃马料

一路绿灯——通行无阻

一路师傅一路拳——各有各的打法

一轮红日出东方——光明正大

一亩南瓜没结瓜——净是秧

一盘棋下了三天——棋逢对手

一盘散沙——捏不拢、难捏合

一蓬刺林——成不了才(材)、不成才(材)

一千文钱分四处——二百五

一千只麻雀炒一锅——多嘴多舌

一枪打两只黄羊——一举两得

一枪打死个苍蝇——得不偿失

一枪打死只耗子——不够本钱、不够本

一枪扎死杨六郎——没戏唱了

一锹挖出个金娃娃——异想天开

一拳打破西洋镜——大家都有好瞧的

一拳打死只蚊子——假充好汉

一拳砸碎仨酒壶——不堪一击

一群惊窝的耗子——灰溜溜的、灰不溜溜的

一群老鸦朝南飞——一模一样、一个样、没什么两样

一群麻雀吃食——叽叽喳喳

一人上阵——单枪匹马

一人一把号——各吹各的调

一人一面镜——各自对照

一失足成千古恨——悔之莫及、后悔莫及、后悔已晚

一石砸死三只鸟——一举三得

一时猫脸,一时豹脸——说变就变、转眼就变、变化无常

一手交钱一手交货——谁也不欠谁的

一手拿喇叭,一手托皮球——吹吹拍拍、能吹能拍、又吹又拍

一手拿针,一手拿线——望眼欲穿

一手托鼓,一手捏笛——又吹又拍、吹吹拍拍

一手遮天,一手捂地——瞒上瞒下

一手抓泥鳅,一手逗黄鳝——两头耍滑

一双鞋丢一半——独一只

一塘鸭子下锅——皆是主(煮)

一天到晚淡茶饭——不吃香

一天下了三场雨——缺少情(晴)意

一条船上的旅客——风雨同舟、同舟共济

一条道走到黑——死心眼

一条犁沟走到底——死不回头

一条路上众人走——各奔东西

一条绳子拴两麻雀——一个也飞不了

一条腿的板凳——站不住脚

一头栽到煤堆里——霉(煤)到顶了

一头撞在南墙上——弯都不拐、自己碰壁

一头钻到青云里——碰上好运(云)气

一团乱麻——理不清、千头万绪、找不到头

一团乱纱——难解难分、难分难解

一碗浆水一碗醋——没有多少便宜占、斤对斤,两对两

一碗清水——一眼看到底

一碗水端平——不偏不向、不偏不倚

一碗粥被打翻——难收拾、不可收拾、一塌糊涂

一网打尽天下鱼——想到办不到

一文钱买十一个——分文不值

一窝出巢的蜂子——乱哄哄

一月穿三十双鞋——日日新

一早的麻雀——叫得最欢

一张席子两人睡——亲密无间

一张渔网千只眼——一环扣一环

一张纸画个鼻子——好大的脸

一张嘴巴两张皮——横说竖说都有理

一丈高的房子,丈八长的菩萨——盛不下

一只鸡婆孵八个蛋——稳当

一只脚踩在门槛上——不知进退

一只筷子吃面——独挑

一只筷子吃藕——专挑眼、尽挑眼

一只喇叭一把号——各吹各的调

一只骆驼的两只驼峰——谁也离不开谁

一只绵羊一家人放——小题大做

一只螃蟹八只脚——没错、错不了

一只手吹笛——顾此失彼

一只手托不起房梁——独力难撑

一只手遮脸——独当一面

一只手作揖——不成敬意

一嘴吞个明火虫——明白了

一嘴吞个猪头——口气不小

一嘴吞了个鞋帮子——心里有底

一嘴吞下仁馒头——好大的口、吃不消、贪多嚼不烂

衣食不愁想当官，做了大官想成仙——贪得无厌、贪心不足

依了媳妇得罪娘——难得两全

依着葫芦画瓢——全盘照搬、照样

依着石碑烤火——面热

宜兴的茶壶——全凭一张嘴、全仗嘴

颐和园的铜牛——没对儿、不成对

以卵击石——自不量力、不自量

椅子折了背——没靠头

异乡遇亲人——喜相逢、喜之不尽

yin

阴沟的泥鳅——翻不起大浪

阴沟的鸭子——顾嘴不顾身

阴沟里撑船——施展不开、翻不了

阴沟里荡舟船——寸步难行

阴沟里的灰菜草——死的死,烂的烂

阴沟里的泥巴——扶不上墙

阴沟里的蚯蚓——成不了龙

阴沟里的旋风——刮不起来

阴沟里的砖头——永世不得翻身

阴沟里翻船——没想到的事

阴沟里洗手——假干净

阴天打孩子——闲着没事干

阴天打阳伞——多此一举

阴天露日头——假情(晴)

阴天卖泥人——趁早收场

阴天晒铺盖——不是时候、白搭

阴雨天的花生米——疲(皮)了

阴雨天的霹雳——大发雷火

阴雨天观景致——模糊不清、看不清

阴雨天过后出太阳——重见天日、开云见日

阴雨天看月亮——大失所望

阴雨天拉稻草——越拖越重

阴雨天落雷——空想(响)

寅吃卯粮——前吃后空、预支

寅时点兵,卯时上阵——说干就干

银锤打在金锣上——一声更比一声响

银锤对金锣——一个赛一个

银锤敲金鼓——响当当、当当响

银壶镀锡——装贱

银盆打水金盆装——原谅(圆亮)

银盆装清水——清清白白

银线穿金线——两相配

银行的白纸条——空头支票

银行的出纳——没钱不好办

银行的支票——扯不得、莫扯

银样镴枪头——好看不中用

银圆当镜子——认钱不认人、一切向钱看

银圆落在石头上——响当当、当当响

引风吹火——不费力、不费劲

引狼入室——不顾后患、自招祸灾、自取灭亡

引水入墙——自招祸灾

饮鸩止渴——自取灭亡

ying

英雄遇好汉——有了对手

婴儿的摇篮——摇摇摆摆

鹦鹉唱大曲——巧上加巧、卖弄自己

鹦鹉的嘴巴——会说不会做

鹦鹉学舌——人云亦云、巧嘴

鹦鹉遇见百灵鸟——又说又唱、说说唱唱

鹰饱不抓兔,兔饱不出窝——懒对懒

鹰叼蛇,蛇吞鼠——一物降一物

鹰飞蓝天,狐走夜路——各走各的路、各行各的道

鹰哭麻雀——假慈悲、假慈善

鹰犬捕兽——上下夹攻

鹰嘴里夺兔,猫嘴里夺鱼——难下手、下不了手、无法下手

鹰嘴鸭子爪——能吃不能拿

迎风吃炒面——张不开口

迎着风扬灰——迷住自己的眼睛、睁不开眼

萤火虫打架——明对明

萤火虫当月亮——大惊小怪

萤火虫发光——自顾自

萤火虫跟十五的月亮比光亮——自不量力、不自量

萤火虫进酒瓶——前途光明,出路不大

萤火虫落在秤杆上——自以为是颗亮星

萤火之光——其亮不远

蝇子见了血——走不动

赢得猫儿输了牛——因小失大

硬汉子卖豆腐——人强货不硬

硬节柴——难劈

硬壳虫赶牛——自不量力、不自量

硬要麻雀生鹅蛋——蛮不讲理

yong

勇士上刺刀——拼杀一场

用秕糠垒水坝——无济于事、不济事

用锥刺牛——无关痛痒、不痛不痒

用斗量糠——不声不响、无声无息

用放大镜看书——显而易见

用斧子裁衣裳——粗制滥造

用葫芦盛药——内情不清楚

用煤油灯炒豆子——胡来

用牛刀杀鸡——小题大做

用人家的火做自家的饭——爱占便宜

用石头砸自己的脚——自作自受

用小虾钓鲤鱼——吃小亏占大便宜

you

邮包掉水田——半信半疑(泥)

邮包上吊扫帚——威信扫地

邮递员摆手——没信

邮递员的扫把——扫兴(信)

邮递员进门——带信儿来了

油灯上炖猪蹄——慢慢来

油干灯草尽——说灭就灭、完结、奄奄一息(熄)

油缸里的老鼠——滑透了

油罐子打了耳子——没法提、提不得、提不起来、别提了

油锅里的鱼——受尽了煎熬

油锅里撒盐——闹个不停

油壶里打跟头——胡(壶)闹

油画里卷国画——话(画)里有话(画)

油煎冰棒——一场空

油煎橄榄核——又奸(尖)又猾(滑)

油浇蜡烛——一条心

油库着了火——难近身、近不得身
油里掺水——合不拢、合不到一块、两分离
油篓里的西瓜——圆滑、又圆又滑
油篓里掷骰子——没跑、跑不了
油瓶当鼓槌——空对空
油漆匠的家当——有两把刷子
油漆马路——没辙
油漆泥菩萨——面目一新
油手攥泥鳅——溜啦
油条泡汤——软瘫了、软作一堆
油瓮里捉鲤鱼——劳而无功
油盐罐子——紧相连、形影不离、形影相随、一对儿
油炸冰糕——不可能的事、没人见过、没有的事、化汤了
油炸花生米——干脆、干干脆脆
油炸麻花儿——净别扭、有股扭劲、干脆、全身都酥了
蚰蜒吃百足——强中还有强中手
蚰蜒吃萤火虫——肚里亮堂
游方的道士——四海为家
游览全世界——见多识广
游僧撵住僧——喧宾夺主
游山逛水抹眼泪——触景伤情
游学的先生——没有管(馆)
有北屋,有南墙——不成东西
有尺水,行尺船——量力而行
有大哥,有二弟——你算老几
有粉搽不到脸上——装人也不会装
有福同享,有祸同当——同甘共苦
有理三扁担,无理扁担三——不分青红皂白、分不清青红皂白
有了五谷想六谷——贪得无厌、贪心不足
有了一福想二福,有了肉吃嫌豆腐——贪得无厌、贪心不足
有骆驼不讲牛羊——光拣大的说
有马不骑,有车不坐——练腿劲
有名的贤相吕端(北宋大臣,后任宰相)——大事不糊涂
有钱人家的看门狗——势利眼
有人讲盐咸,有人讲盐淡——各有所爱、各人所爱
有人喜欢淡,有人喜欢咸——各对口味儿
有人喜欢鸡,有人喜欢鸭——各有所爱
有窝头还要馒头——好了还要更好

有西瓜不讲芝麻——光拣大的说

有衣无帽——不成一套

有油添不到轴承上——白糟蹋

有枣无枣三杆子——乱打一通

又办丧事又嫁女——一番欢喜一番愁

又打收兵锣，又吹冲锋号——进退两难

又戴耳环又画眉——耳目一新

又敲锣鼓又放炮——想(响)到一块了

又娶媳妇又嫁女——双喜临门、有来有去、有来有往

又踢又咬的鸭子——难合群、不合群

又想要公羊，又盼有奶喝——贪得无厌、贪心不足

又抓糍粑又抓面——难脱手

又做端公(男巫师)又做鬼——两面讨好、两头落好

又做媳妇又做娘——三代同堂

yu

渔场里念旧情——往(网)事

鱼池里下网——多余(鱼)

鱼刺卡喉咙——吞不下，吐不出

鱼大吃虾，虾大吃鱼——弱肉强食

鱼大笼子小——难装、不好装

鱼儿得水，鸟儿入林——自由自在

鱼儿喝水——又进又出

鱼儿落网——有来无还、有来无回、十拿九稳

鱼儿没有水——干跳

鱼儿扔在冰上——使劲也没用

鱼儿上岸——翻白眼儿

鱼儿上钩——挣不脱

鱼儿游大海——自由自在

鱼儿钻进网眼里——进退两难

鱼钩抛在河中心——放长线钓大鱼

鱼脊上的鱼翅——背弃(鳍)

鱼进千层网——难免有漏掉的

鱼篓里的螃蟹——进来容易出去难

鱼苗放大海——各散四方

鱼目混珠——以假乱真

鱼盆里的螃蟹——你算哪一路

鱼跳出来吃猫——咄咄怪事

鱼吞香饵——自己上钩、不知有钩、末日到了
鱼虾上岸学走路——行不通、走不通
鱼鹰下河——大有作为
鱼游锅中——好景不长
鱼找鱼,虾找虾,乌龟爱王八——气味相投
鱼罩里抓鱼——十拿九稳
俞伯牙不遇钟子期——不谈(弹)啰
俞伯牙摔琴——不谈(弹)了
渔场失火——枉然(网燃)
渔船上打儿子——没跑、跑不了
渔船上的螃蟹——串起来
渔夫赶上鱼汛,猎手赶上兽群——喜之不尽
渔鼓艺人打鼓帮——敲竹杠
渔网捕虾米——白费工夫、白费劲、枉费工
渔网挡太阳——遮盖不住、难遮盖
渔网里的山鸡——有翅难飞
渔网装豌豆——张口就漏完了、一个不留
渔翁钓鱼——坐等
愚公的住处——开门见山
愚公移山——非一日之功
榆木疙瘩——不开窍、难开窍、难劈、
死心眼儿
榆木疙瘩刻玉玺——不是这块料、不
是正经材料

渔翁钓鱼

榆木疙瘩脑袋——死硬
虞姬娥娘舞剑——强装欢笑
与虎共眠——好大的胆子
与虎交友——反遭祸身
与虎谋皮——甭想、莫想、休想
与虎同穴——提心吊胆
羽毛扇打孩子——无关痛痒、不痛不痒
羽毛扇扑火——惹火烧身、引火烧身
雨点落在火星上——巧得很、巧极了
雨点落在沙滩上——点子多、点子不少
雨点落在香头上——巧得很、巧极了
雨后穿皮鞋——拖泥带水
雨后打伞——无济于事、事过境迁
雨后的彩虹——五光十色

雨后的春笋,清明的茶——全都是尖儿

雨后的高粱苗——直往上蹿

雨后的蛤蟆——叫欢了

雨后的花园——万紫千红

雨后的竹笋——节节高、节节上升

雨后收葱——连根拔

雨后天晴——渐渐明白

雨浇泥菩萨——土里土气、土气大

雨淋菩萨两行泪——假慈悲、假慈善

雨伞抽了柄——没了主心骨、支撑不起

雨水滴在坛子里——乐(落)在其中

雨天背棉絮——越背越重

雨天浇地——多此一举

雨夜观天象——无心(星)

玉皇大帝的客人——个个是神仙

玉皇爷出征——大动干戈、尽是天兵天将

玉器失手——可惜、真可惜

玉泉山的稻田——得天独厚

玉泉山的水好喝——远水不解近渴

玉石店里的珍品——精雕细刻

玉石手镯镶钻石——宝中之宝

玉石娃娃——宝贝蛋儿

芋头叶上的水珠——滚了

芋头叶子当钹敲——不堪一击

浴缸里摸鱼——逃不掉

预备腊肉待亲家——久有意

遇到老翁叫大哥——没大没小

遇到熟人握握手——你好我也好

yuan

冤家狭路相逢——分外眼红

鸳鸯睡觉——交颈而眠

鸳鸯戏水——成双成对

鸳鸯一对儿——两相配

鸳鸯逐锦鸡——就怕不成双

筅筅(用竹篾等编成的盛东西的器具)抬狗——不受人尊重

元旦出门除夕回——满载而归

元旦翻日历——头一回、头一遭

元帅的帐篷——不前不后

元帅升帐——威风凛凛、调兵遣将

园里的橡胶树——任人千刀万剐

园艺师的手艺——移花接木

园子里的辣椒——红到顶了

原始森林迷了路——摸不清东西南北、分不清东南西北

原子弹爆炸——不同凡响、一鸣惊人

原子弹炸鸟——大材小用

圆的做盖盖，方的做牌牌——各有用场

圆顶帐子——没门儿、无门

圆耳朵——听不进方言

圆珠笔蘸墨水——多事

袁世凯称帝——不得人心

袁世凯当皇上——好景不长、短命

辕马套在车后头——开倒车

远地得家书——陡增欢喜

远路人蹚水——不知深浅

远水救近火——来不及

远洋轮出国——四海为家

远洋轮出海——外行(航)

远洋轮上吹笛子——想(响)得宽

院子里搭戏台——有戏唱啦

yue

月半退到初一——七折八扣

月宫里的桂树——高不可攀

月光下散步——形影不离、形影相随

月里娃穿道袍——宽大无边

月里娃的头——不经一包

月亮坝里点灯——多此一举

月亮坝里耍大刀——明砍

月亮坝里掷骰子——观点模糊、观点不明

月亮比太阳——差太远

月亮地里打电筒——多余

月亮地里打麻将——沾光

月亮地里点彩灯——空好看

月亮地里晒被单——白搭

月亮地里晒谷子——不顶用、不顶事、阴干、将就天

月亮地里走路——没影子

月亮跟着太阳转——沾光、借光

月亮里耍刀——明砍

月亮下点油灯——多事

月亮下面看自家的影子——越看越大

月缺花残掉眼泪——触景生情

月下提灯笼——空挂名(明)、多此一举

月月红裹在绸缎里——锦上添花

月照雪山——光明洁白

岳飞枪挑小梁王——忍无可忍

岳王爷出征——马到成功

越剧团演员——没难(男)

乐队里的锣鼓——任人敲打

乐队里敲破锣——不入调

yun

云彩里摆手——高招

云彩里盖大厦——空中楼阁

云彩里伸拳头——露一手

云端里出辔(驾驭牲口用的嚼子和缰绳)——露马脚

云端摘日,海底捞月——痴心妄想、妄想

云海里观山景——不识真面目

云里长胡子——空虚(须)

云里长树——天才(材)

云里的浪头——高潮

云里驾马车——天灾(载)人祸(货)

云里贴告示——空话连篇

云里头翻跟头——没着落

云南的老虎,蒙古的骆驼——谁也不认谁、素不相识

云头里贴告示——空话连篇

云头上打靶——放空炮

云头上翻跟头——武艺高、本领高、没着落

云雾里的爱情——迟早要散

运动场上赛标枪——寸土必争

运动员下跑场——你追我赶

运碓窝的翻了船——石沉大海

# Z

## za

杂烩汤里的豆腐——白搭

杂货店的买卖——挑挑拣拣

杂货店关门——没货了

杂货铺的掌柜——见钱眼开

杂货铺子——无所不有

杂技团里的空竹——抖起来了

杂交的骡子——非驴非马

杂耍班子走江湖——逢场作戏

砸锅卖铁——一锤子买卖、越弄越穷、豁出去了

砸开的核桃——有人(仁)儿

砸烂了的西瓜——红白相杂

砸了锅子搬了灶——散伙(火)

砸杏核砸出个小鳖——不是人(仁)

## zai

栽起秧子就想打谷——哪有那么快

栽完树就想乘凉——性太急

宰个鸽子也要请屠夫提刀——小题大做

宰牛用锥扎——不顶用、不顶事

宰相的千金——不愁嫁不出去

宰相肚里能撑船——宽宏大量、度(肚)量大、大人大量

宰相门第元帅府——门当户对

在火炉里过日子——浑身暖烘烘

在磨子上睡觉——想转了

在盘子上扎猛子——不知深浅

在羊身上剪毛——现成

## zan

糌粑拌白糖——又甜又香

糌粑糊了嘴——闷了口

糌粑口袋——肚里有货倒不出、有货倒不出

## zong

藏民穿皮袄——露一手

zao

糟鼻子不吃酒——枉担罪（醉）名、虚有其表

凿壁偷光夜读书——一孔之见

凿磨匠打铁——不会看火色

早晨吃晌午——打破常规

早晨的露水——见不得阳光、见不得太阳、不久长、难长久

早晨的天，婆婆的脸——说变就变、转眼就变、变化无常

早春的桃花——红不久

早起碰见抬轿的——出门见喜

早上打发闺女，中午接来媳妇——双喜临门

早上的林中鸟——各唱各的调

枣骨子解板——不是正经材料

枣核搭牌楼——针锋相对、奸（尖）对奸（尖）

枣核解板——没几句（锯）、只有一句（锯）

枣木梆子——一对儿、不打不响、一辈子挨打、挨敲的货

枣木做烧柴——难劈

澡盆里洗脸——好大的面子

澡堂里的伙计——见得多了

澡堂里的毛巾——上下不分

澡堂里的拖鞋——没对儿、不成对、没法提、提不得

澡堂里的油灯——气昏了

灶边的磨子——推一推，动一动

灶倒屋塌——砸锅

灶房里的砧板——油透了

灶火坑里烧山药——吃里爬（扒）外

灶鸡子打架——对头

灶君贴腿上——人走家搬

灶坑里扒红薯——专拣软的捏

灶坑里烧王八——憋气又窝火

灶坑烧螃蟹——没爬了

灶老爷骑竹马——神上天了

灶老爷伸手——稳拿糖瓜儿

灶里扒出个烧馍馍——又吹又拍、吹吹拍拍

灶门口烧糠壳——抓一把，撒一把

灶门口栽杨树——活不久、活不长、好景不长

灶门前的烧火棍——越来越短、焦头烂额

灶门前干活——煽风点火

灶门前捡火钳——算不得财富

灶门前拿竹筒——吹火、吹了

灶门前劈柴——不好使家伙

灶前老虎——屋里凶

灶上的炒勺——尝尽了甜酸苦辣

灶神打前失——离板了

灶神上贴门神——话(画)中有话(画)

灶神爷跑到院里——多管闲事

灶神爷讨饭——装穷

灶司菩萨吃饴糖——堵了嘴

灶台上的灯笼——明摆着

灶台上的抹布——揩油、沾油水

灶膛抡锤子——砸锅

灶王爷升天——实话实说、多言好事、有啥说啥

灶王爷许愿——有求必应

皂角树上翻跟头——过得硬、斗硬

zei

贼被狗咬——干吃哑巴亏、吃了哑巴亏、难出口、不好声张

贼打官司——场场输

贼过安枪——迟了

贼喊捉贼——倒打一耙、转移目标

贼去了才关门——错过时机、晚了、迟了

贼上房送梯子——头号帮凶

贼偷叫花子——白费工夫、白费劲、枉费工

贼娃子打官司——场场输、堂堂输

贼娃子挂佛珠——没有好经念

贼娃子进铁匠铺——倒贴(盗铁)

贼娃子拾东西——不是偷也是偷

贼娃子说梦话——不打自招、想偷

贼娃子遭狗咬——说不得

贼遇强盗——黑吃黑

贼走后关门——怕再来

zeng

增一分太长,减一分太短——恰好、正好、恰到好处

赠马赠笼头——好事做到底

zha

扎鞋不拴绳结——半途而废

铡刀锄地——管得宽

铡下伸驴头——刀下找食

眨巴眼养个瞎儿子——一辈不如一辈、一代不如一代

眨眼打哈欠——扬眉吐气

炸煳的辣椒拌醋糖——苦辣酸甜咸样样全

炸了窝的马蜂——乱哄哄

炸麻花的碰上搓草绳的——较上劲

炸响了的炮仗——四分五裂

炸药的捻子——一点就着、点火就着

炸油饼的卖冰棍——冷热结合

蚱蜢斗公鸡——找死、送死、寻死、自己找死

蚱蜢碰上鸡——在劫难逃

蚱蜢撞车轮——粉身碎骨

zhai

斋公庵里的老鼠——听得经卷多

斋公吃羊肉——开洋(羊)荤

斋公丢了腊肉——难开口、口难开、不好开口、不好声张

摘葫芦当瓜吃——不知轻重

摘樱桃爬到柳树上——白忙活、白忙一场

宅院修在城墙上——闹中取静

债主找到了负债的——清了吧

zhan

毡匠擀毡——厚此薄彼

毡袜裹脚靴——寸步不离、离不得、离不开

毡子上拔毛——不显眼

粘皮带骨头——不利索

粘糖的豆子——难解难分

粘牙的烧饼——面生

斩草不除根——后患无穷

展览会上的陈列品——样子货

战场上拼刺刀——不是你死，就是我亡、短兵相接

战地诸葛亮会——集思广益

战马离了群——孤僻(匹)

战士出征——打上前去

战争贩子唱和平——趁机磨刀、口蜜腹剑

站在岸边看翻船——见死不救

站在草席上比高低——高也有限

站在大风地里——身不由己、不由自主

站在房顶跳伞——水平太低

站在高山看打架——袖手旁观

站在高山看大海——远水不解近渴

站在海边看鱼跳——干瞪眼

站在海滩望大海——宽大无边

站在河岸捞月亮——白搭工

站在墙头上骑马——就高不就低

站在山顶赶大车——鞭长莫及

站在山上看马斗——踢不着咬不着

站在远洋轮上讲怪话——海外奇谈

站在云头吊嗓子——唱高调

站着身子正——不怕影儿斜

蘸了汽油的稻草——一点就着、点火就着

蘸水钢笔——没有胆

蘸雪吃冬瓜——淡而无味

蘸着稀饭吃扁食——越吃越糊涂

zhang

张弓射箭——照直进(绷)

张果老撑铁船——办不到、没法办、难得见

张果老倒骑毛驴——背道而驰,越走越远、不见畜生面、朝后看

张良保刘邦——功成身退

张良的玉箫——吹动军心啦

张了网就走——撒手不管

张驴儿(戏曲《窦娥冤》中人物)告状——冤枉好人、肚里有鬼、心怀鬼胎

张驴儿上公堂——恶人先告状

张满风的帆船——好大的力气、劲大、劲不小

张三打鸟,李四放生——各有所好、各人所好

张三儿(民间对狼的俗称)哄孩子——没安好心

张三儿啃葫芦头儿——一点儿人味没有

张三和大虫(老虎)抢食——狼吞虎咽

张三和狗比胸膛——狼心狗肺

张生(《西厢记》中人物)回头望莺莺——恋恋不舍

张生上京——一去不返

张生遇见崔莺莺———一见钟情

张顺浪里斗李逵——不打不成相识、以长攻短

张天师的兵——见什么拿什么

张天师的鞋——云来雾去

张天师过海不用船——自有法度(渡)

张天师画符——玩的骗人术、鬼清楚

张小泉的剪刀——名不虚传

张仪说苏秦的不是——错怪了好人

张嘴吃月亮——痴心妄(望)想

掌磅秤的报数——句句有分量、句句真言、句句实话

掌钳的敲小锤——正在火候上

长成的胡子,生就的相貌——更改不掉、改不了

长翅膀的小鸟——欢跃欲飞、早晚要飞、迟早要飞

长就的牛角——值(直)不得、直不了

长了兔子腿——跑得快

丈八高的灯台——照远不照近、照见别人,照不见自己、照人不照己

丈八罗汉——摸不着头脑

丈二长的扁担——摸不清头尾、分不清头尾

丈二的斗笠——高帽子

丈二的金刚扫地——大才(材)小用、大手大脚

丈二的台阶——迈不上去

丈二豆芽——嫩得很、太嫩

丈二高的门槛——难进

丈二厚的屋基——根底深

丈二宽的大褂——大摇(腰)大摆

丈二绳子抽野马——鞭长莫及

丈母娘待女婿——实心实意

丈母娘管外甥——白费工夫、白费劲、枉费工

丈母娘看女婿——越看越喜欢、越看越顺眼

丈母娘夸姑爷——好得很、好极了、就是好

丈母娘疼女婿——入情入理、诚心实意、实心实意

帐子里哼小曲——自我欣赏

账房的算盘——一个子儿不差

zhao

招亲招来猪八戒——自找难看

着火挨板子——两头热

找个姑娘当媒人——不成也有点希望

找木匠补锅——找错了人

沼泽地里的推土机——拖泥带水

赵公明翻脸——不认账

赵匡胤穿龙袍——改朝换代

赵括(战国时赵国名将赵奢之子)讲兵法——夸夸其谈

赵钱孙李——各说一理

赵巧儿送灯台——一去不回来

赵五娘(《琵琶记》中人物)上京——一路辛苦、穷话万千

赵五娘写家书——难字当头

赵云大战长坂坡——大显神威

赵云救阿斗——拼老命

赵子龙出征——一身是胆、百战百胜、单枪匹马

照葫芦画瓢——按着老样子做

照猫儿画虎——差不离、由小写大

照明弹上天——高明

照片底板——颠倒黑白

照相馆里挂相片——好样子、样子好

照着镜子作揖——自己拜自己

罩里螺蛳——十拿九准

罩里游鱼——没跑、跑不了

罩着的鱼——不愁拿

zhe

折了翅膀的小鹰——飞不起来了

者字旁边安只眼——有目共睹

这山看着那山高——见异思迁

zhen

针鼻眼里瞧韩湘子——小看仙人

针拨灯盏——挑明

针钩钓鲤鱼——吃穿

针尖对麦芒——针锋相对、十有九偏、互不相让、奸(尖)对奸(尖)

针尖对油捻——挑明

针尖对枣圪针(指某些植物枝梗上的刺儿)——一个比一个尖、尖对尖

针尖上落灰——微不足道、微乎其微

针尖上落芝麻——难得、得之不易、难顶

针吞到肚子里——心腹之患

针无两头尖——难得两全

针眼里观景致——一孔之见

针眼里看人——小瞧

针毡上睡觉——坐卧不安、坐卧不宁

珍珠掺到绿豆里卖——屈才（财）、抱屈、一样价钱两样货

珍珠弹麻雀——得不偿失

珍珠商店——八面玲珑

真假包公——一看就清

砧板上的蚂蚁——刀下找食

砧板上的鱼——任人宰割、随人宰割

诊脉开方——对症下药

枕边言语骨边肉——个个喜爱、人人喜欢

枕木上的铁轨——明摆着

枕头底下放罐子——空想

枕铡刀睡觉——好险、冒险、危险

枕着扁担睡觉——想得宽

枕着卷子（一种面食品）睡觉——不愁吃

枕着烙饼挨饿——懒死了

枕着竹筒睡大觉——空头空脑、空想

zheng

睁眼打呼噜——昏头昏脑、昏了头

睁眼跳黄河——走投无路

睁眼瞎看告示——两眼一抹黑

睁眼瞎考状元——丢人现眼

睁着眼睛尿床——明知故犯

睁着眼跳黄河——走投无路

蒸包子不放馅儿——是个蛮（馒）头

蒸锅水洗脸——发挥余热

蒸酒熬糖——各干一行

蒸酒打豆腐——要办喜事

蒸馏水当茶喝——淡而无味

蒸馏塔上迈步——无路可走

蒸笼盖子——受不完的气、受气的家伙

蒸笼上加盖子——赌（堵）气

蒸馍打狗——有去无回

蒸熟的鸭子——飞不了

蒸鱼不沾水——全凭一口气

整筐丢西瓜,满地拾芝麻——大处不算小处算

正骨大夫——拿捏人

正晌午朝南走——没影儿的事

正晌午的太阳——光辉普照

正月初二拜丈母娘——正适时

正月初一过生日——双喜临门

正月初一见明月——机会难得、难得的机会

正月初一卖门神——过时货、没人过问

正月初一捧元宵——只只好、个个好

正月间走亲戚——礼尚往来、有来有去、有来有往

正月里穿单衣——为时过早

正月里看大戏——凑热闹、凑凑热闹

正月里盼着桃花开——不到时辰

正月里生,腊月里死——两头忙

正月十五才拜年——晚了半月

正月十五打灯笼——年年都一样

正月十五打牙祭——一年一回

正月十五的龙灯——任人耍、由人玩耍

正月十五的月亮——光明正大

正月十五的走马灯——反复无常

正月十五放烟火——好景不长、热闹一阵子

正月十五赶庙会——随大流

正月十五观灯——眼花缭乱

正月十五看花灯——走着瞧

正月十五卖元宵——抱成团

正月十五耍猴儿——小打小闹

正月十五贴门神——晚了半个月

正月十五云遮月——不露脸

郑人买履——生搬硬套

zhi

芝麻比西瓜——差得远、差远了

芝麻地里长苞米——高低不齐

芝麻地里长黄豆——杂种

芝麻地里打锣——敲到点子上

芝麻地里的烂西瓜——数你大

芝麻地里种西瓜——有大有小

芝麻掉到针眼里——碰巧、巧到了家

芝麻豆子堆一场——不分主次、主次不分

芝麻堆里藏西瓜——小中见大

芝麻堆里的黄豆——算你老大、数它最大

芝麻秆做门闩——不能推敲

芝麻黄豆分不清——眼力差

芝麻里加虱子——瞎掺和、乱掺和

芝麻粒掉杏筐里——不显眼

芝麻落在针眼里——巧得很、凑巧了、赶得巧、正好

芝麻说成绿豆大——不足信、没人信、信不得、随意夸张

芝麻送到油坊里——等着挨捶（锤）

芝麻糖打滚——越滚越粗

芝麻做饼——点子多、点子不少

知了掉进酒缸里——晕头转向

知了落在粘竿上——自投罗网

知心朋友的悄悄话——句句真言、句句实话

织布娘手中的梭子——有来有去、有来有往

织布梭子——光钻空子、见缝就钻、钻空子

织好的渔网——心眼儿多、心眼儿不少

织女配牛郎——欢天喜地、天作之合

蜘蛛摆下八卦阵——专捉飞来将

蜘蛛扳牌楼——办（扳）不到（倒）

蜘蛛结网，耗子打洞——各有各的主意

蜘蛛结网——独霸一方、七勾八扯、吞吞吐吐

蜘蛛拉网——自私（织丝）、七勾八扯

蜘蛛爬书——枉（网）自（字）

蜘蛛做房子——牵线、勾织的

直尺量曲线——没准儿

直钩钓鱼——愿者上钩

直头牛——不知道转弯儿

直巷赶狗——回头一口、反咬一口

直性人发言——有一句说一句、有啥说啥

只尝不买——光占便宜

只此一家，别无分店——独一无二

只顾烧火，忘了翻锅——一处不到一处乱

只见一面锣,不见两面鼓——看问题片面

只说不练的把势——光耍嘴

只听楼梯响,不见人下来——缺乏行动

纸灯添油——一点就着、点火就着

纸糊的窗子——一点就透、一戳就破

纸糊的大鼓——经不起敲打、不堪一击

纸糊的灯笼——一戳就破、经不起风吹雨打、一点就透

纸糊的房子——不能容人、容不得人、谁都容不得、不是安身之地

纸糊的喇叭——吹不得、别吹了

纸糊的栏杆——靠不住、不可靠

纸糊的老虎——吓下不住人、不堪一击、不咬人、不用怕

纸糊的锣鼓——经不起打击

纸糊的帽子——一戳就穿

纸糊的琵琶——谈(弹)不得、无法谈(弹)

纸糊的墙壁——靠不住、不可靠

纸糊的眼镜——遮人眼目

纸糊的椅子背——不牢靠

纸糊灯笼被雨浇——架子不倒

纸糊老虎洞——没用处、无用、没得用

纸糊洋娃娃——肚里空

纸画的猫猫——不咬人

纸老虎——外强中干、假威风、一戳就穿

纸里包火——瞒不过去

纸马店失盗——丢人了

纸人骑石马——压不垮、轻不压重

纸人纸马对天烧——哄鬼、骗鬼、哄死人

纸上的蚕子儿——密密麻麻

纸上画刀——无关痛痒、不痛不痒

纸上画牲口——中看不中使

纸扎的船儿——下不得水

纸扎的大象——庞然大物

纸扎的鲜花——再像骗不了蜜蜂

纸做的花——无结果、不结果

纸做的雨伞——不顶用、不顶事

指鹿为马——不识货、混淆是非、强加于人、胡说

指桑骂槐——影射他人

指头上抹蜜——吃不饱肚子、饱不了人

指象为马——不识相（象）

指着黄牛便是马——信口雌黄

指着秃子骂和尚——借题发挥

掷瓜捡豆——因小失大

智者千虑——必有一失

zhong

中伏天的霖雨——有钱难买

中箭的鸟儿——难活命、性命难保

中了状元招驸马——好事成双、喜上加喜、双喜临门

中秋过了闰八月——团圆过了又团圆

中秋节的月亮——光明正大

中秋节赏桂花——花好月圆

中秋节找月亮——凑巧了、赶得巧、正好

中式服装西式领——独出心裁

中堂里夹条幅——话（画）里有话（画）

中药店的揩桌布——尝尽了甜酸苦辣

中药铺的家伙——不拘一格

中药铺的铜臼——挨敲打的货、挨敲的货

中原逐鹿——捷足先登

终身当会计——长期打算

钟表没数字——无时无刻

钟鼓楼的家雀——习惯高声

钟鼓楼上摆肉案——架子不小、好大的架子

钟鼓楼上的百灵鸟——惊不出来

钟鼓楼上的麻雀——耐惊耐怕

钟在寺里——声在外

种姜养牛——本少利长

种下苞谷不发芽——永无出头之日、难出头

种下豌豆收荞麦——长出棱角来了

众人的嘴——捂不住

重病不吃药——没个好

重锤打锣——响当当、当当响

重锤掉在钢板上——落地有声

zhou

周扒皮学鸡叫——自找挨打

周仓斗李逵——大刀阔斧

周仓试老爷——甘拜下风

周文王请姜太公——尽找明白人

周幽王点烽火——一笑值千金

周幽王戏诸侯——言而无信

周瑜病倒在芦花荡——气煞人

周瑜打黄盖——两相情愿、装模作样、自家人打自家人、一个愿打，一个愿挨

周瑜请蒋干——别有用心

粥锅里煮蚯蚓——糊涂虫

妯娌赶集——一路、同奔前程

zhu

朱洪武火烧庆功楼——一窝端

朱买臣的媳妇——贫妻

朱仙镇交战——锤对锤

珠宝商店——八面玲珑

珠子串断了线——散了

诸侯称王——各自为政

猪八戒败阵——倒打一耙

猪八戒扮新娘——其貌不扬、好歹不像

猪八戒背稻草——要人没人，要货没货、要人无人，要才（财）无才（财）

猪八戒背孙悟空——能人背后有能人

猪八戒背媳妇——费力不讨好、吃力不讨好、费劲不落好、上当受骗

猪八戒不拜佛——禅心不稳

猪八戒不成仙——吃了嘴的亏、全坏在嘴上

猪八戒搽粉——自以为美、遮不了丑

猪八戒唱戏——净说大话

猪八戒吃人参果——囫囵吞、不知滋味、不知贵贱、食而不知其味

猪八戒初进高老庄——装好汉

猪八戒的武艺——倒打一耙

猪八戒进屠场——自己贡献自己

猪八戒开战——倒打一耙

猪八戒看唱本——冒充斯文、假斯文

猪八戒啃地梨——什么仙人吃什么果

猪八戒耍钉耙——有两下子

猪八戒摔镜子——怕露丑

猪八戒甩耙子——不干了、不伺候（猴）

竹虫咬断竹根——同归于尽

竹竿测天——难办

竹竿撑舰艇——划不来

竹竿打锣——有节奏

竹竿打水平平过——不分高低、高低不分

竹竿打月亮——挨不上

竹竿打枣——横竖乱扫

竹竿顶天——差一截子、差一大截

竹竿赶鸭子——呱呱叫

竹竿敲竹筒——空想(响)

竹竿上睡觉——难翻身、翻不了身

竹竿捅马蜂窝——乱了套、乱套了

竹竿子搭桥——难过

竹竿子赶鸭子——呱呱叫

竹竿子下井——竖管

竹篙撑排(排筏)——一通到底

竹篙里捻灯草——一条心

竹管里看豹——片面

竹壳船——轻浮

竹筐挑水——两头空、两落空

竹篮关泥鳅——这边关那边溜

竹篮子打水网拦风——全落空

竹篮子盛稀饭——漏洞百出

竹篱笆墙抹石灰——外光里不光、表面光

竹林里放纸鸢——胡缠、胡搅蛮缠

竹林里挂灯笼——高风亮节

竹林里跑马——施展不开

竹林里耍大刀——打不开场面

竹林里栽柏树——亲(青)上加亲(青)

竹林试犁——寸步难行

竹林耍大刀——打不开场面

竹笼里的凤凰——有翅难飞

竹楼上立雀——明摆着

竹篓里的泥鳅——没跑、跑不了

竹篓里的鱼——逃不脱

竹篓里数大鱼——清清楚楚、一清二楚

竹篓里捉螃蟹——十拿九稳、手到擒来

竹篾绑竹子——自己捆自己

竹篾编的鸭子——没心肝、没心没肝

竹篾穿黄鳝——串起来了

竹膜做面子——脸皮薄

竹排放鱼鹰——卡着脖子干

竹排上掉根竹——有你不多,无你不少

竹筛子兜水——漏洞百出

竹筛子做锅盖——心眼儿多、心眼儿不少

竹笋冒尖顶翻石头——腰杆子硬

竹筒倒豆子——爽快、干脆利索、干净利索、一干二净

竹筒里插棍子——直来直去、直进直出、直出直入

竹筒里倒豌豆——一干二净

竹筒里点蜡烛——照管

竹筒敲鼓——空对空

竹筒子吹火——只有一个心眼儿

竹筒子里看天——一孔之见、所见不广

竹筒子里塞棉花——空虚

竹筒做枕头——两头空、两落空、空想

竹席上晒甘蔗——甜蜜(篾)

竹枕头——空了、空的

竹子扁担挑竹筐——碰上自家人

竹子长杈——节外生枝、横生枝节

竹子当鼓——敲竹杠

竹子上结南瓜——怪事一桩、怪事

竹子榨油——不见得、不可思议

竹子做笛——受不完的气

竹子做篱笆——结缘(圆)

竹子做箫——生就的材料

主妇买小菜——挑挑剔剔

拄拐棍上煤堆——倒霉(捣煤)

拄拐棍走泥路——步步有点

煮豆燃豆萁——自家人不认自家人

煮坏的饺子——露馅儿

煮熟的饭不吃——闷(焖)起来了

煮熟的鸡爪子——朝里弯、往里拐

煮熟的螃蟹——肯定红

住着瓦房,望着高楼——好了还要更好

蛀虫咬黄连——自讨苦吃、自找苦吃

蛀虫钻空大树心——暗里使坏

**zhua**

抓把红土当朱砂——不识货、糊糊涂涂、糊里糊涂

抓把兔子草喂骆驼——不是好料

抓地坑沟找豆包吃——没出息

抓蜂吃蜜——恬(甜)不知耻(刺)

抓了芝麻丢西瓜——不分主次、主次不分

抓虱子烧衣裳——不值得

抓住蝙蝠说老鼠——不识货

抓住鼓槌不松手——老敲打

抓住荷叶摸到藕——追根求源、追根到底

抓住头发就织布——自以为是(丝)

抓住渔船当鞋穿——大手大脚

抓住张飞当李逵打——看错了人、认错了人

**zhuai**

拽着大嫂叫姑姑——拉扯不上

拽着胡子走路——谦虚(牵须)

拽着老虎尾巴抖威风——有胆有魄

**zhuan**

专往肥肉上贴膘——势利眼

砖头砌墙——后来居上

砖头上钉钉子——过得硬、斗硬

砖窑里失火——谣言(窑烟)

砖窑旁边盖楼房——就地取材

**zhuang**

庄户人办事——实实在在

庄户人家的孩子——土生土长

庄稼汉爬梯田——步步高升、步步登高

庄稼老不识桂圆——外行(黄)

庄稼老读祭文——难啊

庄稼老汉背木锨——扬长(场)而去

庄稼老看告示——一篇大道理

庄稼佬不认得木鱼——挨打的木头

庄稼佬不认得喷壶——碎嘴儿

庄稼佬不认得水仙——好大的蒜头

庄稼佬吃香瓜——专挑大的摸
庄稼佬进城——少见多怪
庄稼佬进皇城——头一遭
庄稼人点豆子——一步两溜子
庄稼人刨地——土里土气、土气大
庄稼人种豆子——步步有点子
庄稼人种五谷——土生土长
庄稼人走亲戚——实来实去
庄上的狗——连声咬
装病抓药——自讨苦吃、自找苦吃
装进筐里的螃蟹——横行到头啦
装笼子的鸟——一个飞不了
装猫吓耗子——假的
装死的狐狸——逃不脱猎人的眼睛
状元打更——屈才了
状元府内吃蟠桃——贵人吃贵物
状元没考上——落了个近(进)视(士)
撞网的大头鱼——晕头转向

zhui

追老虎上山——不得不如此
锥子上抹油——又奸(尖)又猾(滑)
锥子剃头——连根拔
锥子遇上枣骨子——针锋相对、奸(尖)对奸(尖)
锥子装在口袋里——露了锋芒

zhuo

卓别林的电影——别具一格
拙婆娘上锅——不是打锅就是打碗
捉不着狐狸——反惹一身臊
捉干鱼放水喷——不知死活
捉蛤蟆买烟吸——水里来,火里去
捉鸡赶鸭——一举两得
捉了虱子跑了牛——得不偿失
捉蛇打青蛙——不务正业、不干正经事
捉虱子上头——自讨麻烦、自找麻烦、自寻烦恼
捉鱼拦上游——先下手为强
捉住驴子当马骑——不识货

捉住跳蚤放头里——自作自受

捉住贼不打——哪有实话

桌上的油灯——不点不明

桌子板凳一样高——平起平坐

桌子当舞台——唱不了大戏

桌子底下打拳——撞大板、出手不高、起手不高

桌子底下扬场——碍上碍下、碰上碰下

桌子缝里舔芝麻——穷相毕露

桌子光剩四条腿——丢面子、失面子

啄米的鸡——连连点头

zi

姊妹俩出嫁——各人忙各人的

姊妹找婆家——各得其所

紫茄子开黄花——变种

紫心萝卜——红透了

自个儿拜把子——算老几

自个儿打嘴巴——自己跟自己过不去

自己的耳朵——看不见

自己点火烧眉毛——自找倒霉

自己跟自己下棋——输也是你赢也是你

自己口袋里的东西——清清楚楚、一清二楚

自己碰钉子——忍气吞声

自己说的听不见——梦话

自来水坏了龙头——放任自流、任其自流

自留地里撒尿——肥水不落外人田

自鸣钟的摆——左右摇摆、摇摆不定

自行车爆胎——气炸了、气崩了

自行车上陡坡——推一推，动一动

自行车下坡——不睬（踩）

自行车走田坝——得过且过

自由市场的买卖——讨价还价

zong

棕树的一生——任人千刀万剐

总统府的客人——有来头

总统请客——高朋满座

纵虎归山——必有后患

粽子里包蒺藜——尖对棱

zou

走到渡口打转身——想不过、存心不过了

走黑道吹口哨——给自己壮胆

走江湖的卖假药——光耍嘴、招摇撞骗、耍嘴皮子

走江湖的耍猴——拿手好戏

走江湖耍魔术——变着法儿骗人

走街串巷的流浪汉——一无所有

走了豺狼来了虎——一个更比一个
凶、一个比一个恶

走了和尚走不了庙——尽管放心

走路拨算盘——手脚不闲

走路踩棉花——轻飘飘

走路穿小鞋——活受罪

走路看脚印——一步一回头、小心过
分、过分小心

走江湖的耍猴

走路拾元宝——机会难得、难得的机会

走路算账——财迷转向

走路拄双拐——求稳

走马观花——不深入、深不下去

走亲戚掂牛蹄——两半(瓣)子理(礼)

走煞金刚坐煞佛——苦乐不均

走上步看下步——瞻前顾后

走私犯的大烟——赃(脏)货

走夜路吹口哨——虚张声势

走夜路打手电——图名(明)

走一步看两步——眼光远

走一步思三思——考虑周到

奏着唢呐赶毛驴——又吹又拍、吹吹拍拍

zu

卒子过河——只进不退、死不回头、横冲直撞

祖孙回家——扶老携幼、返老还童

祖宗三代穿的旧夹袄——里外孬、里外都不好

祖宗三代的家务事——一言难尽

祖宗堂里供菩萨——神出鬼没

zuan

钻进风箱的耗子——受不完的气

钻塔顶吹螺号——名(鸣)声远扬、远近闻名(鸣)

钻塔顶上观景——站得高,看得远、登高望远

钻头碰锉子——对头、死对头

钻头上绑针婆(缝衣针)——尖上拔尖

钻头上加钢针——好厉害

钻在水道眼里叹息——低声下气

攥着金条进棺材——舍命不舍财、爱财如命

攥着拳头过日子——憋气、憋得难受

zui

醉汉的嘴——没遮拦

醉汉过铁索桥——上晃下摇

醉汉开车——不要命、玩命干

醉汉撒酒疯——无理取闹、胡言乱语、胡说八道

醉汉上街——东倒西歪

醉汉说呓语——难理会

醉汉走路——七撞八跌

醉后杀人——罪(醉)上加罪

醉翁之意不在酒——另有所图

zuo

左撇子划拳——又(右)来

左话右讲——说反话

左脚穿着右脚鞋——错打错处来

左撇子吃席——有(右)家(夹)

左撇子写字——不顺手

左敲鼓,右打锣——旁敲侧击

左手喇叭右手鼓——自吹自擂

左手买了右手卖——不为赚钱光为快

左右都能穿的靴子——没反正

作坊里的石磨——推一推,动一动

作家的书包——里面大有文章

作揖抓脚背——一举两得

坐北朝南——不像(向)东西

坐车不买票——白搭

坐船看大戏——走着瞧

坐船去坐车回——不走老路

坐等吃烤鸭——急于求成

坐等旱禾黄——懒人

坐电梯上楼——不怕(爬)

坐而论道——能说不能行

坐飞机唱戏——高歌猛进

坐飞机吃黄连——叫苦连天

坐飞机旅游——一日千里

坐飞机撵西北风——大出风头

坐火箭鼓掌——拍手称快

坐火箭上月球——远走高飞

坐轿打瞌睡——不识抬举

坐轿闷得慌,骑马嫌摇晃——有福不会享

坐轿子翻跟头——自作自受

坐轿子喊丫鬟——福享尽了

坐轿子上山——越抬越高

坐井观天——小见识、眼光狭窄

坐木船打阳伞——没天没地

坐立不安——心中有事

坐南宫守北殿——不分东西

坐在锅边吃煎米粑——急于求成

坐在石臼上还撑两条拐杖——稳稳当当、稳当当的

坐在屋里看电视——远在天边,近在眼前

坐着吃甘蔗——一节一节来

坐着飞机放声唱——高歌猛进

坐着飞机想上月球——心比天高

坐着火箭登天——直线上升

做冰棍掺沙子——寒碜

做大衣柜不安拉手——抠门儿

做个大褂丈二宽——大摇(腰)大摆

做官的丢了印——糊涂官

做梦拜堂——暗喜、暗喜欢

做梦抱个金娃娃——想得倒美

做梦唱小曲——欢乐一时

做梦出差——想到哪儿去了

做梦考试——空紧张

做梦爬山——其实不费力

中华传世藏书

谚语歇后语大全

按拼音分类的歇后语

做梦碰见狼——虚惊一场、一场虚惊

做梦漂洋过海——想得宽

做梦骑老虎——想得出奇

做梦抢当铺——财迷转向

做梦拾元宝——尽想好事、想得倒美、白欢喜、空欢喜、空喜一场

做梦跳井——虚惊一场、一场虚惊

做梦推磨子——想转了

做梦学吹打——快活不多久、快活一时

做梦游西湖——好景不长

做梦摘云彩——空想

做梦中状元——空欢喜

做梦抓大印——官迷心窍

做梦抓俘虏——尽想好事、想得倒美

做梦抓银圆——财迷心窍

做梦坐飞机——想入非(飞)非(飞)、想得高

做泥人的手艺——蹑(捏)手蹑(捏)脚

做年做长工遇到闰月——背时、倒霉透了、真倒霉

做旗袍用土布——不是那块料

做烧饼的卖汤圆——多面手

做生意讲信誉——理所当然

做无米之炊——难煞巧妇

做小本生意——斤斤计较

做砖的坯子、插刀的鞘子——框框套套